秀華文創

微物與幽情
重讀《紅樓夢》的陰性書寫

—— 郭惠珍 著

中國傳統的陰性書寫，
與法國的陰性書寫（Écriture féminine），
如何對照，敬請期待！

Micro things and Exquisite feelings:
Rereading *The Dream of the Red Chamber*'s Feminine Writing

作者序

　　這是在中央大學五年半期間完成的學位論文,這五年半發生了很多事情。親情、愛情一度分崩離析,我的身心狀態到達了臨界,我自怨自艾、自貶自毀,搖搖晃晃地尋找出口。

　　最要感謝指導教授康來新教授,在我殘破、不能自已的時候,帶著我尋找生命的價值。我們曾在餐館、咖啡廳度過整個午后,曾一起觀展,曾在夜晚漫步臺北街頭,曾參加平安夜的教會團聚,曾整理並搬離在中大的教師研究室,曾一同慶祝「重生日」,她也曾陪伴醉倒在街邊的我⋯⋯。老師生病前,正著手一篇書稿,我為助理,我們約好某個時間通電話進行第 N 次討論,然後至今我再沒聽過老師的聲音。感謝第二指導教授王力堅老師,在臨退休之際,接手一位博士生的指導任務,並勞心閱讀我的論文。

　　博士論文經過開題、預審、口試幾個階段。感謝參與三個階段的王學玲老師,帶領我步步廓清論文題目與內容書寫。感謝朱嘉雯老師擔任預審委員,以長期閱讀《紅樓夢》的經驗,點出我論文的缺失。感謝呂文翠老師、胡衍南老師,在論文口試時溫柔而銳利地提出我寫作的盲點。正如衍南老師所說,這本書充滿了「詩人的任性」,想幹嘛就幹嘛、想怎麼幹就怎麼幹,再次感謝四位委員閱讀這本任性的論文,並給予回應。

　　本書企圖藉由重讀,將 1960 年代愛蓮・西蘇的「陰性書

寫」與 18 世紀的《紅樓夢》進行跨時空的連結。讓陰性書寫的「陰」與華人文化傳統的「陰」串聯，成為本書的著重點。兩者「陰性」如何嫁接，結果又是如何，我相信是令人期待的。

　　最後謝謝出版社願意接納、出版我的文字，這份感激難以言喻。

郭惠珍

2024 年 6 月
寫於苗栗造橋

摘　要

　　本書以《紅樓夢》的陰性書寫為主題，通過「重讀」《紅樓夢》中的微物，探尋隱含的幽情，以樹立不同於西方的陰性書寫。此陰性書寫與西方「陰性書寫（Écriture féminine）」不同處，所指著重在鬼怪傳統，在於漢文化傳統中的「陰」，有其陰間、幽冥等漢字引申義可循，若將文本置於傳統文學史，則可於志怪文學、文人筆記傳統脈絡之中。因此本書以「重讀」《紅樓夢》為方法，透過物、情、陰性書寫，佐志怪文學及古典文學傳統，並輔以記憶理論，觀察記憶技藝在書中如何闡發，藉以不同角度詮釋《紅樓夢》中幽微靈秀之物情，闡發書中幽隱的物件體系、孤女幽情等現象書寫。

　　關鍵詞：《紅樓夢》、陰性書寫、微物、幽情、重讀、志怪

目　次

作者序 ··· i
摘　要 ··· i

第一章　緒論 ··· 1
　　第一節　動機與目的 ··· 1
　　　　一、從人物到微物與幽情 ······································ 1
　　　　二、重讀陰性書寫 ··· 8
　　　　三、目的 ··· 17
　　第二節　範圍 ·· 18

第二章　〈美杜莎〉與《紅樓夢》──陰性書寫釋義 ······ 23
　　第一節　法國陰性書寫（Écriture féminine）············ 23
　　　　一、西蘇的發現 ·· 26
　　　　二、東方的差異 ·· 34
　　第二節　重讀陰性書寫 ··· 38
　　　　一、如何重讀 ··· 38
　　　　二、微物幽情 ··· 48
　　第三節　陰性書寫之於曹雪芹《紅樓夢》················· 51
　　小結 ·· 60

第三章　微物寄情──身體、凝視與燒焚 ······················· 63
　　第一節　物之感觸 ·· 66

一、觸物傷情 ··· 67
　　（一）黛玉獲土物 ··· 68
　　（二）寶玉收指甲與紅綾襖 ······························ 72
二、信物交換 ··· 75
　　（一）絹帕 ··· 76
　　（二）汗巾子 ·· 80
　　（三）鴛鴦劍 ·· 83
　　（四）佛手 ··· 84
　　（五）繡春囊 ·· 86
三、物之交感 ··· 90
　　（一）服食丹藥 ··· 90
　　（二）施術作法 ··· 94
第二節　圖像之凝視 ··· 98
一、鏡鑑 ·· 99
　　（一）風月寶鑑 ··· 101
　　（二）大穿衣鏡 ··· 108
二、西洋透視畫 ··· 115
第三節　嗅入之物 ·· 118
一、香物使用 ··· 119
　　（一）年節祭拜 ··· 123
　　（二）生日祭拜 ··· 126
　　（三）元妃省親 ··· 128
　　（四）日常祭拜 ··· 131
二、黛玉焚稿 ··· 133
三、幽香生情 ··· 138

小結 ………………………………………………………… 143

第四章　幽情倩影——女神、夜與夢 ………………………… 149
　第一節　小姑、將軍：女性神祇崇拜 ……………………… 151
　　一、絳珠草還淚償債 ………………………………………… 160
　　二、金鴛鴦香魂出竅 ………………………………………… 167
　　三、勇晴雯枉擔虛名 ………………………………………… 175
　　四、尤三姐死登太虛 ………………………………………… 179
　　五、姽嫿將軍林四娘 ………………………………………… 182
　第二節　夜行 ………………………………………………… 187
　　一、嬌杏夜嫁 ………………………………………………… 188
　　二、戲寶玉夜娶寶釵 ………………………………………… 191
　　三、元春夜歸大觀園 ………………………………………… 193
　　四、尤二姐夜別 ……………………………………………… 195
　第三節　不忍一別，因情託夢 ……………………………… 199
　　一、託夢志怪 ………………………………………………… 199
　　二、託夢情節 ………………………………………………… 207
　　　（一）可卿魂託鳳姐兒 …………………………………… 207
　　　（二）尤三姐之不忍 ……………………………………… 216
　　　（三）晴雯翻身 …………………………………………… 220
　　三、全書之託夢觀 …………………………………………… 222
　　小結 ………………………………………………………… 228

第五章　別有幽情——恩報、陰司與太虛遊歷 …………… 233
　第一節　顧恩思義 …………………………………………… 236
　　一、酬答報恩 ………………………………………………… 238

　　　　（一）劉嫗報恩 …………………………………… 241
　　　　（二）襲人忠賢 …………………………………… 248
　　二、賈府報應 ………………………………………… 254
　　　　（一）弄權鐵檻 …………………………………… 254
　　　　（二）小鰍生浪 …………………………………… 261
　第二節　陰間幻境 ……………………………………… 264
　　一、幻境幽冥 ………………………………………… 267
　　　　（一）柳湘蓮斬情絲 ……………………………… 267
　　　　（二）秦鯨卿拖鬼判 ……………………………… 269
　　　　（三）雙寶玉相會面 ……………………………… 272
　　二、神遊太虛 ………………………………………… 275
　第三節　重遊幻境 ……………………………………… 286
　　一、真如福地 ………………………………………… 287
　　二、福善禍淫 ………………………………………… 293
　小結 …………………………………………………… 298

第六章　結論 ……………………………………… 303

參考文獻 …………………………………………… 317

第一章　緒論

第一節　動機與目的

一、從人物到微物與幽情

> 幽微靈秀地，無可奈何天。（5回）

《紅樓夢》是一個世界，每個人物都確實存在且具有意義。作者碩士論文《另類索隱：《紅樓夢》小人物探微》[1]，將人物按書中出現的文字篇幅多寡區分，大小是對舉言之，無褒貶意思，探索回目中匆匆一過的人物，逐一說人物的文辭諧隱、文學功能等意義，凸顯各人物皆是《紅樓夢》作者匠心塑造。

本書從人物到微物，延續碩士論文中對「物」的闡釋，著重於微小細微之物及其闡發隱微的幽情，畢竟「真事隱去，而借『通靈』」之說。微物，寶玉與蔣玉菡交換汗巾前曾言「微物不堪，略表今日之誼。（28回）」顯示了一種以微物寄情

---

[1] 郭惠珍：《另類索隱：《紅樓夢》小人物探微》，花蓮：國立東華大學中國語文學系碩士論文，2017。

的態度。「幽微」有隱微、微弱引申至鬼神的意思，[2]「靈秀」則有清新脫俗的氣質之意，[3]「幽微靈秀地」或可指隱微脫俗之地之意。在《紅樓夢》太虛幻境這一隱微脫俗之地，卻蘊含著「無可奈何天」的慨歎，因此《紅樓夢》或有隱情未表，也是本書欲探討「真事隱」、「假語存」的語言奧秘之處。有學者說：「在傳統小說中，《紅樓夢》大概是典故用得最多而且最妙的一部。」[4]氏著從第二回雨村遇智通寺「龍鍾老僧煮粥」為起點，梳理六朝筆記、唐傳奇中〈枕中記〉、〈南柯太守傳〉、〈櫻桃青衣〉等以人生如夢為同一主題，將「煮粥」與「蒸黍」作為隱射，視為洩漏天機的安排，讓讀者循此線索，窺探整個段落的奧秘。[5]倘或第 2 回的龍鍾老僧，並未煮粥，其用典或脂批所謂「是翻過來的」將難以成立，是《紅樓夢》藉物、用典、訴幽情一例。

　　第二回嬌杏「夜嫁」雨村。婚禮原作昏禮：「父親醮子而迎之前，故曲禮云『齋戒以告鬼神』，是昏禮有齊也。」[6]。昏禮，下達，納採用雁「昏禮目錄云，娶妻之禮以昏為期，因名焉必以昏者，取其陽往陰來之義日，入後二刻半為昏」[7]，

---

[2] 國教院：《重編國語辭典》檢索日期：2022 年 4 月 22 日，此後出現作《重編》。https://dict.revised.moe.edu.tw/dictView.jsp?ID=153592&word=%E5%B9%BD%E5%BE%AE

[3] 國教院：《重編國語辭典》檢索日期：2022 年 4 月 22 日 https://dict.revised.moe.edu.tw/dictView.jsp?ID=65623&word=%E9%9D%88%E7%A7%80

[4] 胡萬川：〈由智通寺一段裡的用典看紅樓夢〉，收於《曹雪芹與紅樓夢》（臺北：里仁書局，1985 年 1 月），頁 443。

[5] 同上注，頁 445-447。

[6] 〔東漢〕司馬遷：《史記‧卷 23‧禮書第一》，頁 1169 司馬貞索隱。

[7] 〔清〕朱彬撰：《禮記訓纂》卷 44，六府文藏咸豐刻本，頁 479。

婚禮採黃昏之時為期,取陰陽來往之時,往後大抵底定「昏禮」模式。《醒世恆言》卷三〈賣油郎獨占花魁〉,美娘遭輕薄後欲改從良,四娘道「就是今夜嫁人,叫不得個黃花女兒。」[8]文中見嫁女是為「夜嫁」,另在頗有鬼魅幽冥之說[9]的《拍案驚奇》卷五〈感神媒張德容遇虎〉回目中,李氏同樣「夜嫁」盧生,李母巧遇神媒,直斷盧生非如意郎君,而盧生當日見李氏面目醜陋嚇得逃走,鄭生見李氏則貌美如花,後李氏改嫁鄭生,此回目說明「有緣千里能相會,無緣對面不相逢。」一語。而較知名的「夜嫁」故事還有「鍾馗夜嫁妹」[10]等。第二回嬌杏「夜嫁」雨村「乘夜只用一頂小轎,便把嬌杏送進去了。(1 回,頁 39)」對應批語「知己相逢,得遂半生,一大快事(1 回,頁 39)」,頗似《拍案驚奇》中以「夜嫁」探索語錄,將批語「知己難逢」、「僥倖(嬌杏)」等語引得全書大綱之一的用典方法,正因「涉于神鬼幽冥」的用典更顯《紅樓夢》用典之精奧。同時,黃一農引周汝昌說法指出「元妃歸省自戌時初刻起身,丑正三刻即刻返回宮中,前後不足四個時辰,此與長期在王府就養一事頗不同」[11]若照史實不

---

[8] 〔明〕馮夢龍:《醒世恆言》卷三〈賣油郎獨占花魁〉,《六府文藏》明葉敬池刻本,頁 64。

[9] 〔明〕凌濛初《拍案驚奇》凡例五「一事類多近人情日用,不甚及鬼怪虛誕。正以畫犬馬難,畫鬼魅易,不欲爲其易而不足徵耳。亦有一二涉于神鬼幽冥,要是切近可信,與一味駕空說謊,必無是事者不同。」卷五,《六府文藏》明崇禎尚友堂刻本,頁 144。

[10] 〔清〕朱亦棟:《羣書札記》卷 6,《六府文藏》清光緒四年武林竹簡齋刻本,頁 201。

[11] 黃一農:《二重奏:紅樓夢與清史的對話》(新竹:清華大學出版社,2014 年 11 月),頁 281。

相符,那麼戌時起身,丑時三刻回鑾的元妃省親,其時刻頗有可能是作者刻意寫之,夜半回來天未明離去,這見不得光的皇族省親大寫「離合悲歡」的情節,其幽情亦與本例相似。

透過敘述視角不同,既有「夜嫁」便有「夜娶」,寶玉遭陷娶寶釵。寶玉原來因為元妃過身有九個月的功服,鳳姐為沖喜索性連婚也不合,說道「即挑了好日子,按著咱家分兒過了禮。趕著挑個娶親日子,一概鼓樂不用,倒按宮裡的樣子,用十二對提燈,一乘八人轎子抬了來……(96回,頁2259)」,儼如嬌杏夜嫁雨村,又如秦氏出殯黑壓壓一片,紅事悄然如白事,九十七回夜,當寶玉發現所娶的不是林妹妹時,那「本來原有昏憒的病,加以今夜神出鬼沒,更叫他不得主意。(97回,頁2288)」其「神出鬼沒」此註解指變化神奇,難以捉摸,[12]這「夜娶」直指了寶玉不能自主的婚姻,無可奈何天的未來。值得一提,元妃省親點戲,脂批所言四大過節、大關鍵之一《一捧雪・豪宴》「伏賈家之敗」,[13]同樣在《一捧雪・誅奸》中,湯勤「夜娶」雪娘,雪娘刺殺湯勤後自刎,[14]因此獸寶玉夜娶寶釵,是否意味著賈府之敗,需要誅奸懲惡才能扭轉劣勢,伏「賈家之勢」也未可知。

幽情,其「幽」情與「陰」互為呼應,按《說文》「⿳山幺幺,隱也。从山中丝,丝亦聲。」[15],《異體》釋義從「隱

---

[12] 〔清〕曹雪芹、高鶚著,徐少知注,《紅樓夢新注》(臺北:里仁,2018年9月),頁2293。
[13] 《紅樓夢新注》,頁467。
[14] 〔清〕李玉《一捧雪傳奇》,頁83。《六府文藏》。
[15] 〔東漢〕許慎著,〔宋〕徐鉉校定:《說文解字》,頁84上。

微」、「幽遠」引申至「鬼神。《北史‧卷二五‧列傳‧尉元》：『夫至孝通靈，至順感幽。』」[16]唐‧韓愈〈岳陽樓別竇司直〉詩『炎風日搜攪，幽怪多冗長。』」及「佛教用以指稱地獄及餓鬼道。或稱為『冥土』。《初刻拍案驚奇》卷三〇：『那陰報事也儘多，卻是在幽冥地府之中，雖是分毫不爽，無人看見。』」[17]，王熙鳳弄權鐵檻寺，曾這樣對老尼說道：「你是素日知道我的，從來不信什麼是陰司地獄報應的。（15回，頁386）」「陰司」，《重編》釋：「人死後靈魂所進入的地方」[18]。鳳姐向來不信「陰司」報應，然此時提出，表示有人相信「陰司地獄報應」，作者或讀者的相信或不相信，在此拋下苗頭，待後來鳳姐過身回目反省過去不信果報對照，頗有陰騭勸說之意。

鳳姐說不信陰司此話之前，鳳姐實已與陰間有所聯繫，即13回開頭，秦氏魂託鳳姐。那日賈璉送黛玉回揚州，與平兒說笑後「胡亂睡了。這日夜間，正和平兒燈下擁爐倦繡，早命濃薰繡被，二人睡下，屈指算行程該到何處，不知不覺已交三鼓。平兒已睡熟了。鳳姐方覺星眼微朦，恍惚只見秦氏從外走來……（13回，頁330）」。鳳姐「星眼微朦」，「恍惚」之際，是在半夢半醒間，從秦氏開口「嬸子好睡！」可知鳳姐已經入眠，甚至已經入夢。她二人是因賈璉外出，鳳姐平兒不同

---

[16] 〔唐〕李延壽撰；楊家駱主編：《北史》（臺北：鼎文書局，1980年）據元大德本，頁925。

[17] 同上注。

[18] 國教院：《教育部重編國語辭典》檢索時間2020年3月11日 http://dict.revised.moe.edu.tw/cgi-bin/cbdic/gsweb.cgi?o=dcbdic&searchid=Z00000156543

往常正經睡，而是「胡亂睡了」，此已為異常的「非常」[19]狀態。「擁爐倦繡」、「濃薰繡被」，當時房內有溫暖的火爐，二人倦繡，後在濃香薰被中入眠，從火爐感受到溫暖的閣房，繡線疲倦的生理狀態，《紅樓夢》作者敘述的入夢方式日常且生活，隨意而自然，和魏晉南北朝的志怪筆記中，仙道，冥見等入夢前意識朦朧的情節相似，[20]插曲般的巧手筆，營造出處於入夢的絕佳狀態，讓王熙鳳體見到已經死去成為幽影的秦氏的魂託。擁爐倦繡中的火爐與繡被，濃濃熏香，此些空間中的微物營造的氛圍，再而引出幽遠的情思，以入陰間的死者可卿的幽情，三重互為表裡，是為微物、幽情與陰性之應合。

晚明玩物品鑑大量出現，香是為其一，知名者莫崇禎年間周嘉冑（1582-1658？）《香乘》。《紅樓夢》裡香味無處不在，寶玉案上有一只香爐，為的不只熏香，更為祭祀所用。董說《非煙香法》更是焚香技術中的極致，書中明載焚香「**古者焚蕭以達神明**」[21]為達天聽的歷史，更特製了一種不必以火焚燒，以水蒸香的製香法。係因香在明清之際，從文人表現生活情調的物品轉變為故國的象徵，[22]焚（熏）香源自暴力和犧牲，蒸以水代火，認為「**百草木之有香氣者，皆可以入蒸香之**

---

[19] 劉苑如：〈形見與冥報：六朝志怪中鬼怪敘述的諷喻──一個「導異為常」模式的考察〉，《中國文哲集刊》第二十九期，2006年9月，頁2。

[20] 胡萬川：〈由智通寺一段裡的用典看紅樓夢〉，頁443。

[21] 〔清〕董說：《非煙香法》（臺北：新文豐，1989年），頁741。《爾雅》「蕭荻似白蒿莖麤科，生有香氣。」

[22] 許暉林：〈物、感官與故國：論明遺民董說《非煙香法》〉，《考古人類學刊》第88期，2018年，頁86。

鬲」[23]，採用昇華（sublimation），形上的香，是董說透過召喚物質的靈魂來滿足嗅覺，也是他憂鬱症的自我療程，[24]也是董說科舉落第後一個斷裂的標誌。[25]周策縱認為《紅樓夢》可能受到董說《西遊補》影響，董說屢次燒掉自己的詩文書稿，彷彿被自己給完全抹除，甲申國變更經歷暴力與死亡的直接體驗，使他有難以抹滅的創傷、恐懼，[26]有時「凡數百卷，悉焚之」與寄人籬下、心病重重的黛玉焚稿斷癡情的情境極為相似，冷香丸、玉生香等，與董說《非煙香法》間有所延續。[27]寶玉案上那只香爐，雖以火焚之，拜祀的是眾其情不情之人、物，亦達形上。董說是為明遺民，《非煙香法》與《紅樓夢》之間的聯繫，莫不使人聯想至索隱派廖咸浩亡國補天之恨感的徑路。[28]

綜合上述幽、隱、微之意，從小人物到微物與幽情，前者是遊走於《紅樓夢》世界的人物，是較為顯著的。後兩者將與陰性屬性連結，則較為隱性，需透過物件或事情探索更深層的意蘊，故以微物與幽情命之。

---

[23] 〔清〕董說：《非煙香法》，頁 742。
[24] 許暉林：〈物、感官與故國：論明遺民董說《非煙香法》〉，頁 87。
[25] 楊玉成：〈夢囈、嘔吐與醫療——晚明董說文學與心理傳記〉，頁 568。
[26] 楊玉成：〈夢囈、嘔吐與醫療——晚明董說文學與心理傳記〉，頁 569。
[27] 周策縱：〈《紅樓夢》與《西遊補》〉，頁 93。
[28] 廖咸浩：《〈紅樓夢〉的補天之恨：國族寓言與遺民情懷》（臺北：聯經出版社，2017 年）。

二、重讀陰性書寫

　　本書以「重讀（Rereading）」為題，重讀（Rereading）啟迪於余國藩《重讀石頭記：《紅樓夢》裡的情欲與虛構 Rereading the stone : desire and the making of fiction in Dream of the Red Chamber》[29]余氏認為青埂峰上這顆頑石係《紅樓夢》全書象徵結構的總綱，「情」為何的是小說中大問題，余氏旁徵博引情欲糾葛和其中隱含的後設問題由此開展。從文化整體對這個問題有多面性的探討，對「欲望論述」觸處可見，並對後設小說的多重指涉，特就紅樓原書「假語存」的虛構論加以闡釋。作者將透過文本細讀（close reading），追索《紅樓夢》中的微物體系、隱微幽情，將《紅樓夢》置於重新構築的「陰性書寫」中，檢視書中的「物」、「情」、「女性」與「陰間」的關聯性，給予閱讀《紅樓夢》的不同方法。

　　陰性書寫（Écriture féminine）是一源自法國的女性主義文學理論。法國女性主義思想家海倫・西蘇[30]（Hélène Cixous）（1937-）1976年提出陰性書寫，認為由父權論述收編的人類語言不啻為對女性的身體、個人與社會身分的扭曲。女性為重申自身形象，應持續創造出超越二元對立、動搖理性與邏輯、得以將語言連結至自身身體及慾望、並具有語言結構浮動性及語意無止盡性的個人書寫……，[31]西蘇倡導：

---

[29] 〔美〕余國藩 Anthony C. Yu 著，李奭學譯：《重讀石頭記：《紅樓夢》裡的情欲與虛構》（臺北：麥田，2004年）。

[30] 又譯愛蓮・西蘇、伊蓮・西蘇或埃萊娜・西蘇。

[31] 李寬：《陰性書寫與摹擬敘事的反邏輯中心關係：銜接與身體隱喻及轉喻》，臺南：成功大學外國語文學系碩士學位論文，2019年。

迄今為止，寫作一直遠比人們以為和承認的更為廣泛而專制地被某種性慾和文化（因而也是政治的、典型男性的）經濟所控制。我認為這就是對婦女的壓制延續不絕之所在。

因此：

她必須寫她自己，因為這是開創一種新的反叛的寫作……1.通過寫她自己，婦女將返回自己的身體……2.這行為同時也以婦女奪取講話機會為標誌。寫作。這就為她自己鍛製出反理念的武器。為了她自身的權利，在一切象徵體系和政治歷程中，依照自己的意志做一個獲取者和開創者。……只有通過寫作，通過出自婦女並且面向婦女的寫作，通過接受一切由男性崇拜統治的言論的挑戰，婦女才能確立自己的地位。[32]

西蘇的看法：

女性作家在與分娩陣痛相似的字語流動的生產中變得偉大而神聖。[33]

---

[32] 王先霈、王又平主編：《西方現代文學批評》（上海：上海文藝出版，1999 年 2 月），頁 625-626。

[33] 〔法〕Hélène Cixous 著，孔書玉譯：〈美杜莎的笑聲〉張京媛主編：《當代女性主義文學批評》（北京：北京大學出版社，1992 年 1 月），頁 181。

因此字語的流動性在其中相當重要。陰性書寫構築在由男性世界所統治的言論與政治的對面，西蘇的倡導並非單純為了挑戰男權，乃是身處於其中的不自由，進而蛻變出的渴求找尋女性自我的一種書寫方式，這份出發點源自對自我的掙扎：

> 對我而言寫作的故事總是從地獄開始，如同一則生命的故事。首先是自我的地獄，這個早期原始的渾沌，這些個黑暗，我們年輕時於其中掙扎，也從這裡建構出自我。[34]

　　西蘇提出的陰性書寫，致力破壞男性父權邏輯之控制，突破二元對立之說，享受一種開放文本的喜樂（the pleasure of open-ended textuality），這是一種寫作方式，與作者的生理性別並無必然關聯。[35]旨在透過陰性書寫找回女性發聲權，進而找回女性自我權，最終確立女性自己的地位，而這些找回自我的方法，就在於寫作，也就是陰性書寫的目標。對於女性發聲權在男性社會中的檢視，高彥頤表示，明末清初時，有「女史」、「女士」、「女文人」、「女丈夫」、「女而不婦」，等對女性的分類和命名，這些新標籤表示了社會中性別混亂外，再建秩序的一種需求。[36]

---

[34] 〔法〕Hélène Cixous 著，李家沂譯：〈從潛意識這一幕到歷史的那一景〉，《中外文學》24 期，1996 年，頁 75。

[35] 葉嘉瑩：《性別與文化：女性詞作美感特質之演進》（北京：商務印書館，2019 年 6 月），頁 21。

[36] 〔美〕高彥頤（Ko, Dorothy），李志生譯：《閨塾師——明末清初江南的女性才女文化》（南京：江蘇人民出版社，2005 年 1 月），頁 125。

西蘇曾經有一齣關於高棉的劇本，這個歐蘭（Oriant）／東方（Orient）的旅程，劇本背景何以選在亞洲？因為亞洲、東方於她而言，是不同的世界，這或是因為身為西方人對東方的好奇，使她能感覺到之間的文化差異性，這份差異性在於：

> 因為亞洲的靈魂乃是宗教的靈魂，因為在那兒人們以合掌來問候彼此，因此亞洲聚合一切，因為它保育又殺生，既貧窮又富饒，因為緊鄰著白的無色是它的黑色，因為它是我們的史前史，卻又是我們發生於此刻的過去。因為那兒有面具：亞洲人信仰面具，信仰靈魂的面容，信仰他者，因為女性以河流舒緩的優雅之姿，持續不歇地在亞洲流動，因為女性在此有所承續。這是存在於千百萬人身上的現實。因為這裡有這麼多的死亡，也因此有如許多的生命。[37]

西蘇對於東方的想像與詮釋，提到了生死、窮富、黑白、過去現在等二元面，同時含括生命、社會、文化、時間等不僅止於二元的內容，乃是對亞洲主導的關鍵因素來自宗教、信仰、靈魂等意涵的解讀。尤其在於東方土地上的女性如川流的生死存續，乃出於對無常的關懷，如果西蘇認為的東方是西方的史前史，那麼女性無疑是歷史（history）的史外史，這個「史」，包括文學史的建構。「『文學史』（Literary

---

[37] 〔法〕Hélène Cixous 著，李家沂譯：〈從潛意識這一幕到歷史的那一景〉，頁 87。

History）這一術語隱藏著一個經常沒被認識到的模糊」，它的「外在研究就是闡明形成、支配、佔有文學文本或是被文學文本所表達出來的力量——是甚麼東西使它成為這樣而不是那樣——以及這些力量對文學施加影響的途徑。」[38]將文學史「成為這樣而不是那樣」的往往是文學的歷史（history of literature），以男性歷史為史筆的書寫與塑造，因此作者希望在男性主導的「史」與「筆」中，轉化西方的「陰性‧書寫」，樹立屬於漢文化系統的「陰性書寫」，以《紅樓夢》為觀察，其旨亦在女性，並以傳統文學史中與關於宗教、信仰、靈魂等範疇，最為相關的史外文學志怪為輔助，置於漢文化、漢文學脈絡中。

在漢字文化中，「陰」字往往為「陽」的另一面，按《說文》「陰，闇也。水之南、山之北也。」指山的北面或水的南面，較之水之北，山之南，地理上產生對照關係。《段注》「雲覆日也。」則指太陽被雲覆蓋，係陽光遭遮蔽，與陽對照，《異體》釋義引申「雌的、女性的、柔性的。如：『陰性』、『陰柔』」、有關死人或鬼魂的。如：『陰間』、『陰

---

[38] Frank Lentricchia & Thomas McLaughlin編，張京媛等譯：《文學批評術語》（香港：牛津大學出版社，1994年），頁341「『文學史』（Literary History）這一術語隱藏著一個經常沒被認識到的模糊，一方面，它的通常意義指文學的內在的或內部的歷史，對文學整體或者是專門的文學體裁（詩歌、戲劇、小說）、類型（敘事詩、喜劇詩、田園詩）的敘述性描述，這種描述要麼涵蓋廣闊的歷史時間領域，要麼把自己限制在一個特定的歷史時期⋯⋯這一術語也描述了一種批評實踐，不是關注作為一種自族文化活動的文學的歷史，而是關注作為寫作集合體的文學與作為事物系列的歷史之間的關係。這一外在研究就是闡明形成、支配、佔有文學文本或是被文學文本所表達出來的力量——是甚麼東西使它成為這樣而不是那樣——以及這些力量對文學施加影響的途徑。」

曹地府」。《文選・木華・海賦》：『陽冰不治，陰火潛然。』」，[39]引申出女性、人死後前往的陰間等義。余國藩《重讀石頭記》中曾提到漢世以後興起「陽尊陰卑」，《春秋繁露》中讚揚「丈夫雖賤皆為陽，婦人雖貴皆為陰。」，又有「陰，刑氣也；陽德氣也。」等積極貶抑「陰」的態度，《白虎通》進而曰：「情生於陰，欲以時創也。性生於陽，以理也。」等論述，為了合乎禮與節，須知自制、正心養性、合於中，余氏根據《白虎通》，發現其中對「禮俗」所做的闡發，顯示了「情」、「陰」、「女」在類比上已漸歸同類。[40]「陰」之於陽，光明的反向，二元區別的極端面，承上受貶的情感色彩。

　　《紅樓夢》重視女性，寫同性愛，寫女兒在該時代的悲歌，因此在書中的「陰」可能有不同的闡釋。第三十一回，湘雲對翠縷一段精彩的陰陽分論，「天地間都賦陰陽二氣所生，或正或邪，或奇或怪，千變萬化，都是陰陽順逆，」、「『陰』『陽』兩個字還只是一個字，陽盡了就成陰，陰盡了就成陽，不是陰盡了又有個陽生出來，陽盡了又有個陰生出來。（31回，頁802）」、「陰陽可有什麼樣兒，不過是個氣，器物賦了成形。比如天是陽，地就是陰；水是陰，火就是陽；日是陽，月就是陰。（31回，頁803）」、「走獸飛禽，雄為陽，雌為陰；牝為陰，牡為陽。怎麼沒有呢！（31回，

---

[39] 國教院：《教育部異體字字典》檢索時間：2021年4月4日 https://dict.variants.moe.edu.tw/variants/rbt/word_attribute.rbt?quote_code=QTA0NDI1

[40] 余國藩：《重讀石頭記》，頁114。

頁 803）」，最後來到「人」的陰陽問題，「咱們人倒沒有陰陽呢（31回，頁 803）」？湘雲照臉啐了一口，翠縷不明白只能說是「人規矩主子為陽，奴才為陰（31回，頁 804）」，雖是為金麒麟伏筆湘雲一段陰陽論，說得精采，然亦有大觀園不能明說的陰陽之分，即男陽女陰的性別提醒，使無憂的大觀園出現「性」的啟發，這些隱筆為全書陰屬性埋下不同伏線。

若透過「陰」修辭的檢視，《紅樓夢》全書百二十回，以「陰」字構成的共 47 個句式，[41]如陰司、陰鷙、陰魂、陰暗、陰陽、花陰、陰沉、寸陰、陰幽等。「陰」字的使用早已脫離原本專指方位、遮蔽、覆蓋等意思，由於前後承接的語句不同，書中各「陰」各有其特殊用法，透過「陰」字所建構的文句和情節，部分與幽冥、魂魄等意有所關聯。如第十六回，直接點出陰陽兩界存在，「……他是陽間，我們是陰間，怕他們也無益於我們。」都判道：「放屁！俗語說得好，『天下官管天下事』，陰陽並無二理。別管他陰也罷，陽也罷，敬著沒錯了的。」（16回，頁 417）秦鐘的魂魄忽聽見「寶玉來了」高興得不得了，而眾鬼、判官都緊張慌忙了手腳，直指出在《紅樓夢》中有陰陽兩界，並有鬼魂衙役的存在的事實，且點出本書欲想探討，《紅樓夢》陰間管鬼事的主題。《搜神記》有夏侯弘能主動與廟神和大小鬼溝通，而寶玉則係透過秦鐘緣故，方可令鬼差停留腳步。[42]九十八回寶玉聽了黛玉死訊，

---

[41] 羅鳳珠：《網路展書讀・《紅樓夢》全文檢索》，檢索時間：2021 年 4 月 4 日 http://cls.lib.ntu.edu.tw/HLM/retrieval/database/s_full.htm

[42]《搜神記》，頁 9684。

「不禁放聲大哭，倒在床上，忽然眼前漆黑，辨不出方向，心中正自恍惚，只見眼前好像有人走來。寶玉茫然問道：『借問此是何處？』那人道：『此陰司泉路。你壽未終，何故至此？』寶玉道：『適聞有一故人已死，遂尋訪至此，不覺迷途。』那人道：『故人是誰？』寶玉道：『姑蘇林黛玉。』」（98回，頁2297）寶玉在聞得黛玉死訊後，哭倒在床，恍惚之際處在「非常態」的時狀，如志怪入夢般，進到漆黑的「陰司泉路」，然而黛玉並不在那陰司黃泉路上。

對於鬼神的敬拜，在與柳湘蓮談到修築秦鐘墳頭時，柳湘蓮說道：「這個事不過各盡其道。（47回，頁1143）」，至於對自己行動一點兒做不得主，行動就有人知道的寶玉而言，他盡心的方式便在他案上一爐，寶玉案上一爐使全書朦朧，處在香氣繚繞，氤氳靉靆的環境：

你瞧瞧我那案上，只設一爐，不論日期，時常焚香。他們皆不知原故，我心裡卻各有所因。隨便有新茶便供一鐘茶，有新水，就供一盞水，或有鮮花，或有鮮果，甚至葷羹腥菜，只要心誠意潔，便是佛也都可來享，所以說只在敬，不在虛名。（58回，頁1423）

寶玉五十八回從芳官那兒聽來藕官祭菂官的首尾，便說起「爐」的作用，尤其提到他自己案上那一爐的用意，「以後逢時按節，只備一個爐，到日隨便焚香，一心誠虔，就可感格了。愚人原不知，無論神佛、死人，必要分出等例，各式各例的。殊不知只以『誠心』二字為主。即值倉皇流離之日，雖連

香亦無，隨便有土有草，只以潔淨，便可為祭，不獨死者享祭，便是神鬼，也來享的。（58 回，頁 1423）」以誠心祭神鬼，仰靠一爐一時一心，所祭對象皆是生前的女性或個性有陰調性的人或物，生後往陰間去的對象。此處說「人物」而不僅止於人，包含了物，是因寶玉曾慰藉非人的物件，如一幀美人畫軸、一個雪夜抽柴故事的女兒，其情不情之故。是其對陰性人物、陰間等不能再見之人物，透過一爐香，以表達其幽情。關於祀神，《搜神記》記閩中有徐登，女子化為丈夫，趙昞視為師友，兩人「貴尚清儉，祀神以東流水，削桑皮以為脯」[43]，可見祀神只要誠心敬意，以水為酒，以桑皮為肉皆可，重在「清儉」，如寶玉所說「只以潔淨，便可為祭」。

賈寶玉初游太虛幻境，也是透過秦氏房內所瀰散出的感官誘惑，海棠春睡圖、寶鏡、木瓜、床榻、帳子、鴛鴦枕等，和美人情欲有關的物件，更有「一股甜香襲來」，在在是引人遐想的物件，方可引其「色」，勾其「情」，動搖他的「性」，使他入夢，一游太虛幻境。警幻仙姑領他穿過「孽海情天」坊，見幾處寫的是「痴情司」，「結怨司」，「朝啼司」，「夜哭司」，「春感司」，「秋悲司」，後入「薄命司」一探「普天之下所有的女子過去未來的簿冊」，然而寶玉抽開的命運簿冊，所見的女性泰半是失怙或怙恃兩亡的孤女，顯示了一種悲悽、蒼涼的陰冷調性，如同全書的預言。作者在第一回，以第一人稱替讀者揭示書中所記何事、何人，即在「當日所有之女子」且「或情或痴」，偶爾以石兄現身說法，又不完全以

---

[43] 《搜神記》，頁 9628。

獨白的方式帶著讀者說完故實，微物與幽情當與「或情或痴」的「當日所有之女子」相關，更需讀者細心品味，處在「*幽微靈秀地，無可奈何天*」的天下女子。

三、目的

本書延續碩士論文對「物」的解釋及「尋隱」動機，重讀《紅樓夢》這「幽微靈秀地」，「幽微」二字，微：「隱行也。」[44]，幽：「隱也。」[45]同時，重讀《紅樓夢》中陰性書寫，觀其秀，解其隱，此一探討，不只侷限在人物，更專注於文中釐清「物」所指涉之義，勾勒「物」在書中的意蘊。而小說中所呈現之「物」，不僅釋為物質之物，更要從幽、隱、微等向度解釋，闡發的物件與情思，聯繫女性與文學傳統的志怪意境中，屬於「陰」性質的書寫。計畫目標在於以《紅樓夢》為定錨，透過文本回溯歷時漢文化傳統中的志怪文學、文人筆記，共時的《閱微草堂筆記》、《聊齋誌異》、《池北偶談》等記述鬼怪之作品，以拓展並訂定屬於漢文化的「陰性書寫」。其涵蓋的範圍包括了西方陰性書寫中僅有的性別書寫，並拓開包含志怪書寫，以及《紅樓夢》用典事宜。預期以《紅樓夢》為文學史上新增一項書寫模式，讓漢文學書寫模式更為豐富。

這些屬於陰性質的內容，包含神話鬼神精怪與女性性質的

---

[44] 〔東漢〕許慎著，〔宋〕徐鉉校定：《說文解字》（附檢字）據清陳昌治刻本（北京：中華書局，2004 年 11 月），頁 43。

[45] 〔東漢〕許慎著，〔宋〕徐鉉校定：《說文解字》，頁 84。

揉雜，一種隱於文學中的孤女的抒發，這些藏在傳統文學中的抒情、博物等方面，因此佐以志怪傳統，將《紅樓夢》視為古典文學的志怪及用典傳統的接受者，以闡發書中隱秀幽微「陰性書寫」的書寫意涵及其文學原型[46]。而古典文學常常從自身複製自身，用已有的內容來充實新的期望，從往事中尋找根據，拿前人的行為和作品來印證今日的復現。[47]「記憶」是作者曹雪芹對《紅樓夢》的重要出發，本書藉由陰性書寫，預期考掘作者曹雪芹營造之記憶空間，及其隱微的記憶書寫。

第二節　範圍

本書以《紅樓夢》[48]一百二十回本為主要探討文本。目前學界普遍將《紅樓夢》文本研究分為，前八十回及加上八十回後的百二十回，兩種文本研究。本書選用百二十回本，係因學

---

[46] 〔瑞士〕榮格（C. G. Jung），龔卓軍譯：《人及其象徵：榮格思想精華的總結》（臺北：立緒文化，2001年10月），頁70。原型人物，由榮格（Carl G. Jung 1875-1961）提出，這類的原型出自潛意識心靈，構成集體潛意識原型人物則包括智慧老人、兒童、母親和相等的少女等形象。〔美〕浦安迪（Andrew H. Plaks）著，夏薇譯：《《紅樓夢》的原型與寓意》（北京：三聯書店，2018年10月），頁16-17認為從敘事詩到傳奇小說，使我們認識到一個文學系統的大概輪廓，我們用「原型」這一術語所指稱的這種文學形式的持久模式，作為共時性的基礎就顯得突出，他引發展現這一系統內歷史變更的可理解的歷史維度，在於文學體系中內容要素的再現。

[47] 〔美〕宇文所安（Stephen Owen）著，鄭學勤譯：《追憶：中國古典文學中的往事再現》（臺北：聯經，2006年），頁1。

[48] 〔清〕曹雪芹、高鶚著，徐少知注，《紅樓夢新注》（臺北：里仁，2018年9月）。

者認為其實早在高鶚續書之前即有百二十回《紅樓夢》，從序文可知是由高鶚與程偉元合作整理而成的，[49]也就是說，早在程高二人之前，便有百二十回本的流傳，因此選用百二十回本是探討《紅樓夢》的重要依據。而脂評是對《紅樓夢》評點或批評的最早一批成果，正因脂評是最早閱讀《紅樓夢》的評點，故而其部分文字係現今正文所未見的內容，故將與脂評作為輔助，輔以補充部分正文的缺失。臺灣目前最新的《紅樓夢》文本，係由徐少知新注、里仁出版之《紅樓夢新注》[50]，內容包括《紅樓夢》正文與脂評，其中整理現存《紅樓夢》各手抄本的正文與脂評，並就各版本進行校讎並擇優、擇合理之文，校錄集結成百二十回冊目，係本書主要依據。

在志怪方面，《莊子‧逍遙遊》謂：「齊諧者，志怪者也。」[51]將齊諧[52]指作志怪之書，多記怪異之事。自命名來看，以「怪」、「異」、「神靈」為志怪寫作重點，即魯迅（1881-1936年）所言之「張皇鬼神，稱道靈異，故自晉訖

---

[49] 賴芳伶：〈海外學人專訪——陳慶浩博士的紅學研究〉，《東華漢學》第8期，2008年，頁256。

[50] 〔清〕曹雪芹、高鶚著，徐少知注，《紅樓夢新注》（臺北：里仁，2018年9月）。

[51] 〔周〕莊周著，〔清〕郭慶藩編，王孝魚整理：《莊子集釋》（臺北：群玉堂出版，1991年10月），頁4。

[52] 國教院：《異體字字典》諧：「齊諧」：古代志怪之書，一說為人名。後代志怪之書多以此名書，如《齊諧記》、《續齊諧記》。《莊子‧逍遙遊》：「齊諧者，志怪者也。」唐‧成玄英‧疏：「姓齊名諧，人姓名也，亦言書名也，齊國有此俳諧之書也。……齊諧所著之書，多記怪異之事。」。檢索時間：2022年1月6日 https://dict.variants.moe.edu.tw/variants/rbt/word_attribute.rbt?quote_code=QTAzODY0。

隋，特多鬼神志怪之書」。[53]魏晉南北朝志怪多見於《太平廣記》、《太平御覽》等類書，本書以《搜神記》、《搜神後記》、《博物志》、《續博物志》、《述異記》[54]及歷來集錄者魯迅之《古小說鉤沉》[55]，王國良《神異經研究》、《續齊諧記研究》[56]等，與李劍國《唐前志怪小說輯釋》[57]等輯校版本為輔，以及與《紅樓夢》共時之《聊齋誌異》、《閱微草堂筆記》[58]等進行對照。

以《紅樓夢》為主，志怪為輔。將《紅樓夢》百二十回本與魏晉南北朝志怪及同時代之含有「志怪」內容之文本參照，期望在重讀《紅樓夢》的陰性書寫上，得到發展性的成果。

本書擬從陰性書寫出發，故而陰性書寫亦是方法論之一。陰性書寫（Écriture féminine）係法國女性主義文學理論，本書透過重讀《紅樓夢》，轉化西方理論之陰性書寫，藉由文本

---

[53] 魯迅：《中國小說史略》，《魯迅小說史論文集及其他》（臺北：里仁書局，1992年9月），頁35。

[54] 〔東晉〕干寶：《搜神記》（臺北：古今文化出版社，1963年百子全書，光緒紀元崇文書局本）。〔東晉〕陶潛：《搜神後記》（臺北：古今文化出版社，1963年百子全書，光緒紀元崇文書局本）。〔東晉〕張華：《博物志》（臺北：古今文化出版社，1963年百子全書，光緒紀元崇文書局本）。〔東晉〕李石：《續博物志》（臺北：古今文化出版社，1963年百子全書，光緒紀元崇文書局本）。〔南梁〕任昉：《述異記》（臺北：古今文化出版社，1963年百子全書，光緒紀元崇文書局本）。

[55] 魯迅：《古小說鉤沉》，收於《魯迅全集》（臺北：唐山出版社，1989年9月）。

[56] 王國良：《神異經研究》（臺北：文史哲出版，1985年）。《續齊諧記研究》（臺北：文史哲出版，1987年）。

[57] 李劍國集釋：《唐前志怪小說輯釋》（臺北：文史哲出版社，1987年7月）。

[58] 〔清〕紀昀：《繪圖閱微草堂筆記》（臺北縣：廣文書局，1991年7月）。

回溯歷時漢文化傳統中的志怪文學、文人筆記等記述鬼怪之作品，以拓展並訂定屬於漢文化的「陰性書寫」。其涵蓋的範圍包括了西方陰性書寫中僅有的性別書寫，並拓開包含志怪書寫，這些屬於陰間、幽冥等「陰」性質的內容，包含神話鬼神精怪與女性性質的揉雜，隱於文學中的孤女的抒發，藏在傳統文學中的抒情、博物等方面，因此佐以志怪傳統，將《紅樓夢》視為古典文學的志怪及用典傳統的接受者，闡發書中幽微的「陰性書寫」書寫意涵及文學原型，成為屬於東方的陰性書寫。

　　法國女性主義思想家西蘇，1976 年提出陰性書寫，是一種新書寫理想，反對使用「男性」或「女性」的辭語，以避免人類禁錮於傳統二元對立邏輯中，且企圖顛覆男性邏輯社會。然而，其所強調的陰性書寫，當以顛覆男權為中心之控制與模式為重點，但其理論和實踐，無可諱言地似乎都落入了一種概念先行的誤導中，理論的重點既完全以破壞父權中心為主旨，而且又認為一切語言模式都是父權中心的產物，所以當其嘗試將理論概念落實到真正的寫作實踐時，則不免有心致力於對她們所認為屬於父權中心之邏輯性的語言的破壞。值得一提的是，陰性書寫所指的是一種寫作方式，與作者的生理性別無必然關係，其陰性書寫乃是多重性的，並非只停留在生理性別的女性身上，提倡只要書寫出來的作品具有陰性的特質，其即為陰性書寫。法國女性主義者珠莉亞・克莉斯蒂娃著名的「對話性」和「互文性」理論，她的女性主義是以佛洛伊德和拉岡的部份理念為基質，強調母性和差異，並倡導一種多元女性主

義理論，從文化、語言、文本中建構女性的意義等，[59]其「互文性」包含別的文本的歷史和心態的歷史等等，並經常所語言和文字的「極限狀態」，[60]其相信創造絕對不是複製父系論述，而是試圖使壓抑的符號動力再次釋放，如同「陰性特質」（le féminin）。[61]和西蘇將陰性書寫作為一種寫作方式，與作者的生理性別無必然關係，二人在脫離單一性別的寫作本質相似，但西蘇則更強調跨越二元對立，脫離男性邏輯中心的陰性書寫，西蘇所提出的「陰性書寫」特質並不專指生理性別之女性，故而《紅樓夢》作者曹雪芹超越時代性的女性關懷，恰有其可循之道。因此「互文性」理論與對語句的詮釋和西蘇的寫作方式，二者皆是本書為重讀「陰性書寫」之方法。

---

[59] 〔法〕珠莉亞‧克莉斯蒂娃（Julia Kristeva）著，納瓦蘿（M.-C. Navarro）訪談，吳錫德譯：《思考之危境：克莉斯蒂娃談錄》（臺北：麥田出版，2005年），頁10。

[60] 〔法〕珠莉亞‧克莉斯蒂娃著，納瓦蘿（M.-C. Navarro）訪談，吳錫德譯：《思考之危境：克莉斯蒂娃談錄》，頁143。

[61] 〔法〕珠莉亞‧克莉斯蒂娃（Julia Kristeva）著，彭仁郁譯：《恐怖的力量》（新北：桂冠圖書，2003年5月），導讀xiii。

第二章 〈美杜莎〉與《紅樓夢》
——陰性書寫釋義

　　陰性書寫（Écriture féminine）係法國女性主義文學理論。[1]本書將轉化此陰性書寫為屬於東方的陰性書寫。方法徑路乃先釐清西方陰性書寫（Écriture féminine）之理論，後以「重讀」（Rereading）」與細讀（close reading）文本的方式，以《紅樓夢》中特有的志怪書寫，將陰性書寫套入其中，使其成為屬於東方的陰性書寫。

第一節　法國陰性書寫（Écriture féminine）

　　伊蓮‧西蘇（Hélène Cixous）與露斯‧伊利佳萊（Luce Irigaray）[2]及茱莉亞‧克莉絲特娃（Julia Kristeva）有時被並稱為法國女性主義的三巨頭，英美學界又統稱此三巨頭的論述為「法國女性主義」[3]。三位女性主義論者，對陰性書寫皆有

---

[1] 伊蓮‧西蘇（Hélène Cixous）與露斯‧伊利佳萊（Luce Irigaray）及茱莉亞‧克莉絲特娃（Julia Kristeva）有時被並稱為法國女性主義的三巨頭。黃逸民：〈法國女性主義的貢獻與盲點〉，《中外文學》第21卷第9期，1993年2月，頁4。

[2] 又譯露絲‧伊莉格瑞、露西‧伊瑞葛來、伊希迦赫、伊希迦黑等。

[3] 顧燕翎主編：《女性主義理論與流派》（臺北：女書文化，2003年3月），頁299。

各自的詮釋，一致地強調性別差異（sexual difference）並肯定女性特質，以反擊男性壓迫女性存在的意識形態，期能鬆動陽性價值體系中的二分法僵化思考模式，企圖以更多元、開放性（openness）與尊重差異的理念為女性尋求更寬闊的生存空間。[4]伊利佳萊認為佛洛伊德所發展的人類主體，完全依西方、資本主義的、白種人的、而且以歐洲人為主的單一男性模式，若按這個模式，女人的再現唯有倚賴男性的觀點／視覺，才能對照出女人是何物，這類似約翰伯格說的「男人觀看，女人出現」。伊氏凸顯的女性性歡愉無所不在，而觸覺是她闡明女性性差異的重要思想之一，並用以反抗男性專制的視覺觀。她提出「女性言說」重點不完全在書寫，而是為了凸顯女性特色的千變萬化，以達到將男性的主流思想去中心化的效果。伊氏對身體與語言之間的互動關係，與西蘇之間的不同認知，強調的是企圖以改變書寫，來重塑人們對身體的認知。[5]克莉絲特娃公然指陳陰性書寫難逃將女性本質化的困境，甚至會淪為另一種性別論（sexism），不贊成陰性僅歸女人專屬，並提出符號界，在她的論述中則是希望在現代主義文學家、伊底帕斯情結出現前、父權和象徵秩序語碼尚未加諸於人類時，重新藉由符號學的方式，掌握感性、原初牙牙學語的身體律動，是對抗因果邏輯與直線秩序的科學理性和再現體制。[6]西蘇強調書寫身體，駁斥身／心二元論中對肉體的貶低，脫離陽性思考的

---

[4] 顧燕翎主編：《女性主義理論與流派》，頁 301。
[5] 顧燕翎主編：《女性主義理論與流派》，頁 313-325。
[6] 顧燕翎主編：《女性主義理論與流派》，頁 325-331。

直線性、單一性僵硬模式,將女性的多元化無限延伸出來,女性必須用實際行動實踐寫作,把自身經驗和需求寫進文本,才能自西方傳統思想的框線中解放。[7]三人都質疑語言的基本結構和慣用型態,認為語言的解析是重要的。且偏好以模糊不定的創作風格去抵抗男性霸權,因為她們認為明確示意的文字邏輯是專制的陽性思考。[8]

本書之陰性書寫主要受西蘇影響。法國女性主義思想家西蘇(Hélène Cixous)(1937-)1976年提出陰性書寫,是一種嶄新的書寫理想,反對使用「男性」或「女性」的辭語,以避免人類禁錮於傳統二元對立邏輯中。[9]在70年代初,性別差異被基進女性主義[10]視為女性受壓迫的主要根源,有關理論專注於性別角色分析,並欲以陰陽同體(androgyny,或譯「中性」,有時義同某些人所說的「單性」(unisex)取代兩極化的兩性。)70年代中期起,陰陽同體受到排斥而發展出婦女本位觀,女性異質(female differences,即女性不同於男性的特質),不再被認為是婦女被壓迫的根源,而反被視為婦女力量的來源及解放的種子,也是社會變革的契機。[11]尤其在父權

---

[7] 顧燕翎主編:《女性主義理論與流派》,頁302-312。

[8] 顧燕翎主編:《女性主義理論與流派》,頁333。

[9] 朱崇儀:〈性別與書寫的關連——談陰性書寫〉,《文史學報》30卷,2000年,頁33-51。

[10] 〔美〕羅思瑪莉・佟恩(Rosemarie Tong)著,刁筱華譯:《女性主義思潮》(臺北:時報文化,1996年),頁123,基進女性主義此一女性主義學派雖包羅甚廣,卻有一項主張可視為其共同綱領而無虞,那就是:「女性受壓迫是最根本、最基礎的壓迫形式。」……基進女性主義絕大多數都能同意:女性受壓迫是最早、最普遍、影響最深的一種人類壓迫形式。

[11] 顧燕翎主編:《女性主義理論與流派》,頁130。

機制的壓制之下,女性是被定位在「負面」、「附庸」之地位中,女性長期沉默與被消音,使女性被遺忘且否定了女性是可以擁有陰性的主體自我,是故西蘇主張「陰性書寫」的論點,一方面從語言文化著手,另一方面以陰性慾流為據點來強調差異性,進一步肯定陰性的主體與思想的存有。[12]西蘇強調的陰性書寫,主要是一種「書寫據說為陰性的」(a writing said to be feminine),因此這種書寫可以由男性或女性創作,主要是閱讀起來可以展現陰性之慾流(libidinal femininty),因此她反對傳統女性主義者強調作者的實證生理性別。[13]海爾布倫(Carolyn Heilbrun)指出,西方文學與神話裡有一個界定人類為結合男女性質的長遠傳統,這個平衡的觀點可以取代我們目前男女兩極化的文化。心理學家班姆(Sandra Bem)的陰陽同體測試亦顯示最伶俐、最有成就者為最具陰陽同體性格者,他和其他一些心理學家認為陰陽同體心理學可以消除性別刻板印象所造成的問題。[14]

一、西蘇的發現

西蘇在閱讀李斯佩特(Clarice Lispector,1920 年-1977 年)[15]一篇小品文《內裡》(*Dedans*)的時候,發現自己竟然乃是存在於故事裡的父親裡頭,並且她發現了母親的不在場:

---

[12] 李幸錦:〈論夏宇詩中的「陰性書寫」〉,《問學集》第八期,1998 年 9 月,頁 1-19。
[13] 黃逸民:〈法國女性主義的貢獻與盲點〉,頁 5。
[14] 顧燕翎主編:《女性主義理論與流派》,頁 131。
[15] 巴西猶太裔女作家。

那母親呢？母親是音樂，母親在那裡（而不是這裡），母親隱埋在後頭（「之後」而非「之前」），母親是呼吸的力量。對所有的法文書寫而言，母親明顯地是海（la mer）。在我的語言裡，我們很幸運地可以說母親就是海，這構成了我們想像力的一部份，對我們訴說著一些事。母親在英文裡說著 m'other，說著 my other（我的對體，我的它）。[16]

「母親是海」的說法，與女性主義主張之女性如水（經血、子宮、乳汁）流動相似。一般而言，太陽跟男性特質緊密相關，它被視為熱的、乾的；相反，雌性的月亮，則被視為冷的（就像它出現時的夜晚）、濕的（就像它支配著潮汐），因此中世紀神學家說道「月亮又冷又濕，是水的母親」。[17]西蘇正當她面對男性主義所帶給她的挫敗與憂鬱之中，她遇到了寫作的轉折，就是她遇見了李斯佩特，對她無疑是寫作的轉折。再而回到歷史上，西蘇發現自己身處在女性歷史之中，這是她1966年開始寫作之時，沒有的事情。但到了1968年女性歷史蔚然成勢時，她發現自己不能不身在其中。因此：

是的，我是女人，身處於對各個源頭和各種親近關係

---

[16] 〔法〕Hélène Cixous 著，李家沂譯：〈從潛意識這一幕到歷史的那一景〉，頁72。

[17] 〔加〕康斯坦絲‧克拉森（Constance Classen）著，王佳鵬、田林楠譯：《最深切的感覺：觸覺文化史》（上海：上海人民出版社，2022年9月），頁103。

中都要表示忠誠的困境中。我是母親、女兒，也無法停止作為一個女人。[18]

西蘇在種種困境中，意識到自己身為女人，即使身為人母、女兒，也改不了自己身為女性的事實，而這項事實也促使她必須為此身分有所作為。而在班姆的分析裡，深深困擾許多女性主義者的生產育幼問題便可迎刃而解，一旦所有男女在心理上都是陰陽同體人，生小孩與否便完全是婦女的個人選擇，而育幼的問題也會因男人新發展的撫育本能而得到解決。[19]西蘇在〈美杜莎的笑聲〉中這樣說道：

> 婦女必須通過她們的身體來寫作，她們必須創造無法攻破的語言，這語言將摧毀隔閡、等級、花言巧語和清規戒律。她們必須蓋過、穿透並且超越那最終的保留話語……[20]

她認為女性必須以身體書寫，必須用創新堅實豐富的語言、超越固有的男性主導的論述。正因為她用身體書寫，因而她發現自己從來不敢在小說中創造真正的男性角色，因為她對他的「爽快」（jouissance）。[21]社會性別的意念是獨立於生

---

[18] 〔法〕Hélène Cixous 著，李家沂譯：〈從潛意識這一幕到歷史的那一景〉，頁81。

[19] 顧燕翎主編：《女性主義理論與流派》，頁131。

[20] 〔法〕埃萊娜‧西蘇：〈美杜莎的笑聲〉，頁201。

[21] 〔法〕Hélène Cixous 著，李家沂譯：〈從潛意識這一幕到歷史的那一景〉，頁85。「我從來不敢在小說裡創造真正的男性角色。為什麼？因

理事實的,它是社會加給個人的期許、屬性、行為等等的集合,西方社會視為正常、自然的男女特性,事實上是藉社會壓力產生的,亦即心理學慣稱的「制約」。[22]關於陰性書寫,西蘇倡導:

> 寫作一直遠比人們以為和承認的更為廣泛而專制地被某種性欲和文化(因而也是政治的、典型男性的)經濟所控制,我認為這就是對婦女的壓制延續不絕之所在……寫作恰恰正是改變的可能,正是可以用來反叛思想的跳板,正是變革社會和文化結構的先驅運動。[23]

她敏銳的發現,男性的存在,是整體經濟、政治乃至文化所受控制的主因,同時也是女性受到壓制,不能發現自己的原因。佛蘭曲(Marilyn French)和米列等人一樣,視父權制度為一切壓迫方式的絕佳典範,她從人類社會學的演化過程來探索父權制度及男女特性的形成,並論證支配權(power-over)是支撐父權制度的奴役性意識形態。[24]西蘇基於整體社會受男性牽制的緣故,寫作是一種改變受男性牽制的方法:

> 她必須寫她自己,因為這是開創一種新的反叛的寫

為我用身體書寫,而我是女人,男人是男人,我對他的『爽快』(jouissance)。」

[22] 顧燕翎主編:《女性主義理論與流派》,頁132。
[23] 〔法〕埃萊娜・西蘇:〈美杜莎的笑聲〉,頁192。
[24] 顧燕翎主編:《女性主義理論與流派》,頁133。

作……1.通過寫她自己，婦女將返回自己的身體……2.這行為同時也以婦女奪取講話機會為標誌。寫作。這就為她自己鍛製出反理念的武器。為了她自身的權利，在一切象徵體系和政治歷程中，依照自己的意志做一個獲取者和開創者。……只有通過寫作，通過出自婦女並且面向婦女的寫作，通過接受一切由男性崇拜統治的言論的挑戰，婦女才能確立自己的地位。[25]

　　西蘇認為，首先透過書寫，婦女才能取得自己，才能奪得話語權，並且成為自己的開創者，並且接受男性統治的言論挑戰，確立婦女自身的地位。故而西蘇以為，女性建立一種新的語言，並且讓女性得以從陽物為語言中心的意識形態下解放，以發覺女性自我主體的存在，而以女性的身體為據點，充分地發揮屬於「陰性」自己的意識形態與特質。[26]且西蘇認為使用男性或女性之辭語，將使人類禁錮於傳統性別二元對立邏輯中，所以西蘇為完全脫離以菲勒斯（Phallus）為中心的意識形態，故不用女性之字眼，而使用陰性。[27]葉嘉瑩先生觀察到陰性書寫所指的是一種寫作方式，與作者的生理性別無必然關係，因此一般譯者往往將其所提出的「Écriture féminine」譯為「陰性書寫」而不稱之為女性書寫，這是為了表示一種特殊

---

[25] 王先霈、王又平主編：《西方現代文學批評》（上海：上海文藝出版，1999年2月），頁625-626。

[26] 李幸錦：〈論夏宇詩中的「陰性書寫」〉，《問學集》（8），1998年，頁3。

[27] 黃逸民：〈法國女性主義的貢獻與盲點〉，頁5。

的意涵。[28]西蘇所主張的陰性書寫,需具有不被定義的特質:

> 要給陰性書寫的實踐下定義是不可能的,而且永遠不可能。因為這種實踐永遠不能被理論化、被封閉起來、被規範化──但這並不意味著它不存在。然而它將總會勝過那種控制調節菲勒斯中心體系的話語。她正在而且將還在那些屬於哲學理論統治之外的領域中產生。它將只能由潛意識行為的破壞者來構思,由任何威權都無法制服的邊緣人物來構思。[29]

西蘇所倡導的陰性書寫,具有不被下定義的特質,是一種流動的、不被理論化、封閉化、規範化的存在,這樣的存在目的在調節男性統治體系的話語權。正因為此種不被定義性,黃逸民認為西蘇的陰性書寫,其特性在於企圖逾越二元論的概念,書寫身體是一種策略:

> 我將西蘇的「陰性書寫」(Feminine Writing),定義為一種另類的書寫,企圖要逾越男性及女性二元論的概念。因此,西蘇的書寫理論在強調性別的流動;尤其是在強調自我的崩解。西蘇的書寫理論另外一個重要的概念是,她提出了書寫女性的身體。根據我的研究,西蘇對於書寫身體的強調,應該被視為是一種策

---

[28] 葉嘉瑩:《性別與文化:女性詞作美感特質之演進》,頁 21。
[29] 王先霈、王又平主編:《西方現代文學批評》,頁 626。

略，在探索與她／他／它者之間的新的關係，來顯示陰性這個概念的模糊化及模稜兩可。對西蘇而言，陰性這個概念可被肉體化、本質化、形體化，也可以從文化的概念來解釋性別。[30]

性別的流動，是為顯是陰性這個概念的模糊化及模稜兩可，可以從肉體化、本質化、形體化、文化概念等方面來解釋性別，解釋西蘇的陰性書寫。李寬抱持著相似的看法：

認為由父權論述收編的人類語言不啻為對女性的身體、個人與社會身分的扭曲。女性為重申自身形象，應持續創造出超越二元對立、動搖理性與邏輯、得以將語言連結至自身身體及慾望、並具有語言結構浮動性及語意無止盡性的個人書寫，以避免落入陽性邏輯中心表徵主義的窠臼。[31]

西蘇的陰性書寫超越了二元的性別概念，乃是重新塑造女性自身，書寫女性的身體是一策略，對西蘇而言，陰性這個概念可被肉體化、本質化、形體化，亦可以從文化的概念來解釋性別。因此具有語言的浮動性和語意的無止盡性，這些逾越男性及女性二元論的概念，都是為了避免女性落入菲勒斯中心體

---

[30] 黃逸民：《論陰性：西蘇、依莉伽蕊、克莉絲蒂娃與巴赫汀的連結》，臺北：國立臺灣大學，88學年外國語文學系研究所博士論文。

[31] 李寬：《陰性書寫與摹擬敘事的反邏輯中心關係：銜接與身體隱喻及轉喻》，臺南：108年成功大學外國語文學系碩士學位論文。

系的緣故。其提出的陰性書寫，旨在透過陰性書寫找回女性發聲權，進而找回女性自我權，最終確立女性自身地位。而這些找回自我的方法，就在於寫作，也就是陰性書寫的目標。

> 對我而言寫作的故事總是從地獄開始，如同一則生命的故事。首先是自我的地獄，這個早期原始的渾沌，這些個黑暗，我們年輕時於其中掙扎，也從這裡建構出自我。[32]

對西蘇而言，寫作的故事是從自我的黑暗、混沌的地獄開始掙扎，乃至建構出自我。透過寫作，尋找自我的方法，也就是陰性書寫的終極目標。而西蘇認為使用男性或女性之辭語，將人類禁錮於傳統性別二元對立邏輯之中，因此很明顯的，對西蘇而言，重要的不是作者的性別而是書寫所展現之性別。[33]因此她反對傳統女性主義者強調作者的質證性別：

> 陰性書寫要小心避免名稱之陷阱，因為一個作品簽上女性的名字並不一定保證該書寫即為陰性的，也很有可能為陽性書寫。反之，一個作品簽上男性之名字，也不能排除其為陰性書寫之可能。[34]

---

[32] 〔法〕Hélène Cixous 著，李家沂譯：〈從潛意識這一幕到歷史的那一景〉，頁75。
[33] 黃逸民：〈法國女性主義的貢獻與盲點〉，頁5。
[34] 黃逸民：〈法國女性主義的貢獻與盲點〉，頁5。

西蘇所強調的陰性書寫乃是多重性的，並非只停留在生理性別的女性身上，她提倡只要書寫出來的作品具有陰性的特質，其即為陰性書寫。這樣多元不以性別導向來倡導陰性書寫的原因，作者相信這和她對東方異國風情的嚮往與詮釋有一定程度的連結。

二、東方的差異

　　西蘇有一齣關於高棉（即現柬埔寨）的劇本，這個歐蘭（Oriant）／東方（Orient）的旅程，劇本背景何以選在亞洲？因為亞洲、東方於她而言，是不同的世界，使她能感覺到之間的差異性，這份差異性在於：

> 因為亞洲的靈魂乃是宗教的靈魂，因為在那兒人們以合掌來問候彼此，因此亞洲聚合一切，因為它保育又殺生，既貧窮又富饒，因為緊鄰著白的無色是它的黑色，因為它是我們的史前史，卻又是我們發生於此刻的過去。因為那兒有面具：亞洲人信仰面具，信仰靈魂的面容，信仰他者，因為女性以河流舒緩的優雅之姿，持續不歇地在亞洲流動，因為女性在此有所承續。這是存在於千百萬人身上的現實。因為這裡有這麼多的死亡，也因此有如許多的生命。[35]

---

[35] 〔法〕Hélène Cixous 著，李家沂譯：〈從潛意識這一幕到歷史的那一景〉，頁87。

西蘇對於東方的想像與詮釋，以生死、窮富、黑白、過去現在等二元面向為例，同時含括生命、社會、文化、時間等不僅止於二元的內容，乃是對亞洲主導的關鍵因素來自宗教、信仰、靈魂等意涵的解讀。這些解讀對於無疑是一種西方對東方的想像，以及立場的預設，同時又涵括了東方無窮盡的能量與多元的解讀方法。她對東方想像空間的寬鬆，讓陰性書寫有了再詮釋的空間。

　　不同於西蘇的陰性書寫，茱莉亞・克莉絲特娃（Julia Kristeva）繼承傳統精神分析的論述，並承認父權體系運作模式下的優勢，認為「陰性」特質是一種否定性的存在，因此問題的癥結在於現今父權體系的書寫運作模式，除非改變體制，否則無以實踐陰性書寫。[36]因此，換言之，克莉絲特娃對於「陰性特質」被壓抑與邊緣化，不得不的採取接受，乃至理所當然的態度。是故，克莉絲特娃以為「她亦不認為提倡陰性書寫，刻不容緩」[37]，並指出西蘇由於夢想保有語言與身體間直接而無中介的關係，往往對女性身體有過度歌頌，進而被譏為本質主義的危險。[38]葉嘉瑩則認為西蘇雖原當以顛覆男權為中心之控制與模式為重點，但其理論和實踐，無可諱言地似乎都落入了一種概念先行的誤導中，理論的重點既完全以破壞父權中心為主旨，而且又認為一切語言模式都是父權中心的產物，所以當其嘗試將理論概念落實到真正的寫作實踐時，則不免有

---

[36] 朱崇儀：〈性別與書寫的關連──談陰性書寫〉，頁37。
[37] 朱崇儀：〈性別與書寫的關連──談陰性書寫〉，頁37。
[38] 朱崇儀：〈性別與書寫的關連──談陰性書寫〉，頁33。

心致力於對她們所認為屬於父權中心之邏輯性的語言之破壞。[39]

然而，西蘇贊同雙性觀念（bisexuality）：「雙性是完整個人的幻想」、「書寫是雙性的體現，因此是中性的，她可以消除差異。」[40]，「寫作恰恰正是改變的可能，正是可以用來作反叛思想之跳板，正是變革社會和文化結構的先驅運動。」[41]，並同時強調，陰性書寫是以女性身體為據點，使文本脈絡緊扣身體律動，發展出銘刻女性特質的「身體語言」（the language of the body），形成「身體即主體即文本三位一體的概念。」[42]克莉絲特娃與西蘇的作品，均強調放逐（exile）的經驗，或許與其個人經歷有關。[43]蕭媽媽進一步說明：

> 放逐首要面對的是他者異質的強勢，但自我是否不慘雜異質？西蘇造了一個生動的詞彙，稱自我體內的異質為「內在的混沌宇宙」（interior chaosmos），類似克麗絲特娃「自我的陌生者」（Strangers to Ourselves），強調自我／異質在微觀與宏觀世界中的糾葛。「異國人就住在我們自身，他是自我另一張隱藏的臉，當理解和親密潰敗之際，他是破壞我們居所的

---

[39] 葉嘉瑩：《性別與文化：女性詞作美感特質之演進》，頁 27。
[40] 蕭媽媽：〈我書故我在——論西蘇的陰性書寫〉，頁 57。
[41] 〔法〕埃萊娜・西蘇：〈美杜莎的笑聲〉，頁 192。
[42] 蕭媽媽：〈我書故我在——論西蘇的陰性書寫〉，頁 60。
[43] 蕭媽媽：〈我書故我在——論西蘇的陰性書寫〉，頁 63。

空間」。[44]

　　陰性書寫的意義，便在於呈現自我／異質間的傳播、轉化與互動。黃逸民認為對於性別本質論的質疑，否定作者性別之強調，而趨向於文體書寫展現之性別慾望的分析，乃法國女性主義者一大貢獻。並破除二元對立的思想體系，釋放出多元、異質性的差異。[45]

> 承認「陰性」書寫乃是介於二者之間（in between）進行，以檢視同（same）與異（other）之過程，沒有異（other），萬物無法生存，因此要破除死亡，乃首先要承認同異並存，而且同異並非固定於排除對方之爭鬥中，而是永恆不斷游離於互相交換變動之中。[46]

　　西蘇「包容雙性，不排除差異或其中之一性，這種自我放鬆（self-permission）將慾望之效應擴散於我身體之全身以及另一人之全身」。[47]這種非二元對立排列的關係，在前文曾強調西蘇對於「東方」想像中對於二元關係的寬泛，此寬泛的二元關係在《紅樓夢》中更加以展現。浦安迪同樣強調《紅樓夢》中非二元對立的關係，乃是互補二元性（complementary

---

[44] 蕭嫣嫣：〈我書故我在——論西蘇的陰性書寫〉，頁63。
[45] 黃逸民：〈法國女性主義的貢獻與盲點〉，頁6-7。
[46] 黃逸民：〈法國女性主義的貢獻與盲點〉，頁7。
[47] 黃逸民：〈法國女性主義的貢獻與盲點〉，頁7。

bipolarity）與多項周旋性（multiple periodicity）的概念框架，單個術語的二元性與周旋性排列，從一個術語到另一個術語的永不停息的交替，對立面之間的互蘊性，軸向或循環的持續交錯，在浦氏強調模式裡，一切周期都是自我完善的，一切二元體系都是被假設平衡的。[48]陰性書寫的特質，並不專指生理性別之女性，更符合作者曹雪芹以模擬陰性方式為眾女子描述的書寫，因此陰性書寫於《紅樓夢》中，是能夠以非二元關係解讀的書寫關係，乃至透過重讀重新定義屬於本書的「陰性書寫」。

第二節　重讀陰性書寫

延續西蘇非二元對立排列關係的「陰性書寫」，「雙性是完整個人的幻想」、「書寫是雙性的體現，因此是中性的，它可以消除差異。」等說法，可以發現陰性書寫，它是一種流動的不固定的存在，因此在不同場域中它或是可以被重新定義的。

一、如何重讀

在漢字文化圈內，「陰」有其字義上的延伸與特性。按《說文》「𢽾，闇也。水之南、山之北也。」[49]山的北面或水

---

[48]〔美〕浦安迪（Andrew H. Plaks）著，夏薇譯：《紅樓夢》的原型與寓意》（北京：三聯書店，2018年10月），頁10。

[49]〔東漢〕許慎著，〔宋〕徐鉉校定：《說文解字》，頁304下。

的南面,《異體》如:「山陰」、「淮陰」。曹丕〈善哉行〉四首之四:「朝遊高臺觀,夕宴華池陰」引申出陽光照不到的地方、背面、日影、月亮等義,同時《異體》字典提出「古人用指對立事物中的一方。與『陽』相對。如天、男為陽,地、女為陰」的解釋。在形容詞上,有昏暗的、祕密的、狡猾的、雌的(女性、柔性)以及有關死人或鬼魂的解釋(如:「陰間」、「陰曹地府」。《文選‧木華‧海賦》:「陽冰不治,陰火潛然。」)。[50]

《重讀石頭記:《紅樓夢》裡的情欲與虛構》將情欲視為《紅樓夢》中重要的本體提問。余國藩認為若要對「情」有所討論,應該置於漢世以後興起的宇宙觀的修辭裡,強調在《春秋繁露‧陽尊陰卑》可謂公然讚揚「丈夫雖賤皆為陽,婦人雖貴皆為陰」的關鍵樞紐。[51]丈夫/婦人、貴/賤、陽/陰,並有貴陽而賤陰的現象。其後果,根據余國藩的爬梳,《白虎通》對禮俗所做的闡發已明白顯示,「情」、「陰」、「女」在類比上已漸歸同類。[52]這種現象,不論是法國的「陰性」亦或東方的,都有「陽尊陰卑」的跡象。如若有人要從女人的立場來了解女人,無疑是向長久既存的社會倫序挑戰。之於法國女性主義家的陰性書寫,所提倡的是包容雙性,不排除差異或

---

[50] 國教院:《教育部異體字字典》檢索時間:2021 年 11 月 25 日 https://dict.variants.moe.edu.tw/variants/rbt/word_attribute.rbt?quote_code=QTA0NDI1

[51] 〔美〕余國藩(Anthony C. Yu)著,李奭學譯:《重讀石頭記:《紅樓夢》裡的情欲與虛構》,頁 113。

[52] 〔美〕余國藩著,李奭學譯:《重讀石頭記:《紅樓夢》裡的情欲與虛構》,頁 114。

其中之一性，將慾望之效應擴散於我身體之全身以及另一人之全身，在重讀陰性書寫時，東方的陰性書寫，又何嘗不能以兼容的姿態，囊括性別之外的，特別是西蘇提到的，想像的屬於東方色彩，生死、窮富、黑白、過去現在等二元面向，同時含括生命、社會、文化、時間等不僅止於二元的內容，乃是對亞洲主導的關鍵因素來自宗教、信仰、靈魂等意涵的解讀。因此，何嘗不能重新釋義屬於東方的陰性書寫呢？

李歐梵在〈漫談中國現代文學中的「頹廢」〉中提到，關於《紅樓夢》中的「淫」他覺得還有另外一層意義：

> 曹雪芹把他的時不我予的世紀末情緒，寄託在小說中的主人公身上，使賈寶玉所追群的是一種「情」境——也就是以情造成的抒情境界，以對抗塵世的濁。這種情境的代表人物顯然是絕代超華的女子，所以這是一本「陰性」的小說，所指的不但是男女性別意義上的女子，而且也和道家所說的陰陽之「陰」有內在的聯繫；道家的美學意識中的水是一種陰性，而淫意識行為也是「水」性的……[53]

顯示了東方學者亦將《紅樓夢》視為「陰性」小說的看法，並且與「水」的流動性有所關聯，在傳統中國北方、黑色視為水的象徵，水的特性，《尚書·洪範》：「水曰潤下，火

---

[53] 李歐梵：《現代性的想像：從晚清到五四》（臺北：聯經出版，2019 年 12 月），頁 300。

曰炎上。」唐孔穎達正義：「水之性潤萬物而退下。」，「潤」，即滋潤，「下」即下行。潤下，是指水性就下，可滋潤萬物，[54]引申為具有滋潤，下行，寒涼，閉藏等性質或作用的事物和現象，歸屬於水。水亦屬陰性，與女性主義主張之女性如水（經血、子宮、乳汁）相似，具有流動性。水作為情感的隱喻，也有顛覆男性社會，回歸陰性的價值的意義。[55]

> 並無大賢大忠理朝廷、治風俗的善政，其中只不過幾個異樣女子，或情或痴，或小才微善，亦無班姑、蔡女之德能。（1回，頁4）
> 歷來野史，或訕謗君相，或貶人妻女，奸淫凶惡，不可勝數。更有一種風月筆墨，其淫穢污臭，塗毒筆墨，壞人子弟，又不可勝數。至若佳人才子等書，則又千部共出一套，且其中終不能不涉於淫濫，以致滿紙潘安、子建、西子、文君。不過作者要寫出自己的那兩首情詩艷賦來，故假擬出男女二人名姓，又必傍出一小人其間撥亂，亦如劇中之小丑然。（1回，頁5）

　　從上述等語來看，《紅樓夢》作者曹雪芹，有意脫離歷來大賢大忠理朝廷、治風俗的善政，男性作者所作之壞人子弟、

---

[54] 國教院：《重編國語辭典》檢索時間：2022年4月25日 https://dict.revised.moe.edu.tw/dictView.jsp?ID=136977&word=%E6%BD%A4%E4%B8%8B

[55] 周靜佳：〈情與悟——《紅樓夢》「水」意象探討〉，《漢學研究集刊》（1），2005年，頁89-109。

千篇一律的才子佳人故事，並且「竟不如我半世親覩親聞的這幾個女子，雖不敢說強似前代書中所有之人。（1回，頁5）」意為閨閣女子作傳，大有脫離陽具邏輯中心之感，雖不至於顛覆男性社會，但大可言《紅樓夢》是一部企圖消除性別差異，體現雙性特徵，乃至向女兒靠攏的作品也不為過。這也是《紅樓夢》之所以偏屬中性，甚至陰性的原因之一，而屬於《紅樓夢》的陰性書寫，也在此表現。

在重讀陰性書寫的場域下，接受同異並存的陰性書寫中，屬於漢字文化圈的「陰」性書寫，其辭義的含括必將兼容所有，而其中不同於西方陰性書寫者，莫若「陰間的」、「死人」、「鬼魂」，以及道家陰陽的解釋。這些對於東方熟悉的屬陰性質的內容，包含神話鬼神精怪與女性性質的揉雜，置於文學中，有一種隱於文學中的孤女的抒發，或藏在傳統文學中的抒情、博物等方面，因此佐以志怪傳統，將《紅樓夢》視為古典文學的志怪及用典傳統之接受者，以闡發書中隱秀幽微「陰性書寫」的書寫意涵及其文學原型。陽間／陰間並非截然二分的兩個世界，乃是在魏晉南北朝志怪中常見的常／異界在恍惚朦朧間，互相交涉，顯現，甚至交換的空間關係。這種關係，將取決於入異界者與在常界者，以及作者在文章情節上的鋪陳關係。此時「物」與「情」往往交互作用，產生互文的效果。

十三回可卿魂託鳳姐兒，甲戌眉批：「『樹倒猢猻散』之語全猶在耳，曲（屈）指三十五年矣。」[56]可知在脂硯齋及作

---

[56] 《紅樓夢新注》，頁330。

者等人的心目中,樹倒猢猻散並非只是一句警語,乃是一段記憶的召喚。隨著曹家家逢變故,庇蔭曹家七十餘年的大樹,樹倒猢猻散,曹寅的孫子曹雪芹落魄京城西郊,開始寫小說。[57]作者便在完而未完的遺民記憶中,「忽念及當日所有女子,一一細考較去,覺其行止見識,皆出於我之上,何我堂堂鬚眉,誠不若此裙釵哉?實愧則有餘,悔又無益之大無可如何之日也!(1回,頁1)」,牌坊、宮殿、園林,在這些空間中,為這些在零碎的記憶裡,在這樣的基礎上完成這場紅樓大夢。

「記憶」乃奠基於現實語境的心理經驗,即對過去進行有意的建構、重構,而施用於文學創作,其建構與重構的複雜性尤異於常。當代新知對記憶的認知,已超越儲存器的想像,本質上更接近一種喚回機制,亦即將「過去」重新喚回當下、現在。[58]而記憶的特質是破碎的,尤麗雯在其文章中引用《記憶七罪》作為記憶偏差的佐證,《記憶七罪》中有七大宗罪,分別是健忘、失神、空白、錯認、暗示、偏頗、糾纏。健忘、失神、空白三者屬於「不作為」(omission)之罪,意思是我們明明希望想起來的事實、事件或觀念,卻偏偏想不起來。認錯、暗示、偏頗、糾纏屬於「作為」(commission)之罪,也就是說,雖然記憶看似存在,卻是不正確或不受歡迎的。[59]而縱使記憶的缺失偶爾會帶來困擾,但也令人深自警惕,而且記

---

[57] 〔英〕史景遷(Jonathan D. Spence)著,溫洽溢譯:《曹寅與康熙》,頁257-259。

[58] 楊玉成,劉苑如主編:《古今一相接——中國文學的記憶與競技》,〈導論〉(臺北:中研院文哲所,2019年9月),頁xiv。

[59] 〔美〕沙克特(Daniel L. Schacter)著,李明譯:《記憶七罪》(臺北:大塊文化,2002年),頁12-13。

憶仍不失為連結過去與未來的可靠指引。[60]回憶是種類似現在心靈的可視形象般的東西，但是即使這樣它也不同於展示在我們肉眼前的形象，在我們的回憶裡背景是模糊不清的，出現的是某種形式、故事、意義與價值有關的獨特的問題等。[61]既作為連結過去與未來的可靠指引，《紅樓夢》作者刻意將「真事隱」、「假語存」，所隱匿不言的或許是記憶的作為與不作為所引發，因此在重讀的過程裡，後設技巧與現代語言學的分析法，成了不可或缺的方法之一：

> 克里斯蒂娃的理論目標是將詩性語言（文學與詩歌）看成一種意指的過程，也就是說，將詩性語言看成一個言說主體生成的符號系統，而這類言說主體處在社會和歷史領域之中。……詩性語言代表著語言的無限可能性，所有其他的語言行為，僅僅是內在於詩性語言的所有可能性的部分實現。……克里斯蒂娃關注重心是在符號學領域，符號學被認為是研究符號的整體科學，在克里斯蒂娃的符號學研究中包含著一個特定的領域，她稱為符號態，這一模態被看成是它的意指過程的兩種模態之一，另一種是象徵態，這兩種模態的區分，盡管並不能等同於無意識和意識，本我與超我，或自然與社會的區分……此處所設想的符號態與

---

[60] 〔美〕沙克特（Daniel L. Schacter）著，李明譯：《記憶七罪》，頁15。

[61] 〔美〕宇文所安（Stephen Owen）著，鄭學勤譯：《追憶：中國古典文學中的往事再現》，頁143。

象徵態的對立存在於語言中,並通過語言來運作。[62]

克莉絲特娃將詩性語言看成一個言說主體生成的符號系統,關注重心是在符號學領域,《紅樓夢》作者刻意將文本「真事隱」、「假語存」所隱匿不言,故而則需要透過後設技巧與現代語言學的分析法來分析。

尤麗雯認為由於記憶與文學創作都需具有相當程度的隨意性,不符合也無須符合寫實的嚴謹要求,因此作者在追述往日事物時,對於查抄而離開的故居,有許多想像與虛構的成分,故居所具有的重大事件,構成了往事追憶的部分。[63]陳平原認為往事的記憶,必定都是殘缺不全,有因時間侵蝕而斷裂,也有因人為破壞而損耗。面對往日生活的破碎印象,必須有足夠的想像力與理解力,才能復原那些歷史場景,做出準確的價值評判。[64]所謂的人為破壞,指的是回憶者的文化立場以及審美趣味,可能會汙染證據,也可能會誤入歧途,更可能過度詮釋。[65]故而「忽念及當日所有女子,一一細考較去,覺其行止見識,皆出於我之上,何我堂堂鬚眉,誠不若此裙釵哉?實愧則有餘,悔又無益之大無可如何之日也!」乃是作者的一大自白,全書之裙釵乃是回憶中的片段記憶,與寫作交叉使用「畫

---

[62] 〔法〕茱莉亞・克莉絲特娃著,張穎、王小姣譯:《詩性語言的革命》(成都:四川大學出版社,2016年11月),頁7-10。

[63] 尤麗雯:〈小姑女神的放逐與招魂——從杜麗娘到林黛玉談家國想像的傳承與演變〉,頁251。

[64] 陳平原,王德威編:《北京:都市想像與文化記憶》(北京:北京大學出版社,2005年5月),序一頁2。

[65] 陳平原,王德威編:《北京:都市想像與文化記憶》,序一頁2。

家烟雲模糊處,觀者萬不可被作者蒙蔽了去,方是巨眼。」[66]回憶總是與名字、環境、細節和地點有關,相比起來,回憶無名無姓已經作古的人,顯然不如回憶某個具體的人來得生動。[67]在傳統裡用典和詠史大概是最有力的用於替代的修辭手段,用典和詠史與歷史和回憶相似,是回想而不是虛構。[68]中國的文學傳統傾向於強調作品與活的世界之間的延續性,[69]可見作品並非單一憑空想像的文本,乃是仰賴記憶或現實之延伸。康來新〈記憶、虛構、書寫:重讀薄命司〉:

> 記憶之學的介入,「薄命司」為之重新編碼,圖讖諧音等文字遊戲的產物,可解為助記(女性)之術的編碼;命運簿冊的典藏、管理,也儼然人物檔案館的建制;集園林、牌坊、宮殿三種建築模式的空間打造,或未必能比附西方修辭學因記憶技藝之需而形成的記憶之宮,卻是富於記憶現場的文化意涵,如園林之於浪漫的嚮往、牌坊之於貞節的崇拜、宮殿之於帝王的想像……,其中所累積的舊典、故事,無不是意味深

---

[66] 《紅樓夢新注》,頁7甲戌眉批。

[67] 〔美〕宇文所安(Stephen Owen)著,鄭學勤譯:《追憶:中國古典文學中的往事再現》,頁34。

[68] 〔美〕宇文所安著,鄭學勤譯:《追憶:中國古典文學中的往事再現》,頁195。

[69] 〔美〕宇文所安著,鄭學勤譯:《追憶:中國古典文學中的往事再現》,頁95。

長的文史承傳,豈不另一種形式的集體記憶?[70]

重讀之意義意在於斯。《紅樓夢》作者對於太虛幻境中的園林、牌坊、宮殿之空間描述,包含著另一種形式的集體記憶,承傳自國族情懷與其他文學的傳承想像。敘事形塑與建構著歷史的記憶,書寫成為內化記憶的外延。[71]我們不難看出小說所寫乃是康、雍、乾三朝的社會現實,是一個現實主義家感於正視現實的勇氣,取材於貴族家庭的日常起居、飲食宴筵、婚喪禮儀、男女情事以及家族內部的勾心鬥角、爭權奪利。[72]相對於現代文學彼端的「除魅」工程,當下小說的關懷是「招魂」魂兮歸來:在森森鬼影間,我們再次探勘歷史廢墟,記憶迷宮。[73]文本和流傳之間的關係是從文本(textus)與評論(commentarius)這兩個概念來相互聯繫發展的,通過流傳,人們可以跨越距離對其進行追溯。[74]故而「重讀」也意在追索《紅樓夢》作者對於文本施加家國記憶之匠心獨具處。

---

[70] 康來新:〈記憶、虛構、書寫:重讀薄命司〉(桃園:國立中央大學主辦「第一屆紅樓夢與明清文學國際論壇暨研究生論文發表會」,2007 年 6 月 7-8 日),頁 3-4。

[71] 王璦玲:〈記憶與敘事:清初劇作家之前朝意識與其易代感懷之戲劇轉化〉,《中國文哲研究集刊》24 期,2004 年,頁 41。

[72] 孫遜、陳詔:《《紅樓夢》與《金瓶梅》》(寧夏:寧夏人民出版社,1982 年 8 月),頁 4。

[73] 王德威:《後遺民寫作——時間與記憶的政治學》(臺北:麥田城邦文化出版,2007 年 10 月),頁 162。

[74] 〔德〕阿斯特莉特・埃爾主編,余傳玲等譯:《文化記憶理論讀本》(北京:北京大學出版社,2012 年 1 月),頁 8。

二、微物幽情

《說文》微,「㣲,隱行也。从彳,敚聲。《春秋傳》曰:『白公其徒微之。』」[75]有隱匿、昏暗不明、暗中、伺探、精妙幽深、微小等義。[76]隱,「𨼆,蔽也。从𨸏,㥯聲。[77]有藏匿、遮瞞、隱微精深處之義。」[78]。幽,「㓆,隱也。从山中𢆶,𢆶亦聲。[79]有隱微、深遠、昏暗不明、鬼神、暗昧」或稱為冥土等義。[80]三者同義字,皆有隱微、隱微精深、精妙幽深等義,「幽」甚至有冥土義,鍾嶸〈詩品序〉:「靈祇待之以致饗,幽微藉之以昭告。」[81]此幽微即幽冥,幽奧深隱之物,此是為「鬼神」義。[82]訓此三字,係為表達微物與幽情二者,隱含不明的意義,也是藉此挖掘本書「陰性書寫」的徑路。此二者非對立的關係,之於本書的「陰性書寫」乃是並

---

[75] 〔東漢〕許慎著,〔宋〕徐鉉校定:《說文解字》,頁 43 上。

[76] 國教院《異體字字典》檢索時間:2021 年 11 月 25 日　https://dict.variants.moe.edu.tw/variants/rbt/word_attribute.rbt?quote_code=QTAxMzAw

[77] 〔東漢〕許慎著,〔宋〕徐鉉校定:《說文解字》,頁 305 下。

[78] 國教院《異體字字典》檢索時間:2021 年 11 月 25 日　https://dict.variants.moe.edu.tw/variants/rbt/word_attribute.rbt?quote_code=QTA0NDQ2

[79] 〔東漢〕許慎著,〔宋〕徐鉉校定:《說文解字》,頁 84 上。

[80] 國教院《異體字字典》檢索時間:2021 年 11 月 25 日　https://dict.variants.moe.edu.tw/variants/rbt/word_attribute.rbt?quote_code=QTAxMTk5

[81] 〔梁〕鍾嶸著,曹旭集注:《詩品集注(增訂本)》(上海:上海古籍出版社,2011 年 10 月),頁 1。

[82] 國教院《教育部重編國語辭典修訂本》檢索時間:2022 年 1 月 10 日　https://dict.revised.moe.edu.tw/dictView.jsp?ID=153592 及〔南梁〕鍾嶸著,曹旭集注:《詩品集注(增訂本)》,頁 4,「幽微,即幽冥,幽奧深隱之物,此指鬼神。江淹《雜體詩》:『精衛銜木石,誰能測幽微?』古《箋》:『《樂記》曰:『名則有禮樂,幽則有鬼神。』《正義》曰:『幽冥之處,尊敬鬼神,以成物也。』』」

列、對等的關係。

微物是為「物異體系」，幽情是為「抒情體系」，具有真實與虛幻的二重性。陳麗如曾將兩種系統以「鏡像書寫」為定義代稱，其鏡像不只是影像的狹義關係，亦廣義用以表示因鏡衍生的現象或延伸的象徵意涵，凸顯鏡子此「物」的本質及其特殊效用。[83]本書擬以此為徑路，在「陰性書寫」上佐以「物異體系」與「抒情體系」兩套系統。在，「情」、「陰」、「女」、「陰間的」、「死人」、「鬼魂」、「異物」、「幽冥」等詞彙下所表達的「陰性書寫」，逆推回看其「物異體系」與「抒情體系」兩套系統，詳細解讀其表現之微物與幽情。

王德威認為太平之世人鬼相分的時代難見，反倒是人鬼相雜成為常態，鬼魅流竄於人間，提醒我們歷史的裂變創傷，總有未有盡時。跨越肉身及時空的界限，消逝的記憶及破毀的人間關係去而復返，正如鬼魅歸來，正因如此傳統的鬼怪故事不僅止於見證迷信虛構，而更直指古典敘事中寫實觀念游離流變的特徵。書寫即招魂。[84]

舉例來說，前文所舉之鳳姐兒與平兒說笑後「胡亂睡了。這日夜間，正和平兒燈下擁爐倦繡，早命濃薰繡被，二人睡下，屈指算行程該到何處，不知不覺已交三鼓。平兒已睡熟了。鳳姐方覺星眼微朦，恍惚只見秦氏從外走來……（13

---

[83] 陳麗如：〈論古典小說「鏡像書寫」的兩度裂變——《古鏡記》與《紅樓夢》〉，《興大人文學報》第 49 期，2012 年 9 月，頁 77。

[84] 王德威：《現代中國小說十講》（上海：復旦大學出版社，2003 年 10 月），頁 352。

回，頁330）」。在半夢半醒間，夢見可卿魂託。可卿魂託是為「陰性書寫」，「擁爐倦繡」、「濃薰繡被」，擁爐倦繡中的火爐與繡被，濃濃熏香，此些空間中的微物營造的氛圍，再而引出幽遠的情思，才能引活人與陰間的死者可卿的幽情，三重互為表裡，是為微物、幽情與陰性書寫之應合。也就是說，從此斷「陰性書寫」反推回證的微物與幽情，其是具有神異性質的感官旅程，取其火爐、繡被、熏香以及半夢半醒胡亂睡下，具備觸覺、嗅覺、視覺等感官反應，微物方能迸發人物感情、心靈、意志的幽情，此些皆是作者有意以文學包裝之記憶技巧。

> 凡是回憶觸及的地方，我們都發現有一種隱密的要求復現的衝動。當我們回過頭來考察復現自身的時候，我們發現，只有通過回憶復現才有可能。[85]

在每一段以文學包裝的回憶裡，我們拆解包裹記憶的技藝，這些作者意圖復現的回憶才有可能得到復現。宇文所安認為人與人之間呈現環狀的重複，是大自然的圓形循環，[86]這和浦氏所強調之互補二元性（complementary bipolarity）與多項周旋性（multiple periodicity）的概念框架相似。單個術語的二元性與周旋性排列，從一個術語到另一個術語的永不停息的

---

[85] 〔美〕宇文所安著，鄭學勤譯：《追憶：中國古典文學中的往事再現》，頁139。

[86] 〔美〕宇文所安著，鄭學勤譯：《追憶：中國古典文學中的往事再現》，頁28。

交替，對立面之間的互蘊性，軸向或循環的持續交錯，在浦氏強調模式裡，一切周期都是自我完善的，一切二元體系都是被假設平衡的。[87]可見在記憶的重現，與環狀的重複關係及互補二元性、周旋性排列是有關聯性的，其關聯性在於人與人之間的循環與大自然的環狀關係，而記憶便包裹其中，是串連現在與過去的管道。記憶力使他們意識到自己失去了某種東西，由於這種失落，過去被視為理所當然的東西，現在有了新的價值。[88]文本，透過每次朗誦時得以隆重地更新，[89]記憶的文本亦復如是。

第三節　陰性書寫之於曹雪芹《紅樓夢》

　　西蘇提倡的陰性書寫有著顛覆父權中心、突破二元之說等理想，廿世紀的西蘇和十八世紀的曹雪芹，陰性書寫之於《紅樓夢》作者曹雪芹，這些理想雖非完全契合，但是透過其背景、作品，亦能發掘其之間可聯繫之處。

　　曹雪芹的先祖曹錫遠，原居瀋陽，以正白旗包衣身分，列

---

[87] 〔美〕浦安迪著，夏薇譯：《《紅樓夢》的原型與寓意》，頁 10。
[88] 〔美〕宇文所安著，鄭學勤譯：《追憶：中國古典文學中的往事再現》，頁 7。
[89] 〔德〕阿斯特莉特・埃爾主編，余傳玲等譯：《文化記憶理論讀本》，頁 10 以《荷馬史詩》為例，「跨越始於四五世紀的黑暗時代，將特洛伊戰爭提升為標準化的過去，尤其其中的《伊利亞特》成為一種處於中心，塑造形象具有聯言式意義的回憶。這是一種泛希臘的歸屬感意識的身份識別，這種身份意識別是跨越國界的。這種意識在泛希臘聯盟對抗來自東部的敵人時表現出來並且得到加強，而且在每次朗誦時得以隆重地更新。」

名滿人氏族的族譜之中,[90]是投靠滿人的上層社會(包括宗室和八旗貴族)。雖然到曹雪芹家道已中落,官位盡失,而且也沒有功名,但也算是上層階級的一員。[91]滿族征服中國後,漢化日益加深,逐漸發展出一種滿漢混合型的文化,這種文化特色之一是用早已過時的漢族禮法來粉飾流行於滿族間等級森嚴的社會制度,其結果則是滿人的上層社會走向高度的禮教化。[92]從脂批和《紅樓夢》正文都可看到滿族的軌跡,如鳳姐在會芳園登仙閣哭靈,「鳳姐吩咐得一聲:『供茶燒紙。』只聽得一棒鑼鳴,諸樂齊奏,早有人端過一張大圈椅來,放在靈前,鳳姐坐了,放聲大哭。於是裡外男女上下,見鳳姐出聲,都忙忙接聲嚎哭。(14回)」是「八旗喪禮,屬纊、成殮、舉殯,則男婦擗踴咸哭。」[93]的八旗哭喪法。[94]又,「八旗有喪之家,於門外建設丹旐,長及尋丈。貴者用織金朱錦為之,下者亦用朱繒朱帛為之,飾已繡錦。」[95],十三回秦可卿停靈時:「會芳園臨街大門洞開,旋在兩邊起了鼓樂廳,兩班青衣按時奏樂,一對對執事擺的刀斬斧齊。更有兩面朱紅銷金大字牌對豎在門外,上面大書:『防護內廷紫禁道御前侍衛龍禁

---

[90] 〔英〕史景遷著,溫洽溢譯:《曹寅與康熙》,頁19。

[91] 〔英〕史景遷著,溫洽溢譯:《曹寅與康熙》,頁46。

[92] 余英時:〈曹雪芹的反傳統思想〉,收於《曹雪芹與紅樓夢》(臺北:里仁書局,1985年1月),頁14。

[93] 〔清〕福格撰,汪北平點校:《聽雨叢談》卷7〈助哭〉(北京:中華書局,1984年8月),頁161。

[94] 余英時:〈曹雪芹的反傳統思想〉,頁17。

[95] 〔清〕福格撰,汪北平點校:《聽雨叢談》卷11〈丹旐〉,頁233。

尉。』」，兩面朱紅銷金大字牌即織金朱錦的變相。[96]五十四回「寶玉，別喝冷酒，仔細手顫，明兒寫不得字，拉不得弓。（54回）」，康、雍、乾三朝屢下諭要八旗子弟熟習弓馬，並規定必須能馬步箭才准作文考試。[97]再從如二十回脂批：「大家規矩原是如此，一絲不錯。」[98]、二十二回：「寫寶玉如此，非世家曾經嚴父之訓者段（斷）寫不出此一句。」[99]、第二十四回：「好層次，好禮法，誰家故事？」[100]等批語中，可以確知作者曹雪芹是在嚴峻的禮法環境中長大的。但作者曹雪芹則專以「禮」字為攻擊的對象，《紅樓夢》全書都是暴露禮法的醜惡。[101]而從曹雪芹反傳統思想的特性來看，《紅樓夢》「大旨談情」，其「情」字無疑正是「禮」字的對立面。[102]在反傳統思想基本上屬於魏晉反禮法的那一型，在理論上持老莊自然與周孔名教相對抗，在實踐上則常表現任情而廢禮。[103]曹雪芹以八旗上層社會人士背景反傳統思想，無疑是對抗整體以禮教為典的社會，這和西蘇意圖打破父權邏輯中心社會的精神，可謂相當。

　　西蘇認為：

---

[96] 余英時：〈曹雪芹的反傳統思想〉，頁18。
[97] 余英時：〈曹雪芹的反傳統思想〉，頁20。
[98] 陳慶浩：《新編石頭記脂硯齋評語輯校（增訂本）》，頁398。
[99] 陳慶浩：《新編石頭記脂硯齋評語輯校（增訂本）》，頁445。
[100] 陳慶浩：《新編石頭記脂硯齋評語輯校（增訂本）》，頁463。
[101] 余英時：〈曹雪芹的反傳統思想〉，頁23。
[102] 余英時：〈曹雪芹的反傳統思想〉，頁29。
[103] 余英時：〈曹雪芹的反傳統思想〉，頁31。

> 在女性的界域裡，沒有什麼是可以用理論來處理。科學對女性也未能置喙。唯一能說的是寫作並不能說明女性，或將女性化為理論，只能和女性玩著遊戲，或者歌吟女性。用論述來談女性，只會淪為理論的化約。當某人和你談論女人，你只能「回應」，就像回應一則控訴。……身為女人是無法去說明展露的，必須去感覺，必須讓身為女人這個存在的自身被感覺到，這是歡愉的經驗……[104]

根據西蘇的說法，認為女人是被排除在任何學科的，即便是寫作也不能說明女性或將女性化為理論。然而，在《紅樓夢》第五回寶玉神遊太虛幻境，透過寶玉之眼，呈現了太虛幻境中「痴情司」、「結怨司」、「朝啼司」、「夜哭司」、「春感司」、「秋悲司」，並經由警幻仙姑之口，得知「此各司中皆貯的是普天之下所有的女子過去未來的簿冊」，由此可見作者曹雪芹有意將全天下女性編列於冊，並放置在不同情感慨歎的單位（司）中，實有為女性入史作傳之意，令女性得以獲得記載。從各司的名稱可以明白，揀選入傳的女性條件，非以國家典籍、史傳傳統之男性眼光加諸在女性上的貞烈賢德，而是以悲劇性的角度，痴情、結怨、朝啼、夜哭、春感、秋悲等概括全天下這些被男性主觀權力所規範、壓迫，無法獲得和

---

[104] 〔法〕Hélène Cixous 著，李家沂譯：〈從潛意識這一幕到歷史的那一景〉，頁 81。

男性相等自由的悲苦女性，[105]作為揀選入傳的條件。此也正是體現作者自云：「**閨閣中本自歷歷有人……使閨閣昭傳，復可悅世人之目，破人愁悶（1回）**」的著書目的。閨閣，女子居住的臥房，引申為女性的意思，在閨閣中「本」便自歷歷有人，無疑是作者曹雪芹對「歷歷有人」卻不被昭傳的閨閣女子的同理、同情。其中，既非只是歌吟女人或使女性成為理論的化約，女人的存在「被書寫」、「被感覺到」（被存在），隱約達到了陰性書寫的目的。

　　西蘇所謂的「陰性書寫」所指的只是一種寫作方式，與作者的生理性別並無必然關係，故可以由男性或女性創作。其所謂的雙性特質，不同於傳統的「雌雄同體」（androgyny）理想，想要泯滅性別差異，反而具有開放，流動，承認複數形式的特色，能賦與女性書寫時表達的優勢，從而取代父權中心強調「非此即彼」之統合單一性的壓制性論述。[106]西蘇表示：

> 是的，我是女人，身處於對各個源頭和各種親近關係都要表示忠誠的困境中。我是母親、女兒，也無法停止作為一個女人。[107]

作為一個女人，有著多重的身分，既是母親也是女兒，更

---

[105] 汪順平：《女遊記——論《紅樓夢》的閨閣、海上、詩社》，桃園：中央大學 2013 年中國文學系碩士論文，頁 19。

[106] 朱崇儀：〈性別與書寫的關連——談陰性書寫〉，頁 5。

[107] 〔法〕Hélène Cixous 著，李家沂譯：〈從潛意識這一幕到歷史的那一景〉，頁 81。

是女人，且每一個身分都要表示自己的忠誠和完整。同樣作為女人，在中國傳統歷史中，未婚的女性不列入宗祠受祭拜，未婚女性死後將成為小姑神、姑娘神或者孤魂野鬼。《紅樓夢》作者體察出女人的困境，跳脫中國家庭歷時已久、具有男女主從階級定例的陳套，在第五回所列舉出的各司閨閣，都是「有命無運」的女子，且又更著重在未嫁的身分，為這些沒有被婚姻所固著，因此消失於歷史洪流不被記憶的女性留下紀錄。[108]除了列舉情榜、釵冊之外，於「在皇權、神權、宗族權之下最受壓抑的女性」下，又書裡的人物形塑出前人以至於明清時期所忽略的女性類型，如黛玉寶釵等千金閨秀外，舉凡尼姑如妙玉、智能兒，府中侍婢晴雯、襲人，甚至連幼兒巧姐兒也列入採納，對十二女官也有動人的描寫，更特出劉姥姥這位具有穿街走巷特質「魚眼睛」婦人，使她跳脫寶玉所謂的「寶珠、死珠、魚眼睛」三層評比論述，賦予她老練通達且娛樂性的一面。[109]對於前人所忽略的女性類型的記載、諸女子的記錄以及對女性人物的「擇要」篩選，是其他古典文學作品中所少見的。《紅樓夢》廣收各類女子類型，各象徵著不同人物所代表的身分，陰性書寫此一書寫方式，從此時觀看彼時之曹雪芹，對應其作品《紅樓夢》或是可成立的。

　　從作者曹雪芹賦予《紅樓夢》女性書寫的能力，也能窺得陰性書寫的痕跡。在大觀園這個代表虛幻的女性烏托邦世界內，閨閣女性可以盡情透過書寫展現自己，主動地表達自我意

---

[108] 汪順平：《女遊記——論《紅樓夢》的閨閣、海上、詩社》，頁 24。
[109] 汪順平：《女遊記——論《紅樓夢》的閨閣、海上、詩社》，頁 26。

識，對興趣的執著、對世界的期待與感懷。無論是被動的流離、出嫁，還是主動的出遊，其背後都可歸納至同一個目的，即以書寫達成記憶，在寫作或口述的當下，她們手中的筆，以及說出的言語便不再只是形而下的物質和溝通媒介，甚至昇華為形上，以救贖那些不被記憶的女性群體。[110]明清時期才媛活動日益增加，作者曹雪芹亦讓她們展現女性的才德觀，讓她們成立詩社、在詩社內活動，清淨女兒在被視為男性文人階級才許涉獵的詩詞創作中，宣揚了自己的情緒、理念和渴望，打破了時代風氣對她們所塑造的性別刻痕和建構，讓她們得以游移於男性／女性界線之間，打造更多的可能性。[111]詩社眾女子有著獨立思考、判斷且表達自我的能力，《紅樓夢》讓閨閣女子得以以自己的筆書寫自己，這亦是陰性書寫之於作者曹雪芹相可聯繫的緣故之一。

西蘇致力於破壞男性父權邏輯之控制，突破二元對立之說，而享有開放文本的喜樂。明清宗法專制社會父權的極致，在曹雪芹筆下表現得淋漓盡致，依按「父要子亡，子不亡不孝」的禮教，父親享有打兒子的權利，四十五回，賴嬤嬤便回憶道：

> 又指寶玉道：「不怕你嫌我，如今老爺不過這麼管你一管，老太太護在頭裡。當日老爺小時挨你爺爺的打，誰沒看見的。老爺小時，何曾像你這麼天不怕地

---

[110] 汪順平：《女遊記──論《紅樓夢》的閨閣、海上、詩社》，頁162。
[111] 汪順平：《女遊記──論《紅樓夢》的閨閣、海上、詩社》，頁162。

不怕的了！還有那邊大老爺，雖然淘氣，也沒像你這扎窩子的樣兒，也是天天打。還有東府裡你珍哥兒的爺爺，那纔是火上澆油的性子，說聲惱了，什麼兒子，竟是審賊！如今我眼裡看著，耳朵裡聽著，那珍大爺管兒子倒也像當日老祖宗的規矩……」（45 回）

中國宗法制度是絕對權威，賈政小的時候也曾挨過父親的打，賈赦也被打、賈敬也被打過，這些「老爺」們挨父親的打，老一輩的僕人人盡皆知。而今賈政打寶玉，也是展現父權絕對權威的時候，寶玉被打的原因是寶玉在外流盪優伶、表贈私物，在家荒疏學業、逼淫母婢等罪過，使寶玉遭賈政毒打。寶玉之於琪官，使賈政有失「更擇良朋，切磋夾輔，避不使親近狎僕損友，導之以聲色，並誘其游博奕。如此則子弟之學必有成，庶可謂克盡父兄之責也。」[112]在傳統父權社會中，父兄有著教子弟之法，引導孩子擇良朋，使之學有所成的父親之責。但寶玉蔑視傳統觀念中的虛偽、荒謬，與優伶為友，並斷然拒絕走上仕途經濟之道，他追求逸出禮教教條的自由生活，同情被壓迫者的苦難，自由生活與傳統觀念兩者之間的碰撞，有人認為寶玉挨打隱藏著父子「篡弒」的衝突。[113]然而，即便最終寶玉失敗（挨打了、被迫走上仕途經濟之道了），也可以看出作者曹雪芹透過寶玉那如第三回《西江月》一詞所言之

---

[112] 〔清〕唐彪輯著：《家塾教學法》《光緒二十一年浙江書局刻本》。

[113] 于洋〈以《紅樓夢》為例看明清家庭教育中的父子篡弒衝突〉，《文學教育》，2016 年 5 月，頁 58-59。

情性：「無故尋愁覓恨，有時似傻如狂。縱然生得好皮囊，腹內原來草莽。潦倒不通世務，愚頑怕讀文章。行為偏僻性乖張，那管世人誹謗！富貴不知樂業，貧窮難耐淒涼。可憐辜負好韶光，於國於家無望。天下無能第一，古今不肖無雙。寄言紈褲與膏粱：莫效此兒形狀！」，企圖掙脫父權的枷鎖的跡痕，這點雖未達到西蘇希望「顛覆」父權的程度，但和強調破壞男性父權控制的陰性書寫，亦有相謀合之處。

　　從《紅樓夢》全書中，可以發現從作者曹雪芹反抗禮教、欲為閨閣女子立傳、人物的擇角、大觀園內女性結社共同書寫的能力到寶玉的挨打，可以看出《紅樓夢》作者曹雪芹對於女性的關懷同情以及彼時寫作的開創性。此一開創性對應到本書所探討的陰性書寫，從顛覆父權、突破二元對立等方面，有幾分相謀合之處。對於當時女性無法說明展露的，作者使閨閣女性的個人存在的價值得以獲得伸張。西蘇說道：「活著就像活在出生或死亡之前，每一天都是首日也是末日。歡欣與顫抖。這便是對我而言的寫作：一束跳躍在道路的闇黑中微小而顫動的光，從死亡中寫作朝向生命裡的死亡。」[114]對西蘇而言，寫作如同救贖，是一束跳躍在道路的闇黑中微小而顫動的光，從每一個首日、末日的日子中，透過寫作復甦自己，並藉由寫作逐漸朝向生命的結束。而曹雪芹寫作的出發點眾多，其中一項便是「閨閣中本自歷歷有人……使閨閣昭傳」，為了使本應存在於歷史中的閨閣女子得以顯揚地傳錄，於是乎「披閱

---

[114] 〔法〕Hélène Cixous 著，李家沂譯：〈從潛意識這一幕到歷史的那一景〉，頁 75。

十載，增刪五次，纂成目錄，分出章回」，曹雪芹在落拓的京郊生活，以鬻詩文買酒，正如他長期埋首書寫的女性悲歌般哀悽。從此時看來，陰性書寫之於曹雪芹《紅樓夢》，意在於斯。

小結

　　法國女性主義思想家西蘇，1976 年提出陰性書寫，是一種新書寫理想，反對使用「男性」或「女性」的辭語，以避免人類禁錮於傳統二元對立邏輯中，且企圖顛覆男性邏輯社會。並且，陰性書寫所指的是一種寫作方式，與作者的生理性別無必然關係。西蘇對東方同時有一些想像，這些想像出於「亞洲的靈魂乃是宗教的靈魂」的差異，使得西蘇所期待的東方充滿著玄而未知又抽象，西蘇對於東方的想像與詮釋，以生死、窮富、黑白、過去現在等二元面向為例，同時含括生命、社會、文化、時間等不僅止於二元的內容，乃是對亞洲主導的關鍵因素來自宗教、信仰、靈魂等意涵的解讀。浦安迪針對《紅樓夢》提出的補二元性與多項周旋性，二元關係的平衡，也與西蘇意所強調的非單一性別書寫相似。

　　《紅樓夢》作者曹雪芹，所寫的並無大賢大忠理朝廷、治風俗的善政，也不寫男性作家一成不變的才子佳人小說，專為閨閣女子立傳，「我半世親覩親聞的這幾個女子，雖不敢說強似前代書中所有之人，但事跡原委，亦可以消愁破悶……（1回，頁 5）」，可能曹雪芹無意顛覆男性專權社會，但他的寫

作與西蘇所說之「寫作恰恰正是改變的可能，正是可以用來作反叛思想之跳板，正是變革社會和文化結構的先驅運動。」，似相謀合。陰性書寫的特質，並不專指生理性別之女性，更符合作者曹雪芹在書中站在女性角度，以女性或雙性之姿，以模擬陰性方式為眾女子描述的書寫，使得《紅樓夢》相當程度亦屬於「陰性書寫」的作品。

在重讀（Rereading）陰性書寫的場域下，同意同異並存的陰性書寫，屬於漢字文化圈的「陰」性書寫，其辭義的含括必將兼容所有，其中不同於西方陰性書寫者，莫若「陰間的」、「死人」、「鬼魂」，以及道家陰陽的解釋。這些東方熟悉的屬陰性質的內容，包含神話鬼神精怪與女性性質的揉雜，置於文學中，有一種隱於文學中的孤女的抒發，或藏在傳統文學中的抒情、博物等方面，因此佐以志怪傳統，將《紅樓夢》視為古典文學的志怪及用典傳統之接受者，以闡發書中隱秀幽微「陰性書寫」的書寫意涵及文學原型。

記憶是曹雪芹撰寫《紅樓夢》的目的之一。「忽念及當日所有女子，一一細考較去，覺其行止見識，皆出於我之上，何我堂堂鬚眉，誠不若此裙釵哉？實愧則有餘，悔又無益之大無可如何之日也！」乃是作者的一大自白。《紅樓夢》作者對於太虛幻境中的園林、牌坊、宮殿之空間描述，包含著另一種形式的集體記憶，承傳自國族情懷與其他文學的傳承想像。不難看出小說所寫乃是康、雍、乾三朝的社會現實，是一個現實主義家感於正視現實的勇氣，取材於貴族家庭的日常起居、飲食宴筵、婚喪禮儀、男女情事以及家族內部的勾心鬥角、爭權奪利，故而「重讀」也意在追索《紅樓夢》作者對於文本施加家

國記憶之匠心獨具處。

　　因此，本書重讀《紅樓夢》的「陰性書寫」，所指的是《紅樓夢》作者曹雪芹一反當時父權宗法制度下的社會常態，體察女性、書寫對於女性的關懷，同時也有對人或非人的同情等，並賦予書中女性書寫自己的能力，寫出女性自我的文本創作內容。以及透過《紅樓夢》文本的微物與幽情，傳承於漢字文化圈關於「陰間的」、「死人」、「鬼魂」的、「情」、「陰」、「女」等志怪傳統脈絡，兩者共構而成的陰性書寫。並兼談作者曹雪芹對於《紅樓夢》文本可能施加的家國記憶。

第三章　微物寄情
——身體、凝視與燒焚

　　物，《說文》「**物**，萬物也。」[1]，是客觀存在之一切物體，所延續的字義甚廣，包含物畜之種類，《玉篇·牛部》：「物，生天地間，謂物也。」《詩經·小雅·六月》：「比物四驪，閑之維則。」《周禮·地官·牧人》：「牧人掌牧六牲，而阜蕃其物，以共祭祀之牲牷。」[2]；客觀存在之人、事，相對於「我」而言，如：「物我兩忘」。《史記·卷二四·樂書》：「凡音之起，由人心生也。人心之動，物使之然也。」[3]宋范仲淹〈岳陽樓記〉：「不以物喜，不以己悲。」；形色、形態顏色，《周禮·春官·保章氏》：「以五雲之物，辨吉凶水旱降豐荒之祲象。」漢鄭玄注：「物，色也。視日旁雲氣之色。」[4]《太平御覽·卷三四〇·兵部·物》：「雜帛為物，以雜色綴其邊，為翅尾也，將帥之所建也。」[5]；物產。《周禮·天官·太宰》：「八曰斿貢，九曰

---

[1] 〔東漢〕許慎著，〔宋〕徐鉉校定：《說文解字》，頁 30 上。

[2] 〔清〕阮元審定，盧宣旬校：《周禮注疏》，頁 195-1。

[3] 《史記》，頁 1179。

[4] 《斷句十三經經文·周禮·春官·保章氏》（臺北：臺灣開明，1991 年），頁 40。

[5] 〔宋〕李昉等撰：《太平御覽》（臺北：臺灣商務，1967 年 1 月）據上海涵芬樓影印，頁 1688。

物貢。」漢・鄭玄・注：「物貢：雜物魚鹽橘柚。」[6]；特指人，南朝宋劉義慶《世說新語・言語》：「羊權為黃門侍郎，侍簡文坐。帝問曰：『夏侯湛作羊秉敘絕可想。是卿何物？有後不？』」[7]……等義。上述「物」義隨著上下文脈絡而有所不同。

　　物，現今一般做為物質、萬物、事物等義，然而就文獻來看，「物」的傳統意義不專指物質。杜正勝認為「物」特指某一範疇的超自然存在，這種用法在先秦相當普遍。《周禮・春官・神仕》「以夏至日致地示物魃。」[8]，魃，《說文》：「老精物也。」[9]、《字彙・鬼部》：「魅，與魃同。魑魅精怪之物。」[10]，物魃即是物怪之類的東西。而太史公曰：「學者多言無鬼神，然言有物。」[11]意使「鬼神」與「物」應該是對立的概念，但物怪作為大類往往有一種叫做「鬼物」的東西，當單稱為「鬼」時，即等同於「物」。[12]在多采多姿的物怪世界中，鬼、怪、妖、精等字眼或它們的複合詞逐漸普遍流傳，「物」與傳統文學中談異鬼神之「志怪」有了連結。漢魏

---

[6]　《斷句十三經經文・周禮・天官・太宰》，頁 3。

[7]　〔南朝宋〕劉義慶撰，〔梁〕劉孝標注，楊勇校箋：《世說新語校箋》（北京：中華書局，2007 年 5 月），頁 109。

[8]　〔清〕阮元審定，盧宣旬校：《周禮注疏》，頁 424-1。

[9]　〔東漢〕許慎著，〔宋〕徐鉉校定：《說文解字》，頁 188 下。

[10]　國教院：《異體字字典》檢索時間：2022 年 4 月 25 日　https://dict.variants.moe.edu.tw/variants/rbt/word_attribute.rbt?quote_code=QTA0Njg2LTAwOQ

[11]　《史記》，頁 2049。

[12]　杜正勝：〈古代物怪之研究──一種心態史和文化史的探索（上）〉，《大陸雜誌》104:1，2002 年 1 月，頁 3。

學者對於經傳「物」字的訓詁多解作「事」，致使典籍的解釋上塗上濃厚的人文主義色彩，從其論述中可以看到現今「物」多解釋為物質、事物是從漢代奠基而來，[13]這種現象即是一種權力的表述，展現了一種對知識的權威性，因為這些學者握有對知識解釋的權力，而他們的地位以及特有的專業知識，再經由知識體系的權力建構，「物」多半被賦予「事」義。[14]若從另一文化立場觀察，黃應貴《物質與物質文化》一書導論中詳述了西方近代關於物與物質文化研究發展，認為精神物質的二分、主客關係的相構與世俗化，徹底改變了對「物」的看法，[15]因此對「物」的認識與概念，主要是接受了西方近代物質、接受了精神物質二分、主客體二分與世俗化等觀念，才將「物」與「物質」關係緊密結合。

　　物，現今有作為一般物質、萬物、事物等義，審視古典文學中的「物」則包含了許多意涵，排除純粹的技術物品，可以觀察到兩個層次的存在，那便是客觀本義和引伸義層次。透過後者，物件被心理能量所投注、被商業化、個性化、進入使用，也進入了文化體系。[16]物質文化是社會不可或缺的一部分，無法在除去物質文化的情況下去了解社會，物質文化也使我們在社會中與他人產生聯繫，提供我們比語言使用或直接互

---

[13] 杜正勝：〈古代物怪之研究——一種心態史和文化史的探索（上）〉，頁5。

[14] 羅苑翎：《物體系的甦／異敘事——《燈草和尚傳》新論》（臺北：大安出版社，2010年12月），頁31。

[15] 黃應貴主編：《物與物質生活》（臺北：中研院民族所，2004年5月），〈導論〉，頁1-26。

[16] 〔法〕尚・布希亞著，林志明譯：《物體系》，頁76。

動更具體持久的方法,分享價值、活動與生活方式,物質文化無法跟語言或互動切割,能促使互動發生,提供我們一種和語言相當類似的互動方法,並具有中介的作用。[17]

第一節　物之感觸

　　社會人類學家弗雷澤（J.G.Frazer）將巫術的原理分為兩大部分,一是「同類相生」或果必同因,二是物體經過相互接觸,中斷實體接觸後還會繼續遠距離的相互作用,即交感巫術（交感律）,又分為順勢巫術（相似律）、接觸巫術（接觸律）。[18]順勢巫術的惡意用途,例如以人偶詛咒,《紅樓夢》裡馬道婆對寶玉與鳳姐兒所為即是;良善的用途是防法病痛,即通靈寶玉除邪祟、療冤疾,解決了人偶詛咒。接觸巫術則是被認為存在於人和他的身體某一部分（如頭髮或指甲）之間的感應魔力,這類透過接觸他者物品,無論多遠都可以通過對其所屬的人身達到願望,[19]《紅樓夢》裡千里伏線的信物交換,即是一例。然而,在自然界裡,一個事件總是必然地和不可避免地接著另一事件發生,並不需要任何神靈或是人的干涉,這便是交感巫術以道地、純粹的形式出現的過程,[20]正如小說中

---

[17] Tim Dant 著,龔永慧譯:《物質文化》（臺北:書林出版,2009 年 9 月）,頁 10。
[18] 〔英〕弗雷澤著;汪培基譯:《金枝:巫術與宗教之研究》,頁 23。
[19] 〔英〕弗雷澤著;汪培基譯:《金枝:巫術與宗教之研究》,頁 55。
[20] 〔英〕弗雷澤著;汪培基譯:《金枝:巫術與宗教之研究》,頁 75。

即便虛構，其發生的種種皆有其必然，並且內容帶有巫術的信仰。本節將較著重於物體系，也便是透過觸摸感知的物品，進而引發人物的情感，也便是進入物品價值的引伸層次，並以《金枝》中的原理相輔，以闡發「物」的特殊意涵。觸物有時容易傷情，尤其是敏感的孤兒黛玉特別容易透過物品感到傷感，黛玉在面對故鄉土物時，無不思念動情。其次寶玉與晴雯交換指甲與襖子，指甲和襖子作為晴雯身體的延伸，讓寶玉觸及物件，能夠時時惦念晴雯，並留個念想。再來為表記的交換，傳統婚姻、愛情或友情間，為了表示自己的情深義重，以及信義、約定的證據，往往有信物的交換，信物交換在《紅樓夢》中往往伏線千里，及至後續回目才發揮其作為信物的作用和效果。最後是服食丹藥與對交感巫術起作用的物件。

一、觸物傷情

寶玉、黛玉作為《紅樓夢》的主角，兩個人皆有易傷感的特質，寶玉乃出於「情不情」、黛玉則出於「情情」。寶玉的作小伏低，自居為濁物，自謙卑微的心態，以高度的想像力去體會女兒心地的幽微靈秀，用無私的同情心去感悟女兒命運的無可奈何。[21]黛玉則囿限於寄人籬下的無奈中，情所情愛之事，也揭示了絳珠草的淚，所預示的悲哀與乖舛的悲劇中。[22]

---

[21] 陳萬益：〈說賈寶玉的「意淫」與「情不情」——脂評探微之一〉，收於《曹雪芹與紅樓夢》（臺北：里仁書局，1985年1月），頁220。

[22] 〔美〕余國藩著，李奭學譯：《重讀石頭記：《紅樓夢》裡的情欲與虛構》，頁315。

（一）黛玉獲土物

黛玉從小失恃，而後由榮國府收養，不久後又失怙，黛玉徹底成為無父無母的孤女，在「詩禮簪纓之族」中戰戰兢兢地生活著，盡可能地配合榮國府的習慣與作息。心思敏感的黛玉，收到故鄉風土的時候，內心相當地哀傷：

> 惟有林黛玉他見江南家鄉之物，反自觸物傷情，因想起他父母來了。便對著這些東西，揮淚自嘆，暗想：「我乃江南之人，父母雙亡，又無兄弟，隻身一人，可憐寄居外祖母家中，而且又多疾病，除外祖母以及舅母、姐妹看問外，那裡還有一個姓林的親人來看望看望，給我帶些土物？使我送送人，粧粧臉面也好。可見人若無至親骨肉手足，是最寂寞，極冷清，極寒苦，沒趣味的。」想到這裡，不覺就大傷起心來了。（67回，頁1617）

觸物傷情，睹物思情，實是黛玉思念家鄉故土之緣故。黛玉自小失恃，在書中雖未明說她在幾歲投靠母親娘家賈府，只知是蒙學的年紀，而後失怙，她只能長期寄人籬下。心思敏感易泣的黛玉，正因故鄉風土猶如土地的連結，使她觸物傷情。同時，江南家鄉的土物在此處亦可以《金枝》中之相似律來看待，土物乃當地風土之物，與故土之間有著相互連結的作用，這些土物包括了：

> 且說寶釵隨著箱子到了自己房中，將東西逐件逐件過

了目，除將自己留用之外，送一分一分配合妥當：也有送筆、墨、紙、硯的，也有送香袋、扇子、香墜的，也有送脂粉、頭油的，有單送頑意兒的；酌量其人分辨。只有黛玉的比別人不同，比眾人加厚一倍。（67回，頁1616-1617）

送禮在《紅樓夢》裡隱含著許多寓意，寶釵送給黛玉的土物比眾人加厚一倍，包含著感情的親疏遠近，第二十八回寶玉等人自清虛觀打醮返回，宮裡端午的節禮也送到了賈府，透過襲人的口得知了禮物的清單：

襲人道：「老太太的多著一個香如意，一個瑪瑙枕。太太、老爺、姨太太的只多著一個如意。你的同寶姑娘的一樣。林姑娘同二姑娘、三姑娘、四姑娘只單有扇子同數珠兒，別的都沒有。大奶奶、二奶奶她兩個是每人兩疋紗，兩疋羅，兩個香袋，兩個錠子藥。」寶玉聽了，笑道：「這是怎麼個原故？怎麼林姑娘的倒不同我的一樣，倒是寶姐姐的同我一樣！別是傳錯了罷？」（28回，頁740）

禮物的多寡可以有幾種截然不同的解釋，一是寶釵在元妃心目中的地位的提升，使她與元妃疼愛的親弟寶玉有同等份量的禮物；二是寶釵乃是姨表親，而其他姐妹是為親妹或姑表妹的關係，為了禮遇關係較為疏離的親屬關係，因而厚此薄彼。寶釵見了禮物，心裡也別有滋味，「昨兒見元春所賜的東西，

獨他與寶玉一樣，心裡越發沒意思起來。幸虧寶玉被一個黛玉纏綿住了，心心念念只記掛著黛玉，並不理論這事。（28回，頁742）」此處的「沒意思」或許可想作寶釵心裡有些許難堪，因此深怕寶玉深問此事。另外，在感情越發親近的時候，也有可能越發疏離，如襲人與寶玉的關係，「原來這一二年間，襲人因王夫人看重了他了，越發自要尊重。凡背人之處，或夜晚之間，總不與寶玉狎昵，較先幼時反倒疎遠了。（77回，頁1871）」。而寶釵送給黛玉的土物比別人加厚一倍，回到《紅樓夢》的文脈，可以見到寶釵與黛玉的關係是極好的，黛玉曾向寶釵訴道自己無依無靠的投奔賈府，又不是正經主子，熬燕窩粥此事「底下的婆子、丫頭們，未免不嫌我太多事了」等語，可見黛玉在賈府內孤苦無依，獨向寶釵傾訴的情況。而後當晚，下著雨，知寶釵不能來，便讀了〈秋閨怨〉〈別離怨〉等詞並寫了〈秋窗風雨夕〉：

> 蘅蕪苑的一個婆子，也打著傘提著燈，送了一大包上等燕窩來，還有一包子潔粉梅片雪花洋糖。說：「這比買的強。姑娘說了：姑娘先吃著，完了再送來。」……黛玉自在枕上感念寶釵，一時又羨他有母兄；一面又想寶玉雖素日和睦，終有嫌疑。（45回，頁1107）

寶釵送給黛玉的土物比他人加厚一倍，在此看來可視為姐妹二人的感情深厚，或寶釵對黛玉無依伶仃的同情。所送的東西包含筆墨紙硯等文具，香袋扇子香墜等裝飾品，脂粉頭油等

化妝品,這些物件都是日常隨時可見之物,獨獨不同是,這些物件是經由薛蟠外出商辦購買回來的南方土物。黛玉與父母相處的童年在南方度過,因此觸物傷情,是黛玉經由觸及這些日用家常物品引起感傷,也是黛玉透過物件喚起故鄉情懷。因此南方的土物,已不僅止於物質上的風土物產的表層意義,乃是具有喚醒地方記憶的文化產物,又或許各地風土物產對各地各人皆有相當程度的回憶,故而「土物」本身便具有豐富的記憶意涵與文化意義。而南方又正是作者曹雪芹過去所居之處,故而或許這亦是作者喚起家國記憶的一種方法。〈感深秋撫琴悲往事〉中黛玉撫琴悲往事,在情緒最高昂的時刻,卻彈蹦了弦。在《搜神記》中有淮南王劉安弦歌撫琴:

> 淮南王安,好道術。設廚宰以候賓客。正月上午,有八老公詣門求見。門吏曰王,王使吏自以意難之。曰:「吾王好長生,先生無駐衰之術,未敢以聞。」公知不見,乃更形為八童子,色如桃花。王便見之,盛禮設樂,以享八公,援琴而弦,歌曰:「明明上天,照四海兮。知我好道,公來下兮。公將與余,生羽毛兮。升騰青雲,蹈梁甫兮。觀見三光,遇北斗兮。驅乘風雲,使玉女兮。」今所謂淮南操是也。[23]

淮南王援琴而弦歌為八公的「淮南操」,是表現其喜好道術,鍾愛駐顏之術的表現。而同樣是撫琴,黛玉撫琴,是遣悲

---

[23] 〔東晉〕干寶:《搜神記》,頁 9614-9615。

往事。作者刻意不寫黛玉視角,乃是以寶玉與妙玉剛別了惜春,離了蓼風軒,接近瀟湘館時,忽聽得叮咚之聲,於是二人便走至瀟湘館外,在山子石坐著靜聽,二人甚覺音調清切。撫琴是用以排遣悲情,然而正因為過於悲情,彈蹦了弦,可以想見黛玉心中的苦楚與悲涼。

(二)寶玉收指甲與紅綾襖

寶玉在晴雯遭攆出大觀園後,曾偷偷前往晴雯住處,瞧看晴雯的狀況,當時四下無人,只剩下晴雯一人在外間房內爬著,寶玉命婆子在院門外瞭哨,他獨自掀起草簾進來,一眼就看見晴雯睡在蘆席土炕上,含淚伸手輕輕拉她,悄喚兩聲。拉著她的手,只覺瘦如枯柴:

> 說:「可惜這兩個指甲,好容易長了二寸長,這一病好了,又損好些。」晴雯拭淚,就伸手取了剪刀,將左指上兩根蔥管一般的指甲齊根鉸下;又伸手向被內將貼身穿著的一件舊紅綾襖脫下,並指甲都與寶玉道:「這個你收了,已後就如見我一般。快把你的襖兒脫下來我穿。我將來在棺材裡獨自躺著,也就像還在怡紅院一樣了。論理不該如此,只是擔了虛名,我可也是無可如何了。」寶玉聽說,忙寬衣換上,藏了指甲。(77回,頁1869)

指甲和舊紅綾襖,一是身體的部分,一是貼身衣物,皆是延伸晴雯身體的物件。寶玉收下晴雯的指甲與舊紅綾襖,晴雯

對寶玉說「以後就如見我一般」，是因為此兩樣物件，是晴雯身上鉸下、脫下的身體部分及貼身衣物，因此見其如見其人。晴雯穿上寶玉的襖兒，也是相同道理，往後「也就像還在怡紅院一樣了」。兩人交換了彼此的貼身衣物，而寶玉收藏並觸及晴雯的指甲，如見她一般，晴雯收下寶玉的襖兒，效果亦同。頭髮、指甲、牙齒、血液、穿過的衣服等物件，都能視同彼此的人物易換，如同《金枝》中之接觸律，藉由觸碰／穿著對方的貼身物／指甲，該物可視為個人身體的延伸，使人睹物如同人在。《後漢書》中記「〈帝王紀〉曰：『成湯大旱七年，齋戒翦髮斷爪，以己為犧牲，禱於桑林之社，以六事自責。』」[24]此處說的爪即指甲，古時乾旱嚴重時，常以活人獻祭，商湯乃一國之君，齋戒斷髮割指甲作為自己的替身祝禱，有「捨身」救世之義。指甲有時也用於求愛巫術，長沙馬王堆三號漢墓竹簡《養生方》中有記「取雄左蚤（爪）四，小女子左蚤（爪）四，以鏊熬，……酒中飲之，必得之。」[25]取得男女左手指甲或腳指甲，在鐵鍋上烤焦加入酒中飲下，就能得到對方的寵愛。可見指甲有作為人身替代的文化，晴雯的指甲和她的紅綾襖都有作為身體代替的功能，寶玉透過觸碰晴雯的指甲紅綾襖，得到深切的身體感受，對晴雯的思念之情亦隨之爆發。

　　寶玉收晴雯的指甲與紅綾襖，也符合寶玉親近女兒、保護女兒的癖性，尤其二人又是枉擔虛名，因此晴雯才道「回去她

---

[24] 〔劉宋〕范曄撰；〔唐〕李賢等注；〔晉〕司馬彪補志；楊家駱主編：《後漢書》卷 41，〈第五鍾離宋寒列傳第三十一〉（臺北：鼎文書局，1981 年）據宋紹興本，頁 1408。

[25] 不著撰人：《養生方》收入《續修四庫全書》藏外道書，頁 5。

們看見了要問，不必撒謊，就說是我的。既擔了虛名，越性如此，也不過這樣了。」，兩人之間已交換了物件，往後雖不能再見，卻實在地有如晴雯在身邊無異，在此指甲與紅綾襖等於晴雯的替代。寶玉對晴雯是相當寵愛的，從三十一回〈撕扇子作千金一笑〉中說道晴雯的個性「你的性子越發慣嬌了。早起就是跌了扇子，也不過說了兩句，你就說上那些話。」在折扇的軒然大波後，兩人在撕扇時獲得了和解。[26]就連賈母對晴雯也是抱持著良好的印象，「但晴雯那丫頭我看他甚好，怎麼就這樣起來。我的意思這些丫頭的模樣爽利言談針線多不及他，將來只他還可以給寶玉使喚得。」唯王夫人在旁讒言，使得晴雯遭撵。寶玉對晴雯的感情是警幻所訓之意淫，而非一般凡夫俗子的皮膚淫濫，從撕扇情節的和解便可窺一二，因此當寶玉收得晴雯的紅綾襖與指甲時，晴雯才言「既擔了虛名，越性如此，也不過這樣了。」，這般無所證明清白的無可奈何之語。

正因為有「情」，使物件作為人的替代物更為適切。倘若無「情」，物件即單純只是物件，難以有對象的連結。晴雯與寶玉多年來的主僕情誼，使「情」更加深刻且動人。指甲與舊紅綾襖兩物件在此成為晴雯身體的延續，寶玉的襖兒也使晴雯有相同的感受，甚至有空間置換的延伸，使晴雯將來就算死了獨自在棺材內也如同在怡紅院中。這兩件舊物，往後未出現在《紅樓夢》中，或是寶玉觸物傷情，而藏到箱底，也未可知。

---

[26] 歐麗娟：〈晴雯新論：《紅樓夢》人物形象與意涵的重省〉，《淡江中文學報》第 35 期，2016 年 12 月，頁 145。

二、信物交換

　　古人婚姻重視「父母之命、媒妁之言」，但青春期的男女有時私相授受，以信物作為定情之禮，表記即定情信物。所謂「定情信物」一詞，重於「情」、「信」二字，情者，真情；信者，憑證也。[27]也就是說，定情信物是戀愛男女雙方表達真情的憑證，它和《禮記》婚姻中的聘禮不同，是表私情，以特定的形式傳達著與眾不同的含義，也是戀人離別後得以相識和團圓的憑證。[28]

　　如《搜神記・紫玉》中，紫玉年十八，才貌俱美；童子韓重，年十九，有道術，女悅之，私交信問，許為之妻。紫玉悅韓重而私交信問，許為之妻，後取徑寸明珠送以韓重，前已有私交信問，後明珠即其定情物，然而逝者已矣，兩人卻已是死生異路。[29]在《述異記》中，有清河崔基欲招朱氏女為妾，不料朱氏女暴斃，三更中抽出其兩疋絹與崔曰：「*近自織此絹，欲為君作禪衫，未得裁縫，今以贈離*」，後崔基到朱氏家中，果然朱氏女舊織的兩疋絹已失之，崔基遂向其說明情狀，[30]這兩疋絹即朱氏女予崔基的定情信物。《續齊諧記・青溪廟神》中，青溪廟神脫金簪贈以文韶，趙文韶交換銀碗、琉璃匕，兩人互表情意，視為表記交換。翌日文韶偶至清溪廟，見神座上

---

[27] 參見王馥慶：〈「三言」中定情信物價值論〉，《榆林學院學報》第 17 卷第 5 期，2007 年 9 月，頁 76。
[28] 王馥慶，〈「三言」中定情信物價值論〉，頁 76。
[29] 〔東晉〕干寶：《搜神記》卷 16，頁 9796-9797。
[30] 魯迅：《古小說鉤沉》，頁 190-191。

有銀碗，屏風後有琉璃匕，方知當日之女子為青溪廟神，而其贈與的銀碗和琉璃匕受青溪廟神安放，[31]可見其對與文韶交換信物之重視。〈蔣興哥重會珍珠衫〉其珍珠衫即定情信物，或《遊仙窟》中的靴履，皆是表示情意之信物。

在《金枝》中，從第二個原則出發，弗雷澤斷定，它能通過一個物體來對一個人施加影響，只要該物體曾被那個人接觸過，不論該物體是否為該人身體之一部分。[32]表信交換，實也是一種交感巫術，特別是接觸律的相似性，讓持有表記的雙方，在一定的時機裡達到交互關聯的作用。

（一）絹帕

黛玉係下凡還淚的絳珠仙子，將以窮極一生的眼淚還給神瑛侍者賈寶玉，故而其哭泣的時候往往多過笑的時候。她哭泣時便以絹帕拭淚，有時則寫詩在絹帕上，在《紅樓夢》中也經常見丫鬟在瀟湘館曬帕的景象。帕子也是寶玉與黛玉傳情的表記物件：

> 寶玉便命晴雯來吩咐道：「你到林姑娘那裡去看看他做什麼呢。他要問我，只說我好了。」晴雯道：「白眉赤眼，做什麼去呢？到底說句話兒，也像一件事。」寶玉道：「沒有什麼可說的。」晴雯道：「若不然，或是送件東西，或是取件東西，不然我去了怎麼搭赸呢？」寶玉想了一想，便伸手拿了兩條手帕子

---

[31] 王國良：《續齊諧記研究》，頁 50-51。

[32] 〔英〕弗雷澤著；汪培基譯：《金枝：巫術與宗教之研究》，頁 55。

擱與晴雯，笑道：「也罷，就說我叫你送這個給他去了。」晴雯道：「這又奇了。他要這半新不舊的兩條手帕子？他又要惱了，說你打趣他。」寶玉笑道：「你放心，他自然知道。」（34回，頁849）

晴雯去瀟湘館送帕的時候，正好「見春纖正在欄杆上晾手帕子」，八十七回寶玉下了學，走到瀟湘館門口，「只見雪雁在院中晾絹子」，可見絹帕在書中的使用頻率相當高。絹帕用以拭淚，晴雯巧遇晾帕與寶玉刻意送帕，互為黛玉哭泣與寶玉安慰的慰藉之意，顯出寶玉對黛玉的在意。黛玉起先對絲帕會意不過來，但馬上反應過來：

這裡林黛玉體貼出手帕子的意思來，不覺神魂馳蕩：寶玉這番苦心，能領會我這番苦意，又令我可喜；我這番苦意，不知將來如何，又令我可悲；忽然好好的送兩塊舊帕子來，若不是領會深意，單看了這帕子，又令我可笑；再想令人私相傳遞與我，又可懼；我自己每每好哭，想來也無味，又令我可愧。（34回，頁850）

寶玉為何送這半新不舊的帕子，只有黛玉清楚寶玉的心意。寶玉與黛玉共讀《西廂》，兩位有情人這下子也因共享禁書的秘密，所以心與心就更貼近了。寶玉和黛玉互道心曲後，進一步就是交換信物，黛玉還為此研墨在帕面題上三首詩，把

情思表露無遺。[33]郭孔生認為：

> 在《紅樓夢》這部小說中，寶玉給黛玉送舊手帕只是一個連脂評都不曾關注的細節，寶玉送舊手帕這個舉動，在旁人看來好像是漫不經心的，其實舊手帕中所蘊涵的意義非常深，甚至被姚燮認為是《紅樓夢》「大交關處」，這兩塊作為寶黛定情信物的舊手帕，含蓄而又深刻地傳遞著寶黛之間的無限牽掛與纏綿，這種耐人尋味的表現方式，與中國古典美學含蓄內斂的精神境界是一致的。[34]

黛玉並在帕子上題寫詩句，巾帕詩歌縱使展現情意，主要的卻是人物的自我對話，情詩並未送到寶玉手中。[35]這兩塊舊帕在八十七回中還是出現的，引得黛玉再度觸景傷情。這兩塊半新不舊的帕子乃寶玉挨打時，恐黛玉在瀟湘館獨自哭泣，而送去的表信之物，當時黛玉在上題詩，寶玉後來略知一二，但始終連看都沒看過，但黛玉寫時的心境和心意，小說中也提示得很清楚，是二人情意相合的定情物。清潘炤：

> （焚帕）紅綃一憶鴛鴦字，此際傷心若斷猿。塚結春

---

[33] 〔美〕余國藩著，李奭學譯：《重讀石頭記：《紅樓夢》裡的情欲與虛構》，頁289。

[34] 郭孔生：〈《紅樓夢》手帕意象的解讀〉，《語文建設》29期，2014年，頁31。

[35] 陳福智：〈論《金瓶梅》的巾帕敘事〉，《東華漢學》第28期，2018年12月，頁128。

花心靈夢，燈挑春雨舊時魂。已知琴客音將閟，不使鮫人淚有痕。欲付東流猶著相，丙丁聊借受辛盆。[36]

寶黛二人共讀《西廂》，彼此相知相惜，葬花亦是二人共同的回憶，然而此時知音將離，一切回憶付諸東流。正因為絹帕是寶玉與黛玉相知的信物，因此在臨終前的焚燒詩稿中，首先燒的便是這兩塊舊帕：

> 黛玉瞧瞧，又閉了眼坐著，喘了一會子，又道：「籠上火盆。」紫鵑打量他冷。因說道：「姑娘躺下，多蓋一件罷。那炭氣只怕耽不住。」黛玉又搖頭兒。雪雁只得籠上，擱在地下火盆架上。黛玉點頭，意思叫挪到炕上來。雪雁只得端上來，出去拿那張火盆炕桌。那黛玉卻又把身子欠起，紫鵑只得兩隻手來扶著她。黛玉這纔將方纔的絹子拿在手中，瞅著那火，點點頭兒，往上一撂。紫鵑唬了一跳，欲要搶時，兩隻手卻不敢動。雪雁又出去拿火盆桌子，此時那絹子已經燒著了。（97回，頁2279-2280）

當偶然知道寶釵出閣已成定局時，黛玉「焚稿斷痴情」，首先燒的自然便是這兩塊作為信物的絹帕，燒掉這兩塊絹帕，意味著寶玉與黛玉之間的情意與信任，就此灰飛煙滅。而絳珠草黛玉的眼淚又將流盡，絳珠草下凡還淚的任務也宣告結束，

---

[36] 一粟：《紅樓夢卷》（下冊），頁434。

同時也意味著黛玉將死的結局。

（二）汗巾子

琪官蔣玉菡與寶玉初見時，一見如故，寶玉贈與琪官一扇墜，琪官則解下自己的茜香羅巾子與寶玉交換，並請求寶玉也將汗巾子解下交換。

> 將繫小衣兒一條大紅汗巾子解下來，遞與寶玉，道：「這汗巾子是茜香國女國王進貢之物，夏天繫著，肌膚生香，不生汗漬。昨日北靜王給我的，今日纔上身。若是別人，我斷不肯相贈。二爺請把自己繫的解下來，給我繫著。」寶玉聽說，喜不自禁，連忙接了，將自己一條松花汗巾解了下來，遞與琪官。（28回，頁738-739）

汗巾是用以束腰的物件，二十五回「紅玉也不梳洗，向鏡中胡亂挽了一挽頭髮，洗了洗手，腰內束了一條汗巾子」[37]；三十一回湘雲亦有綁腰汗巾「他就拿了個汗巾子攔腰繫上」[38]。汗巾也用來包裹物件，如《醒世姻緣》第二十三回祝其嵩「袖裡不見了銀包，說是外面一條白羅汗巾裹住……」[39]。或是作為鑰匙環「袖裡摸出條豬肝紅的舊汗巾來，角上縛個小鑰

---

[37] 《紅樓夢新注》，頁649。

[38] 《紅樓夢新注》，頁799。

[39] 〔清〕西周生著：《醒世姻緣》（臺北：聯經，1986年），頁316。

匙兒,將鎖開了。」[40]。可見汗巾的功能性之多。三十五回〈黃金鶯巧結梅花絡〉鶯兒要替寶玉打幾根絡子,寶玉道:「汗巾子就好。」鶯兒道:「汗巾子是什麼顏色的?」寶玉道:「大紅的。」[41]可見寶玉喜大紅汗巾子,又或許寶玉讓鶯兒打上絡子的大紅汗巾是否就是琪官的汗巾。後來方知寶玉自己交換出去的那條松花汗巾,實際上是襲人的。

> 睡覺時只見腰裡一條血點似的大紅汗巾子,襲人便猜了八九分,因說道:「你有了好的繫褲子,把我那條還我罷。」寶玉聽說,方想起那條汗巾子原是襲人的,不該給人纔是,心裡後悔,口裡說不出來,只得笑道:「我賠你一條罷。」襲人聽了,點頭嘆道:「我就知道又幹這些事!也不該拿著我的東西給那起混賬人去。也難為你,心裡沒個算計兒。」再要說上幾句,又恐惱上他的酒來,少不得也睡了,一宿無話。
> 至次日天明,方纔醒了,只見寶玉笑道:「夜裡失了盜也不曉得,你瞧瞧褲子上。」襲人低頭一看,只見昨日寶玉繫的那條汗巾子繫在自己腰裡,便知是寶玉夜間換了,忙一頓把解下來,說道:「我不希罕這行子,趁早兒拿了去!」寶玉見他如此,只得委婉解勸

---

[40] 〔明〕馮夢龍著:《三遂平妖傳》(臺北:桂冠出版,1983 年),頁 134。

[41] 《紅樓夢新注》,頁 874。

了一回。襲人無法，只得繫上。過後寶玉出去，終久解下來擲在個空箱子裡，自己又換了一條繫著。（28回，頁739-740）

八十六回，寶玉轉聞薛蟠因蔣玉菡在酒館遭當槽兒的瞟，憤而殺之時，當時所想的全是蔣玉菡的事情，後來寶玉回到房中：

寶玉回到自己房中，換了衣服，忽然想起蔣玉菡給的汗巾，便向襲人道：「你那一年沒有繫的那條紅汗巾子，還有沒有？」襲人道：「我擱著呢。問他做什麼？」（86回，頁2078）

這條大紅汗巾子，作為信物，草蛇灰線，伏線千里至百二十回，襲人嫁與蔣玉菡時，發揮了表記的作用：

到了第二天開箱，這姑爺看見一條猩紅汗巾，方知是寶玉的丫頭。原來當初只知是賈母的侍兒，益想不到是襲人。此時蔣玉菡念著寶玉待他的舊情，倒覺滿心惶愧，更加周旋，又故意將寶玉所換那條松花綠的汗巾拿出來。襲人看了，方知這姓蔣的原來就是蔣玉菡，始信姻緣前定。襲人纔將心事說出，蔣玉菡也深為嘆息敬服，不敢勉強，並越發溫柔體貼，弄得個襲人真無死所了。（120回，頁2675）

襲人原想自盡，先後在賈府、花家尋不得機會，後來到了蔣家，本以為是葬身之處，孰料「始信姻緣前定」，汗巾子是極貼身的物件，當初寶玉與琪官交換的汗巾子，實是一種無意間的表信交換，使得襲人見到汗巾子便知姻緣已定，真無死所，只好就此生活。

（三）鴛鴦劍

　　鴛鴦劍乃柳湘蓮的傳家之寶，是予尤三姐的定情之物。

> 賈璉笑道：「也不用金帛之禮，須是柳兄親身自有之物，不論物之貴賤，不過我帶去取信耳。」湘蓮道：「既如此說，弟無別物，此劍防身，不能解下。囊中尚有一把鴛鴦劍，乃吾家傳代之寶，弟也不敢擅用，只隨身收藏而已。賈兄請拿去為定。」（66回，頁1604-1605）

　　此引文是賈璉與柳湘蓮的對話，賈璉說「取信」不必金帛，須是柳湘蓮身上所有物，說明了婚姻約定的信用關係，需由「物」來「取信」，柳湘蓮於是取下家傳的鴛鴦劍，以此「為定」。取信、為定，可見未婚夫妻或愛人間需要表信、定情之「物」的重要性。柳湘蓮配劍在身，符合其俠義之氣概，劍的用意有防身之效，出鞘則有見血的可能。尤三姐取得了柳湘蓮的信物，便更放心地等待柳湘蓮的歸來，然而柳湘蓮錯信了寧府過往的不堪，以為尤三姐亦是淫奔無恥之流，不屑為妻，葬送了此段姻緣。一到賈璉為尤家女子準備的寓所，便要

將表信之物討回，然而定情信物一旦還回去，其所聯繫的信用關係便結束了。故而尤三姐在房內聽到柳湘蓮與賈璉的對話後，走出房間：

> 連忙摘下劍來，將一股雌鋒隱在肘內，出來便說：「你們不必出去再議，還你的定禮。」一面淚如雨下，左手將劍並鞘送與湘蓮，右手回肘只往項上一橫。（66 回，頁 1608）

當尤三姐聽聞柳湘蓮反悔時，她便將雄劍還回，此時雌鋒已藏在肘後，後回肘自刎而死。文中並未交代雌劍後來去向，只道柳湘蓮出家時，斬斷情絲的便是那雄劍。柳湘蓮在討要信物、尤三姐還回信物之時，表記關係便消失，代表著失信與失情的關係。在《紅樓夢》中表記關係的消失，往往有死亡的象徵意義，如尤三姐還鴛鴦劍，黛玉焚燒的絹帕等。

（四）佛手

此佛手乃探春房中之物，當日劉姥姥二進榮國府時，在大觀園中，給板兒玩耍的物品。那時劉姥姥遊大觀園，行至探春居所：

> 案上設著大鼎。左邊紫檀架上放著一個大觀窯的大盤，盤內盛著數十個嬌黃玲瓏大佛手。右邊洋漆架上懸著一個白玉比目磬，旁邊掛著小錘。那板兒略熟了些，便要摘那錘子要擊，丫嬛們忙攔住他。他又要佛

手吃，探春揀了一個與他說：「頑罷，吃不得的東西。」（40回，頁986）

《古今圖書集成》中有錄佛手圖，並立佛手柑紀事、綱目，「其佛前小几上置香櫞一頭，其橐舊有青東磁架、龍泉磁架，最多以之架玩可堪清供，否則以舊硃雕茶橐亦可。」明人陳邦屏有詩〈佛手柑〉「玉液分仙品，金衣借佛尊。掌擎承露瓣，爪破落霜痕。性未空諸相，香猶滯六根。洞庭曾作釀，獨重給孤園。」[42]佛手是形、色、香俱美的佳木。佛手的花有白、紅、紫三色。白花素潔，紅花沉穩，紫花淡雅。佛手的葉色澤蒼翠，四季常青。佛手的果實色澤金黃，香氣濃郁，形狀奇特似手，千姿百態，讓人感到妙趣橫生。佛手的名也由此而來。[43]

忽見奶子抱了大姐兒來，大家哄他頑了一會。那大姐兒因抱著一個大柚子頑的，忽見板兒抱著一個佛手，便也要佛手。丫鬟們哄他取去，大姐兒等不得，便哭了。眾人忙把柚子與了板兒，將板兒的佛手哄過來與他纔罷。那板兒因頑了半日佛手，此刻又兩手抓著些菓子吃，又忽見這柚子又香又圓，更覺好頑，且當毬踢著頑去，也就不要佛手了。（41回，頁1010-1011）

---

[42] 〔清〕陳夢雷、蔣廷錫編著：《古今圖書集成圖》（臺北：鼎文書局，1977年4月），〈草木典〉卷286，頁2654-2656。

[43] 薛慧、趙紅瑾：《《紅樓夢》中的養生千金方》（北京：飛翔時代文化傳媒有限公司）。

忽然，奶子抱著大姐兒來，大姐兒抱著一個大柚子，看到板兒的佛手，便也要佛手，於是板兒與當時還沒命名為「巧」的大姐兒，交換了佛手與柚子，在《紅樓夢》中，應作為表信之物，伏線千里後，使兩人相依為伴。〔清〕煥明〈金陵十二金釵詠〉：

> （巧姐）朱門冷落變清貧，孤女伶仃遇暮春。阿母空為長久計，兒家不是綺羅身。農桑風味詩中景，脂粉生涯夢裡因。他日有誰來問字，蠟蛸戶內紡織人。[44]

在八十回後，巧姐兒險遭家人之害，是劉姥姥再進榮國府出手援助，將其接到鄉下居住方躲過此劫，若按信物交換之原則，其應在該時與板兒間有感情上的連繫。然而八十回後並無此安排，反而安排給了地莊上的周姓人家。

（五）繡春囊

繡春囊是繡有春畫的香囊，據鳳姐兒所見是「十錦春意香袋」，其說法指此香袋「是外頭僱工仿著內工繡的，帶子、穗子一概是市賣貨。」（74回），是迎春的大丫頭司棋與其表兄弟[45]潘又安的表記之物。然而在兩人幽會時，不想竟被鴛鴦給驚擾了：

> 原來司棋因從小兒和他姑表兄弟在一處頑笑起住時，

---

[44] 一粟：《紅樓夢卷》，頁459。

[45] 七十四回作表弟，九十二回作表兄。

小兒戲言，便都訂下將來不娶不嫁。近年大了，彼此又出落的品貌風流，常時司棋回家時，二人眉來眼去，舊情不忘，只不能入手。又彼此生怕父母不從，二人便設法彼此裡外買囑園內老婆子們留門看道，今日趁亂，方初次入港。雖未成雙，卻也海誓山盟，私傳表記，已有無限風情了。（72 回，頁 1729）

司棋與其表兄弟從小玩笑起住，便彼此私訂婚約，兩人長大後，舊情不忘，彼此海誓山盟。兩人「私傳表記」即後來傻大姐在山石後方撿到的繡春囊，其是為二人之表記，卻也為抄檢大觀園埋下伏筆。此表記繡春囊上有春宮圖，象徵著大觀園內如同伊甸園中出現了蛇，[46]彼此知道對方互為男女，遂懂男女之情事。二人表記之物還有抄檢大觀園時，從司棋箱子裡抄出潘又安的鞋子、同心如意等物。

說著，便伸手掣出一雙男子的錦帶襪並一雙緞鞋來。又有一個小包袱，打開看時，裡面有一個同心如意並一個字帖兒。一總遞與鳳姐。鳳姐因當家理事，每每看開帖並賬目，也頗識得幾個字了。便看那帖子是大紅雙喜箋帖，上面寫道：
「上月你來家後，父母已覺察你我之意。但姑娘未出閣，尚不能完你我之心願。若園內可以相見，你可託

---

[46] 〔美〕夏志清著（C.T. Hsia），何欣、莊信正、林耀福譯：《中國古典小說》（臺北：聯合文學，2016 年 10 月），頁 373。

張媽給一信息。若得在園內一見，倒比來家得說話。千萬，千萬！再所賜香袋二個，今已查收外，特寄香珠一串，略表我心。千萬收好！表弟潘又安拜具。」
（74 回，頁 1790）

鞋，在唐人小說〈霍小玉傳〉中有「玉夢黃衫丈夫抱生來，至席，使玉脫鞋。驚悟而告母。因自悟曰：『鞋者諧也。夫婦再合。脫者解也。既合而解，亦當永訣。由此徵之，必遂相見，相見之後當死矣。』」[47]，鞋有夫妻合諧之意，潘又安與司棋以鞋作為信物交換該當此意。惟潘又安與司棋私會時，被鴛鴦撞見後竟逃走，所賜之香袋信物後讓傻大姐拾著，是打破大觀園這片淨土的轉捩點，大觀園裡出現繡春囊，如同蛇進入樂園的啟示。[48]而後，司棋遭攆出賈府，其母欲將她配與其他小廝：

司棋說道：「一個女人配一個男人。我一時失腳上了他的當，我就是他的人了……」
……那知道那司棋這東西糊塗，便一頭撞在牆上，把腦袋撞破，鮮血直流，竟死了。他媽哭著救不過來，便要叫那小子償命。她表兄也奇，說道：「你們不用著急。我在外頭原發了財，因想著他纔回來的，心也

---

[47] 〔宋〕李昉等編：談愷本《太平廣記》（北京：國家圖書館出版社，2009年6月），頁426。
[48] 〔美〕夏志清著，何欣、莊信正、林耀福譯：《中國古典小說》，頁373。賴芳伶：〈《紅樓夢》大觀園的隱喻與實現〉，頁263。

算是真了。你們若不信，只管瞧。」說著，打懷裡掏出一匣子金珠首飾來。他媽媽看見了便心軟了，說：「你既有心，為什麼總不言語？」她外甥道：「大凡女人都是水性楊花，我若說有錢，他便是貪圖銀錢了。如今他只為人，就是難得的。我把金珠給你們，我去買棺盛殮他。」那司棋的母親接了東西，也不顧女孩兒了，便由著外甥去。那裡知道他外甥叫人抬了兩口棺材來。司棋的母親看見吒異，說：「怎麼棺材要兩口？」他外甥笑道：「一口裝不下，得兩口纔好。」司棋的母親見他外甥又不哭，只當是他心疼的傻了。豈知他忙著把司棋收拾了，也不啼哭，眼錯不見，把帶的小刀子往脖子裡一抹，也就抹死了。（92回，頁 2185-2186）

二人的感情起先遭鴛鴦撞散，潘又安逃離賈府。而後司棋與潘又安的表記之物，在作為被指證為姦的證物，使司棋遭逐，可見二人即便有再多的表記信物也並不牢靠。但最終司棋撞柱、潘又安自刎殉情，二人從此黃泉相會。對此二人而言，定情信物，能夠將禁錮的人性放飛，以愛情作為婚姻的橋樑，以追求自身幸福作為婚姻的最終歸宿。[49]

---

[49] 王馥慶：〈「三言」中定情信物價值論〉，頁 77。

三、物之交感

弗雷澤《金枝》中，有交感巫術，是指事物與事物之間，存在著相互聯繫的關係。其一分支為接觸巫術，事物一經互相接觸，即便是在中斷實體接觸後，還會繼續遠距離的互相作用，[50]賈敬服食丹藥或是寶釵衣予金釧兒，都有其故事主題與原理所在。

（一）服食丹藥

服食丹藥與飲用，欲前往他界，是道教中常見的故事主題。這與人類畏死有關，在《山海經》中記有不死之山、不死之國、不死之藥、不死民、不死樹[51]等有關長生不死與長生不死藥的傳說，道教在神話傳說、神仙方術思想及醫家實踐的基礎上，逐漸積累出一套採集、製作服食長生藥的方術，並且認為通過服食可以達到長生成仙的目的，因此用於服食之丹藥也被稱為仙藥，[52]且能售得高昂的價格。[53]清金捧閶《客窗筆記・黃山採藥》記黃山，山有十八洞二十四溪三十六峰，相傳黃帝嘗與容成子、浮丘公煉丹於此，其中善產藥材，故採藥者

---

[50] 〔英〕弗雷澤著；汪培基譯：《金枝：巫術與宗教之研究》，頁 55。

[51] 袁珂校注：《山海經校注》（臺北：里仁書局，1981 年 7 月），頁 444、370、301、196-197、299。

[52] 羅欣：《漢唐博物雜記類小說研究》2009 年四川大學博士學位論文，頁 172。

[53] 〔清〕張澍撰：《蜀典》據清道光十四年張氏安懷堂刻本，頁 331。「在蜀時，與陳復休相善号歸元子神仙，傳洞賣丹藥于成都市，每粒要錢十二萬，太守欲買之，洞曰，太守金多非百二十萬不可，太守怒命納竹籠沈于江。」

踵相接。[54]洞天福地的黃山，在清代仍流傳著黃帝煉丹的傳說，與其善產藥材之傳聞，可見清人對長生不死或康健安泰，仍是絡繹不絕。

《紅樓夢》中一心求道，不問世事，服食丹藥者，莫過於賈敬。賈敬，不過是個「假」的「敬神」罷了。其死時亦是丹藥服用過量導致死亡：

> 正頑笑不絕，忽見東府中幾個人慌慌張張跑來，說：「老爺賓天了。」眾人聽了，唬了一大跳，忙都說：「好好的並無疾病，怎麼就沒了？」家下人說：「老爺天天修煉，定是功行圓滿，升仙去了。」尤氏一聞此言，又見賈珍父子並賈璉等皆不在家，一時竟沒個著己的男子來，未免慌了。只得忙卸了粧飾，命人先到玄真觀將所有的道士都鎖了起來，等大爺來家審問。（63回，頁1536）

賈敬之死，家下人還道是賈敬修煉、功行圓滿、升仙去了，處在蒙昧無知的狀態中，然而這卻也是賈府一干人等的縮影。丹砂來自汞礦，人們把它作為藥物服食，以求在物質世界中長生不老。[55]然而賈敬卻過量服食，待一干人等到了道觀：

---

[54] 陸林主編：《清代筆記小說類編》（安徽：黃山書社，1998年1月），頁202。

[55] 〔美〕宇文所安著，鄭學勤譯：《追憶：中國古典文學中的往事再現》，頁101。

大夫們見人已死，何處診脈來，素知賈敬導氣之術總屬虛誕，更至參星禮斗，守庚申，服靈砂，妄作虛為，過於勞神費力，反因此傷了性命的。如今雖死，肚中堅硬似鐵，面皮嘴唇燒得紫絳皺裂。便向媳婦回說：「係玄教中吞金服砂，燒脹而歿。」眾道士慌得回說：「原是老爺秘法新製的丹砂吃壞事，小道們也曾勸說『功行未到且服不得』，不承望老爺於今夜守庚申時悄悄的服了下去，便昇仙了。這恐是虔心得道，已出苦海，脫去皮囊，自了去也。」（63 回，頁 1536-1537）

其中的道士，為了撇清賈敬之死與自己的責任，便謊稱其為賈敬新制的丹砂，且居中勸說，無奈賈敬一意孤行，道士們莫可奈何。值得一提的是，升仙去後、「已出苦海，脫去皮囊」的說法，乃是狹義道教中，求仙訪道的完美結局。在唐人小說《杜子春》老人便要杜子春為其煉製丹藥，只見前用金錢試探，後引子春到老人仙觀「其上有正堂，中有藥爐」，期間要經過重重「沉默」考驗，然而最終杜子春失敗了，「『吾之藥成，子亦上仙矣。嗟乎，仙才之難得也！吾藥可重煉，而子之身猶為世界所容矣。勉之哉！』遙指路使歸。子春強登基觀焉，其爐已壞。」[56]杜子春沒有通過考驗，丹爐也毀盡不可再煉。《博物志・方士》：

---

56 〔宋〕李昉等編：《太平廣記》卷 16（北京：中華書局，2003 年），頁 109-112。

魏武帝好養性法，亦解方藥。招引四方之術士，如左元放，華佗之徒，無不畢至。[57]

早在魏武帝便仰賴方士，製作長生不死丹藥。丹藥一直有使人有治病、延年益壽的印象。清代有記一少卿，願減去自己的壽命，為了母親的病兒求天，天帝賜與丹藥四十九粒，其母食之病癒：

少卿，浙人素性純孝，母疾求醫不效，夜半虔禱於天，少頃金盤有聲，視之，則丹藥四十九粒也。母服之遂愈，其禱詞曰：「減臣之壽，以延老母之年，諒帝之心，必從人子之請。」[58]

清曾衍東（1750－？）《小豆棚·深深》中，其生生病，鞠深深便出藥一丸令生嚥之，生頓時覺得周身溫暖，竟體舒泰，[59]亦是丸藥治病的例子。清代甚至有仙人煮石、吃石的記錄，《池北偶談》中有記：

仙人煮石，世但傳其語耳。予家傭人王嘉祿者，少居勞山中，獨坐數年，遂絕煙火，惟啖石為飯，渴即飲溪澗中水，遍身毛生寸許，後以母老歸家，漸火食，

---

[57] 〔東晉〕張華：《博物志》，頁 9963。

[58] 〔清〕李之素輯釋：《孝經內外傳·陳少卿》據清康熙五十九年李煥寶田山莊刻本，頁 309。

[59] 陸林主編：《清代筆記小說類編》，頁 190-193。

毛遂脫落。然時時以石為飯，每取一石，映日視之，即知其味甘鹹辛苦。以巨桶盛水掛齒上，盤旋如風。後母終，不知所往。[60]

王嘉祿一直以石為飯，以溪澗為水，是一種仙人不與俗世同流的例證。其實，仙人飲食一直是道教中追尋的目標，其目的在於長生不死。而在清代已注意到丹藥的毒性：「丹藥其品詭秘不可辨，性極燥熱遂不可解。」[61]賈敬所煉丹藥乃在道觀內，成日於道觀不聞「塵事」，就連其長孫媳可卿死了，「那賈敬聞得長孫媳死了，因自為早晚就要飛昇，如何肯又回家染了紅塵，將前功盡棄呢，因此並不在意，只憑賈珍料理。（13回，頁334-335）」也並不在意，一心只想飛昇求道。實際上，服食丹藥乃服食異界物品的想像，丹砂服食過量可能導致和賈敬相同的結果，但服食丹藥與交感巫術中的接觸巫術亦有相當程度的聯繫，是求仙訪道者，想像丹藥乃異界、仙界之物，藉由服用而來更接近「道」的世界與真理。

（二）施術作法

在《金枝》中，交感巫術又可分為順勢巫術（相似律）、接觸巫術（接觸律）。在《紅樓夢》中，最接近順勢巫術，[62]且施法成功者，莫過馬道婆。趙姨娘信道法，素與馬道婆有所來往，因嫉恨寶玉鳳姐兒，竟使銀兩與五百兩欠契，令馬道婆

---

[60] 〔清〕王士禎：《池北偶談》卷20，8b。
[61] 〔清〕查繼佐撰：《罪惟錄》據四部叢刊三編影印稿本，頁4028。
[62] 〔英〕弗雷澤著；汪培基譯：《金枝：巫術與宗教之研究》，頁23。

作法對姊弟倆施咒：

> 把他兩個的年庚八字寫在這兩個紙人身上，一併五個鬼都掖在他們各人的床上就完了。我只在家裡作法，自有效驗。千萬小心，不要害怕。（25回，頁659）

是馬道婆用紙人作為寶玉和鳳姐兒的替身，透過寶玉和王熙鳳的年庚八字，將紙人做成與二人相似的模樣，並寫上兩個人的年庚八字，使紙人猶如替身一般，馬道婆遙遙在家裡加以作法。巫術根據第一個原則即「相似律」引申出，他能夠僅僅通過模仿就實現任何他想做的事，此為相似律。且馬道婆的計謀竟成功讓寶玉與鳳姐兒癲狂，可見作者對此詛咒方面的書寫亦有相當的研究。《搜神記》中有「淮南書佐劉雅，夢見青刺蝎從屋落其腹內，因苦腹痛病。」[63]也是模仿律的一種，頭痛醫頭、腳痛醫腳，夢青刺蝎從屋落其腹內，因而腹痛，也是其理。

除了〈魘魔法叔嫂逢五鬼〉外，寶釵將衣物給死去的金釧兒亦有相似律的關聯：

> 「只是金釧兒雖然是個丫頭，素日在我跟前比我的女兒也差不多。」口裡說著，不覺流下淚來。寶釵忙道：「姨娘這會子又何用叫裁縫趕去，我前兒倒做了兩套，拿來給她豈不省事。況且她活著的時候也穿過

---

[63]〔東晉〕干寶：《搜神記》，頁9725。

我的舊衣服，身量又相對。」王夫人道：「雖然這樣，難道你不忌諱？」寶釵笑道：「姨娘放心，我從來不計較這些。」一面說，一面起身就走。王夫人忙叫了兩個人跟寶姑娘去。（32回，頁821）

寶釵素日裡不計較這些迷信鬼神的事物，對於亡者穿其衣，她更是大方，全然不計較。然而在《搜神記》卷二有記一則：

漢北海營陵有道人，能令人與已死人相見。其同郡人婦死已數年，聞而往見之，曰：「願令我一見亡婦，死不恨矣。」道人曰：「卿可往見之。若聞鼓聲，即出，勿留。」乃語其相見之術。俄而得見之；於是與婦言語，悲喜恩情如生。良久，聞鼓聲，恨恨不能得住，當出戶時，忽掩其衣裾戶間，掣絕而去。至後歲餘，此人身亡。家葬之，開冢，見婦棺蓋下有衣裾。[64]

北海營陵道人，可以令人與死人相見，有位同鄉便想見其亡婦一面，然而到了該離開的時間，其「衣裾戶間，掣絕而去」，之後在家葬開棺時，見到婦人那被掣去的衣角與當日衣裾戶間有著相似的情況。其實指棺材中人，確實與家人相見，並悲喜如生，然而所穿衣物實與入棺時是同一件衣服，是交感巫術中的相似律，衣服乃人的身體的延續或延伸。因此入棺

---

[64] 〔東晉〕干寶：《搜神記》，頁9632。

後,倘或有「志怪」般的情節,可能係金釧兒著寶釵服飾回魂,故而王夫人才以「忌諱」言之。在《池北偶談》中,有記一則:

> 明末廣州亂後,有周生者,市得一袴,丹縠鮮好,置牀側衣桁上。夜分將寢,忽一好女子搴幃,驚問之,曰:「妾非人也。」生懼趨出。比曉,鄰里聞之,競來偵視,聞有人聲自袴中出,若近若遠,久之,形漸見,姿首綽約,若在輕塵,曰:「妾博羅韓氏女也。城陷被賊俘擄,橫見凌逼,罵賊而死。此袴平生所著,故附之以來。諸公倘見憐愍,為作佛事,當往生淨土,永脫輪迴。」言訖嗚咽。眾共歎異,乃為召僧禮佛焚袴,自是遂絕。[65]

明末廣州動亂之後有位周生,買了一條袴,然而卻出現一美貌的女鬼,說其袴是其生前所穿,所以其魂魄寄附在袴上。前者是死者所著入殮衣物,此則是死者的魂魄,寄生在其身前所著袴上,顯見死者魂魄與死前所著衣物間的連繫,有著鏈接生死的寄生關係。猶如招魂典禮上非用不可的某些衣物,用它們來替代死去的人。[66]因此,王夫人再三詢問此作法妥當否,是因歷來鬼怪與其衣物間的關係,有著巫術信仰的成分存在,

---

[65] 〔清〕王士禎:《池北偶談・談異》卷20,頁1。
[66] 〔美〕宇文所安著,鄭學勤譯:《追憶:中國古典文學中的往事再現》,頁2。

而寶釵素來不太信仰鬼怪之事，因此與死人穿自己的舊衣之事，寶釵並未感到晦氣，且毫不在意。《紅樓夢》非說鬼之書，而後亦未在此上作文。

第二節　圖像之凝視

賈府作為四大家族之一，與皇商交往密切，家中洋物眾多，《紅樓夢》中有諸多對鏡子的照映，以及這詩禮簪纓之族收藏了使用著西洋透視法的畫作。鏡子的照映透過光線反映了人的身影，西洋透視畫則透過顏料記錄下了人的影像。這些圖像的映照與記錄，顯示了作者曹雪芹不凡的家世背景經歷，也回應了小說作者對人像記錄、記號現象符號這虛構的渴望。[67]傅柯（Michel Foucault）認為「凝視（gaze）」是一種「建制化」的過程，把原本看不見的事物變成清楚易見且可掌握的客體物，就如空間也將人體變成客觀可以剖析、認知的對象。透過「凝視」的運作，和其對「凝視」的知識與系譜所作出的決定與判斷，以便進一步發展出觀察、監督、掌控和管理等行政體系。[68]作者曹雪芹乃至《紅樓夢》中人物，對於圖像的凝視各有其意，根據不同人物與圖像間的關係，可以觀察出圖像作為微物，在情節中所發生的妙用。

---

[67] 〔美〕余國藩著，李奭學譯：《重讀石頭記：《紅樓夢》裡的情慾與虛構》，頁209。

[68] 廖炳惠編著：《關鍵詞200：文學與批評研究的通用辭彙編》（臺北：麥田出版，2003年12月），頁122。

一、鏡鑑

　　鏡即鑑，《紅樓夢》歷經幾次易名，其一名目即「風月寶鑑」，顯示了鏡鑑對《紅樓夢》的重要性。鑑，「鑑，大盆也。一曰監諸，可以取明水於月。从金，監聲。」[69] 其偏旁「監」的字本形為「👁」（合集 27742），自本義為像人臨水照面之形。從出土文物中，亦可見兩千多年前青銅器時代初期有銅鏡的發現。從水照面，經歷悠久的歷史，根據材質、技術的演進，古今鏡子有了不同的形制。從實際的生活來看，文化中的鏡比鏡本身更為重要，鏡在文化中的「用」非常廣泛，如人的出生、婚姻、醫療、喪葬、祭祀、居住、交際、戰爭等各方面。[70] 然而不論用途為何，其反射光線，照映人物的物理特性與光學原理是亙古不變的。

　　鏡子運用於志怪文學中，亦是廣泛。鏡子在魏晉南北朝志怪《洞冥記》、《拾遺記》到唐傳奇的《古鏡記》、《原化記》乃到了明代《西遊記》、《封神演義》鏡子的種種神奇功能不斷地得到小說家的演繹，形成一系列的銅鏡驅邪的母題小說。《異聞記》「東城池有王餘魚池，決，魚不得去，將死。或以鏡照之，魚看影，謂其有雙，於是比目而去。」[71]，《西京雜記》傳說秦宮有方鏡，能照見人的五臟六腑，鑑別人心邪正，「高祖初入咸陽宮，周行庫府，金玉珍寶，不可稱言。其尤驚異者，⋯⋯有方鏡，廣四尺，高五尺九寸，表裡有明。人

---

[69] 〔東漢〕許慎著，〔宋〕徐鉉校定：《說文解字》，頁 294 下。
[70] 劉藝：《鏡與中國傳統文化》（成都：巴蜀書社，2004 年 6 月），頁 6。
[71] 魯迅：《古小說鉤沉》，頁 367-368。

直來照之,影則倒見。以手捫心而來,則見腸胃五臟,歷然無礙。人有疾病在內,則掩心而照之,則知病之所在。又女子有邪心,則膽張心動,秦始皇常以照宮人,膽張心動者則殺之。」[72]。《酉陽雜俎》「秦鏡,儴溪古岸石窟有方鏡,徑丈餘,照人五臟,秦皇世號為照骨寶。在無勞縣境山。」[73],《讀易記》「井以辨義,如以明鏡物,鏡明然後物无遁情。」[74]《易筌》「鷙害聖人于小人之情狀,無不洞見,如照妖鏡,然雖以除惡之權付之大臣……」[75],可見鏡子的使用,從原來單純的映照器用,演變出各情節中別具意義的使用方法,可照見人心正邪、善惡,包含了對於官吏斷案嚴明公正的讚頌,而秦鏡更能透視人的軀體而知曉疾病之所在,已初步具有診病的作用。[76]

鏡子的角色是在各處表達一個意義反覆、豐饒有餘、反映、反射的意識形態,即此物特具豪華富饒地位,可在其中發現將自我外貌繁衍增值的特權,亦可玩賞其家產,更一般地說,鏡子屬於象徵層次,它不只反映個人的特徵,它的生成發展也和個人意識的興趣相隨,因此它實際上是受到一整套社會

---

[72] 〔東漢〕劉歆撰,〔晉〕葛洪錄:《西京雜記》卷三,《四部叢刊初編本》,頁1。

[73] 〔唐〕段成式:《酉陽雜俎》卷10(北京:中華書局,1985年),頁73。

[74] 〔明〕王漸逵撰:《讀易記》,《明刻本》,頁182。

[75] 〔明〕焦竑撰:《易筌》《明萬曆四十年刻本》,頁388。

[76] 蘇嘉駿:《名與目:《紅樓夢》的視覺書寫》,桃園:國立中央大學,中國文學系碩士論文,2021年,頁64。

體制的認可。[77]《紅樓夢》中亦有大量使用鏡鑑的情節，穿插在各回目中，各有其效果。甚至以鑑為書題、回目名稱，此鏡鑑即「風月寶鑑」。《風月寶鑑》作為書名，有指男女風月之借鑑之意。〈賈天祥正照風月鑑〉作為回目篇名，則是指賈瑞拿到風月寶鑑後，未依道士指示而正照風月鑑的過程。可見作者曹雪芹將書名與情節內的物件綰合，形成相互對照與暗示全書旨趣的例子。

（一）風月寶鑑

《紅樓夢》第一回「東魯孔梅溪則題曰《風月寶鑑》……」甲戌眉批：「雪芹舊有《風月寶鑑》之書，乃其弟棠村序也。今棠村已逝，余覩新懷舊，故仍因之。（1回，頁6）」從脂批中可見，風月寶鑑乃雪芹原書之名，後其弟逝世，睹物思情，又將風月寶鑑給寫上，是一寄託深刻意涵的象徵。風月指男女間的情愛，寶鑑，寶鏡則可以借鑑之意。風月寶鑑繼承了志怪、傳奇中照妖鏡的意象，但曹雪芹並未侷限於此，乃關注了鏡子意象的多義性特徵，巧妙運用鏡子意象。[78]正如脂硯齋所言「觀者記之，不要看這書正面，方是會看。（12回，頁321）」。

在魏晉南北朝志怪中，鏡、劍、符術、印章等物，都依象徵律產生了超自然的法力，能夠役治超自然物。[79]道教重視修

---

[77] 〔法〕尚・布希亞著，林志明譯：《物體系》，頁 90-91。

[78] 〔韓〕金芝鮮：〈論《紅樓夢》中的鏡子意象及其象徵意涵〉，《紅樓夢學刊》第 6 輯，2008 年，頁 294。

[79] 李豐楙：〈六朝精怪傳說與道教法術思想〉，收於《中國古典小說研究專集 3》（臺北：聯經，1981 年 6 月），頁 36。

道成仙、長生不老，多強調天道、法器的神異性，鏡的神異功能在道教中得到淋漓盡致的發揮。古典小說中描寫鏡鑑具有「照妖」的功能，也是出於道教以鏡子為重要的科儀法器，以之祈福甚至役使鬼神。[80]葛洪《抱朴子‧內篇‧登涉》中強調道士入山尋仙需帶寶鏡：

> 又萬物之老者，其精悉能假託人形，以眩惑人目而常試人，唯不能於鏡中易其真形耳。是以古之入山道士，皆以明鏡徑九寸已上，懸於背後，則老魅不敢近人。或有來試人者，則當顧視鏡中，其是仙人及山中好神者，顧鏡中故如人形。若是鳥獸邪魅，則其形貌皆見鏡中矣。又老魅若來，其去必卻行，行可轉鏡對之，其後而視之，若是老魅者，必無踵也，其有踵者，則山神也。[81]

物老成精、能假託人形的老魅，或是鳥獸邪魅、山神等，在道士登涉時所配戴之寶鑑前，皆無所遁形。《漢武洞冥記》：

> 釣影山去昭河三萬里，有雲氣，望之如山影。丹虁生於影中，葉浮水上。有紫河萬里，深十丈，中有寒

---

[80] 劉藝、許孟青：〈神奇寶鏡的背後——「風月寶鑑」的宗教思想文化蘊含〉，《道教研究》，頁 40-45。

[81] 〔晉〕葛洪：《抱朴子內外篇》卷 17，收入《中國基本古籍庫》（北京：愛如生數字化技術研究中心）據四部叢刊景明本，頁 81。

荷，霜下方香盛。有降靈壇、養靈池、分光殿五間、奔雷室七間、望蟾閣十二丈，上有金鏡，廣四尺。元封中，有祇國獻此鏡，照見魑魅，不獲隱形。[82]

金鏡照見魑魅，不獲隱形的功效，也強調了道教鏡鑑非同一般的關係。古典小說便汲取了其精髓，《西遊記》中便有照妖鏡，[83]而《紅樓夢》的風月寶鑑照見鬼怪無所遁形，可能便是由道教鏡鑑的非常性而來。

第十二回慘遭鳳姐設相思局而患相思病的賈瑞，在家中輾轉難定，突然聽見跛足道人口稱專治冤業之症，便從跛足道人的手上得到了風月寶鑑：

忽然這日有個跛足道人來化齋，口稱專治冤業之症。賈瑞偏生在內就聽見了，直著聲叫喊說：「快請進那位菩薩來救我！」一面叫，一面在枕上叩首。眾人只得帶了那道士進來。賈瑞一把拉住，連叫「菩薩救我！」那道士嘆道：「你這病非藥可醫，我有個寶貝與你，你天天看時，此命可保矣。」說畢，從褡褳中取出一面鏡子來——兩面皆可照人，鏡把上面鏨著「風月寶鑑」四字——遞與賈瑞道：「這物出自太虛幻境空靈殿上，警幻仙子所制，專治邪思妄動之症，有濟世

---

[82] 〔東漢〕郭憲撰：《漢武洞冥記》卷1《明顧氏文房小説本》，收入《中國基本古籍庫》（北京：愛如生數字化技術研究中心）據明顧氏文房小説本，頁1。

[83] 劉藝：《鏡與中國傳統文化》，頁301。

保生之功。所以帶它到世上，單與那些聰明傑俊、風雅王孫等看照。千萬不可照正面，只照它的背面，要緊，要緊！（12回，頁321）

當時的賈瑞已服進各種藥物，皆無效用。忽然跛足道人出現，口稱專治冤業之證，賈瑞也知自己之病乃是冤業所致，連忙叫喊著請道人救治。跛足道人給了賈瑞一個寶貝，是出自太虛幻境空靈殿上由警幻仙子所制之風月寶鑑，並千叮萬囑，只可照背面，不可照正面。而通常神奇的寶貝總有致命的邪力，要享用它的效益，便必須遵守某種禁忌，而禁忌往往又是最大的誘惑。[84]賈瑞的病，在跛足道人眼中是冤業之症，是指「情」乃冤業嗎？風流冤業一詞，指男女風情事而造成的相思苦惱。據甲戌本《凡例》所言，其旨義乃「戒妄動風月之情」：

……又曰風月寶鑑，是戒妄動風月之情。……又如賈瑞病，跛道人持一鏡來，上面即鏨「風月寶鑑」四字，此則風月寶鑑之點睛（睛）。[85]

風月寶鑑正是除去此相思苦惱的寶物，是除了通靈寶玉外，《紅樓夢》全書中少數進出過太虛幻境的寶物。尤其是由

---

[84] 康正果：《重審風月鑑：性與中國古典小說》（臺北：釀出版，2016年2月），頁15。

[85] 陳慶浩：《新編石頭記脂硯齋評語輯校（增訂本）》，頁4。

第三章 微物寄情——身體、凝視與燒焚 | 105

警幻仙子所制，和通靈寶玉一樣刻著字，鏡把上面鏨著「風月寶鑑」四字，又與通靈寶玉相同可治療冤業之症，而風月寶鑑的使用方法，是不可照正面，只可照背面。

賈瑞收了鏡子，想道：「這道士倒有意思，我何不照一照試試。」想畢，拿起風月鑑來，向反面一照，只見一個骷髏立在裡面，唬得賈瑞連忙掩了，罵：「道士混帳，如何嚇我！我倒再照照正面是什麼。」想著，又將正面一照，只見鳳姐站在裡面招手叫他。賈瑞心中一喜，蕩悠悠的覺得進了鏡子，與鳳姐雲雨一番，鳳姐仍送他出來。到了床上，「噯喲」了一聲，一睜眼，鏡子從手裡掉過來，仍是反面立著一個骷髏。賈瑞自覺汗津津的，底下已遺了一灘精。心中到底不足，又翻過正面來，只見鳳姐還招手叫他，他又進去。如此三四次。到了這次，剛要出鏡子來，只見兩個人走來，拿鐵鎖把他套住，拉了就走。賈瑞叫道：「讓我拿了鏡子再走！」只說得這句，就再不能說話了。

旁邊服侍賈瑞的眾人，只見他先還拿著鏡子照，落下來，仍睜開眼，拾在手內；末後鏡子落下來便不動了。眾人上來看時，已沒了氣。身子底下冰涼清濕一大灘精。這才忙著穿衣抬床。代儒夫婦哭得死去活來，大罵道士，「是何妖鏡！若不早毀此物，遺害於世不小。」遂命架火來燒，只聽鏡內哭道：「誰叫你們瞧正面了！你們自己以假為真，何苦來燒我？」正

哭著,只見那跛足道人從外面跑來,喊道:「誰毀『風月鑑』?吾來救也!」說著,直入中堂,搶入手內,飄然去了。(12回,頁321-322)

賈瑞按照跛足道人的吩咐,照了鏡子的背面,卻見立著一個骷髏,嚇得賈瑞連忙掩起。於是他好奇地照照正面,誰知竟是鳳姐的身影,招手叫他進去,他盪悠悠地恍惚進入鏡子的世界,與鳳姐雲雨一番,三番兩次,美妙的瞬間過去,賈瑞從仙境落入地獄。作者曹雪芹在此發揮鏡子正反對照的意象,骷髏與鳳姐。而春夢,雖夢境之幻,但顯然是可辨的身體症狀及其效應,[86]賈瑞的遺精,跨越了鏡鑑映射的世界與現實的這條界線。對於賈瑞的遺精,對於他的死亡,也是以「**身子底下冰涼漬濕一大灘精**」這樣陰森的情景來驗證,這也是中國古代觀念中最頑固的一個恐懼,關於節欲或戒除的告誡,追根究底,全都建立在「固精」這個男性最薄弱的命根子上面。[87]寶玉神遊太虛幻境後,從夢中醒來,「襲人伸手與他繫褲帶時,不覺伸手至大腿處,只覺冰涼一片沾濕(6回,頁181)」,寶玉的遺精是他青春期的性啟蒙,有著生命不息的象徵,而賈瑞的遺精則是死亡的警戒。精液,可以跨過「內情」,也是此「情」的「外現」的界線。[88]情既可跨越界線,那麼風月寶鑑又何嘗

---

[86] 〔美〕余國藩著,李奭學譯:《重讀石頭記:《紅樓夢》裡的情欲與虛構》,頁209。

[87] 康正果:《重審風月鑑:性與中國古典小說》,頁15。

[88] 〔美〕余國藩著,李奭學譯:《重讀石頭記:《紅樓夢》裡的情欲與虛構》,頁209。

不是跨越界線的表現之物？《風月寶鑑》既是作者曹雪芹其弟棠村序也，同時又是出自太虛幻境的寶物，兩者前後相連，也外帶了憑虛別構的況味。[89]

風月寶鑑是關鍵的視覺器物，實具有多層次的作用或象徵指涉。反面骷髏，正面美人的書寫，強調了一個主題，即第一回中甄士隱的〈好了歌〉注解：「昨日黃土隴頭送白骨，今宵紅燈帳底臥鴛鴦。」，賈瑞的故事意義在於肉體之美瞬息即逝，同時也在警告縱慾玩忽，除了表面上的迷信外，值得注意的仍是其中所反映的真假問題。鏡鑑雖如夢幻不實，以假為真，卻能毀人索命。[90]

而在第一百一十六回中，寶鑑再次出現，此次則不具名：

> 寶玉正在情急，只見那送玉來的和尚手裡拿著一面鏡子一照，說道：「我奉元妃娘娘旨意，特來救你。」登時鬼怪全無，仍是一片荒郊。寶玉拉著和尚說道：「我記得是你領我到這裡，你一時又不見了。看見了好些親人，只是都不理我，忽又變作鬼怪，到底是夢是真？……」。（116 回，頁 2596-2597）

寶玉二遊太虛幻境，最後遭力士、鬼怪追趕，和尚特奉元妃旨意救寶玉，寶玉見鬼怪全無，疑惑究竟是夢幻還是真實。

---

[89] 〔美〕余國藩著，李奭學譯：《重讀石頭記：《紅樓夢》裡的情慾與虛構》，頁 210。

[90] 〔美〕余國藩著，李奭學譯：《重讀石頭記：《紅樓夢》裡的情慾與虛構》，頁 211。

夢為假亦或為真？此處再度回到「假作真時真亦假，無為還處有還無」，全書重要的真假辯證之中。余國藩認為就寶玉在《紅樓夢》全書的成長而言，鏡鑑往往是心與識的樞紐象徵。眾人認為是「真」寶玉的「賈」寶玉，還有待尋找真正的自我，認清自己究竟為何而人。[91]

風月寶鑑正反面皆可照人，清張新之評風月寶鑑時，這樣說道：「鏡有反正面，則書有反正面。」、「是幻是真？幻即真也。」[92]，從風月寶鑑的「物」用性質，引申出《紅樓夢》的正反面，隱喻為是真是幻的夢幻主題。作者曹雪芹充分使用鏡鑑照出正反兩面的性質，以及「照妖」的傳統，令賈瑞凝視著風月寶鑑的正面，凝視著鳳姐兒妖豔迎來，並與其繾綣，而忽略了反面凝視而出的骷髏。鏡鑑表層身為「物」、「用」的特性，同時包含情之所動，及正反兩面、真假虛幻的深層義，在此表露無遺。

（二）大穿衣鏡

寶玉的居所怡紅院有一大穿衣鏡。此大穿衣鏡在《紅樓夢》中屢次出現，個別有不同故事情節與隱喻用途。唯一不變的是其照射反映出的物理現象，使此大穿衣鏡安排在不同回目中，添加入了不同的文學意涵和旨趣，別具景況。

首先是第十七回大觀園甫落成，賈政試寶玉題對額：

---

[91] 〔美〕余國藩著，李奭學譯：《重讀石頭記：《紅樓夢》裡的情欲與虛構》，頁213。

[92] 《紅樓夢》（三家評本），頁186。

第三章　微物寄情——身體、凝視與燒焚 ｜ 109

> 賈政等走了進來，未進兩層，便都迷了舊路，左瞧也有門可通，右瞧又有窗暫隔，及到了跟前，又被一架書擋住。回頭再走，又有窗紗明透，門徑可行；及至門前，忽見迎面也進來了一群人，都與自己形相一樣，卻是一架玻璃大鏡相照。及轉過鏡去，越發見門子多了。（17-18回，頁445）

作者曹雪芹在此回目中，並未在鏡子上的形制與配置多作描述，而是以「玻璃大鏡」之「大」來形容它的體積，和它「玻璃」的物理材質，以顯出其特性。其次它是立在內室門前，進門者如同看見自己走了進來，賈政與眾清客與之照相。最後是這個鏡子是可以「轉」的，並且映照出更多的門出來，看去是層層門戶，使人不知真正的門究竟在哪。[93]賈政等人在此迷了舊路，這裡的鏡子成為了大觀園這座「迷宮」的延伸，猶如鏡花水月，夢幻而不真實。賈政與清客們迷失其中，反映了真假的問題，也是《紅樓夢》的大主題「假作真時真亦假，無為有處有還無」。

其次二十六回：

> 賈芸聽得是寶玉的聲音，連忙進入房內，抬頭一看，只見金碧輝煌，文章閃灼，卻看不見寶玉在哪裡。一回頭，只見左邊立著一架大穿衣鏡，從鏡後轉出兩個

---

[93] 〔美〕巫鴻：《物・畫・影：穿衣鏡全球小史》（上海：上海人民出版社，2021年5月），頁98。

一般大的十五六歲的丫頭⋯⋯（26回，頁680）

「立著一架大穿衣鏡」，自然是指這大穿衣鏡是站在地上的鏡子。兩個侍女隨後從鏡後轉出，可見玻璃鏡之大，可起到屏風的作用。這所描述的空間環境，與賈政當時在大觀園裡迷失方向的經驗相似，不同的是鏡子從中路移到了左邊，遮擋的也不再是層層的門戶，而是寶玉這閒散而華麗的私人領域，[94]一個富家公子與女婢穿梭的秘密空間。這裡的賈芸一進到屋內，便顯得相當的緊張，並未正面照到大穿衣鏡，隨著賈芸唯唯諾諾的眼，讀者能看到的空間描述有限，很難一窺寶玉的私人空間。住屋的物質形式反映了不同居住活動之間的文化界限——工作、休息、吃東西、睡覺、沐浴、排泄等等，在這個意義上，建築物內含了一個文化裡的習俗和傳統，以及居住在一起的人們和他們的財產。[95]然而，這個秘密空間將被外人闖入。第四十一回，劉姥姥誤闖怡紅院：

> 剛從屏後得了一門轉去，只見他親家母也從外面迎了進來。劉姥姥詫異，忙問道：「你想是見我這幾日沒家去，虧你找我來。那一位姑娘帶你進來的？」他親家只是笑，不還言。劉姥姥笑道：「你好沒見世面，見這園裡的花好，你就沒死活戴了一頭。」他親家也不答。忽然想起來說：「是了，我常聽見小家說大富

---

[94] 〔美〕巫鴻：《物・畫・影：穿衣鏡全球小史》，頁99。
[95] Tim Dant著：《物質文化》，頁87。

貴人家有一種穿衣鏡，這別是我在鏡子裡頭罷。」說畢，伸手一摸，再細一看，可不是，四面雕空紫檀板壁將鏡子嵌在中間。因說：「這已經攔住，如何走出去呢？」一面說，一面只管用手摸。這鏡子原是西洋機括，可以開合。不意劉姥姥亂摸之間，其力巧合，便撞開消息，掩過鏡子，露出門來。（41回，頁1016-1017）

劉姥姥同樣從鏡屏轉入寶玉的房間，重複著賈政與清客們的觀感。只見一個村嫗迎面而來，而劉姥姥還取笑其頭上插得凌亂的花朵。再來竟想起從小家傳聞大富貴人家有一種穿衣鏡，於是伸手一摸，再細看確認，自己便身在那大富貴人家的穿衣鏡中，顯示劉姥姥並非渾然懵懂的鄉下老嫗，才能博得賈母的喜愛。這裡的穿衣鏡是用四面雕空的紫檀板壁將鏡子嵌在中間，還裝上了西洋機括，可以開合，這面鏡子在這裡所凸出的是劉姥姥對怡紅院中隱蔽空間的發現，賈政與賈芸眼中的大鏡所強調的則是一個令人迷失的空間和幻象。[96]撞開消息後，輪到劉姥姥從穿衣鏡後「轉」出，劉姥姥在此和賈芸見到的轉出十五、六歲丫頭形成對照，寶玉的私人空間遭受夾帶著臭屁和酒氣「母蝗蟲」闖入，絳洞花主私人的領域、神秘的空間，在此由劉姥姥為讀者揭開。

大穿衣鏡最後出現是第五十六回，賈寶玉與甄寶玉夢中相會：

---

[96] 〔美〕巫鴻：《物・畫・影：穿衣鏡全球小史》，頁100。

只見榻上少年說道:「我聽見老太太說,長安都中也有個寶玉,和我一樣的性情,我只不信。我才作了一個夢,竟夢中到了都中一個花園子裡頭,遇見幾個姐姐,都叫我臭小廝,不理我。好容易找到他房裡頭,偏他睡覺,空有皮囊,真性不知哪裡去了。」寶玉聽說,忙說道:「我因找寶玉來到這裡。原來你就是寶玉!」榻上的忙下來拉住:「原來你就是寶玉!這可不是夢裡了?」寶玉道:「這如何是夢?真而又真了。」一語未了,只見人來說:「老爺叫寶玉。」唬得二人皆慌了。一個寶玉就走,一個寶玉便忙叫:「寶玉快回來,快回來!」襲人在旁,聽他夢中自喚,忙推醒他,笑問道:「寶玉在哪裡?」此時寶玉雖醒,神意尚恍惚,因向門外指說:「才出去了。」襲人笑道:「那是你夢迷了。你揉眼細瞧瞧,是鏡子裡照的你影兒。」寶玉向前瞧了一瞧,原是那嵌的大鏡對面相照,自己也笑了。早有人捧過漱盂茶鹵來,漱了口。麝月道:「怪道老太太常囑咐說,小人屋裡不可多有鏡子。小人魂不全,有鏡子,照多了,睡覺驚恐作胡夢。如今倒在大鏡子那裡安了一張床。有時放下鏡套還好;往前去,天熱困倦不定,哪裡想得到放它,比如方才就忘了。自然是先躺下照著影兒頑的,一時合上眼,自然是胡夢顛倒;不然,如何看著自己叫著自己的名字?不如明兒挪進床來是正經。」

(56回,頁1375-1376)

第三章　微物寄情──身體、凝視與燒焚│113

　　和前三次不同，這次的大穿衣鏡事件是由寶玉自己引起的，卻是通過夢中的經驗，[97]也是夢與鏡縉合得最妙的地方。寶玉聽說江南甄家也有個寶玉，心下疑惑鬱悶，躺在榻上不覺昏昏睡去，只見他夢見看見榻上少年，正討論著長安的賈寶玉，兩人在真而又真的夢境中相會，突然聽到老爺喊寶玉，兩人嚇得欲奪門而出，於是夢醒。夢醒時，寶玉便立在大穿衣鏡前對面相照。當寶玉夢見甄寶玉也在做著夢見賈寶玉的夢時，最終使他陷入了不辨真假的困惑中，以致他在夢想的邊緣，又產生了進入鏡子的衝動，想抓住自己的影子。[98]巫鴻認為寶玉的夢境是為「假作真時真亦假，無為有處有還無」的人格化，抽象的「真、假」，在這裡人格化為「甄、賈」，夢境與鏡影則隱喻著「有、無」的置換。[99]

　　麝月引了從老太太那聽來的民間傳說，也從麝月口中知道「大鏡子那裡安了一張床」使寶玉臥在榻上便能照著自己的鏡像。作者曹雪芹刻意將大穿衣鏡安排在寶玉的怡紅院內，經過前幾次的出現，終於在最後透過夢境點出《紅樓夢》真假／甄賈「胡夢顛倒」的鏡像世界。[100]到了一百一十五回，寶玉再度會見自己的「夢中像」，發現兩人外貌酷似，內心所思的卻已是冰炭不合了。兩人的會見，真中有假，假中有真，如鏡如海市蜃樓一般虛幻，讓人生充滿幻景，作者曹雪芹的手法虛虛

---

[97] 〔美〕巫鴻：《物・畫・影：穿衣鏡全球小史》，頁 100。
[98] 詹丹：《紅樓夢的物質與非物質》（重慶：重慶出版，2006 年 6 月），頁 118。
[99] 〔美〕巫鴻：《物・畫・影：穿衣鏡全球小史》，頁 101。
[100] 〔美〕巫鴻：《物・畫・影：穿衣鏡全球小史》，頁 101。

實實,使寶玉深感人生悲辛,從而有出塵解脫的念頭。

此前寶玉睡覺前,曾經將鏡套給套上:

> 麝月笑道:「好姐姐,我鋪床,你把那穿衣鏡的套子放下來,上頭的划子划上,你的身量比我高些。」說著,便去與寶玉鋪床。晴雯「嗐」了一聲,笑道:「人家才坐暖和了,你就來鬧。」此時寶玉正坐著納悶,想襲人之母不知是死是活,忽聽見晴雯如此說,便自己起身出去,放下鏡套,划上消息,進來笑道:「你們暖和罷,都完了。」(51回,頁1240)

寶玉為了不讓晴雯麝月受寒,親自將鏡套熟練地放下,划上消息。大穿衣鏡,正如劉姥姥所言「大富貴人家」才有。根據方豪的考察,書中所述的大穿衣鏡在當時為西洋貢品,僅有皇宮內或若干顯赫的府邸方能使用。[101]曹家任江寧織造五十八年,其財勢遠勝於其他大家,在曹家於雍正六年(1728年)被抄之前,作者曹雪芹在富足的環境中生活了十三年的時間,他的童年經驗裡很有可能包含了大玻璃鏡所引起的驚喜與想像,這也是大穿衣鏡只能放在怡紅院的原因。[102]透過對大穿衣鏡的描繪以及安排的情節,讀者看見了真假、虛幻經由大穿衣鏡中所呈現的效果,尤其在怡紅院中的大穿衣鏡,作者

---

[101] 方豪:〈從紅樓夢所記西洋物品考故事的背景〉,《方豪六十自定稿》(臺北:臺灣學生,1969年),頁469。

[102] 〔美〕巫鴻:《物・畫・影:穿衣鏡全球小史》,頁103。

「自然是先躺下照著影兒頑的」一語生動而深刻，或許也反映了作者曹雪芹的童年時光。

二、西洋透視畫

藝術品溝通傳遞的是人性或人類的經驗，任何再現——攝影、素描、雕塑及繪畫，都可以讓觀者產生取代的感覺，一種處於創造出該形象的人當時所在場所的感覺，不論是真實的場所或是情感的場所，或是兩者混合，當它產生影響時，我們的情緒受到擾動，被觸動（moved），並感受到它們所看到即感受到的觀點。[103]西洋透視畫法，主要與視網膜像有關，也就是視覺實感。這時如果觀察者的正前方架起一面垂直於大的巨大透明畫面，透過畫面所見到的仍然是原來的視網膜像，如果想要將所見的視網膜像記錄下來，只要不移動視點與畫面、將透過透明畫面上的形象勾勒出來，如此一幅與原先視網膜像完全相同的圖景便出現了。並且不論這個透明畫面是遠是近，都不會改變所見到的透視圖。平日所謂透視圖，就是指記錄在平面畫面上視網膜像的結構。如果要畫得準確，這幅畫平面的對象結構圖與所見的視網膜像無異，這種三維對象的結構在對平面的影射過程中所存在的規律，就是透視學。[104]

文藝復興早期，為了在平面上繪製三維透視圖，人們開發了工具和方法，以使透明框內的透視圖相似，具有三維對象相

---

[103] Tim Dant 著：《物質文化》，頁 195-196。
[104] 張憲榮編著：《設計素描與透視畫法》（北京：化學工業出版社，2009年8月），頁 51。

同的實感。[105]透視畫法，依循透視學的理性規律，正確地表達客觀視網膜像的一種繪製方法，所以按透視畫法所繪製的圖形最具有直觀性、真性。[106]依照不同的觀察方式，又分為平視透視圖、俯視透視圖（鳥瞰圖）、仰視透視圖（蛙視圖）等。[107]平視透視的畫法，是最簡單、又是最廣泛被採用的一種畫法，是平視觀察方式下所反映出的客觀圖景的一種表達方法。[108]雍正和乾隆朝的宮廷檔案中記載一種通景畫，繪製時先在小幅絹帛或其他材料上畫好局部，然後拼貼到牆壁、走廊和門上，形成完整的圖畫，利用建築實體的自然過渡與無縫對接，從二維空間製造出三維的錯覺，採用的即是透視法。[109]《紅樓夢》中，汲取不少西洋器物的知識，對於透視圖畫，也出現在其中：

> 只見迎面一個女孩兒，滿面含笑迎了出來。劉姥姥忙笑道：「姑娘們把我丟下了，要我碰頭碰到這裡來。」說了，只覺那女孩兒不答。劉姥姥便趕來拉他的手，「咕咚」一聲便撞到板壁上，把頭碰得生疼。細瞧了一瞧，原來是幅畫兒。劉姥姥自忖道：「原來畫兒有這樣活凸出來的。」一面想一面看，一面又用

---

[105] 張憲榮編著：《設計素描與透視畫法》，頁53。
[106] 張憲榮編著：《設計素描與透視畫法》，頁54。
[107] 張憲榮編著：《設計素描與透視畫法》，頁54-58。
[108] 張憲榮編著：《設計素描與透視畫法》，頁69。
[109] 商偉撰，駱耀軍譯：〈假作真時真亦假：《紅樓夢》與清代宮廷的視覺文化〉，《文學研究》第4卷1期，2018年，頁119。

手摸去，卻是一色平的，因點頭嘆了兩聲……（41回，頁1016）

劉姥姥只見一個女孩迎面而來，其立體的程度，使劉姥姥便趕來要拉住他的手，才咕咚一聲撞到了板壁上，細瞧才知道那是幅畫，且是活凸出來的，摸去卻又是平的。可見賈家當時已有西洋油畫了。西方繪畫講究透視法，畫的人物看起來就像真的，對劉姥姥而言，宛如活人走了出來。《紅樓夢》中講到許多西洋貢品，如怡紅院裡外間房中十錦格上的自鳴鐘、鼻煙壺上畫有黃髮赤身肉翅的女子（西方的天使）等，此件西洋油畫或許亦是西洋貢品之一。中國水墨畫向來重視寫意和寄託文人的情懷，而從事西洋油畫的藝術家們卻是在透視的觀點下捕捉光影，力求表現人物的立體感與環境的空間性。這一幅維妙維肖的美人油畫，還非得藉由劉姥姥酒後昏花的視覺，方能點出它與活人並無二致的藝術特徵來。[110]在西洋透視油畫之後，劉姥姥一轉身，得了一個小門，門上掛著蔥綠撒花軟簾：

一轉身，方得了一個小門，門上掛著蔥綠撒花軟簾。劉姥姥掀簾進去，抬頭一看，只見四面牆壁玲瓏剔透，琴劍瓶爐皆貼在牆上，錦籠紗罩，金彩珠光，連地下踩的磚，皆是碧綠鑿花，竟越發把眼花了，找門出去，那裡有門？左一架書，右一架屏。剛從屏後得

---

[110] 朱嘉雯：〈【隨花集‧紅樓夢】華麗大冒險——劉姥姥怎樣逛大觀園？〉檢索時間：2022年5月11日 https://www.merit-times.com/newspage.aspx?unid=403315

了一門轉去。（41回，頁1016-1017）

　　這裡和賈政等人在大觀園落成初到此地相似，令人眼花撩亂，找不到出路。劉姥姥醉臥怡紅院，是作者曹雪芹透過劉姥姥的眼，帶讀者體驗從未有過的豪門生活，而這敘述既教人驚嘆又格外地真實，宛如作者曹雪芹親眼所見並親自描寫一般，又可說這或許就是作者曹雪芹童年的生活，也未可知。

　　同樣是關心一軸美人畫作，在第十九回中「寶玉見一個人沒有，因想：這裡素日有個小書房，內曾掛著一軸美人，極畫的得神。今日這般熱鬧，想那裡自然無人，那美人也自然是寂寞的，須得我去望慰她一回。（19回，頁500-501）」寶玉見一個人都沒有，便想起小書房內「極畫的得神」的美人畫，從「畫軸」的裝幀方式推測它可能不是一幅西洋透視畫作。脂批在此評：「極不通極胡說中，寫出絕代情癡，宜乎眾人之瘋傻。（19回，頁501）」、「天生一段痴情，所謂『情不情』也。（19回，頁501）」對小書房裡的美人畫有所眷戀，是寶玉情不情之表現。可見寶玉的痴傻，不僅止於人，更達到對萬物的境界。對小書房的美人畫軸這樣關心，也想必對自己房內的美人畫，更是體貼入微了。

第三節　嗅入之物

　　物質有時與幽微之情有所連結。如香物的使用，翳入了天聽，有著連結了人界與天界／陰間的功能，本節根據《紅樓

夢》中不同情況所焚之香進行說明。同樣是焚燒，黛玉焚稿，雖目的不同，然而焚稿相當程度上，象徵著明清文人價值歸屬與身分選擇，曹雪芹的祖父曹寅與明遺民、清貳臣關係良好，其書寫焚稿的情節之間或許亦有文人價值歸屬的隱喻。幽情，幽微之情，本節就物質與幽情間進行說明。

一、香物使用

香煙自地上點燃，綿延不絕的香煙，冉冉升空，其形狀飄冉，進而有連結天地、陰間陽間的涵義。香，《說文》作「𪏰，芳也。」[111]，指芬芳美好的氣味，[112]專門產生「香」味的謂之香料，如砍伐後還沒加工的原料，稱為香料或香材，如沉香木、檀香木等。而製作成各種形狀的「香」產物，則稱之為香品，如沉香末、檀香粉和各種和合香、線香等。[113]宗教領域的香品歷史悠久，東、西方皆然。在西方，《聖經‧馬太福音》東方三博士首先為耶穌準備的禮品即「黃金、乳香、沒藥」[114]，沒藥被使用在淨身或祭壇、燭台等宗教物品的塗油禮上，《聖經》〈利未記〉中寫道：「若有人獻素祭為供物

---

[111] 〔東漢〕許慎著，〔宋〕徐鉉校定：《說文解字》，頁147上。

[112] 國教院：《異體字字典》檢索時間：2022年5月6日 https://dict.variants.moe.edu.tw/variants/rbt/word_attribute.rbt?quote_code=QTA0NjE2

[113] 張梅雅：《佛教香品與香器全書》（臺北：商周出版，2010年5月），頁11。

[114] 《聖經‧馬太福音》第二章第11節：「進了房子，看見小孩子和他母親馬利亞，就俯伏拜那小孩子，揭開寶盒，拿黃金、乳香、沒藥為禮物獻給他。」

給耶和華，要用細麵澆上油，加上乳香。」[115]，可見在西元前，這種將芳香樹脂用於宗教，已行之有年。到了現代，許多宗教仍然會在祭典時使用乳香與沒藥，如天主教的彌撒，可以見到焚燒著乳香沒藥、散發濃濃白煙與香氣的香爐。《聖經》更言：「香就是眾聖徒的祈禱。」[116]。

在東方，宗教使用的香品有多重意義，一方面相信寺廟香爐裡飄散出來的香煙可以驅退邪惡、妖鬼，同時將自己恭敬的心意表達出去，透過香煙與神明溝通。因此當巫者、祭司進行儀式傳統時，會深深吸入焚燒的濃煙，沉醉其中，讓靈魂可以脫離身體，漫遊在另一個神聖時空，會見神明。[117]《博物志》異產有記，漢武帝時弱水西國進獻香，後長安大疫，西使乞然貢香，以辟疫氣。[118]道教文化中，在《上清靈寶大法》中詳細記載了八香[119]，道教徒的焚香象徵著神真降臨，更是神人溝通的中介。在道教儀式中，道教修行者進入修道的「室」後，在香爐前三捻香，此時香爐中點燃的香所飄出的香煙就是修行開始的象徵。另外，在唸完啟告仙真的文字後，向上昇至天庭的香煙一字不漏地傳達給天庭的神祇。因此，在道教儀式中，香的作用是通感神人，傳達祈求仙人賜福的啟請和

---

[115] 《聖經‧利未記》第二章第 1 節。

[116] 《聖經‧啟示錄》第五章第 8 節：「祂既拿了書卷，四活物和二十四位長老，就俯伏在羔羊面前，各拿著琴，和盛滿了香的金爐。這香就是眾聖徒的祈禱。」。

[117] 張梅雅：《佛教香品與香器全書》，頁 44。

[118] 《博物志》，頁 9941。

[119] ﹝宋﹞金允中：《上清靈寶大法》，《正統道藏》本，卷 11：「道香，德香，無為香，清淨自然香，妙洞真香，靈寶慧香，超三界香，三境真香，滿瓊樓玉京，徧周天法界。以今焚香，供養虛無自然大道……」。

意念。[120]佛教和道教是唐代重要的兩大宗教，此兩大宗教皆對香料的作用採取正面肯定的看法。

據《洞天清祿集》載：

> 古以蕭艾達神明而不焚香，故無香爐，今所謂香爐，皆以古人宗廟祭器為之，爵爐則古之爵，狻猊爐則古蝯足豆，香球則古之鬵，其等不一，或有新鑄而像古為之者，唯博山爐乃漢太子宮所用者，香爐之製始於此。[121]

在香器的使用上，基於對宗教信仰的崇敬與生活的美感享受，香器亦有其豐富之處。在西周出土文獻中已有熏爐的雛形，到了西漢早中期博山爐的出現成為了主流形制的發展，東漢時期，無論實物還是圖像，基本上都是博山爐的熏爐形制。[122]禮神儀式之外，日常生活中的熏香習俗中土很早就有了。[123]博山爐最早是皇家使用的香器，後來普遍於民間，焚燒香料時，煙氣會從爐蓋上造形的仙人、青龍、四方靈獸、流雲間飄出，整座爐宛如神話中的仙山。另外在漢墓考古中也發現除了博山爐之外的熏爐隨葬品，以熏香和燒炭取暖之用。漢代亦流行「熏籠」，是一種可以直接放置在衣物中熏香的銅熏爐，

---

[120] 張梅雅：《佛教香品與香器全書》，頁 45。

[121] 《洞天清祿集・古鐘鼎彝器辨》，《讀畫齋叢書》本，頁 3。

[122] 董雪迎：〈陝北地區漢畫像石中的博山爐圖像初探〉，《文物世界》第 3 期，2014 年，頁 15-18。

[123] 揚之水：《香識》（香港：香港中和出版，2014 年 1 月），頁 1。

其中有一種可以將香料倒至內部正中間焚燒的圓形銅熏球，其特殊不會傾倒的精細設計，可安全在臥褥中熏香，又稱為被中香爐。東漢佛教東傳，也引進了各種香料，使香器的使用有所改變，魏晉南北朝流行三足或五足的造型與目前可見香爐接近的熏爐，隋唐時代有仿古博山爐、熏球、香斗等香器。[124]在《紅樓夢》裡，焚香是常見的行為，就連後來的繪畫者，在繪製《紅樓夢》人物的繪畫中亦會加入香事的元件，如改琦（1773年-1828年）《紅樓夢圖詠》[125]中，常繪畫焚燒香餅香丸者，香爐、箸瓶以及箸與香匙結為固定組合，即所謂「爐瓶三事」，[126]王墀（1820-1890）的《增刻紅樓夢圖詠》[127]則更加細緻地繪畫出香爐的形制，可見香事對《紅樓夢》的常見性，並深刻融入《紅樓夢》的生活中，成為文化的一部分。

香煙裊裊直通上天，使得地下的人兒與天上的仙靈產生連結。《紅樓夢》中以香對神靈的祈拜描寫諸多，首先是年節祭拜，年節祭拜是《紅樓夢》著墨最細緻的祭祀儀式，一方面對天地與天子祈禱，一方面對先祖寧榮二公影像祈拜。其次為寶玉生日時的生日祭拜，書中描述生日的橋段不在少數，同月同日生者更多，唯寶玉生日時的祭拜活動作者特意寫出，此以寶玉生日時特別引香祭拜為例，描寫對神靈祈拜的敬重。亦有元

---

[124] 張梅雅：《佛教香品與香器全書》，頁104-105。

[125] 〔清〕改琦繪：《紅樓夢圖詠》，中央研究院歷史語言研究所藏本，清末扁玉版。

[126] 揚之水：《香識》，頁31

[127] 〔清〕王墀：《增刻紅樓夢圖詠》（上海：上海書店出版社，2006年3月）。

妃省親時大觀園內的花香與引路熏香的例子，以及寶玉的日常祭拜等例。這些例子顯示了「香」除了作為日常常見的物用之外，更滲入文化中，依據不同的場景有不同的功能，如轉換空間氣氛、溝通人界與天界／陰間等功能。

（一）年節祭拜

《紅樓夢》作者曹雪芹原為漢族，但早已投靠滿人，入關後並隸屬內務府正白旗。換句話說，曹家在文化上已是滿人而不是漢人了。滿族征服中國本土後，漢化日益加深，發展出一種滿漢混合型的文化，滿漢混合的文化特色之一就是用早已過時的漢族禮法來粉飾流行於滿族間那種等級森嚴的社會制度，結果滿人的上層社會（包括宗室和八旗貴族）走向高度禮教化。曹雪芹便出生在這樣一個「詩禮簪纓」的貴族家庭中。[128]八旗世家的禮法最集中的表現在喪祭兩方面。年節祭拜是《紅樓夢》中重要的祭祀描寫，其不只在榮府，乃是與寧府一起，合族上下一起進行的儀式。首先是進宮領御賜的黃口袋子：

> ……瞧那黃布口袋，上有印，就是「皇恩永錫」四個大字；那一邊又有禮部祠祭司的印記，又寫著一行小字，道是「寧國公賈演、榮國公賈源，恩賜永遠春祭賞共二分，淨折銀若干兩，某年月日龍禁尉候補侍衛賈蓉當堂領訖，值年寺丞某人」，下面一個朱筆花

---

[128] 余英時：〈曹雪芹的反傳統思想〉，頁 14。

押。（53回，頁1288）

　　黃口袋子，不僅僅是個黃口袋子，其出自皇宮，更象徵了皇家的天恩，且每年祭祀必得進宮領取，也表示了該宗族於朝堂上尚有地位，方能領取得到這黃口袋子。到了臘月二十九日，除夕：

> 到了臘月二十九日了，各色齊備，兩府中都換了門神、聯對、掛牌，新油了桃符，煥然一新。寧國府從大門、儀門、大廳、暖閣、內廳、內三門、內儀門並內塞門，直到正堂，一路正門大開，兩邊階下，一色朱紅大高照燈，點得兩條金龍一般。次日，由賈母有誥封者，皆按品級著朝服，先坐八人大轎，帶領著眾人進宮朝賀行禮，領宴畢回來，便到寧國府暖閣下轎。諸子弟有未隨入朝者，皆在寧府門前排班伺候，然後引入宗祠。（53回，頁1293）
>
> 裡邊香燭輝煌，錦帳繡幕，雖列著神主，卻看不真切。只見賈府人分昭穆排班立定：賈敬主祭，賈赦陪祭，賈珍獻爵，賈璉、賈琮獻帛，寶玉捧香，賈菖、賈菱展拜毯，守焚池。青衣樂奏，三獻爵，拜興畢，焚帛奠酒，禮畢樂止，退出。眾人圍隨著賈母，至正堂上。影前錦幔高掛，彩屏張護，香燭輝煌。上面正居中懸著寧榮二祖遺像，皆是披蟒腰玉，兩邊還有幾軸列祖遺影。（53回，頁1294-1295）
>
> 王夫人傳於賈母，賈母方捧放在桌上。邢夫人在供桌

之西,東向立,同賈母供放。(53回,頁1295)

　　第五十三回的年節祭拜是《紅樓夢》對祭祀儀式描寫中,最鉅細靡遺的部分,可見年節祭拜之重要性,這是充滿儀式性的行為,開始從外觀上所有大門俱一打開,一是著品級朝服入朝,對皇恩的崇拜;二是回到寧府,對寧榮二公等列祖列宗的敬拜。最後,祭祀畢後眾人皆簇擁伺候著賈母,給賈母請安、談笑取樂,更可知年節祭拜既是祭拜儀式,也是對族中最長者賈母樂享天倫的祈福活動,是「禮」也是「孝」的表現。又,獨寫邢夫人在供桌之西,即說明其於諸人都是西向;供桌在西邊,邢夫人只有站在供桌的對面才能幫賈母供放祭品,這種筆法顯然是從《史記・項羽本紀》寫鴻門宴座次變化出來。[129]

　　《畿輔通志》「在元日先期設牲於中庭,長幼夙興焚香燃爆竹,祭神祀先照倫序拜尊長畢,食餃餌親友交相賀歲,數日乃罷。」[130]此記載與《紅樓夢》中的除夕拜年順序相似,又《清嘉錄・拜年》中有記:「男女以次拜家長畢,主者率卑幼,出謁鄰族戚友,或止遣子弟代賀,謂之拜年,至有終歲不相接者,此時亦互相往拜于門。」[131]。首先拜家裡長輩,要先向長輩拜年,還須向鄰居長輩拜年,向鄰居長輩拜年僅次於本屬長輩。而拜年中祭祀用的香物,則不可或缺,香在漢人民間信仰上,實有通神、去鬼、辟邪、祛魅、逐疫、返魂、淨

---

[129] 余英時:〈曹雪芹的反傳統思想〉,頁19。
[130] 〔清〕李鴻章等修,〔清〕黃彭年等纂:《畿輔通志》,《續修四庫全書》據1934年商務印書館影印清光緒十年刻本,頁17876。
[131] 〔清〕顧祿撰:《清嘉錄》《續修四庫全書》據清道光刻本,頁249。

穢、保健等多方面作用，尤其以通神和辟邪為最，[132]其中年節的香，便是用以通神／先祖的作用，而寶玉捧香，更有著傳承賈府香火的象徵。

（二）生日祭拜

《紅樓夢》描寫的生日眾多，但描寫慶生的內容卻無一重複。唯獨在寶玉生日當日，有一特別的祭祀活動：

> 這日，寶玉清晨起來，梳洗已畢，冠帶出來。至前廳院中，已有李貴等四五個人在那裡設下天地香燭，寶玉炷了香。行畢禮，奠茶焚紙後，便至寧府中宗祠、祖先堂兩處行畢禮，出至月臺上，又朝上遙拜賈母、賈政、王夫人等。（62回，頁1485）

《左傳‧成公十三年》「國之大事，在祀與戎」。作為「鐘鳴鼎食之家，翰墨詩書之族」，寶玉點了天地香燭、奠茶焚紙，天地香案，祭祀天地，謝天謝地。緊接著寶玉便到祖先祠堂，慎終追遠，拜謝祖先的恩德，向寧府中宗祠、祖先堂行禮。再到月臺對著當時因宮中老太妃薨逝，賈母、賈政、王夫人等人皆在皇陵服侍的等人遙拜，是書中生日描寫裡少見的祭拜儀式。順序從祭拜天地，再到宗祠祭拜先人，最後才是遙拜活人，此祭拜儀式亦有可能是「爺們」生日方有的特殊禮儀。

《禮記‧內則》：「十年出就外傅，居宿於外，學書計，

---

[132] 劉枝萬：《臺北市松山祈安建醮祭典——臺灣祈安醮祭習俗研究之一》（臺北：中央研究院民族研究所出版，1967年），頁129。

衣不帛襦褲，禮帥初，朝夕學幼儀，請肄簡諒。十有三年學樂，誦《詩》，舞《勺》，成童舞《象》，學射御。二十而冠，始學禮，可以衣裘帛，舞《大夏》。」[133]古時在不同年齡階段有不同的禮儀儀式，並有相對應的應作事務，而《紅樓夢》中未明寫寶玉此次生日的年齡，故難以推算所相對應的儀式，然而祭天地、拜祖先等儀式，寶玉的生日祭拜，亦可見古人飲水思源的禮儀規範。

> 敬天地，敬祖宗，敬君長，敬賓友者，可知然皆自此愛敬父母之一心。[134]
>
> 不敬天地，必有雷霆之誅，爲子而慢父母必有幽明之譴。[135]

祭祀之重要，就連可卿遺言中「以備祭祀供給之費皆出自此處」也是「孝」字特提。[136]敬拜天地是為禮，同時亦為「孝」之表現。不論是敬天地，敬祖宗，敬君長，敬賓友都是出自愛敬父母的心意。而不敬天地者，則可能會有幽冥鬼神的懲罰，可見「孝」與「禮」之重要。寶玉生日當日亦以香燭敬天地，敬祖宗，至月臺敬父母君長，最後又逐一敬謝賓友等禮

---

[133] 《禮記‧內則》，《斷句十三經經文》，頁 58-59。

[134] 〔清〕張敉撰：《孝經精義‧餘論》《續修四庫全書》據清乾隆四年潞河書院刻本，頁 115。

[135] 〔明〕呂維祺，呂維祜撰：《孝經大全》《續修四庫全書》據清康熙二年呂兆璜等刻本，頁 371。

[136] 〔清〕護花主人、大某山民、太平閒人：《紅樓夢（三家評本）》，頁 194。

節,可想寶玉之孝心,並同時記錄了《紅樓夢》作者在生日那日,可能的敬拜儀式為何,亦有可能為作者虛構而成。

(三) 元妃省親

元妃省親是《紅樓夢》中的一大盛事,亦是可卿託夢給鳳姐兒時,所說之「非常喜事,真是烈火烹油、鮮花著錦之盛」。元妃省親,促成大觀園的落成,並將賈府如日中天的景況,推向前所未有的盛境。彼時合族皆等候賈妃駕臨,在元妃駕臨之前:

> 園內各處,帳舞蟠龍,簾飛彩鳳;金銀煥彩,珠寶爭輝;鼎焚百合之香,瓶插長春之蕊⋯⋯(17-18回,頁451)

在鼎式香爐內已焚百合香,鼎式大爐適用於空間較大的殿堂,可以想見大觀園內充滿著百合香。瓶插長春花之蕊,則適合一般空間的香物擺飾,使大觀園內充斥著鮮花的香氣。清郎世寧(1688-1766)有《仙萼長春》系列畫作,包含〈百合花纏枝牡丹〉、〈芍藥〉、〈紫白丁香〉等花卉作品,因此長春已不單指是長春花,乃是指長年青春意之花卉。大觀園內,花香滿佈,園外等候元妃駕到的眾人們,接著見著此景象:

> 忽見一對紅衣太監騎馬緩緩的走來,至西街門下了馬,將馬趕出圍幕之外,便垂手面西站住。半日又是一對,亦是如此。少時便來了十來對,方聞得隱隱細

樂之聲。一對對龍旌鳳翣，雉羽夔頭，又有銷金提爐焚著御香。然後一把曲柄七鳳黃金傘過來，便是冠袍帶履。又有值事太監捧著香珠、繡帕、漱盂、拂塵等類。（17-18 回，頁 452-453）

此段描寫既有視覺的紅衣太監、聽覺的細樂之聲，更有「銷金提爐焚著御香」的視覺與嗅覺享受。銷金提爐顯然是嵌著金飾的提爐，象徵了皇室的地位，焚著御香可使沿途聞得往昔非有的香氣，大腦能夠辨別、記錄多種香氣，引發神經衝動像大腦發出訊號，[137]因此焚著御香，可能使大腦產生在皇家御園的幻想，同時使空間營造出御園的氛圍，更可以藉由熏香，讓元妃與整個皇家禮隊不被凡塵民間的「濁氣」熏臭，經營出截然不同的空間感受。遼代皇后蕭觀音《焚椒錄》中「若道妾身多穢賤，自沾御香香徹膚，藝熏爐，待君娛。」[138]，自比穢賤的身軀，透過御香使香味香澈肌膚，「御香」在《焚椒錄》便是一轉換人物性格與透露環境的重要物件。《金史》中有記：

郡民于中夜聞人聲云燕王遷都，皆出而觀之，見鑾輅

---

[137] 〔美〕黛安・艾克曼著，莊安祺譯：《感官之旅》，頁 34，「大腦能夠辨別、記錄多種香氣，分子的幾何形狀與其產生之香氣有關，當正確形狀的分子出現便能夠嵌入神經細胞的空格內，引發神經衝動向大腦發出訊號。」

[138] 〔遼〕王鼎撰：《焚椒錄》卷 1《續修四庫全書》據清抄本，頁 13。

儀衛前後雜遝，燈燭熒煌，香風襲人羅列十里。[139]

此香風是燕王遷都時的金鑾車輿、香燭火炮所製造出之香風，此香風沿著燕王遷都的路線一路飄散，營造出王都氣氛與熏開濁氣等作用。《紅樓夢》中的「御香」是「非常物」，僅出現在元妃省親，皇帝的妃子外出之時，其起了轉換、「淨化」環境，使環境霎變，在視覺與嗅覺起了猶如親臨御園的效果。十八回戚序總評：

> 此回鋪排，非身經歷，開巨眼，伸大筆，則必有所滯呈牽強，豈能如此觸處成趣，立後文之跟，足本書之情者。且借象說法，學我佛闡經，代天女散花，以成此奇文妙趣。為不得與四才子書之作者，同時討論臧否，為可恨耳。[140]

據戚序總評可見元妃省親是親身經歷之事，乃是作者記憶的追索。黃一農考證元妃省親的創作素材可能源於順懿密太妃王氏身的故事，因乾隆帝即位之初所頒的恩詔，以順懿密太妃為首的一些先朝嬪妃允許可在特定日子返家，而曹雪芹的表哥、曹寅女與平郡王納爾蘇所生三子中之次子，福秀（1710-1755）恰是密太妃的嫡孫、雍正九年襲愉郡王之弘慶（1724-

---

[139] 〔清〕施國祁撰：《金史詳校》《續修四庫全書》據清光緒六年會稽章氏式訓堂刻本，頁730。

[140] 《紅樓夢新注》，頁470。

1770）的連襟，曹雪芹遂有可能間接得知歸省的細節。[141]可見此段描寫並非無中生有，乃是其來有自，然而小說並非實錄，作者曹雪芹可能節錄並轉化了省親的過程，成為小說的原始材料，豐富了《紅樓夢》文本。

（四）日常祭拜

祭奠儀式是一件寶玉時時所作之事，是其對陰間等不能再見之人、物的尊敬之意。對寶玉而言，這些陰間不能再見之事物，僅需透過一爐香，以表達其幽情。

> 寶玉道：「已後斷不可燒紙錢。這紙錢原是後人異端，不是孔子遺訓。已後逢時按節，只備一個爐，到日隨便焚香，一心誠虔，就可感格了。愚人原不知，無論神佛死人，必要分出等例，各式各例的。殊不知只以『誠心』二字為主。即值倉皇流離之日，雖連香亦無，隨便有土有草，只以潔淨，便可為祭，不獨死者享祭，便是神鬼也來享的。你瞧瞧我那案上，只設一爐，不論日期，時常焚香。他們皆不知原故，我心裡卻各有所因。隨便有新茶便供一鐘茶，有新水就供一盞水，或有鮮花，或有鮮果，甚至於葷羹腥菜，只要心誠意潔，便是佛也都可來享，所以說只在敬不在虛名。已後快命他不可再燒紙錢了。」（58回，頁1423）

---

[141] 黃一農：〈《紅樓夢》中「借省親事寫南巡」新考〉，《中國文化研究》4期，2013年，頁20。

寶玉主張，不必特地燒紙，燒紙乃後人異端，只要備一個香爐，重要的是一心虔誠為要。寶玉案上那只香爐，雖以火焚之，拜祀的是眾其情不情之人、物，亦達形上。這一行為，與《搜神記》記閩中有徐登，女子化為丈夫，趙昞視為師友，兩人「貴尚清儉，祀神以東流水，削桑皮以為脯」[142]相似，不必豪華盛宴，不必肉脯祭祀，只要以潔淨的水、以簡單的桑皮[143]即可拜神。可見祀神只要誠心敬意，以水代酒，以桑皮為肉皆可，重在「清儉」，如寶玉所說「只以潔淨，便可為祭」。寶玉言「你瞧瞧我那案上，只設一爐，不論日期，時常焚香。」可見寶玉心中有掛記祭拜之人，或是秦鐘或是金釧兒或是可卿，以寶玉情不情的性格，可能包括了某個村嫗胡謅的故事，誰家的一軸畫像，但凡寶玉所見所愛之人，皆有可能。因此，寶玉的案上經常是焚著香的，也讓《紅樓夢》全書，繚繞著煙霧，如同張愛玲《沉香屑‧第一爐香》般，「點上一爐沉香屑，聽我說一支……故事。您這一爐沉香屑點完了，我的故事也該完了」。

第七十八回，寶玉身上還有一個從慶國公那兒博得的「旃檀香小護身佛」：

> 王夫人忙問：「今日可有丟了醜？」寶玉笑道：「不但不丟醜，倒拐了許多東西來。」接著，就有老婆子

---

[142] 〔東晉〕干寶：《搜神記》，頁 9628。

[143] 〔東晉〕王嘉：《拾遺記‧後漢》：「桑皮，桑樹的皮。為造紙的原料」「乃剝庭中桑皮以為牒，或題於扉屏，且誦且記。」

們從二門上小廝手內接了東西來。王夫人一看時,只見扇子三把,扇墜三個,筆墨共六匣,香珠三串,玉絛環三個。寶玉說道:「這是梅翰林送的,那是楊侍郎送的,這是李員外送的,每人一分。」說著又向懷中取出一個旃檀香小護身佛來,說:「這是慶國公單給我的。」(78回,頁1887-1888)

是寶玉、賈蘭、賈環出去作客,作詩填詞時,慶國公單給他的禮物,在《紅樓夢》裡透過香味引燃,「觸及氣味的引線,回憶就立即爆發,而複雜的幻影也深處浮顯。」[144]。七十八回慶國公單給寶玉一「旃檀香小護身佛」,且寶玉便隨身攜帶著,旃檀(Candana)是佛教具有心理療效的香木,在慧琳《一切經音義》中:「旃檀,此云與樂,謂白檀能治熱病,赤檀能去風腫,皆是除疾身安之藥,故名與樂也。」[145]「自中國愁苦達士皆歸夢鄉」,夢鄉彷彿頗具浪漫色彩的理想國,明顯受晚明佛教影響。[146]只是寶玉此回後,是否就脫掉了,也未可知。

二、黛玉焚稿

帕與稿是桃花社社長,書寫情感與展現才能的重要物件。

---

[144] 〔美〕黛安・艾克曼著,莊安祺譯:《感官之旅》(臺北:時報文化,2018年4月),頁24。

[145] 慧琳:《一切經音義》,徐時儀校注《一切經音義三種校本合刊》(上海:上海古籍出版社,2008),頁857。

[146] 楊玉成:〈夢囈、嘔吐與醫療——晚明董說文學與心理傳記〉,頁596。

九十七回〈林黛玉焚稿斷痴情　薛寶釵出閨成大禮〉前，黛玉從傻大姐那兒得知了寶玉將娶寶釵的消息，臨死前，先是燒了寶玉相贈的半新不舊的絹帕，上面題有黛玉的詩句，是與寶玉的表記交換之物，而燒帕則意味著兩人關係的結束。除了燒帕外，作為屢次在海棠詩社中奪魁，桃花詩社社長黛玉，有自己的詩稿並不稀奇，然而她卻將其焚燒。

除了燒帕外，她也焚燒了自己的詩稿：

> 紫鵑勸道：「姑娘這是怎麼說呢？」黛玉只作不聞，回手又把那詩稿拿起來，瞧了瞧，又擱下了。紫鵑怕她也要燒，連忙將身倚住黛玉，騰出手來拿時，黛玉又早拾起，擱在火上。此時紫鵑卻穀不著，乾急。雪雁正拿進桌子來，看見黛玉一擱，不知何物，趕忙搶時，那紙沾火就著，如何能穀少待，早已烘烘的著了。雪雁也顧不得燒手，從火裡抓起來擱在地下亂跐，卻已燒得所餘無幾了。（97回，頁2280）

黛玉焚稿，紫鵑雪雁急著救稿，顯示紫鵑雪雁知曉這些文稿對黛玉的重要性，這些詩稿不單單是詩稿，更是黛玉此一人物的延伸，是其情志的象徵。文人焚稿早在唐代便有端倪。《酉陽雜俎・語資》「白前後三擬詞選，不如意，悉焚之，唯留《恨》、《別賦》。」[147]多是中年後厭棄毀少作而焚之，到了晚唐苦銀風氣實可呼應此一心態，至宋代，文人焚燬越為

---

[147] 〔唐〕段成式：《酉陽雜俎》卷12，頁93。

頻繁。[148]到了明清之際，焚稿在文人之間已十分普遍，亦有直接對應政治或生命境遇的自警、自謙、自我厭棄或超越，[149]可見焚稿一事意義深重。同時，李卓吾（1527-1602）《焚書》透露了被迫害的恐懼，文學批評捲入一種迫害與反迫害的暴力。[150]明清才女輩出，女性焚詩稿，又是極為常見之事，唯目的不同：

> 世之悒鬱者，筆硯教焚，亦各有所指。焚詩則隱寓於詩，然亦未可怨尤。於「丈夫不肯學干謁，何用年年空讀書」二語，可見其即「工於瑟而不工於好者」同日語哉。[151]

在王端淑（1621-1685）的觀點中，凸顯女性婦職與女性文才互相連結與糾纏，最終以焚稿表明其寫作困境與自我定位，「筆硯教焚」之舉，在「悒鬱」背後常有著各自的指涉與寓意。[152]在文人自省的關照下，焚稿有時象徵著文人寫作的

---

[148] 盧世達：〈汪端《元明逸史》的寫作焦慮及其焚燬之相關意義〉，《漢學研究》第 38 卷第 1 期，2020 年 3 月，頁 204。

[149] 盧世達：〈汪端《元明逸史》的寫作焦慮及其焚燬之相關意義〉，頁 205。

[150] 楊玉成：〈夢囈、嘔吐與醫療——晚明董說文學與心理傳記〉，頁 642。

[151] 〔清〕王端淑輯：《名媛詩緯初編》，清康熙六年 1667 年清音堂刻本，卷 18〈焚詩〉，頁 20a-20b，「哈佛大學燕京圖書館明清婦女著作資料庫」。

[152] 盧世達：〈汪端《元明逸史》的寫作焦慮及其焚燬之相關意義〉，頁 206。

前後階段,開啟全新的創作生命轉折點,[153]有人認為女子焚稿是婦人與才媛的雙重選擇,主要是「女子之道」的約束逼迫她們放棄「才人之行」,在「登場」與「退場」的矛盾之間徘徊,而黛玉乃是為情而焚,也象徵著其人物即將從小說退場的意涵。[154]

寶玉同樣也有焚書的念頭:

> 把幾部向來最得意的,如《參同契》、《元命苞》、《五燈會元》之類,叫出麝月、秋紋、鶯兒等都搬了擱在一邊。寶釵見他這番舉動,甚為罕異,因欲試探他,便笑問道:「不看他倒是正經,但又何必搬開呢?」寶玉道:「如今才明白過來了,這些書都算不得什麼。我還要一火焚之,方為乾淨。」(118回,頁2635)

寶玉焚書,是因在二遊太虛幻境中,見證了簿冊的讖語,已有了醒悟,凡心已去。寶玉焚書,亦是斷情的意思,明白那些書籍所錄之見聞已算不得甚麼,反要為寶釵等人踏上仕途經濟之路,順著寶釵的意「但能博得一第,便是從此而止」,然而寶玉重在「從此而止」四字,將其視為出家的許可,因此寶玉收起了旁門雜書,專心念書以考取功名,是其斷了塵心的了

---

[153] 穆皓洲:《明清文人焚稿現象初探》,江蘇:蘇州大學 2015 年 5 月碩士學位論文,頁 22。

[154] 薛冰:〈論明清小說的焚稿現象〉,《文史論苑·青年時代》,2018 年 8 月,頁 24。

悟。黛玉焚稿同樣是為了斷情，是為了「斷痴情」，斷了與寶玉間的情感，焚稿是自我感情、意志的延伸，也是形塑黛玉自我的重要環節，是自我身分的確認，也是記憶將過去所思所行連結起來，從而定義了現在的自己，[155]同時亦為病瀟湘，淚將還盡，該登太虛的徵兆。

周策縱認為《紅樓夢》可能受到董說《西遊補》影響，董說屢次燒掉自己的詩文書稿，而甲申國變更經歷暴力與死亡的直接體驗，使他有難以抹滅的創傷、恐懼，[156]有時「凡數百卷，悉焚之」與寄人籬下、心病重重的黛玉焚稿斷癡情的情境極為相似，冷香丸、玉生香等，與董說《非煙香法》間有所延續。[157]焚稿也象徵著明清文人價值歸屬與身分選擇，詩文為傳情言志的依憑，蓋非止涉利干祿、愉心會友之具，文人將生命意識鎔鑄其中，使詩文成為實現生命價值的對象與載體，因此焚棄更意味著價值追求的轉折與身分選擇的偏向，[158]在遺民社群成為一種自我懺悔、自我流放的象徵。[159]現今許多學者對於明清之際士人出處的評價，仍處於明遺民與清貳臣的二元準則，[160]《紅樓夢》作者曹雪芹的先輩與明遺民、清貳臣關係甚密，或許透過焚稿的記憶，文化記憶的遺傳，也體現了

---

[155] 〔美〕沙克特著，李明譯：《記憶七罪》，頁 61。
[156] 楊玉成：〈夢囈、嘔吐與醫療──晚明董說文學與心理傳記〉，頁 569。
[157] 周策縱：〈《紅樓夢》與《西遊補》〉，頁 93。
[158] 穆皓洲：《明清文人焚稿現象初探》蘇州大學古代文學碩士論文 2015 年 5 月，頁 17。
[159] 楊玉成：〈夢囈、嘔吐與醫療──晚明董說文學與心理傳記〉，頁 650。
[160] 王學玲：〈從鼎革際遇重探清初遺戍東北文士的出處認同〉，《淡江中文學報》（18），2008 年，頁 210。

自己的生命價值和對明清社會的取捨，與追懷的歷史。

三、幽香生情

　　幽情之「幽」字，《紅樓夢》全書共 32 處。其中「幽香」共四處，分別為第五回的「群芳髓」、第八回「涼森森、甜絲絲的幽香」寶釵的冷香丸、第十九回黛玉袖口及第二十六回瀟湘館碧紗窗暗暗透出的幽香。幽香，唐溫庭筠〈東郊行〉：「綠渚幽香生白蘋，差差小浪吹魚鱗。」或可理解成清淡的香氣，[161]而這些清淡的香氣，運用在不同人物身上，除了推進不同的情節發展，也將對寶玉產生不同的情愫。

　　首先是第五回，幽香乃太虛幻境中之異香：

> 但聞一縷幽香，竟不知其所焚何物。寶玉遂不禁相問。警幻冷笑道：此香塵世中既無，爾何能知！此香乃係諸名山勝境內初生異卉之精，合各種寶林珠樹之油所製，名「群芳髓」。寶玉聽了，自是羨慕而已。
> （5 回，頁 144-145）

　　所訴說之對象乃警幻仙子，寶玉神遊太虛幻境，警幻仙子「先以彼家上中下三等女子之終身冊籍，令彼熟玩，尚未覺悟；故引彼再至此處，令其再歷飲饌聲色之幻，或冀將來一

---

[161] 國教院：《教育部重編國語辭典》檢索時間：2022 年 5 月 11 日　https://dict.revised.moe.edu.tw/dictView.jsp?ID=153574&word=%E5%B9%BD%E9%A6%99

悟，亦未可知也。」（5回，頁144），寶玉是在看過上中下三等女子的終身冊籍以後，警幻見他未有覺悟，故後帶寶玉入室，讓寶玉歷飲饌聲色之幻時，寶玉方聞得此幽香，並加以追問，才知這群芳髓是塵世間所沒有的香物，並匯集了名山勝境內初生異卉之精，合各種寶林珠樹之油所製而成。寶玉聽得此香的來歷以後，自是羨慕。

群芳，初指各種美麗的花卉，明代有專錄花卉的《群芳譜》，後辭義的擴張，群芳指眾美人。群芳或可看作「眾女兒」，例「壽怡紅群芳開夜宴」（63回），寶釵在酒令上擎出一根題著「艷冠群芳」四字「下面又有鐫的小字一句唐詩，道是：任是無情也動人。」的籤子，從篇名到籤子內容，皆顯示「群芳」所指的即是群女性的意思。群芳髓，除了從女性對群芳著手外，又指《紅樓夢》中眾女兒的美妙精髓，太虛幻境中之寶冊，所入選的女性皆是上選之選，因此群芳髓可視為眾女兒、群女性的精髓。有些記憶可以藉由特殊的聲音或氣味來喚回。[162]群芳，所指可說是群芳女子，群芳髓所燒製、燒燼後如同十二支曲文所揭示，即群芳各離，又有焚香如明亡國之另層指涉，或是作者曹雪芹哀悼故明，也未可知。

其次為第八回：

---

[162] 〔美〕沙克特著，李明譯：《記憶七罪》，頁52-53有些事情隔天記憶猶新，一年之後卻想不起來？它們是否已完全由腦海中抹滅，或只是隱藏在腦海深處，有待適當的觸媒——特殊的聲音或是氣味——來喚回⋯⋯心理學家衛格那（Willem Wagenaar）研究顯示，經過一段時間後記憶雖已模糊不全，卻並未完全消失，總會殘留一些特殊的印象，足以喚回淡忘的往事。

寶玉此時與寶釵就近，只聞一陣陣涼森森、甜絲絲的幽香，竟不知係何香氣，遂問：「姐姐燻的是什麼香？我竟從未聞見過這味兒。」寶釵笑道：「我最怕燻香，好好的衣服，燻得烟燎火氣的。」寶玉道：「既如此，這是什麼香？」寶釵想了一想，笑道：「是了，是我早起吃了丸藥的香氣。」（8回，頁238）

此處的幽香是由冷香丸透露出的香味。冷香丸是寶釵「從胎裡帶來的一股熱毒」，某日她這樣對周瑞家的說道：

「再不要提吃藥。為這病請大夫吃藥，也不知白花了多少銀子錢呢。憑你什麼名醫仙藥，從不見一點兒效。後來還虧了一個禿頭和尚，說專治無名之症，因請他看了。他說我這是從胎裡帶來的一股熱毒，幸而我先天壯，還不相干；若吃尋常藥，是不中用的。他就說了一個海上方，又給了一包末藥作引子，異香異氣的，不知是那裡弄了來的。他說發了時吃一丸就好。倒也奇怪，吃他的藥倒效驗些。」（7回，頁208）

這其中提到的異香異氣，便是寶玉嗅得的幽香。在寶玉聞得幽香之前的文字，正是寶玉與寶釵的金鎖與通靈寶玉相證的時刻，也便是金玉良緣相證的時候。

寶釵看畢（通靈寶玉），又從新翻過正面來細看，口內念道：「莫失莫忘，仙壽恒昌。」念了兩遍，乃回頭向鶯兒笑道：「你不去倒茶，也在這裡發獃作什麼？」鶯兒嘻嘻笑道：「我聽這兩句話，倒像和姑娘的項圈上的兩句話是一對兒。」……不離不棄。芳齡永繼。寶玉看了，也念了兩遍，又念自己的兩遍，因笑問：「姐姐，這八個字倒真與我的是一對。」（8回，頁236-238）

在鶯兒的促說下，寶釵與寶玉紛紛卸下自己的「寶貝兒」，而後，「只聞一陣陣涼森森、甜絲絲的幽香」，這股異香異氣的香氣無意間拉近了寶玉與寶釵之間的身體距離，在金玉良緣相證過後，或許也稍稍卸除了原來寶釵對寶玉保有一絲警惕的距離感。

第十九回時，寶玉和黛玉共處一室：

寶玉總未聽見這些話，只聞得一股幽香，卻是從黛玉袖中發出，聞之令人醉魂酥骨。寶玉一把便將黛玉的袖子拉住，要瞧籠著何物。黛玉笑道：「冬寒十月，誰帶什麼香呢？」寶玉笑道：「既然如此，這香是哪裡來的？」黛玉道：「連我也不知道。想必是櫃子裡頭的香氣，衣服上熏染的也未可知。」寶玉搖頭道：「未必。這香的氣味奇怪，不是那些香餅子、香毬子、香袋子的香。」（19回，頁520）

寶玉不顧黛玉說話，便從黛玉的袖中聞得一股幽香，寶玉一把拉住黛玉的衣袖，想要瞧瞧是什麼香物發出之幽香。誰知黛玉笑道，寒冬十月是沒人佩香的，並猜測此幽香可能是櫃子裡的香氣，熏染上的。而寶玉否定了這個看法，反而說這香的氣味奇怪，又道出了當時女兒袖子裡會放進香餅子、香毬子、香袋子作為日常熏香的習慣，脂硯齋在此處評道：「此則黛玉不知自骨肉之香同」[163]，推敲是黛玉身上散發的體香。不同於對寶釵的提問，寶玉直接拉住黛玉的袖子，往內探去，可見寶玉與黛玉間，緊密親近的關係。後來寶玉想看看黛玉：

> 只見匾上寫著「瀟湘館」三字。寶玉信步走入，只見湘簾垂地，悄無人聲。走至窗前，覺得一縷幽香從碧紗窗中暗暗透出，寶玉便將臉貼在紗窗上，往裡看時，耳內忽聽得細細的長嘆了一聲道：「每日家情思睡昏昏。」寶玉聽了，不覺心內癢將起來，再看時，只見黛玉在床上伸懶腰。寶玉在窗外笑道：「為甚麼『每日家情思睡昏昏』？」一面說，一面掀簾子進來了。（26回，頁684-685）

寶玉信步走至瀟湘館，未見任何人影，走到窗邊，聞得一縷幽香從碧紗窗透出，寶玉將臉貼在紗窗上，忽聽見黛玉細細長嘆道《西廂記》的唱詞，引得寶玉一陣調戲，共讀《西廂記》、玩賞《西廂記》同時也是寶玉與黛玉間，心意相合的證

---

[163] 陳慶浩：《新編石頭記脂硯齋評語輯校（增訂本）》，頁383。

明。此處幽香,是從黛玉居所瀟湘館內透出,可以想見前段文字中黛玉身上的幽香,乃是沾染自己的居所而來或是由黛玉體香瀰蔓滿室。至於真正是為何種香氣,《紅樓夢》作者則未明說。

《紅樓夢》首見幽香乃自太虛幻境的「群芳髓」,其次分別為寶釵的冷香丸與黛玉居處。《宋會要・市舶》中將幽香視為一種香物「戶部言:『重行裁定市舶香藥名色……生香片、舶上蘇木、水盤頭、幽香……』」[164]在《紅樓夢》中雖指清淡的香氣,但實則皆有具體香物所引起的香味,而這些香氣又分別指出群芳髓、冷香丸及黛玉袖子及瀟湘館內香氣。《鏡花緣》中「適纔這陣幽香,芬芳異常,豈下界所有?」[165]說四季桂來得正好,好似這香味不是人間所有。換言之,《紅樓夢》的幽香之一群芳髓,確是非下界所有,乃屬太虛幻境是包含十二釵的群芳髓,而書中下界以幽香領銜群芳者,又非寶釵黛玉不可,以幽香凸顯釵黛之重要性及故事後續推展,也讓寶玉透過氣味在其中體驗不同的情感。

小結

無論是黛玉收到家鄉風土之物觸物傷情,或是寶玉收藏晴

---

[164] 〔清〕徐松輯:《宋會要輯稿》(中央研究院歷史語言研究所、四川大學古籍整理研究所、哈佛大學東亞文明系,2008 年),頁 649a。

[165] 〔清〕李汝珍:《鏡花緣》(臺北市:世界書局,1974 年),第八十七回〈因舊事游戲仿楚詞　即美景詼諧編月令〉,頁 363。

雯指甲和紅綾襖,以及信物交換、丹藥服食等,皆與弗雷澤《金枝》中的交感巫術有所聯繫,並具有物異系統及抒情傳統。[166] 寶玉曾嘆道堦下海棠無故死了半邊,是晴雯被攆的兆頭,寶玉嘆道:

> 你們那裡知道,不但草木,凡天下之物,皆是有情有理的,也和人一樣,得了知己,便極有靈驗的。若用大題目比,就有孔子廟前之檜、墳前之蓍,諸葛祠前之柏,岳武穆墳前之松。這都是堂堂正大隨人之正氣,千古不磨之物。世亂則萎,世治則榮,幾千百年了,枯而復生者幾次。這豈不是兆應?就是小題目比,也有楊太真沉香亭之木芍藥,端正樓之相思樹,王昭君塚上之草,豈不也有靈驗?所以這海棠亦應其人欲亡,故先就死了半邊。(77回,頁1864-1865)

曾經接觸過的東西,即使分開了,也能夠互相感應,大凡天下之物與相應的事物之間,日子久了亦會受到影響,這是弗雷澤《金枝》中的模仿律。寶玉的天下之物皆有情有理,亦是其理。寶玉收下晴雯的紅綾襖和指甲,該兩物象徵著晴雯身體的延伸,寶玉帶著它們便如同晴雯尚在,而晴雯收下寶玉的襖兒也是同理,「物」在此處成了身體的延續。黛玉收到薛蟠從南方帶回的土物,觸景傷情,土物乃風土之物,與故土之間有著相互連結的作用,因此即便是普通的文具、裝飾品、化妝

---

[166] 〔英〕弗雷澤著;汪培基譯:《金枝:巫術與宗教之研究》,頁23。

品，這些物件是經由薛蟠外出商辦購買回來的南方土物，黛玉與父母相處的童年在南方度過，因此觸物傷情，黛玉觸及這些日用家常物品引起感傷，也是黛玉透過物件喚起故鄉情懷，「物」在此有了故土的延伸義。在信物交換中，列舉了絹帕、汗巾子、鴛鴦劍、佛手以及繡春囊等該時日常常見之物品，這些物品在往常只是普通的物件，然而經過男女情意的交織，使這些物件起了表記的作用，象徵著男女間的情愛糾葛。馬道婆透過紙人對寶玉、鳳姐兒下蠱，與寶釵贈衣予金釧兒入殮，亦是相似律的一環，皆是透過與形體相當的模仿，使志怪般的情節發生，唯前者實現之，後者作者則未表。可見在清代鬼神的信仰仍在，表現了對鬼神世界的強烈好奇，亦許多乾嘉士人也相信鬼神的存在。在人與鬼神恩怨牽扯上，則有鬼神的報恩、報怨、獎善、懲惡等因果報應。[167]

在圖像的凝視中，賈瑞凝視了風月寶鑑中的鳳姐兒並與其繾綣纏綿，寶玉則透過大穿衣鏡所營造的顛倒世界裡與甄寶玉相遇，西洋透視畫，則是寶玉房內的一幅畫作，是寶玉「情不情」的極致表現。透過監督式的「凝視」，風月寶鑑、大穿衣鏡及西洋透視畫展現了在賈府中無所不在的權力論述。[168]風月寶鑑乃雪芹原書之名，是一寄託深刻意涵的象徵。風月指男女情愛，寶鑑、寶鏡則可以借鑑之意。古典小說中描寫鏡鑑具有「照妖」的功能，也是出於道教以鏡子為重要的科儀法器，以之祈福甚至役使鬼神。風月寶鑑繼承了志怪、傳奇中照妖鏡

---

[167] 張瓊分：《乾嘉士人鬼神觀試探——以紀昀、袁枚為中心》，頁130-132。
[168] 廖炳惠編著：《關鍵詞200：文學與批評研究的通用辭彙編》，頁121。

的意象，作者曹雪芹並未侷限於此，乃關注了鏡子意象的多義性特徵，巧妙運用鏡子意象，讓跛足道人給了賈瑞一個出自太虛幻境空靈殿上由警幻仙子所制的風月寶鑑，千叮萬囑，只可照背面，不可照正面。而通常神奇的寶貝總有致命的禁忌，而禁忌往往又是最大的誘惑，而最終賈瑞為其而精盡人亡。寶玉怡紅院內的大穿衣鏡，在《紅樓夢》中屢次透過不同人物和情節出現在讀者眼前，它的功能第一是照鑑，第二是寶玉房內的延伸，第三是空間的轉換、真假虛實的隱喻對照。在空間的轉換中，一方面是指怡紅院內的空間開合，另一方面指寶玉夢中與甄寶玉相會的空間置換。監視建立在一種登記體制的基礎上，任何微小的活動都受到監視，任何情況都被記錄下來，權力根據一種連續的等級體制統一運作著，[169]而在這過程中，不免反映了鏡子的正反、真假、虛實的對照性以及寶玉以及賈家人在賈府的權力象徵，這些皆反映在寶玉房內的大穿衣鏡之中。寶玉的私人空間也透過此大穿衣鏡，呈現在讀者面前，尤其在劉姥姥的闖入下嶄露無遺。西洋透視畫則是寶玉房內一幅畫作，透過劉姥姥的眼睛，帶讀者一探這畫作的魅力，是一西洋透視技巧所畫之作，而寶玉愛護女兒畫作也體現出「情不情」的痴情性格。

　　物件往往與幽情呼應。香物因為其煙霧裊裊升空上昇的特性，使是地上人們認為香物有溝通上天神靈的功效。從年節的祭拜儀式到寶玉生日的祭拜，香物都是不可少去的物件。而元

---

[169] 〔法〕傅科（Michel Foucault）著；劉北成，楊遠嬰譯：《規訓與懲罰：監獄的誕生》（臺北：桂冠，1992年12月），頁196-197。

妃省親時，焚著御香的銷金提爐，則有營造御園的效果。寶玉的日常祭拜則以輕儉為主，認為不必特地燒紙，只要備一個香爐，重要的是一心虔誠為要，寶玉案上那只香爐，拜祀的是眾其情不情之人、物，亦達形上，案上綿延不斷的香煙，使得全書籠罩在雲霧鬟鬚的氣氛中。稿如其人，黛玉焚稿猶如焚去自己，也反映到當時社會，才女們焚稿的景象，而同時文人將生命意識鎔鑄其中，使詩文成為實現生命價值的對象與載體，故而焚棄意味著價值追求的轉折與身分選擇的偏向，作者曹雪芹的先輩與明遺民關係甚密，或許透過焚稿的記憶，亦體現了自己的生命價值和對明清社會的取捨，與追懷的歷史。幽香生情則是指全書中以「幽香」二字為代表之人物，對寶玉所帶來的情感表現，分別是警幻、寶釵以及黛玉，警幻所焚之群芳髓象徵著大觀園內的群芳，寶釵冷香丸所散發的幽香則拉近的與寶玉的身體距離，寶玉與黛玉之間的幽情，則毫不避諱地透過幽香直接表達，不同於對寶釵的提問，寶玉直接拉住黛玉的袖子，向內探去，可見寶玉與黛玉間，緊密親近的關係，加上共賞《西廂記》的唱詞，更可見二人誠摯之感情。

第四章　幽情倩影
——女神、夜與夢

　　幽情，幽微之情，深遠的情思。《重編》解釋為懷古而觸發幽深的情意，如〈班固・西都賦〉：「願賓攄懷舊之蓄念，發思古之幽情。」[1]《西湖佳話・靈隱詩跡》：「夏之日，風冷泉亭，可以蠲煩消暑，起人幽情。」[2]幽情，若作懷古而觸發幽深的情思，可以想像作者曹雪芹透過《紅樓夢》追溯用典傳統，發想懷古，觸發幽深的情意。《異體》「幽」字釋義從「隱微」、「幽遠」引申至「鬼神。《北史・卷二五・列傳・尉元》：『夫至孝通靈，至順感幽。』」[3]唐・韓愈〈岳陽樓別竇司直〉詩『炎風日搜攪，幽怪多冗長。』」[4]及「佛教用以指稱地獄及餓鬼道。或稱為『冥土』。《初刻拍案驚奇》卷三〇：『那陰報事也儘多，卻是在幽冥地府之中，雖是分毫不爽，無人看見。』」[5]從「幽」的引申義鬼神、冥土來看，幽

---

[1] 〔南朝梁〕蕭統：《文選》卷 1 收入《中國基本古籍庫》（北京：愛如生數字化技術研究中心，2006 年）據胡刻本，頁 3。

[2] 〔清〕墨浪子：《西湖佳話・靈隱詩跡》卷 4（臺北：國立臺灣師範大學出版中心，2013 年），頁 8。

[3] 〔唐〕李延壽撰；楊家駱主編：《北史》，頁 925。

[4] 〔唐〕韓愈：《昌黎先生文集》卷 2 收入《中國基本古籍庫》（北京：愛如生數字化技術研究中心，2006 年）據宋蜀本，頁 16。

[5] 〔明〕凌濛初：《拍案驚奇》卷 30 收入《中國基本古籍庫》（北京：愛如生數字化技術研究中心，2006 年）據明崇禎尚友堂刻本，頁 318。

情,或可釋為幽冥之情。

《紅樓夢》鬼影森森,闡發之幽情,教人難以錯過。第一百一十一回可卿的魂魄對鴛鴦說道關於「情」的理論:

> 那人道:「世人都把那淫欲之事當作『情』字,所以作出傷風敗化的事來,還自謂風月多情,無關緊要。不知『情』之一字,喜怒哀樂未發之時便是個『性』;喜怒哀樂已發便是『情』了。至於你我這個情,正是未發之情,就如那花的含苞一樣。欲待發泄出來,這情就不為真情了。」(111回,頁2512)

可知「情」字往往被世人誤解為淫欲之事,而做出傷風敗俗之事情,還自以為風月場上的多情人。所謂「空空道人因空見色,由色生情,傳情入色,自色悟空(1回,頁6)」,如果把這四句話理解成人生的全過程,這裡的「色」僅僅只是人生的始發點,「空」也僅僅只是人生的最後歸宿處,而「情」才是生命過程中的全部內涵。[6]可卿與鴛鴦正是喜怒哀樂尚未現露之情,含苞待放,是為真情無誤了。唯有「超出情海,歸入情天(111回,頁2512)」,所以才能入「太虛幻境『痴情』一司(111回,頁2512)」的宮殿之中。

幽情,透過未嫁而亡的小姑女神、女將軍、全書中的託夢,以及為情而亡的女性,闡發作者曹雪芹藉由用典追緬的幽

---

[6] 孫遜:〈關於《紅樓夢》的「色」「情」「空」觀念〉,收入《紅樓夢探究》(臺北:大安出版社,1991年11月),頁58。

情，與由「幽」字引申而來之幽冥之情。以未嫁而亡的女性以黛玉、鴛鴦、晴雯與尤三姐為例，諸位個性與人物形塑，以及寶玉對諸人皆有相當程度的情誼。託夢是志怪中也是《紅樓夢》裡經常出現的情節，每一次託夢，皆揭示了新的死亡發生，而託夢內容與託夢者之間又有相當程度的聯繫，因而影響夢境的內容。經由脂批，亦可見夢境內容甚至是作者曹雪芹對過往的追憶，在其幽情在中清楚呈現。最後是為情而亡者，列舉二位，也可視為小姑女神的形象代表，死登太虛、活吞生金，顯示了幽微、幽冥之情無所不在。

第一節　小姑、將軍：女性神祇崇拜

小姑女神，小姑係指少女，唐溫庭筠〈蘭塘〉詩：「小姑歸晚紅妝淺，鏡裡芙蓉照水鮮。」[7]小姑女神，按尤麗雯所言可說是姑娘神、麻姑、小孤山神等民間信仰所涵蓋的祭祀；並強調是未婚並且概括未嫁而亡的姑娘神與未婚的女神。[8]這些女性在死後供祀，乃屬民間信仰中的陰神。《紅樓夢》中有許多含冤償債未嫁而亡的女性，部分忍辱吞聲的女性在死後，登錄警幻仙子案下，入太虛幻境成為仙子。

小姑女神與神女信仰有關。清代〈神女廟神鴉〉有記神女

---

[7] 〔唐〕溫庭筠：《溫庭筠詩集》卷 2，收入《中國基本古籍庫》（北京：愛如生數字化技術研究中心，2006 年）據四部叢刊景清述古堂刻本，頁 5。

[8] 尤麗雯：〈小姑女神的放逐與招魂──從杜麗娘到林黛玉談家國想像的傳承與演變〉，頁 205。

信仰，若從侍者追溯，可追溯到神話時期。在太陽信仰中相信太陽裡有三足烏，月亮則是以蟾、兔為祥物。[9]在清代〈神女廟神鴉〉，神女廟則是以神鴉為使者：

> 巫峽神女廟有神鴉迎送客舟，陸放翁入蜀，恨不及見。予壬子冬下三峽，至十二峰，果有鴉十餘，往來旋繞，以肉食投之，即攫去，十不失一。其鴉比常鴉差小，棲絕壁石洞中，得食即入洞去。《天祿閣外史》曰：嘉陵之墟，其鳥曰鳶，臨溪啄影則孕，吐於口而生。方密之（以智）《通雅》云：嘉陵漾江之口，下至巴東，皆有神鳥。所謂嘉陵之鳶指此。或謂山鳥穴乳，即《爾雅》之鵅。[10]

在巫峽神女廟有神鴉送客舟，神鴉猶如神女廟的侍者，一般談到烏鴉，神話傳統中的莫過太陽中的三足烏，然而日乃陽性的，與屬於陰性的神女廟形象並不相似。一般農耕民族信仰的多半是大地、是月亮、是溫柔的母神。在古代信仰月神的文化圈裡的民族，通常把月亮作為不死、再生、大地、農耕、女性的象徵。[11]在宋代，詩人們唱和詠詩的作品中，仍然將白兔

---

[9] 劉惠萍：〈太陽與神鳥：「日中三足烏」神話探析〉，《民間文學年刊》2期增刊，2009年2月，頁309-332、〈月中有兔神話探源〉，《民間文學年刊》2期，2008年7月，頁55-76。

[10] 〔清〕王士禛：《池北偶談》卷21，頁2a。

[11] 劉惠萍：〈月中有兔神話探源〉，頁57。

與月亮相互連結，[12]清黃文煥云：「顧菟在腹，原其更有深感耶。使無此微黑之兔影，月光豈不倍明？何所利而藏之腹也？」[13]顯示古人已知月中兔乃月之陰影所造成。更準確的說，在漢畫像中的兔有兩種常見形象，一為畫於月中，代表月亮和陰，常作奔跑狀的月中兔；另一為常出現在西王母圖像或仙境圖像中的搗藥月兔，兩者為不同系統。[14]月神／女性／兔等連結，仍從神話傳頌至今。然而，此神女廟是以神鴉為侍者，可見在清代時，太陽與月亮神話和傳說之間的揉雜合和，激盪出不同以往的「神性」代表侍者。

清代以鴉為神女廟的侍者，或許亦受《山海經》影響：

> 西王母梯几而戴勝杖，其南有三青鳥，為西王母取食，在昆侖虛北。[15]

西王母在《山海經》中的形象仍是如人、豹尾虎齒、蓬髮戴勝。但在漢畫像石中已為女神的形象，且對其之崇拜從漢代流傳至今不絕，[16]西王母長期為女神信仰中心，後因為方位、

---

[12] 游佳霖：〈歐陽修筆下的白兔——〈白兔詩〉及其唱和詩〉，《有鳳初鳴年刊》11期，2015年11月，頁509-525。

[13] 杜松柏主編，黃文煥著：《楚辭彙編・楚辭聽直》（臺北：新文豐出版社，1986年3月），冊2，頁174。

[14] 劉惠萍：〈玉兔因何搗藥月宮中——利用圖像材料對神話傳說所做的一種考察〉，《長江大學學報（社會科學版）》，2014年11月，頁1-10。

[15] 袁珂：《山海經校注》，頁306。

[16] 高莉芬：〈生與化：漢畫西王母圖像系統中的蟾蜍及其魂魄觀〉，《中正漢學研究》33期，2019年6月，頁1-28。

陰陽等對稱關係之說，進而有了東王公與其相映。西王母使者為三青鳥，[17]漢畫像石中使者則是三足鳥，或許可作為〈神女廟神鴉〉的原型。〈神女廟神鴉〉同時顯示了民間對於神女信仰的崇拜，並相信有其神性、有侍者可使的事實。

江西麻姑山位於撫州南城縣西部，是著名的道教文化勝地，早在東漢時便有道士在此修行，相傳麻姑在此山飛昇，且有仙壇遺跡，由此逐漸形成麻姑為崇拜對象的女仙信仰。[18]關於麻姑，《述異記》云：

> 神仙麻姑降東陽蔡經家，手爪長四寸。經意曰：「此女子實好佳手，願得以搔背。」麻姑大怒，忽見經頓地，兩目流血。[19]

神仙麻姑的原型，與豹尾虎齒的西王母相似，有著四寸長手爪，麻姑的鳥爪形象，從遠古神話到道教神話的變遷過程中，不僅被保留還被強化了此現象，是道教神仙譜系建構過程中刻意突出的象徵符號，西王母則是為母神的形象。其鳥爪形象與古代壽文化也有關聯，是以鳩鳥的意象表達幸福的願望與

---

[17] 高莉芬：〈生與化：漢畫西王母圖像系統中的蟾蜍及其魂魄觀〉，頁2。西王母圖像志指出漢代「西王母仙界圖像」有十項特徵：1.戴勝。2.龍虎座。3.兔。4.蟾蜍。5.三足鳥。6.持戟侍衛。7.祈求者。8.九尾狐。9.六博。10.宇宙樹或柱和崑崙。

[18] 劉曉艷：〈麻姑文化與道教文學其觀《麻姑集》，《道教研究》，2014年4月，頁22。

[19] 魯迅：《古小說鉤沉》，頁143-144。

長壽的祝福。[20]而麻姑遭調笑後，有懲治的力量，顯示其已仙格化，具有仙力可以管轄其能力範圍之事。在《神仙傳‧王遠》中，麻姑的形象，已成女子，更為鮮明：

> 麻姑至，蔡經亦舉家見之。是好女子，年十八九許，於頂中作髻，餘髮散垂至腰，其衣有文章而非錦綺，光彩耀日，不可名字，皆世所無有也。入拜方平，方平為之起立。坐定，召進行廚，皆金玉杯盤無限也，餚膳多是諸花果，而香氣達於內外，擘脯而行之松栢炙，雲是麟脯也。麻姑自說：「接待以來，已見東海三為桑田，向到蓬萊，水又淺於往昔，會時略半也，豈將復還為陵陸乎。」方平笑曰：「聖人皆言，海中行復揚塵也。」麻姑欲見蔡經母及婦姪，時經弟婦新產數十日，麻姑望見，乃知之曰：「噫，且止，勿前。」即求少許米至，得米，便以撒地，謂以米祛其穢也，視米皆成真珠。方平笑曰：「姑故少年也，吾老矣，不喜復作此曹輩狡獪變化也。」方平語經家人曰：「吾欲賜汝輩酒，此酒乃出天廚，其味醇釀，非俗人所宜飲，飲之或能爛腸，今當以水和之，汝輩勿怪也。」乃以一升酒合水一斗，攪之，以賜經家人，人飲一升許，皆醉。良久，酒盡，方平語左右曰：「不足復還取也。」以千錢與余杭姥，相聞求其酤

---

[20] 劉曉艷：〈道教麻姑信仰與中華壽文化〉，《武漢理工大學學報（社會科學版）》第 26 卷第 3 期，2013 年 6 月，頁 398。

酒。須臾信還，得一油囊，酒五十斗許，信傳余杭姥答言，恐地上酒不中尊者飲耳。又麻姑手爪不如人爪形，蔡經心中私言，若背大癢時，得此爪以爬背，當佳也。方平已知經心中所言，即使人牽經鞭之，曰：「麻姑，神人也，汝何忽謂其爪可以爬背耶？」便見鞭著經背，亦不見有人持鞭者。方平告經曰：「吾鞭不可妄得也。」[21]

此時的麻姑形象與《述異記》相較之下，加以延伸。且有見證了滄海桑田的本領，麻姑自從修練成仙，已經歷經了東海三為桑田的輪迴，並正目睹了新一輪海中揚塵的演化，這是一種超越生死極限的想像。[22]

在南宋洪邁《夷堅丙志》卷四中，麻姑已然成為神仙，人們對其的追奉趨之若鶩：

青城山相去三十里，有麻姑洞相傳云亦姑修真處也。丈人觀道士寇子隆，獨往瞻謁。至中塗，遇村婦數輩，自山中擔蘿蔔而出，弛擔牽裳，就道上清泉，跣足洗菜，見子隆至，問尊師何往，曰：將謁麻姑。一婦笑曰：姑今日不在山，無用去。取蘿蔔一顆授子隆，曰：可食此。食之遂行，竊自念曰：彼皆村野愚

---

[21] 〔晉〕葛洪：《神仙傳・王遠》卷 3，收入《中國基本古籍庫》（北京：愛如生數字化技術研究中心，2006 年）據清文淵閣四庫全書，頁 11。

[22] 劉曉艷：〈道教麻姑信仰與中華壽文化〉，頁 397。

婦，豈識麻姑為何人，得非戲我歟？忽焉如悟，回首視之，無所見矣。自是神清氣全，老無疾病，每為人章醮，自稱火部尚書，壽過百歲，隆興中乃卒。[23]

南宋中的麻姑，已是修真的神仙。子隆特地上山尋麻姑，然遇見一群擔著蘿蔔的婦人，其一婦告訴子隆麻姑今日不在，並給了子隆一顆蘿蔔。子隆本想著自己被愚騙，後來醒悟方才群人正是麻姑。另外有〈麻姑進酒〉：

> 葛洪神仙傳麻姑，是好女子，年十八九許。于頂中作髻，餘髮垂至腰，其衣有文章，而非錦綺，光采耀目。漢桓帝時，偕王方平降蔡經家，召進行廚，皆金盤玉杯。李肇國史補：言李泌宵麻姑送酒，朱子取其事載綱目中，按仙鑒謂麻姑姓王氏，即方平之妹。依葛洪傳，似非一統志謂麻秋之女，尤于世代差遠。[24]

在中華傳統中，「麻姑獻壽」圖必有壽酒和仙桃，兩者都是道教和古代壽文化的體現。[25]

另外，在《杜詩詳注‧朝獻太清宮賦》「祝融擲火以焚香，溪女捧盤而盥漱。」句下注：「道書有十二溪女，即十二

---

[23] 〔宋〕洪邁：《夷堅志》（東京：中文出版社，1980年12月），頁184。

[24] 〔清〕翟灝：《通俗編》，《續修四庫全書》據清乾隆十六年翟氏無不宜齋刻本，頁783-784。

[25] 劉曉艷：〈道教麻姑信仰與中華壽文化〉，頁398。

陰神。朱注《道教靈驗記》中有記陵州天師井有十二玉女，乃地下陰神，豈玉女即溪女耶。今按吳均續齊諧記有青溪神女事。」[26]十二溪女之說出自漢代，道經中將其作為水神的代表，與原始自然崇拜有關，實為巫山山神神性的疊加，與之相關的十二玉女（十二神女），也與巫山十二峰有關。[27]從上引文，又可見十二溪女／十二陰神，非道教中的正統「陽」神，而是「陰」神，並與青溪神女有所關連，實是未嫁而亡的女性悲歌。

小姑，從小孤山諧音而來，於是民間有小姑嫁彭郎的傳說，尤麗雯引用陸游和歐陽修等文章，指出小孤山神嫁彭郎乃是民間訛傳，小孤山陡峭的山形，使小孤女神的形象帶有揮之不去的孤獨，也成了明代推崇的貞節的小姑女神。[28] 又「小孤山之訛為小姑也，杜拾遺之訛為十姨也，是皆湘君湘夫人之類也」。[29]從神女廟鴉、麻姑的滄海桑田到明代推崇貞節的小姑女神，以及前文中的青溪小姑、泰山神女兒，在在顯示了未嫁而亡的女性或女神信仰，在男性林立的文化傳統中，被注意

---

[26] 〔清〕仇兆鰲：《杜詩詳注》卷 24，收入《中國基本古籍庫》（北京：愛如生數字化技術研究中心，2006 年）據清文淵閣四庫全書，頁 1175。

[27] 孫蓉：〈水神‧山神‧鹽神：論十二溪女的神性疊加〉，《道教研究》2021 年第 4 期，頁 48-54。〔宋〕張君房：《雲笈七籤》卷一百一十九靈驗部三，收入《中國基本古籍庫》（北京：愛如生數字化技術研究中心，2006 年）據四部叢刊景明正統道藏本，「〈陵州天師井本傳〉云，天師經行山中，有十二玉女，來謁天師，願奉箕帚。天師知其地下陰神也……」。

[28] 尤麗雯：〈小姑女神的放逐與招魂──從杜麗娘到林黛玉談家國想像的傳承與演變〉，頁 213。

[29] 〔清〕戴大昌：《補餘堂四書問答》，《續修四庫全書》據清嘉慶十五年刻本，頁 557。

且提升其地位和價值。

　　本節透過魏晉南北朝志怪，對小姑女神信仰稍作爬梳，發掘歷時長久的神女信仰，將以黛玉、鴛鴦、晴雯與尤三姐為例。無父無母的黛玉臨死前說道「我的身子是乾淨的」叫賈家人送她回去蘇州，是以未嫁而亡的孤女身分說出的遺言。以「有情人」身分死去者，當屬鴛鴦，鴛鴦受可卿召引，以汗巾自縊，又與可卿有一番「情」的辯論，而後掌管太虛幻境中之痴情司。晴雯則因王夫人的猜忌而遭逐出大觀園，加諸過往落下的病根，使她在遭逐之後，很快便死去，亦是以未嫁的身分死去。尤三姐遭柳湘蓮要回定禮鴛鴦劍時，便以雌劍自刎，再登場時出現在柳湘蓮的幻境，手捧寶劍和簿冊，將歸於警幻案下，亦符合小姑女神的形象。

　　眾學士對姽嫿將軍的詞頌，則反映了對女將軍的想像與崇拜，女將軍歷來少見，但其歷史最早可追溯到商朝武丁時期的婦好，按殷墟婦好墓發掘出的甲骨文中記載，婦好是當時商朝最高等級的祭司，亦是善於征戰的將軍，從骨片的記錄可以得知她領導了多場征戰並攻克了周邊諸多方國。[30]《紅樓夢》中之姽嫿將軍林四娘，代恆王攻打黃巾賊義死，得後人題詠，也反映了女將軍化為女性神祇地位的崇拜，其將軍地位又與臺灣民間代天巡狩之王爺信仰有所呼應，同時，該回目與芙蓉誄並置，亦闡發了寶玉對情的發聲。

---

[30] 朱歧祥：〈花東婦好傳〉，《東海中文學報》19期，2007年7月，頁1-11。

一、絳珠草還淚償債

  《紅樓夢》書寫報恩方法乃古今小說中的一大特色,其一大特色,自古未聞「還淚」之說,即是絳珠草還淚。絳珠仙草受神瑛侍者澆灌,因此贖罪還債。而贖罪還債,佛道,大體上也是如此,都將人間當成歷幻完劫、解罪償債的場所。追本溯源,此一進程的底層原義,或許是宗教以逆推方式解釋「人為何有死」的事實。[31]《紅樓夢》讓絳珠仙草,用以解罪償債的方法,同樣是以女體人形下凡歷幻完劫,然而卻是以淚償債,亙古未有。就《紅樓夢》的寓言間架來看,寶黛情源困頓,命途多舛,其實都是「天定」,寶玉前世乃赤瑕宮神瑛侍者,交善於黛玉的前世絳珠草,每日以甘露灌之,後者有感於此,誓願修化成人,以一世的眼淚還報此恩,絳珠草的淚可能也在預示悲哀和命舛。[32]

> 那僧笑道:「此事說來好笑,竟是千古未聞的罕事。只因西方靈河岸上三生石畔有絳珠草一株,時有赤瑕宮神瑛侍者,日以甘露灌溉,這絳珠草便得久延歲月。後來既受天地精華,復得雨露滋養,遂得脫卻草胎木質,得換人形,僅修成個女體,終日游於離恨天外,飢則食蜜青果為膳,渴則飲灌愁海水為湯。只因尚未酬報灌溉之德,故其五內便鬱結著一段纏綿不盡

---

[31] 賴芳伶:〈《紅樓夢》大觀園的隱喻與實現〉,頁 264。
[32] 〔美〕余國藩著,李奭學譯:《重讀石頭記:《紅樓夢》裡的情欲與虛構》,頁 315。

之意。恰近日這神瑛侍者凡心偶熾,乘此昌明太平朝世,意欲下凡造歷幻緣,已在警幻仙子案前掛了號。警幻亦曾問及:『灌溉之情未償,趁此倒可了結的?』那絳珠仙子道:『他是甘露之惠,我並無此水可還。他既下世為人,我也去下世為人,但把我一生所有的眼淚還他,也償還得過他了。』因此一事,就勾出多少風流冤家來,陪他們去了結此案。」那道人道:「果是罕聞。實未聞有還淚之說。想來這一段故事,比歷來風月事故更加瑣碎細膩了。」(1回,頁8-9)

在三生石畔有一株絳珠草,受赤瑕宮的神瑛侍者日以甘露澆灌,因此活了下來。後來受天地精華,脫草胎而得人形,成日於離恨天外遊蕩。正巧遇上神瑛侍者凡心偶熾,欲下凡造歷幻緣。警幻仙子便和絳珠仙子間有了交談,警幻勸道此事正可趁此一還其澆灌之恩,絳珠仙子同意道同樣以「水」還予神瑛侍者,於是便有了絳珠仙子下凡還淚之說。《山海經・北山經》有精衛填海:

發鳩之山,其上多柘木。有鳥焉,其狀如烏,文首、白喙、赤足,名曰精衛,其鳴自詨。是炎帝之少女名曰女娃,女娃游于東海,溺而不返,故為精衛,常銜西山之木石,以堙于東海。[33]

---

[33] 袁珂:《山海經校注》,頁92。

係炎帝幼女溺死東海，化為精衛鳥，銜木石以填東海之故事，與林黛玉同樣是未嫁而亡的姑娘，其以銜石填海報怨，黛玉則是絳珠草下凡以淚報恩。《搜神後記・清溪廟神》有由神靈託夢給竺曇，不久入清溪廟神之故事。關於清溪廟，《異苑》中亦載，其亦是小姑廟：

> 青溪小姑廟，云是蔣侯第三妹。廟中有大穀扶疎，鳥嘗產育其上。晉太元中，陳郡謝慶執彈乘馬，繳殺數頭，即覺體中慄然。至夜夢一女子，衣裳楚楚，怒云此鳥是我所養，何故見侵。經日謝卒，慶名奐，靈運父也。[34]

生前是蔣子文的第三妹，死後祀為青溪小姑，是小姑女神信仰中的一環。同樣是還願，在《異苑》中有記：

> 《異苑》：「河內荀儒字君林，乘冰省舅氏，陷河而死。兄倫字君文，求屍積日不得，設祭冰側，又投箋與河伯。經一宿，岸側冰開，屍手執箋浮出，倫又箋謝之。」[35]

荀倫其弟陷河而死，想求其屍卻遍尋不著，於是設祭壇投箋與河伯，向河伯祈願，後遂願，荀倫故又箋謝之。可見相信

---

[34]〔南朝宋〕劉敬叔：《異苑》（臺北：新興出版社，1975年），頁39。
[35]〔南朝宋〕劉敬叔：《異苑》，頁88。

鬼神具有神秘力量,並祈求順從,透過箋連結願望,並且報恩還願,也顯示了時空的轉換。[36]在《池北偶談・談異》中,王士禎記載了捨身還願的習俗:

> 順治十年四月,泰安知州某於泰山下行,忽見片雲自山巔下,雲中一人,端然而立,初以為仙,及墜地,則一童子也。驚問之,曰:「曲阜人,孔姓,方十歲。母病,私禱泰山府君,願殞身續母命。母病尋癒,私來捨身崖,欲踐夙約,不知何以至此。」知州大嗟異,以乘輿在之以歸。[37]

泰山捨身報恩還願何時起已不可考。究其來源,可能是受佛教「捨身飼虎」傳說影響,二是受東漢以來《二十四孝》故事中捨身事親影響,三是受到泰山老母信仰和泰山主人的生死觀三方面結合形成的嬗變。[38]捨身還願是民間故事中常見的主題,主要是受佛教的佛本生故事影響,如薩埵太子捨身飼虎、薩波達王割肉貿鷹等,[39]皆是佛陀的某一生世中的轉生,佛陀

---

[36] 陳世昀:〈魏晉南北朝志怪小說「異」的敘述〉,《長庚人文社會學報》12:2,2019 年,頁 242。

[37] 〔清〕王士禎:《池北偶談》卷 22(臺北:臺灣商務印書館,1976 年 7 月),頁 11b。

[38] 袁愛國:《王士禎與泰山》,《泰安師專學報》第 2 期,1996 年,頁 142。

[39] 丁福保:《佛學大辭典・受大乘戒十忍》(雜語)大乘授戒之精神列為十條。天台戒疏上曰:「欲受戒者,應香火請一師至佛前受。師應問:能忍十事不?割肉飼鷹投身餓虎等。」順正記二:「一割肉食鷹,二投身餓虎,三研頭謝天,四折骨出髓,五挑身千燈,六挑眼布施,七剝皮書經,八刺心決志,九燒身供佛,十刺血灑地。」

以自身肉體交換的方式,回應對方祈願。如不捨餓虎挨餓,故至崖邊跳崖以身飼虎、割自己血肉與老鷹交換鴿子等。可見「恩」,是可以生命進行交換、交易的現象,如同絳珠草將窮盡一生的眼淚,亦即黛玉的性命,來還予神瑛侍者的恩情,因此當黛玉眼淚還盡時便是其撒手人寰之時。

絳珠草報恩還淚又與《聊齋誌異》中的〈葛巾〉、〈黃英〉、〈香玉〉、〈荷花三娘子〉等花妖有許多相似之處,花妖們分別是受男子感動而現身相見,然而絳珠還淚的兩性之愛乃是精神之愛,花妖故事中的兩性之愛則偏重於肉欲之愛。[40]〈葛巾〉和〈香玉〉為牡丹花妖,皆是女體,〈葛巾〉受常大用僻好牡丹之情感動,其玉肌乍露,熱香四流,對常大用起先試探其情志,後資助其還鄉,並將自己的妹妹嫁給常大用弟,後以才智趕走盜寇,然而當常大用懷疑其為花妖時,葛巾黻然變色,毅然離開。[41]〈香玉〉中的牡丹花妖則性情婉約,得知自己將被挖走時,夜裡向黃生哭訴,變成花鬼以後,以虛影與黃生相見。[42]〈黃英〉乃菊花妖,馬子才對菊花癡情,但聞佳種,必購之,聞得有菊花奇種的時候,千里迢迢趕到南方,「得兩芽,裹藏如寶」,其癡感動了黃英,終結為連理。[43]〈荷花三娘子〉則是一支紅蓮花,其中的宗湘若則是由狐女引薦才與荷花三娘子結緣,三娘子先後化石、化紗帔,宗湘若分

---

[40] 甄楨:〈「絳珠還淚」與《聊齋志異》中的「花妖」故事比較〉,《《聊齋志異》比較研究》,2020年2期,頁79。
[41] 〔清〕蒲松齡:《聊齋誌異》會校會注會評本,頁1436-1442。
[42] 〔清〕蒲松齡:《聊齋誌異》會校會注會評本,頁1548-1555。
[43] 〔清〕蒲松齡:《聊齋誌異》會校會注會評本,頁1446-1452。

別供案焚香再拜、擁紗帔而臥,荷花三娘子受其癡感動,便與之結為夫妻,後生子又六、七年,謂宗曰:「夙業償滿,請告別也。」[44]從花妖故事中,可知受到恩德的「花」其靈性極盛,皆作成妖,以身相許還以夙業,然而其情志則仍保留在肉體與世俗倫理中。絳珠草的報恩不同於前者,乃是以眼淚癡情酬報知己,不要求寶玉踏上追求仕途,不說寶玉不愛的「混帳話」,而是在隔絕了塵世的大觀園中,以淚相償,黛玉之淚,是三生石畔的甘露的轉換,二者轉生為人以後,成了感情堅毅、酬答知己的木石前盟。

當黛玉從傻大姐口中輾轉聽聞寶玉寶釵婚嫁之事時,小說描述道:

> 原來黛玉因今日聽得寶玉、寶釵的事情,這本是他數年的心病,一時急怒,所以迷惑了本性。及至回來吐了這一口血,心中卻漸漸的明白過來,把頭裡的事一字也不記得了。這會子見紫鵑哭,方模糊想起傻大姐的話來。此時反不傷心,惟求速死,以完此債。(97回,頁2271)

「惟求速死,以完此債」,黛玉知道「死」是償債的結局。所要還的是「情債」,是絳珠草為還神瑛侍者澆灌之恩情,以淚償還的「情債」、「淚債」,因此當黛玉死,即表示淚已還盡。後黛玉病死,〈苦絳珠魂歸離恨天　病神瑛淚灑相

---

[44] 〔清〕蒲松齡:《聊齋誌異》會校會注會評本,頁682-686。

思地〉：

寶玉聽了，不禁放聲大哭，倒在床上，忽然眼前漆黑，辨不出方向，心中正自恍惚，只見眼前好像有人走來。寶玉茫然問道：「借問此是何處？」那人道：「此陰司泉路。你壽未終，何故至此？」寶玉道：「適聞有一故人已死，遂尋訪至此，不覺迷途。」那人道：「故人是誰？」寶玉道：「姑蘇林黛玉。」那人冷笑道：「林黛玉生不同人，死不同鬼，無魂無魄，何處尋訪？凡人魂魄，聚而成形，散而為氣，生前聚之，死則散焉。常人尚無可尋訪，何況林黛玉呢？汝快回去罷。」寶玉聽了，默了半晌，道：「既云死者散也，又如何有這個陰司呢？」那人冷笑道：「那陰司說有便有，說無就無。皆為世俗溺於生死之說，設言以警世，便道上天深怒愚人，或不守分安常，或生祿未終自行夭折；或嗜淫欲、尚氣逞凶、無故自隕者。特設此地獄，囚其魂魄，受無邊的苦，以償生前之罪。汝尋黛玉，是無故自陷也。且黛玉已歸太虛幻境，汝若有心尋訪，潛心修養，自然有時相見。如不安生，即以自行夭折之罪，囚禁陰司，除父母外，欲圖一見黛玉，終不能矣。」那人說畢，袖中取出一石，向寶玉心口擲來。寶玉聽了這話，又被這石子打著心窩，嚇的即欲回家，只恨迷了道路。（98回，頁2297-2298）

在陰司泉路上的「那人」或是冥吏，清楚黛玉不同於凡人，乃是絳珠草、絳珠仙子，故而「**生不同人，死不同鬼，無魂無魄**」，然而已經轉世為寶玉的神瑛侍者，以為凡人，不能溝通神靈，亦不知黛玉其身分乃絳珠仙子。即便夢兆絳芸軒，他偏說是「木石姻緣」（36回），也難以記得夢境中與僧道對話的景象是為何貌，神瑛侍者在塵世中不過是一介凡人。

荀倫以紙箋報恩還願、童子捨身救母、花妖以身相許，而絳珠草受神瑛侍者澆灌，則以淚還水，此前所未聞，因此道人方言：「比歷來風月事故更加瑣碎細膩了。」絳珠草受神瑛侍者澆灌，修成女體人形，下凡成了巡鹽御史林如海的女兒林黛玉，用其一生眼淚還給神瑛侍者賈寶玉，才成了這對聚頭冤家，流轉於貪嗔愛痴之中，[45]以至於病死，淚乾了，債／恩才算還盡。黛玉是「情情」的代表，一生執著於情，而最終她的「身子是乾淨的」死去，也正符合未嫁而亡的小姑女神形象。

二、金鴛鴦香魂出竅

第一百一十一回鴛鴦以汗巾子自縊，香魂出竅。《紅樓夢》中為主而自盡的有十三回為秦氏觸柱的瑞珠，和一百一十一回為賈母自縊的鴛鴦。以鴛鴦作為回目名稱，有四次，四十回金鴛鴦三宣牙牌令、第四十六回鴛鴦女誓絕鴛鴦偶、第七十一回鴛鴦女無意遇鴛鴦、第一百一十一鴛鴦女殉主登太虛，可見其在文中之份量。其間將鴛鴦情性之剛烈堅決、不同流俗的

---

[45] 賴芳伶：〈《紅樓夢》大觀園的隱喻與實現〉，頁264。

性情，描寫得淋漓盡致。賈母逝世以後，賈母的心腹丫鬟鴛鴦便自盡殉主，合〈鴛鴦女誓絕鴛鴦偶〉篇一同看，足見鴛鴦對賈母的忠孝。

> 「我是橫了心的，當著眾人在這裡，我這一輩子莫說是『寶玉』，便是『寶金』『寶銀』『寶天王』『寶皇帝』，橫豎不嫁人就完了！就是老太太逼著我，我一刀抹死了，也不能從命！若有造化，我死在老太太之先；若沒造化，該討吃的命，伏侍老太太歸了西，我也不跟著我老子娘、哥哥去，我或是尋死，或是剪了頭髮當尼姑去！若說我不是真心，暫且拿話來支吾，日後再圖，天地鬼神，日頭月亮照著嗓子，從嗓子裡頭長疔爛了出來，爛化成醬在這裡！」（46回，頁 1127-1128）

鴛鴦為了不嫁賈赦，發下了毒誓，並絞去頭髮要當尼姑去。展現了其作為忠僕的仁孝之心。因此當賈母離世之後，合族正料理賈母後事，她獨自走到老太太的套間屋內，決定了結此生。剛進門：

> 只見燈光慘淡，隱隱有個女人拿著汗巾子好似要上吊的樣子。鴛鴦也不驚怕，心裡想道：「這一個是誰？和我的心事一樣，倒比我走在頭裡了。」便問道：「你是誰？俺們兩個人是一樣的心，要死一塊兒死。」那個人也不答言。鴛鴦走到跟前一看，並不是

這屋子的丫頭,仔細一看,覺得冷氣侵人,一時就不見了。鴛鴦獃了一獃,退出在炕沿上坐下,細細一想道:「哦!是了,這是東府裡的小蓉大奶奶啊!他早死了的了,怎麼到這裡來?必是來叫我來了。她怎麼又上吊呢?」想了一想,道:「是了,必是教給我死的法兒。」鴛鴦這麼一想,邪侵入骨,便站起來,一面哭,一面開了粧匣,取出那年絞的一綹頭髮,揣在懷裡,就在身上解下一條汗巾,按著秦氏方才比的地方拴上。自己又哭了一回,聽見外頭人客散去,恐有人進來,急忙關上屋門,然後端了一個腳凳自己站上,把汗巾拴上扣兒套在咽喉,便把腳凳蹬開。可憐咽喉氣絕,香魂出竅。(111回,頁2510-2511)

慘淡的燈光,鬼影森森的套間,此是鴛鴦自盡的文字。鴛鴦一進賈母套間,所見的卻是可卿拿著汗巾子,彷彿上吊的模樣,且鴛鴦一眼就認出她是「東府裡的小蓉大奶奶」,並立刻領會可卿為鴛鴦示範的用意,意在令鴛鴦遵循可卿的腳步,在鬼影幽幽的環境中,離開紛亂嘈雜的人間。依照作者初稿,可卿的死因,原應是上吊自盡的,[46]在第五回十二金釵正冊中,是這樣寫道:

後面又畫著高樓大廈,有一美人懸梁自縊。其判云:
情天情海幻情身,情既相逢必主淫。漫言不肖皆榮

---

[46] 《紅樓夢新注》,頁168-169。

出,造釁開端實在寧。(5回,頁143)

脂批道:

「秦可卿淫喪天香樓」,作者用史筆也。老朽因有魂託鳳姐賈家後事二件,嫡是安富尊榮坐享人能想得到處。其事雖未漏,其言其意則令人悲切感服,姑赦之。因命芹溪刪去。(13回末評,頁342)

脂批因此事悲切感服,希望赦除此事,故命作者曹雪芹刪去,而作者曹雪芹照辦,因而將可卿改寫為病死。情節文字雖然刪除,但仍保留蛛絲馬跡,可卿在初稿中的上吊自縊,恰與她為鴛鴦「示範」、「操演」那「好似要上吊的樣子」符合。

鴛鴦死後,「香魂」出竅。臺灣民間傳說中,有一「香魂女鬼」,[47]據說在1914年(大正三年),日本時代的知名漢醫黃玉階(1850-1918)和其友人陳茂才、陳有源到汐止天后宮演說,晚上前往附近的書齋投宿。時屆中秋,萬籟無聲,忽覺幽香撲鼻,感相詫異,到了書齋詢問之下才知道詳情。陳茂才素豪放,笑曰:「如此良宵,若欲結緣,香可再出。」果然味道又出現而且更濃了,黃玉階當下開始唸起大悲咒超渡香魂女鬼,女鬼這才徹底消失。[48]可見女子／鬼常以「香」作為代

---

[47] 何敬堯:《妖怪臺灣:三百年島嶼奇幻誌・妖鬼神遊卷》(臺北:聯經出版公司2017年1月),頁324-325。

[48] 退菴:《臺灣日日新報》日刊版次6,1914年5月8日,檢索時間:2022年1月19日 https://cd3a.lib.ncu.edu.tw/LiboPub.dll?Search1?searchStrin

稱，又如香消玉殞等詞。正當鴛鴦香魂出竅：

> 正無投奔，只見秦氏隱隱在前，鴛鴦的魂魄疾忙趕上，說道：「蓉大奶奶，你等等我！」那個人道：「我並不是什麼蓉大奶奶，乃警幻之妹可卿是也。」鴛鴦道：「你明明是蓉大奶奶，怎麼說不是呢？」那人道：「這也有個緣故，待我告訴你，你自然明白了。我在警幻宮中，原是個鍾情的首坐，管的是風情月債；降臨塵世，自當為第一情人，引這些痴情怨女早早歸入情司，所以該當懸梁自盡的。因我看破凡情，超出情海，歸入情天，所以太虛幻境痴情一司，竟自無人掌管。今警幻仙子已經將你補入，替我掌管此司，所以命我來引你前去的。」鴛鴦的魂道：「我是個最無情的，怎麼算我是個有情的人呢？」那人道：「你還不知道呢，世人都把那淫慾之事當作『情』字，所以作出傷風敗化的事來，還自謂風月多情，無關緊要。不知『情』之一字，喜怒哀樂未發之時，便是個『性』；喜怒哀樂已發便是『情』了。至於你我這個情，正是未發之情，就如那花的含苞一樣。欲待發泄出來，這情就不為真情了。」鴛鴦的魂聽了點頭會意，便跟了秦氏可卿而去。（111 回，頁

2511-2512）

可卿在警幻宮中原為管風情月債的首座，鴛鴦殉主，除了忠貞於賈母，更有著可貴的「情」意，而該情即是可卿所言之「喜怒哀樂未發之時，便是個性；喜怒哀樂已發，便是情了。至於你我這個情，正是未發之情」的有情表現。可知鴛鴦亦登太虛幻境，代替可卿掌管「痴情司」，並以魂魄與可卿進行有情／無情的辯證。眾人對鴛鴦的自盡各有心事，當時已昏瞶不明的寶玉，在彼時有了過往對女兒的靈動，以為鴛鴦的自盡「實在天地間的靈氣，獨鍾在這些女子身上了。他算得了死所，我們究竟是一件濁物，還是老太太的兒孫，誰能趕得上他？」[49]。賈政則以「好孩子」、金家媳婦則用「有志氣」，分別誇讚鴛鴦殉主的節義。

賈政因她為賈母而死，要了香來上了三炷，作了一個揖，說：「他是殉葬的人，不可作丫頭論。你們小一輩都該行個禮。」寶玉聽了，喜不自勝，走上來恭恭敬敬磕了幾個頭。賈璉想他素日的好處，也要上來行禮，被邢夫人說道：「有了一個爺們便罷了，不要折受他不得超生。」賈璉就不便過來了。寶釵聽了，心中好不自在，便說道：「我原不該給他行禮，但只老太太去世，偺們都有未了之事，不敢胡為，他肯替偺們盡孝，偺們也該托托她，好好的替偺們服侍老太太

---

[49]《紅樓夢新注》，頁2512。

西去，也少盡一點子心哪！」（111 回，頁 2514）

可見殉主之事，闔府上下對鴛鴦之死的一致認同與評價。有評論家看來，「殉主」只是鴛鴦之死的空頭名義，「死烈」才是其真實性質——明知賈母死後，自己的命運不能自主，故而毫不猶豫地選擇自我了斷，以死明志。[50]其死烈的真實性質，應非僅僅是為自己將來打算而自我了斷，乃是基於對賈母的忠誠所下的決斷。有論者認為「殉主死義」與「殉情死節」在鴛鴦身上並不矛盾，鴛鴦之死是節義雙全，並且就事而論固然可以說是殉主，就實質而言卻是殉情，其自重其愛情的「深情」，是視愛情於生命的最可貴貞烈。[51]

女性殉節傳統悠久，在《明史・列女傳》中，以死殉節的女性層出不窮，主要體現在以死明節和變相守節，通過死的方式向世人展示她們的貞節觀。[52]自宋人對貞節的態度加嚴，夫死守節，差不多為各個婦人應盡的義務，甚至差不多成為了一種下意識，在元明達到巔峰。《二十四史》中節烈婦女最多的莫過《明史》。[53]貞節觀念經明代轟烈的提倡，變得非常狹義，幾乎成為宗教。[54]毛奇齡作一篇《禁室女守志殉死文》，

---

[50] 張世宏：〈「鴛鴦之死」發微〉《紅樓夢學刊》第 3 輯，2016 年，頁 46。

[51] 張世宏：〈「鴛鴦之死」發微〉，頁 46-47。

[52] 胡玲：〈《明史・列女傳》的貞節觀〉《文學界（理論版）》03 期，2012 年，頁 207。

[53] 陳東原：《中國婦女生活史》（臺北：河洛圖書出版社，1979 年 9 月），頁 177。

[54] 陳東原：《中國婦女生活史》，頁 241。

說謂嫁不成為婦應不守志、不殉死、不合葬等。[55]殉主,其殉受殉夫傳統、深受貞節意識影響。年輕的寡婦以各種方式「殉夫」:包括絕食、用自己的腰帶勒頸自殺、投井或投河、甚或在某個平台公然上吊。[56]曼素恩表示:

> 滿清最有名的婦女政策,是他們對於尊崇「節婦」的風尚與以熱切的支持。比較清楚可見的是,朝廷表彰節婦的做法始於一三〇四年,當時的統治者是另一個非漢族的王朝,也就是蒙古人所建立的元朝。這種做法一直延續至明代。到了盛清末期,尤其是在江南地區,「節婦風尚」與代表這種風尚的大型石造貞節牌坊已然成為滿清統治的象徵。[57]

滿清政府是推崇節婦風尚的,且在江南地區相當盛行,這樣節婦的風尚,所換得的獎勵或是一個大型石造的貞節牌坊。牌坊,在《紅樓夢》第五回裡,寶玉神遊太虛幻境「轉過牌坊,便是一座宮門」,這些「牌坊之於貞節的崇拜、宮殿之於帝王的想像」[58]古往今來留下的舊典,鴛鴦殉主又可以中國古代殉節婦人相比,殉節婦人的貞節牌坊與太虛幻境的牌坊,何

---

[55] 陳東原:《中國婦女生活史》,頁 246-247。

[56] 〔加〕曼素恩(Susan Mann)著,楊雅婷譯:《蘭閨寶錄:晚明至盛清時的中國婦女》(臺北縣:左岸文化,2005 年 11 月),頁 42。

[57] 〔加〕曼素恩著,楊雅婷譯:《蘭閨寶錄:晚明至盛清時的中國婦女》,頁 76。

[58] 康來新:〈記憶、虛構、書寫:重讀薄命司〉,頁 4。

嘗不是一種對照，轉入宮殿，映入眼簾的是對往事情懷的追念，作者曹雪芹對過往的追想。而鴛鴦的殉主，未嫁而亡的身分，也正符合小姑女神的形象，而她未來也司掌了「癡情司」成了真正的女神。

三、勇晴雯枉擔虛名

七十七回〈俏丫鬟抱屈夭風流〉，晴雯在在強調了與寶玉間的清白，對於那些狐媚指責直言虛名，然而最終抱屈而終。晴雯知名之情節，還有「晴雯補裘」，以五十二回雀金裘為例，〈勇晴雯病補雀金裘〉一段，是晴雯秘密用金線補上孔雀金呢上指頂大的燒眼。第八十九回「只見焙茗拿進一件衣服來，寶玉不看則已，看了時，神已癡了。那些小學生都巴著眼瞧。却原是晴雯所補的那件雀金裘」[59]，「金裘」乃人人所欲之貴重衣物的代稱，李白〈將進酒〉：「五花馬，千金裘，呼兒將出換美酒，與爾同銷萬古愁。」[60]，獨獨《紅樓夢》將其具體化，做出真正的雀金裘，若作者無一定程度的根據，很難寫出如此具體的事物，這可能也是作者追憶的過程，也使寶玉睹物思人，痴傻看待。尤其雀金裘的具象化，也使得《紅樓夢》的視覺感更加生動。晴雯抱病「勇」補雀金裘，卻也因此落下病根，枉擔了虛名而病死。然而即便死後，晴雯（的針線）依然在寶玉心中占有一席之地：

---

[59] 《紅樓夢新注》，頁 2134。

[60] 〔清〕王琦：《李太白詩集注》卷 3 樂府 30 首，收入《中國基本古籍庫》（北京：愛如生數字化技術研究中心，2006 年）據清文淵閣四庫全書本，頁 103。

一壁走，一壁便摘冠解帶，將外面的大衣服都脫下來，麝月拿著，只穿著一件松花綾子夾襖，襖內露出血點般大紅褲子來。秋紋見這條紅褲是晴雯手內針線，因嘆道：「這條褲子已後收了罷，真是物件在人去了。」麝月忙也笑道：「這是晴雯的針線。」又嘆道：「真真物在人亡了！」（78回，頁1888）

　　晴雯的針線是怡紅院內一等一的好，賈母曾讚道「談針線多不及他」，在「晴雯補裘」中更可見其獨到的界線功力。寶玉從外回來，身上著的便是晴雯的針線，可見寶玉時刻惦記著晴雯，只是正如麝月、秋紋所說「物在人亡」了。而後在百零一回中：

　　寶玉道：「我只是嫌我這衣裳不大好，不如前年穿著老太太給的那件雀金呢好。」鳳姐因慪他道：「你為什麼不穿？」寶玉道：「穿著太早些。」鳳姐忽然想起，自悔失言。（101回，頁2349）

　　小說中反覆以「物」雀金呢來替代晴雯，並反覆出現晴雯的身影。雀金裘在小說中僅是一物件，由賈母送給寶玉，卻在晴雯「勇」補賦予了新的內涵，送物者為賈母，但以技術與生命賦予完整性的卻是晴雯。[61]因此雀金裘在《紅樓夢》中變成

61　黃璿璋：〈女紅與婦功──論《紅樓夢》及其續書的針黹書寫〉，《漢學研究》第39卷第2期，2021年6月，頁189。

是晴雯自我的延伸，在晴雯「不在」的空間裡，每一次「見」皆突顯出晴雯「在」之感。晴雯的逝去不代表情感的斷裂，而是一輩子的「擱置」——人雖亡物卻在。[62]

晴雯是怡紅院中姿色最佳者，卻也因此遭王夫人視為「狐狸精」，王夫人是這樣形容晴雯的，「有一個水蛇腰、削肩膀、眉眼又有些像你林妹妹的，正在那裡罵小丫頭。我的心裡很看不上那狂樣子⋯⋯」，王夫人又道「我一生最嫌這樣的人」，因此眼裡並容不下晴雯。殊不知和寶玉有雲雨關係者，並非晴雯而是襲人，晴雯是含冤吞聲，枉擔了虛名：

> 今日既已擔了虛名，而且臨死，不是我說句後悔的話，早知如此，我當日也另有個道理。不料痴心傻意，只說大家橫豎是在一處。不想平空裡生出這一節話來，有冤無處訴。（77回，頁1869）

晴雯臨終前這樣說道。「有冤無處訴」恰與「無可奈何天」對應，晴雯乃寶玉珍愛的大丫頭之一，最終卻落了枉擔虛名的結局，是《紅樓夢》中含冤而亡的一大例。晴雯補裘乃其一大情節，〔清〕潘炤有詞：

> （補裘）執令停眠作好羞，關心強整雀金裘。捉刀拈弄情何極，搘枕裁量並未瘳。無縫天衣誰竟補，有虧

---

[62] 黃璿璋：〈女紅與婦功——論《紅樓夢》及其續書的針黹書寫〉，頁189。

月戶若為修。最憐蠟炬成灰處,十指冰寒體不柔。[63]

廖咸浩認為,寶玉待晴雯是一種知情:

> 「知情」則待人為人,甚至待物如人——即脂批對寶玉意淫之描述:「凡世間無知無識,彼俱有一癡情去體貼。」由於在所有的歷史物件中,人——或者被擬人化後的物件——是最接近曾經提供神漾的「慾望原初之對像」(primal object of Desire)那種「全然貼心」(fully responsive)的性質……[64]

知情是意淫對情的執著的外在表現,凡世間無知無識,他都能用痴情去體貼。歐麗娟認為晴雯補雀金裘情節的最大意義恐怕不只是對晴雯的頌揚,而是展現怡紅諸婢為了寶玉而將士用命的意義。[65]正因為寶玉與怡紅院諸婢皆有著緊密的感情連結,使為了保護兒子的王夫人更易「錯怪」丫鬟們的個性,促使晴雯遭逐,香消玉殞。寶玉以情體貼女婢,晴雯以情捍衛寶玉的生活景況,同樣是未嫁而亡的女性,晴雯的身分亦符合小姑女神的條件。

---

[63] 一粟:《紅樓夢卷》,頁433。

[64] 廖咸浩:〈說淫:《紅樓夢》「悲劇」的後現代沉思〉,《中外文學》22(2),1993年,頁87。

[65] 歐麗娟:〈晴雯新論:《紅樓夢》人物形象與意涵的重省〉,《淡江中文學報》第35期,2016年12月,頁144。

四、尤三姐死登太虛

尤三姐戀上柳湘蓮，是在五年前為老娘作壽時，請來了一起串客，裡頭有個小生便是柳湘蓮：

> 二姐笑道：「說來話長。五年前，我們老娘家裡做生日，媽和我們到那裡與老娘拜壽。他家請了一起串客，裡頭有個做小生的叫作柳湘蓮，她看上了，如今要是他纔嫁……」（66回，頁1602）

後，賈璉得知此事，向柳湘蓮取得了與尤三姐的「定情信物」鴛鴦劍。當日尤三姐與柳湘蓮以鴛鴦劍為定情之物，二人是為婚約關係，然而柳湘蓮卻錯以為尤三姐是「淫奔無恥之流」，不比「東府的石獅子乾淨」，因而悔婚，欲退出婚約，拿回傳家寶劍鴛鴦劍：

> 尤三姐在房明明聽見。好容易等了他來，今忽見反悔，便知他在賈府中得了消息，自然是嫌自己淫奔無恥之流，不屑為妻。今若容他出去和賈璉說退親，料那賈璉必無法可處，自己豈不無趣！一聽賈璉要同他出去，連忙摘下劍來，將一股雌鋒隱在肘後，出來便說：「你們不必出去再議，還你的定禮。」一面淚如雨下，左手將劍並鞘送與湘蓮，右手回肘只往項上一橫。可憐：揉碎桃花紅滿地，玉山傾倒再難扶芳靈蕙性，渺渺冥冥，不知哪邊去了。（66回，頁1608）

尤三姐躲在房內，無意間聽見了柳湘蓮的話，個性果斷剛烈的尤三姐便出去「還」以定禮，不料卻是往項上一橫，為愛情自盡；前文曾提過，信物的歸還往往有死亡的寓意，尤三姐與鴛鴦劍即其一例。尤三姐成為《紅樓夢》眾女子中，一干情鬼、風流人物中，首登太虛幻境的女子：

> 尤三姐從外而入，一手捧著鴛鴦劍，一手捧著一卷冊子，向柳湘蓮泣道：「妾痴情待君五年矣！不期君果冷心冷面，妾以死報此痴情。妾今奉警幻之命，前往太虛幻境，修注案中所有一干情鬼。妾不忍一別，故來一會，從此再不能相見矣！」（66 回，頁 1609）

原在第五回，警幻仙子欲接的不是寶玉是絳珠仙子，因遇榮寧二公囑託，才帶了寶玉入太虛幻境，一窺寶冊。可知絳珠仙子林黛玉，早在第五回時，就該登入太虛幻境，登入幻境的方法即是死亡，然而卻被榮寧二公打斷，方敷演出這場寶黛為主的紅樓大夢。六十六回中，尤三姐搶先絳珠仙子登入太虛，尤三姐自刎，而後一手捧著自刎的鴛鴦劍的雌劍，另一手捧一卷冊子，託夢予柳湘蓮。劍分雌雄在《列異記》中有記：「干將莫邪為楚王作劍，三年而成。劍有雄雌，天下名器也，乃以雌劍獻君，藏其雄者。」[66] 可見作者對劍之雌雄的創意延續。尤三姐另一手捧一卷冊子，此冊或許是十二金釵某冊，並言自己已奉警幻之命，在太虛幻境中，準備修注案中一干情鬼，是

---

[66] 魯迅：《古小說鉤沉》，頁 134-135。

十二金釵某冊中最早登入太虛幻境之薄命女子，也是未嫁而亡的女神之一。〔清〕凌承樞〈紅樓夢百詠詞〉：

> 尤三姐〔巫山一段雲〕鬆卻珊瑚帶，擎來翡翠卮。含嗔帶謔弄嬌癡，搖紅燭影時。吹斷鴛鴦劍，分開連理枝。郎雖錯認也應知，何況妾無私。[67]

搖紅燭影時，莫若一陣風吹過，然而不是吹熄燭火，乃是吹斷鴛鴦劍，吹分了應該結為連理的未婚男女。即便後來柳湘蓮後悔莫及，但已是來不及了。又：

> 戚序回前：余嘆世人不識情字，常把淫字當作情字。殊不知淫裡無情，情裡無淫，淫必傷情，情必戒淫；情斷處淫生。三姐項上一橫是絕情，乃是正情；湘蓮萬根皆削是無情，乃是至情。生為情人，死為情鬼，故結句曰「來自情天，去自情地」，豈非一篇盡情文字？再看他書，則全是淫，不是情了。[68]

此處脂批說道，世人不識情字，誤把淫字當作情字，殊不知淫裡無情，而情裡面並無淫，淫則必傷情，情必戒斷淫，待到情斷處淫將發生，而尤三姐是為絕情，也是正情；柳湘蓮削髮乃是無情，是為至情。兩人皆是有情人，死為有情鬼。戚序

---

[67] 一粟：《紅樓夢卷》，頁 462。
[68] 《紅樓夢新注》，頁 1599。

脂評一段精彩的「情」、「淫」論證，是因尤三姐是全書中最早登入太虛幻境的女子，其必別有一番「情」志，因此在戚序批語中，有了情、淫的論證，若將批語視為作者對文章的旁注，可想見脂評對尤三姐至情之死的不忍。故而尤三姐登太虛幻境，準備修注一干情鬼，是因其「至情」而發生。

五、姽嫿將軍林四娘

第七十八回〈老學士閑徵姽嫿詞 痴公子杜撰芙蓉誄〉，此回目將姽嫿將軍與晴雯並置而論，在前文中，已將晴雯視為未嫁而亡的小姑女神，至於相提並論的姽嫿將軍是何來歷，其與晴雯間又有何關聯？當日，賈政與正與眾幕友們談論尋秋之勝，快散時，忽然談及一千古佳談，乃「風流雋逸，忠義慷慨」八字皆備的題目，並請大家作一首輓詞。眾幕賓聽了，都忙請教是是何等妙事，賈政乃道：

> 「當日曾有一位王，封曰恆王，出鎮青州。這恆王最喜女色，且公餘好武，因選了許多美女，日習武事。每公餘輒開宴連日，令眾美女習戰鬥功拔之事。其姬中有姓林行四者，姿色既冠，且武藝更精，皆呼為林四娘。恆王最得意，遂超拔林四娘統轄諸姬，又呼為『姽嫿將軍』。」眾清客都稱「妙極！神奇！竟以『姽嫿』下加『將軍』二字，反更覺嫵媚風流，真絕世奇文也。想這恆王也是千古第一風流人物了。」
> （78 回，頁 1893）

第四章 幽情倩影——女神、夜與夢 | 183

　　林四娘姿色既冠、武藝更精，統轄諸姬，又稱為姽嫿將軍。姽嫿將軍的事蹟除了在於後宮，另外更有其可奇、可嘆之事，賈政接著娓娓道來：

> 賈政道：「誰知次年便有『黃巾』、『赤眉』一干流賊餘黨復又烏合，搶掠山左一帶。恆王意為犬羊之輩，不足大舉，因輕騎前剿。不意賊眾頗有詭譎智術，兩戰不勝，恆王遂為眾賊所戮。於是青州城內文武官員，各各皆謂『王尚不勝，你我何為！』遂將有獻城之舉。林四娘得聞凶報，遂集聚眾女將，發令說道：『你我皆向蒙王恩，戴天履地，不能報其萬一。今王既殞身國事，我意亦當殞身於王。爾等有願隨者，即時同我前往；有不願者，亦早各散。』眾女將聽他這樣，都一齊說願意。於是林四娘帶領眾人連夜出城，直殺至賊營裡頭。眾賊不防，也被斬戮了幾員首賊。後來大家見不過是幾個女人，料不能濟事，遂回戈倒兵，奮力一陣，把林四娘等一個不曾留下，倒作成了這林四娘的一片忠義之志。後來報至中都，自天子以至百官，無不驚駭道奇。其後朝中自然又有人去剿滅，天兵一到，化為烏有，不必深論。只就林四娘一節，眾位聽了，可羨不可羨？」眾幕友都嘆道：「實在可羨可奇，實是個妙題，原該大家輓一輓纔是。」（78 回，頁 1893-1894）

　　此是透過賈政之口所述之姽嫿將軍的來歷，林四娘死得忠

義，贏得了一群老學士的謬讚，或可視為諸學士對女性忠肝赤膽及對女性神祇的崇拜。林四娘義死前，已被尊稱為姽嫿將軍，又為恆王巡征黃巾賊，「將軍」、「王將」，或可與臺灣民間傳統之「王爺信仰」有所聯繫。而「王爺」身分的認定又未必即帝王冊封之王爺，其認定有的是掌管瘟疫的瘟神，如五年千歲；有的是身分不詳的厲鬼，如溫王爺、池王爺；有的是歷史人物，如張（巡）王爺、蕭（何）王爺，甚至有人認為所有的王爺都是鄭成功或其親屬、部將。[69]王爺信仰又以「代天巡狩」儀式為要：

> 《白虎通》〈巡狩篇〉：王者所以巡狩者何？巡者，循也。狩者，牧也。為天下巡行守牧民也。道德太平，恐遠近不同化、幽隱有不得……[70]

《白虎通》中班固所整備的一段，是漢儒奉明章帝之命通議「巡狩」制度後所統一之說，相隔兩千多年後的臺灣風俗「王爺信仰」中之「代天巡狩」是臺灣在地保存的送瘟逐疫儀式，其反映出的官僚制，模擬了一種政治體制，即封建制到郡縣制，儒家士人借由地方祀事的參與、介入，以禮制主導基層社會的祭祀活動，「代天巡狩」既是「祀」事之名，卻也象徵

---

[69] 〔美〕康豹（Paul R. Katz）：《台灣的王爺信仰》（臺北：商鼎文化出版，1997年6月），頁2。

[70] 〔清〕陳喬樅：《今文尚書經說考》，《續修四庫全書》據清刻左海續集本，頁1464。

對鬼神世界所進行的「戎」事。[71]其形制上,仿帝王之禮,或帝王所派遣使者的代巡之儀,「仿生人禮」的禮儀敘述,並將送五帝之船是同封舟、神舟,如此與王船送行代巡的越界想像,形成了「禮樂征伐自天子出」的巡狩隱喻。[72]事實上,「巡狩」一詞有引發政治修辭的隱喻解釋:「清吏諱言王爺祠祀」,[73]不為記錄歷史筆法的曲筆。[74]「巡狩」一詞為史官所忌諱,其是在一種特殊的歷史、文化時空下,地方士人所考慮的則是禮樂、文化,為一種禮儀實踐下的在野立場,漢人處在被「征服」、被「巡狩」的歷史情境,康、乾兩朝數達十二次的江南巡狩,展現了嘉禮中「展義」精神,同時對於抗清最力而屠殺也最烈的江南社會,有一統王土之後進行禮制的宣示。清帝所重的嘉禮體現親民之義,對於知識之士既以文攏絡,訪賢舉能、編彙大典,而對於民生國計則需治河、漕運,這是清代帝王巡狩禮所要展明的「義」。然而巡狩禮仍是以武力為後盾,寓武以狩、寓兵以巡,這是巡狩所隱合的柔性「征伐」。[75]而後康、乾二帝既不必遂行征伐,便表現為宣示性的一統王土、王民威勢,這是嘉禮形式包裝下的王道、王政型態,作者

---

[71] 李豐楙:〈巡狩:一種禮儀實踐的宣示儀式〉,《台灣民間宗教信仰與文學學術研討會論文集》(花蓮:花蓮教育大學民間文學所、花蓮勝安宮管委會,2008年7月),頁5-6。

[72] 李豐楙:〈王船、船畫、九皇船——代巡三型的儀式性跨境〉,《空間與文化場域:空間之意象、實踐與社會的生產》(臺北:國家圖書館,2009年10月),頁250。

[73] 蔡相煇:《台灣的王爺與媽祖》(臺北:臺原出版社,1989年),頁46。

[74] 李豐楙:〈巡狩:一種禮儀實踐的宣示儀式〉,頁7。

[75] 李豐楙:〈巡狩:一種禮儀實踐的宣示儀式〉,頁7。作者

曹雪芹的祖父曹寅，曾受敕命精刻《全唐詩》、掌鹽運、江寧織造，數次接駕皇帝南巡，可謂「代天巡狩」之文士。從王權到神權，中國各地民間的信仰習俗中，瘟神的職能具有「行瘟與解瘟」之義，行瘟的「天行」觀念就有「代天而行」之意，在帝制時代帝王依制需親自巡狩，而不暇親巡才委派使臣代為巡視，而後形成巡查史、按察使等，明、清時期福建的民間信仰中，諸姓王爺中既多英烈王爺，民間的祭祀即根據儒家的祭法，又模擬朝廷的巡狩禮，乃呈現「代天巡狩」之祭，表明皇帝（萬歲）所委的代巡（千歲），可比玉皇大帝委派為王爺。這種王爺信仰隨移民外移，臺灣、馬來西亞均有留下。[76]

姽嫿將軍代恆王出征巡狩，除表示了隱含了曹寅代天子巡狩，與《紅樓夢》中對女性神祇的崇拜外，回目與晴雯並論，亦有其理，王希廉評：「林四娘死得慷慨激烈，晴雯死得抑鬱氣悶……迥不相同，而於一回書中並寫，有擊鼓催花之妙。」[77]從《紅樓夢》諸情節，可以窺見晴雯具備著「俠」的氣概，而俠女和神女故事屬於同一源流，一個美麗能幹的女子，不僅不需要男人的保護，還反過來保護男人，古往今來似乎刺激了不少男子的想像。[78]老學士閑徵姽嫿詞之日，正是惑奸讒抄檢大觀園餘波未平之時，此回晴雯已死、芳官等被逐、寶玉尋黛玉不著、寶釵搬出大觀園，在在是人去樓空之意，不忍悲戚的

---

[76] 李豐楙：〈巡狩：一種禮儀實踐的宣示儀式〉，頁8。

[77] 〔美〕浦安迪（Andrew H. Plaks）編釋：《紅樓夢批語偏全》（臺北：南天書局，1997年10月），頁434。

[78] 田曉菲：《留白：秋水堂文化隨筆》（桂林：廣西師範大學出版社，2019年6月），頁265。

寶玉，將林四娘與鬚眉男子相對，借題以讚頌女兒，是寶玉對大觀園「情」的維護、對晴雯芳官等「情」的展現的破滅，正好透過歌詠林四娘來抒發心中之意，因此寶玉有意透過〈姽嫿將軍詞〉刻畫他對大觀園興盛與破滅的陳述。[79]

第二節　夜行

在宇宙的星體中，太陽被視為雄性的，熱的；月亮則是雌性的，被視為冷的（就像它出現時的夜晚）、濕的（就像它支配著潮汐），因此中世紀神學家說道「月亮又冷又濕，是水的母親」。[80]

《紅樓夢》許多事件皆發生於夜晚，如嬌杏夜嫁、寶玉娶寶釵、元妃省親、尤二姐自盡等，若不仔細閱讀，匆匆而過，則可能忽略了其在夜晚發生的重要性。這些夜行性的行為，與陰冷的、潮濕的、月亮的屬性有著密切的關連。日與夜，構成一天的組成，白日通常是清醒、展現自我的時刻，夜晚則往往是休憩、將自我隱匿的時刻，因此在破曉之前，所行之事，往往因黑夜而蒙上一層黑暗、神秘的色彩。

魏晉南北朝志怪中，當黑夜將盡，天將拂曉，往往因於生人因故（不論主動或被動）進入鬼魂世界，在「人鬼殊途」的

---

[79] 蘇友瑞、余佩芳：〈走出劫難的世界——《紅樓夢》的逍遙觀〉，《國立屏東大學學報——人文社會類》第 4 期，2019 年 8 月，頁 103-104。

[80] 〔加〕康斯坦絲・克拉森（Constance Classen）著：《最深切的感覺：觸覺文化史》，頁 103。

認知前提下，離開原本不屬於他的另一世界，實乃「必然」之事，志怪作者在此一環節上，巧妙地設計了兩種策略，一是「時間」的限制，一是「禁忌」的觸犯。[81]而時間限制與禁忌觸犯的策略產生，是因應黑夜至白日的轉換，目的是為了使志怪主角從黑夜朦朧的意志的轉化、醒悟。

一、嬌杏夜嫁

賈雨村當年落拓時曾到甄士隱府上作客，在士隱書房內翻書，聽聞窗外有咳嗽聲，便往窗外一看，原來是一丫鬟在窗外擷花，作者曹雪芹透雨村的眼形容她「生得儀容不俗，眉目清明，雖無十分姿色，卻有動人之處。（1回，頁）」那丫鬟即是嬌杏。嬌杏正要走時，見到窗內人，「敝巾舊服，雖是貧窘，然生得腰圓背厚，面闊口方，更兼劍眉星眼，直鼻權腮。（1回，頁13）」接著連忙迴避，心下乃想：

> 「這人生的這樣雄壯，却又這樣襤褸，想他定是我家主人常說的什麼賈雨村了，每有意幫助周濟，只是沒甚機會。我家並無這樣貧窘親友，想定是此人無疑了。怪道又說他必非久困之人。」如此想來，不免又回頭兩次。雨村見他回了頭，便自謂這女子心中有意於他，便狂喜不盡，自謂此女子必是個巨眼英豪，風塵中之知己也。（1回，頁13-14）

---

[81] 謝明勳：〈六朝志怪「冥婚」故事研究——以《搜神記》為中心考察〉，收入《東華漢學》第 5 期，2007 年 6 月，頁 45。

翻書閒看，擷花嗽聲，品評互相，一來一往的互動，這便是雨村與嬌杏的初見。後元宵燈節英蓮失蹤，葫蘆廟失火延燒甄府，士隱投靠夫人封氏娘家，受盡冷語。雨村高中，還鄉回報士隱，並要嬌杏作二房：

> 雨村遣人送兩封銀子、四疋錦緞，答謝甄家娘子；又寄一封密書與封肅，轉托問甄家娘子要那嬌杏作二房。封肅喜得屁滾尿流，巴不得去奉承，便在女兒前一力攛掇成了。乘夜只用一乘小轎，便把嬌杏送進去了。（2回，頁39）

　　嬌杏嫁入雨村家乃是二房，「乘夜，只用一乘小轎」便送進去了，接著作者以說書人的方式話道：

> 却說嬌杏這丫嬛，便是那年回顧雨村者。因偶然一顧，便弄出這段事來，亦是自己意料不到之奇緣。誰想他命運兩濟，不承望自到雨村身邊，只一年便生了一子；又半載，雨村嫡妻忽染疾下世，雨村便將她扶冊作正室夫人了。正是：
> 偶因一著錯，便為人上人。（2回，頁39-40）

　　關於嬌杏「夜」嫁，當從傳統婚配說起。「婚，婦家也。《禮》：『娶婦以昏時。』婦人，陰也，故曰婚。从女，从

昏，昏亦聲。」[82]娶婦在黃昏之時，男人屬陽，婦人屬陰，另在〈士昏禮〉又疏「士娶妻之禮，以昏為期，因而名焉，必以昏者，陽往而陰來。」[83]嬌杏「夜嫁」雨村，婚禮原作昏禮：「父親醮子而迎之前，故曲禮云『齋戒以告鬼神』，是昏禮有齊也。」[84]。昏禮，下達，納採用雁「昏禮目錄云，娶妻之禮以昏爲期，因名焉必以昏者，取其陽往陰來之義日，入後二刻半爲昏」[85]，婚禮採黃昏之時為期，取陰陽來往之時，往後大抵底定「昏禮」模式。《醒世恆言》卷三〈賣油郎獨占花魁〉，美娘遭輕薄後欲改從良，四娘道「就是今夜嫁人，叫不得個黃花女兒。」[86]文中見嫁女是為「夜嫁」，另在頗有鬼魅幽冥之說[87]的《拍案驚奇》卷五〈感神媒張德容遇虎〉回目中，李氏同樣「夜嫁」盧生，李母巧遇神媒，直斷盧生非如意郎君，而盧生當日見李氏面目醜陋嚇得逃走，鄭生見李氏則貌美如花，後李氏改嫁鄭生，此回目說明「有緣千里能相會，無緣對面不相逢。」一語。而較知名的「夜嫁」故事還有「鍾馗

---

[82] 國教院：《教育部異體字字典》檢索時間：2022年11月9日　https://dict.variants.moe.edu.tw/variants/rbt/word_attribute.rbt?quote_code=QTAwOTQ2

[83] 〔清〕阮元審定，盧宣旬校：《重栞宋本儀禮注疏附挍勘記・士昏禮第二》，頁39-1。

[84] 〔東漢〕司馬遷：《史記・卷23・禮書第一》，頁1169司馬貞索隱。

[85] 〔清〕朱彬撰：《禮記訓纂》卷44，六府文藏咸豐刻本，頁479。

[86] 〔明〕馮夢龍：《醒世恆言》卷三〈賣油郎獨占花魁〉，《六府文藏》明葉敬池刻本，頁64。

[87] 〔明〕凌濛初《拍案驚奇》凡例五「一事類多近人情日用，不甚及鬼怪虛誕。正以畫犬馬難，畫鬼魅易，不欲爲其易而不足徵耳。亦有一二涉于神鬼幽冥，要是切近可信，與一味駕空說謊，必無是事者不同。」卷五，《六府文藏》明崇禎尚友堂刻本，頁144。

夜嫁妹」[88]等。第二回嬌杏「夜嫁」雨村「乘夜只用一頂小轎，便把嬌杏送進去了。（1回，頁 39）」對應批語「知己相逢，得遂半生，一大快事（1 回，頁 39）」，頗似《拍案驚奇》中以「夜嫁」探索語錄，將批語「知己難逢」、「僥倖（嬌杏）」等語引得全書大綱之一的用典方法，正因「涉于神鬼幽冥」的用典更顯《紅樓夢》用典之精奧。

二、獃寶玉夜娶寶釵

隨著敘述視角不同，既有「夜嫁」便有「夜娶」，寶玉遭陷娶寶釵，便是在夜中進行。寶玉原來因為元妃過身有九個月的功服，《禮記·昏義》：

> 昏禮者，將合二姓之好，上以事宗廟，而下以繼後世也。故君子重之，是以昏禮納采、問名、納吉、納徵、請期，皆主人筵几於廟，而拜迎於門外，入揖讓而升聽命於廟，所以敬慎重正昏禮也。[89]

娶親須迎備六禮，鳳姐兒出主意，索性一切省去。鳳姐兒為沖喜索性連婚也不合，說道「即挑了好日子，按著倯家分兒過了禮。趕著挑個娶親日子，一概鼓樂不用，倒按宮裡的樣

---

[88] 〔清〕朱亦棟：《羣書札記》卷 6，《六府文藏》清光緒四年武林竹簡齋刻本，頁 201。

[89] 〔清〕阮元審定，盧宣旬校：《重刊宋本十三經注疏附校勘記·昏義第四十四》，頁 999-2。

子，用十二對提燈，一乘八人轎子抬了來……（96 回，頁 2259）」，除了十二對提燈、八人大轎，儼如嬌杏夜嫁雨村，又如秦氏出殯黑壓壓一片，紅事悄然如白事。九十七回夜，當寶玉發現所娶的不是黛玉時，那「本來原有昏憒的病，加以今夜神出鬼沒，更叫他不得主意。（97 回，頁 2288）」其「神出鬼沒」此註解指變化神奇，難以捉摸，[90]這「夜娶」直指了寶玉不能自主的婚姻，無可奈何天的未來。值得一提，元妃省親點戲，脂批所言四大過節、大關鍵之一《一捧雪・豪宴》「伏賈家之敗」，[91]同樣在《一捧雪・誅奸》中，湯勤「夜娶」雪娘，雪娘刺殺湯勤後自刎，[92]因此獸寶玉夜娶寶釵，是否意味著賈府之敗，需要誅奸懲惡才能扭轉劣勢，伏「賈家之勢」也未可知。

九十七回〈林黛玉焚稿斷痴情　薛寶釵出閨成大禮〉，當寶釵夜嫁寶玉時，黛玉將死，並焚稿斷痴情，也就是說黛玉之死，同在夜中，且是寶玉夜娶寶釵之夜。當晚陪在黛玉身邊的人有李紈和平兒。「原來紫鵑想起李宮裁是個孀居，今日寶玉結親，他自然迴避。況且園中諸事向係李紈料理，所以打發人去請他。（97 回，頁 2282）」，李紈見黛玉怕是不行了，想著念著便「已走到瀟湘館的門口，裡面卻又寂然無聲。李紈倒著起忙來：『想來必是已死，都哭過了，那衣衾未知裝裏妥當了沒有？』連忙三步兩步走進屋子來。（97 回，頁 2282-

---

90　《紅樓夢新注》，頁 2293。
91　《紅樓夢新注》，頁 467。
92　〔清〕李玉：《一捧雪傳奇》，頁 83。《六府文藏》。

2283）」，只見瀟湘館眾人哭成一片，竟無一人可以做主，李紈到底是見過世面的，連忙道：「傻丫頭！這是什麼時候，且只顧哭你的！林姑娘的衣衾還不拿出來給她換上，還等多早晚呢？難道她個女孩兒家，你還叫她赤身露體，精著來光著去嗎？（97 回，頁 2283）」；李紈一面安慰著紫鵑，一面調停各事務，「正鬧著，外邊一個人慌慌張張跑進來，倒把李紈唬了一跳，看時卻是平兒，跑進來看見這樣，只是呆磕磕的發怔。（97 回，頁 2284）」。李紈打理大觀園上下，黛玉臨終前，由李紈這寡婦來為黛玉送行，使黛玉合乎禮制法度的死去。而黛玉之死與寶釵之嫁寫在同夜，待禮成時，寶玉方知所娶的不是黛玉，然而此時已近天明，寶玉娶寶釵使之舊病陡發，更加昏憒，連飲食也不能進，黛玉之死更加速催化了寶玉未來出家頓悟。

三、元春夜歸大觀園

元妃省親之時是為慶元宵，因此《紅樓夢》中對元春省親的時間描述，自元月十五日寫起：

> 十五日五鼓……靜悄無人咳嗽。賈赦等在西街門外，賈母等在榮府大門外。街頭巷口，俱係圍幔擋嚴。正等得不耐煩，忽一太監騎大馬而來，賈母忙接入，問其消息。太監道：「早多著呢！未初刻用過晚膳，未正二刻還到寶靈宮拜佛，酉初刻進大明宮領宴看燈方請旨，只怕戌初才起身呢。」（17-18 回，頁 421-

452）

賈府眾人在五鼓，約夜四時，拂曉時分便開始等候，然而掌事的太監卻和他們說道大約戌時初才起身。待元妃至大觀園內巡視一遍，接見各人等，省親尾聲：

執事太監啟道：「時已丑正三刻，請駕回鑾。」（17-18回，頁470）

黃一農引周汝昌說法指出「元妃歸省自戌時初刻起身，丑正三刻即刻返回宮中，前後不足四個時辰，此與長期在王府就養一事頗不同」[93]若照史實不相符，那麼戌時起身，丑時三刻回鑾的元妃省親，其時刻頗有可能是作者刻意寫之，夜半回來，天未明離去，這見不得光的皇族省親，大寫「離合悲歡」的情節。志怪小說中，常見女鬼主角，因男主角打破禁忌或人鬼殊途的時限，在晨光來臨前，匆匆離去，最終留下一片破敗的墳場廢墟。[94]前後不足四個時辰的省親過程，將賈府的榮光推向最鼎沸之時，元春的離去，是人與人之間的地位差距，囿於禮教、君臣束縛而訂下之時限。元妃的省親隊伍，浩浩蕩蕩地在天明以前離去，留下的不是破敗的廢墟，而是寶玉正要入住大觀園開始的情的考驗。

---

[93] 黃一農：《二重奏：紅樓夢與清史的對話》，頁281。
[94] 謝明勳：〈六朝志怪「冥婚」故事研究——以《搜神記》為中心考察〉，頁45。

四、尤二姐夜別

尤二姐是在賈敬服食過量丹藥而亡後，由尤氏母親尤老安人帶來寧府，其間與賈珍叔侄聚麀，後賈璉偷娶，尤二姐偷嫁，「金屋藏嬌」，往後便忠心侍奉夫君。在〈浪蕩子情遺九龍佩〉中：

> 賈璉一面接了茶喫茶，一面暗將自己帶的一個漢玉九龍佩解了下來，拴在手巾上，趁丫嬛回頭時，撂了過去。二姐且不去拿，只裝看不見，坐著喫茶。只聽後面一陣簾子響，卻是尤老娘、三姐帶著兩個小丫頭自後面走來。賈璉送目與二姐，令其拾取，這尤二姐亦只是不理。賈璉不知二姐何意，甚是著急，只得迎上來與尤老娘、三姐相見。一面又回頭看二姐時，只見二姐笑著，沒事人似的；再又看一看手巾，已不知那裡去了，賈璉方放了心。（64 回，頁 1569）

漢玉九龍佩是賈璉給尤二姐的定情信物，「九龍」是皇權的象徵，雕有九龍的玉佩應當是來自宮中的物品，也只有皇親國戚才能拿得出這樣的貴重物品。賈璉娶二姐是背著鳳姐兒進行，因而它傳遞信物的方式也是偷偷摸摸的，偷偷摸摸的傳遞方式，渲染出二姐和賈璉的偷情，也照映著他們的偷娶偷嫁。[95]

---

[95] 張一民：〈談《紅樓夢》中定情信物的設計〉，《淮陰師範學院學報（哲學社會科學）》30 卷 5 期，2008 年，頁 661。

後〈弄小巧用借劍殺人〉回目中,以鳳姐兒「借劍殺人」為名慘害尤二姐,並藉張華一事謀告賈蓉,將尤二姐接入大觀園,再藉秋桐之手排遣尤二姐,計畫透過張華告官之事將尤二姐帶回。最終不成,還命旺兒將張華治死之情節:

> 鳳姐聽了,心中一想:若必定著張華帶回二姐去,未免賈璉回來再花幾個錢包占住,不怕張華不依。還是二姐不去,自己相伴著還妥當,且再作道理。只是張華此去不知何往,倘或他再將此事告訴了別人,或日後再尋出這由頭來翻案,豈不是自己害了自己?原先不該如此將刀靶付與外人去的,因此,悔之不迭。復又想了一條主意出來,悄命旺兒遣人尋著了他,或訛他作賊,和他打官司,將他治死;或暗中使人算計,務將張華治死,方剪草除根,保住自己的名譽。(69回,頁1666)

事情的走向不似鳳姐兒預計,故而命旺兒務必將張華治死,以斬草除根,重要的是要保住自己的名譽。後又藉醫生胡君榮之手,打下尤二姐的胎:

> 賈璉命人送了藥禮,抓了藥來,調服下去。只半夜,尤二姐腹痛不止,誰知竟將一個已成形的男胎打了下來。於是血行不止,二姐就昏迷過去。賈璉聞知,大罵胡君榮。一面遣人再去請醫調治,一面命人去打告胡君榮。胡君榮聽了,早已捲包逃走。(69回,頁

1672）

尤二姐最後在經歷鳳姐的百般折磨下，甚至被打下已然成形的男胎，自知是捱不過往後的日子，已是生無可戀，故而吞生金自盡：

> 這裡尤二姐心下自思：「病已成勢，日無所養，反有所傷，料定必不能好。況胎已打下，無可懸心，何必受這些零氣，不如一死，倒還乾淨。常聽見人說，生金子可以墜死，豈不比上吊自刎又乾淨。」想畢，拃掙起來，打開箱子，找出一塊生金，也不知多重，狠命含淚便吞入口中，幾次狠命直脖，方嚥了下去。於是趕忙將衣服首飾穿戴齊整，上炕躺下了。當下人不知，鬼不覺。到第二日早晨……（69回，頁1674）

六十九回，鳳姐兒〈弄小巧用借劍殺人〉以致尤二姐〈覺大限吞生金自逝〉。二姐當時心下想道，如今病已成勢，料定不能好了，而心心念念的胎兒，業已遭鳳姐兒打下，沒什麼可懸心之事了，不如一死，倒還乾淨。便掙扎著起床，打開箱子找出一塊生金，便吞入口中，嚥了幾次才徹底吞下，連忙將自己打扮齊整，躺回炕上，無人知曉，直到次日方由下人發現其屍首。

關於吞生金自盡，《本草綱目・金石一・金》記載：「生

金有大毒,黃金有毒誤矣」[96]、「生金有毒,能殺人,且難解。」[97]《廣東通志》:「生金有大毒。」[98],《博物要覽》:「本草陳藏器言,生金有大毒能殺人,云不可入口。」[99]從各資料中顯示,生金此物普遍被認為有毒,尤其指向「生金」而非黃金,尚不知眾先人所言之生金,與尤二姐所吞之生金是否為同一物,但可知「生金」被作為一種毒物流傳的線索,「生金」在《本草綱目》中被視為毒物且毒性難解,是幾乎可視為害人死亡的凶器。尤二姐便是遭鳳姐兒步步逼迫,乃至死亡。

尤二姐在出嫁之前是風情萬種,出嫁後則只苦守賈璉一人。其情,是為早已將她拋諸腦後的賈璉,與腹中尚未出世的胎兒,因此既然病已成勢,而胎也遭打下,便不如一死了之了。前有鳳姐兒借劍殺人,回目後段即尤二姐〈覺大限吞生金自逝〉,鳳姐肚子一直沒有消息,前些回目可見好容易有了六七個月的孩子竟然還掉了,或許此亦是鳳姐兒對他人處以冷辣手段之報應。在《紅樓夢》中,從賈敷、賈珠之死以及多位寡母的出現,可以窺見賈府一直處在長男死亡,亦或男丁不足的死亡陰影中。這也是「百足之蟲,死而未僵」的賈府,逐漸邁向傾頹的現象之一。而草頭輩又以賈蓉等人為首,實難預見賈

---

[96] 〔明〕李時珍:《本草綱目》卷八《景印文淵閣四庫全書》(臺北:臺灣商務印書館,1983年),頁603。

[97] 〔明〕李時珍:《本草綱目》卷八《景印文淵閣四庫全書》,頁604。

[98] 〔清〕武念祖修,〔清〕陳昌齊纂:《廣東通志》《續修四庫全書》據清道光二年刻本,頁10530。

[99] 〔清〕谷應泰撰:《博物要覽》,《續修四庫全書》,頁116。

府轉見美好的處境，雖最終寶玉出家，但寶玉、賈蘭取得功名，最終預告了「蘭桂齊芳」，方見賈府之轉機。

第三節　不忍一別，因情託夢

　　小姑女神是未嫁而亡的女性，其中亦有死後託夢情節的發生，夢／託夢是魏晉南北朝志怪小說中，常見的主題，夢境隔絕了陰陽兩世，或是說它連結了生／死兩界，透過夢境，人與鬼或神有了交接，甚至有預言的告示，讖語的警告等過程。同時，《紅樓夢》情節中的夢，既是欲望的產物，也代欲望行事，如第六回寶玉在夢醒夢遺以後，央求襲人同領雲雨之事，這次他不是在夢中，所歷乃貨真價實的性經驗。[100]生死兩界的人，透過託夢得到溝通，其所央求之事物，也是欲望的產物、心中的渴盼。

一、託夢志怪

　　在志怪小說《汲冢瑣語》中有記一則〈晉治氏女徒〉：

> 晉治氏女徒病，棄之。舞嚚之馬僮飲馬而見之。病徒曰：「吾良夢。」馬僮曰：「汝奚夢乎？」曰：「吾夢乘水如河、汾，三馬當以舞。」僮告舞嚚，自往視

---

[100] 〔美〕余國藩著，李奭學譯：《重讀石頭記：《紅樓夢》裡的情欲與虛構》，頁 208。

之,曰「尚可活,吾買汝。」答曰:「既棄之矣,猶未死乎?」舞䐓曰:「未。」遂買之。至舞䐓氏而疾有間。而生荀林父。[101]

治氏的女奴生病而遭棄之,後夢到自己踏水來到黃河、汾河,有三匹馬迎著他跳舞,舞䐓知道後便知此病可醫,女奴還可活,便買其作舞䐓氏,生下荀林父。女奴夢見了吉夢,經過舞䐓的釋夢,才得以得到正向的回饋,並且如願病癒。夢兆有時需要有人解釋、詮釋,作夢者方知夢境內容的可信度,但在《紅樓夢》中的託夢往往是託夢者與被託夢者兩者關係,鮮少牽涉到其他人物,夢的內容通常是生者單方面了解而不透露給其他人的,除了寶玉告訴襲人晴雯已死,但襲人不信其言之外。《搜神後記・清溪廟神》則是由神靈託夢給竺曇:

晉太康中,謝家沙門竺曇遂,年二十餘,白皙端正,流俗沙門。常行經清溪廟前過,因入廟中看。暮歸,夢一婦人來,語云:「君當來作我廟中神,不復久。」曇遂夢問:「婦人是誰?」「婦人云:「我是清溪廟中姑。」如此一月許,便病。臨死,謂同學年少曰:「我無福,亦無大罪,死乃當作清溪廟神。諸君行過,當看之。」既死後,諸年少道人詣其廟。既至,便靈語相勞問,聲音如昔時。臨去云:「久不聞唄聲,思一聞之。」其伴慧觀便為作唄訖。其神猶唱

---

[101] 李劍國:《唐前志怪小說輯釋》,頁 2。

贊。語云：「歧路之訣，尚有悽愴。況此之怪，形神分散。窈冥之嘆，情何可言。」既而歔欷不自勝，諸道人等皆為涕泣。[102]

由清溪廟中姑託夢給竺曇，告訴竺曇將作清溪廟中神，是亡者／神靈透過夢境口述給竺曇。死前竺曇曾告訴其友人，死後其沙門友人行過清溪廟，竺曇便說自己久不聞贊偈的傳誦聲，其友人便作唄，竺曇亦隨之作唄。並感嘆，生死路上的訣別，況此之怪，形神分散，竺曇與眾人不禁感嘆涕泣。顯見託夢的成效以及神人之間隔絕陰陽兩世的世界觀。廟中姑則猶如小姑女神，替未嫁而亡的女性發聲。除了廟中姑託夢，神女亦能託夢：

文王以太公望為灌壇令，期年，風不鳴條。文王夢一婦人，甚麗，當道而哭。問其故。曰：「吾泰山之女，嫁為東海婦，欲歸，今為灌壇令當道有德，廢我行；我行，必有大風疾雨，大風疾雨，是毀其德也。」文王覺，召太公問之。是日果有疾雨暴風，從太公邑外而過。文王乃拜太公為大司馬。[103]

周文王突然夢到一個美麗的女子在路邊哭泣，問之，她說自己是泰山神的女兒，嫁給東海神，想回家，但回家的路被灌

---

[102]〔晉〕陶潛：《搜神後記》卷五，頁 9876-9877。
[103]〔東晉〕干寶：《搜神記》卷四，頁 9651-9652。

壇令擋了。因為泰山神的女兒，走路是要帶起狂風暴雨，畢竟是神女，而太公主政地方有德行，如果遭遇狂風暴雨，將破壞安定局面，於是乎，神女選擇了向周文王夢中哭訴。隔日，果然有疾風暴雨從太公邑外經過，於是文王便拜太公為大司馬。此是神女欲還家卻不能行，託夢以求心願達成之例，表達了神女也能託夢的情況。

《搜神記》中又有記：

> 豫章有戴氏女，久病不差，見一小石形像偶人，女謂曰：「爾有人形，豈神？能差我宿疾者，吾將重汝。」其夜，夢有人告之：「吾將祐汝。」自後疾漸差。遂為立祠山下。戴氏為巫，故名戴侯祠。[104]

戴氏路遇小石子，其狀似人，於是向它許願，當晚便夢到石頭託夢，告訴她將保佑她，後來戴氏女子漸癒，便在山下立祠，她作巫師，那祠堂便叫戴侯祠。此是古人對自然的崇拜，指向萬物有靈的泛靈信仰的例子，石頭本就是石頭，戴氏女子依人形將其視為神靈，而後石頭卻成真入夢，二人分別以護佑與立祠作為交換條件，以夢為媒介，中介戴氏女與石頭間的聯繫。尤三姐託夢尤二姐亦似這等交換條件的例子，夢中尤三姐要尤二姐早日放手，好登太虛幻境，掛號警幻案下，然尤二姐拒絕，方促使後來鳳姐兒狠辣手段的情節發生。另外，心中有愧者，往往也會受到託夢：

---

[104]〔東晉〕干寶：《搜神記》卷四，頁 9661。

> 漢靈帝夢見桓帝，怒曰：「宋皇后有何罪過，而聽用邪孽，使絕其命。渤海王悝，既已自貶，又受誅斃。今宋氏及悝，自訴於天，上帝震怒，罪在難救。」夢殊明察。帝既覺而恐，尋亦崩。[105]

夢中提到宋皇后與渤海王悝，是指漢靈帝對兩案心中有愧，而夢見先帝亦或先帝託夢，告訴漢靈帝上天震怒、罪在難救，是先帝斥昏君，心中有愧而得夢兆之例。因此，若不談論鬼神異夢，夢兆的出發點可能出於作夢者的愧疚之心所致。亦有託夢告知死訊者：

> 犍為叔先泥和，其女名雄。永建三年，泥和為縣功曹。趙祉，遣泥和拜檄謁巴郡太守。以十月乘船，於城湍墮水死，屍喪不得。雄哀慟號啕，命不圖存，告弟賢及夫人，令勤覓父屍，若求不得，吾欲自沉覓之。時雄年二十七，有子男貢，年五歲；貰，年三歲。乃各作繡香囊一枚，盛以金珠環，預嬰二子。哀號之聲，不絕於口，昆族私憂。至十二月十五日，父喪不得。雄乘小船，於父墮處，哭泣數聲，竟自投水中，旋流沒底。見夢告弟云：「至二十一日，與父俱出。」至期，如夢，與父相持，並浮出江。縣長表言，郡太守肅登，承上尚書。乃遣戶曹掾為雄立碑，

---

[105]〔東晉〕干寶：《搜神記》卷十，頁9725。

圖象其形，令知至孝。[106]

此例亦收錄於《列女傳》，是叔先雄為尋找父親屍體，而親尋之故事。並託夢告訴其弟，六日後，與父親的屍體會一起出現，到了二十一日，正如叔先雄託夢所言，與父親一起浮出江水。是一託夢以為尋得屍體的夢兆。又：

> 吳人費季，久客於楚，時道多劫，妻常憂之。季與同輩旅宿廬山下，各相問出家幾時。季曰：「吾去家已數年矣。臨來，與妻別，就求金釵以行。欲觀其志當與吾否耳。得釵，乃以著戶楣上。臨發，失與道，此釵故當在戶上也。」爾夕，其妻夢季曰：「吾行遇盜，死，已二年。若不信吾言，吾行時，取汝釵，遂不以行，留在戶楣上，可往取之。」妻覺，揣釵，得之家遂發喪。後一年餘，季乃歸還。[107]

此例在託夢外，又增添了其他情節。費季首先試探其妻，而後託夢給妻子，告訴她自己遇到盜匪，已死兩年，可以藏在戶楣上的金釵為證。而故事最後又給了一次翻轉，後一年，費季又回到家中。此處若就託夢而言，是丈夫對妻子尋屍發喪的兆異，然而故事又在情節中增添了試妻與最終費季還家的情節，使得此異夢對照現實更加離奇。

---

[106] 〔東晉〕干寶：《搜神記》卷十一，頁 9740。
[107] 〔東晉〕干寶：《搜神記》卷十七，頁 9805。

《紅樓夢》延續了魏晉南北朝志怪中的託夢情節，利用託夢，營造出生人與死人之間，生界／冥界之間，兩者不能再見的環境，在夢境裡訴諸死者對生者的思念，甚至勸戒、預告讖語等等行為。而託夢者與被託夢者之間，往往有相當程度的聯繫，才有辦法促成託夢的情節，如竺曇與廟中姑是竺曇常行經廟祠、東海神女與太公是地域的管轄地帶、戴氏女向小石頭膜拜、桓帝與靈帝是叔父關係、叔先雄與其弟的姊弟關係、費季與妻子等。延續到清代，夢境依然是故事的重要情節：

> 吳江金文通公（之俊）生時，母夫人夢人告曰：「與汝子龍睛，將來位極人臣。」公大拜後，蕭山瞽者陳生善相人，試令相之，曰：「乞兒相也！」眾駭笑。已而至目，大驚曰：「此龍睛也！當貴極人臣。」眾乃服。《能改齋漫錄》載陸農師言：曾魯公得龍脊，王安石得龍睛。[108]

　　吳江的金文通（1593-1670）出生前，有人託夢給其母，說其子有龍睛，將來位極人臣，顯見託夢在清代談異之間仍是常見主題。回到《紅樓夢》的託夢情節，託夢者與被託夢者之間，往往亦有關係上的連結，如可卿與鳳姐兒的嬸姪關係、尤三姐與柳湘蓮及尤二姐的未婚夫及姊妹關係、寶玉與晴雯間的主子寵婢關係等，在託夢者與被託夢者的聯繫上，《紅樓夢》延續了魏晉南北朝志怪中的傳統，作者並其中加以發揮，方發

---

[108] 〔清〕王士禎：《池北偶談・談異》卷20，頁6a。

展出可卿、尤三姐、晴雯三者託夢者獨特的意涵,而被託夢者鳳姐、柳湘蓮、尤二姐與寶玉不同的反應。

關於《紅樓夢》的託夢,在八十六回中,也有不同的表現手法,是透過賈母口述:

老太太親口說是:「怎麼元妃獨自一個人到我這裡?」眾人只道是病中想的話,總不信。老太太又說:「你們不信,元妃還與我說是榮華易盡,須要退步抽身。」眾人都說:「誰不想到?這是有年紀的人思前想後的心事。」所以也不當件事。(86回,頁2075)

「須要退步抽身早」是第五回寶玉神遊太虛幻境,所演十二支曲目伏元妃命運之〈恨無常〉中的歌詞。賈母轉述夢境,顯然是元妃透過託夢的方式,勸說賈母未來之事,是警告、讖語之類型的託夢。但是此夢利用不同的書寫方法而成,透過轉述,就讀者而言,託夢的內容顯然是從第五回現成而來,對書中人物來說,則是以為老人家日有所思夜有所夢所致。書寫方法雖不如前幾例來的高明,卻也是書寫託夢的一種方法。

在一些情況下,已故者帶著關切或警告給作夢者,顯示他們在非物質形式之中可能繼續保有覺知。不過,作夢者和死者之間的互動,似乎是作夢者哀悼過程的一部份,和象徵上和情感上的療癒有關,在各式各樣的夢背景中,作夢者繼續化解他

或她的哀傷、失落和沒說出口的擔憂。[109]

二、託夢情節

《紅樓夢》中有若干託夢情節，有可卿對鳳姐兒的提示警告，有尤三姐予未婚夫的遺言、為尤二姐打抱不平的，亦有晴雯含冤而亡的而無話可說的，針對不同的人物，託夢有不同的表現手法，這些託夢情節也各有其意義。又《紅樓夢》人物塑造精彩之處，亦表現在託夢行為之中。託夢者與被託夢者（作夢的人）之間關係與生前的互動，往往牽涉到託夢的夢境內容與交代事項，這些內容包含亡者的遺言、死後的囑託、預告的讖語、對生者的安慰以及託夢者託夢時的動作描寫等方面的不同。

（一）可卿魂託鳳姐兒

第十三回秦氏魂託鳳姐兒，是可卿臨死前託夢給鳳姐兒。當時賈璉伴黛玉南下，不在榮府。鳳姐兒和平兒說笑後「胡亂睡了。這日夜間，正和平兒燈下擁爐倦繡，早命濃薰繡被，二人睡下，屈指算行程該到何處，不知不覺已交三鼓。平兒已睡熟了。鳳姐方覺星眼微朦，恍惚只見秦氏從外走來……（13回，頁330）」。在半夢半醒間，夢見可卿魂託。鳳姐兒在擁爐倦繡中的火爐與繡被，濃濃熏香，此些空間中的微物營造的氛圍，引出幽遠的情思，引來活人與陰間的死者可卿的幽情魂

---

[109] 〔美〕羅勃・魏格納（Robert Waggoner）著，陳秋萍譯：《清醒夢：通往內我之門》，頁381。

託。那日賈璉送黛玉回揚州，鳳姐兒與平兒說笑後，鳳姐「星眼微朦」，「恍惚」之際，是在半夢半醒間，從秦氏開口「嬸子好睡！」特別點出「夢」字。[110]可知鳳姐已經入眠，甚至已經入夢。她二人是因賈璉外出，鳳姐平兒不同往常正經睡，而是「胡亂睡了」，此已為異常的「非常」[111]狀態。「擁爐倦繡」、「濃薰繡被」，當時房內有溫暖的火爐，與平兒二人倦繡，後在濃香薰被中入眠，從火爐感受到溫暖的閨房，繡線疲倦的生理狀態，《紅樓夢》作者敘述的入夢方式日常且生活，隨意而自然，「鳳姐方覺星眼微朦，恍惚只見秦氏從外走了進來，含笑說道⋯⋯」和魏晉南北朝的志怪筆記中，仙道，冥見等入夢前意識矇矓的情節相似，[112]插曲般的巧手筆，營造出處於入夢的絕佳狀態，讓王熙鳳體見到已經死去成為幽影的秦氏的魂託。

擁爐倦繡中的火爐與繡被，濃濃熏香，此些空間中的微物營造的氛圍，再而引出幽遠的情思，以入陰間的死者可卿的幽情，三重互為表裡，是為微物、幽情與陰性之應合。《陳氏香譜》中亦載有「返魂香引見先靈」之紀錄：

> 洪氏云：司天主簿徐筆遇蘇氏子德哥者，自言善為返魂香。手持香爐懷中，以一貼為白檀香末撮於爐中，

---

[110] 〔清〕護花主人、大某山民、太平閒人：《紅樓夢（三家評本）》，頁193。

[111] 劉苑如：〈形見與冥報：六朝志怪中鬼怪敘述的諷喻——一個「導異為常」模式的考察〉，《中國文哲集刊》第二十九期，2006年9月，頁2。

[112] 胡萬川：〈由智通寺一段裡的用典看紅樓夢〉，頁443。

> 烟氣裊裊直上，甚於龍腦。德哥微吟曰：東海徐肇欲
> 見先靈，願此香煙用為引導，盡見其父母、曾、高。
> 德哥曰：但死經八十年以上者則不可返矣。[113]

徐肇遇蘇德哥，德哥便說自己有返魂香，並一一將香物放進爐中，企圖以香煙為引導，使徐肇見到死去的父母。由此可見香煙有引導亡者，與他界產生連結，讓生／死兩界產生鏈接的可能。香爐手持懷中，香煙牽動嗅覺感官、營造出雲霧靉靆之視覺效果，所形成之他界感，皆可說是遊走在玄幻與凡俗交界，也常以香氣表現某人、事、物不同凡俗的特徵。[114]

鳳姐兒得到可卿的託夢，讚揚鳳姐兒是「脂粉隊裡的英雄，連那些束帶頂冠的男子也不能過你」，目的是為了告誡「月滿則虧，水滿則溢」、「眼見不日又有一件非常喜事，真是烈火烹油、鮮花著錦之盛。要知道，也不過是瞬間的繁華，一時的歡樂」的道理。香爐至手上，裊裊升起的輕煙營造出濃厚的他界感，也劃分出可卿與鳳姐兒之間夢境／現實的距離：

> 鳳姐方覺星眼微朦，恍惚只見秦氏從外走了進來，含笑說道：「嬸子好睡！我今日回去，你也不送我一程。因娘兒們素日相好，我捨不得嬸嬸，故來別你一別。還有一件心願未了，非告訴嬸子，別人未必中

---

[113] 〔宋〕陳敬：《陳氏香譜》，收入《中國基本古籍庫》（北京：愛如生數字化技術研究中心，2006 年）據清文淵閣四庫全書本，頁 17。

[114] 謝佳穎：《夢、甜、香：《紅樓夢》的香事書寫》，桃園：中央大學，108 學年中國文學系碩士論文，頁 77。

用。」

鳳姐聽了，恍惚問道：「有何心願？你只管托我就是了。」秦氏道：「嬸嬸，你是個脂粉隊裡的英雄，連那些束帶頂冠的男子也不能過你，你如何連兩句俗語也不曉得：常言『月滿則虧，水滿則溢』；又道是『登高必跌重』。如今我們家赫赫揚揚，已將百載，一日倘或樂極悲生，若應了那句『樹倒猢猻散』的俗語，豈不虛稱了一世的詩書舊族了！」鳳姐聽了此話，心胸大快，十分敬畏。忙問道：「這話慮得極是，但有何法可以永保無虞？」秦氏冷笑道：「嬸子好痴也！否極泰來，榮辱自古週而復始，豈人力能保常的。但如今能於榮時籌畫下將來衰時的世業，亦可謂常保永全了。即如今日諸事都妥，只有兩件未妥，若把此事如此一行，則日後可保永全了。」

鳳姐便問何事。秦氏道：「目今祖塋雖四時祭祀，只是無一定的錢糧；第二，家塾雖立，無一定的供給。依我想來，如今盛時固不缺祭祀供給，但將來敗落之時，此二項有何出處？莫若依我定見，趁今日富貴，將祖塋附近多置田庄、房舍、地畝，以備祭祀供給之費皆出自此處，將家塾亦設於此。合同族中長幼，大家定了則例，日後按房掌管這一年的地畝、錢糧、祭祀、供給之事。如此週流，又無爭競，亦不有典賣諸弊。便是有了罪，凡物可入官，這祭祀產業連官也不入的。便敗落下來，子孫回家讀書務農，也有個退步，祭祀又可永繼。若目今以為榮華不絕，不思後

日,終非長策。眼見不日又有一件非常喜事,真是烈火烹油、鮮花著錦之盛。要知道,也不過是瞬間的繁華,一時的歡樂,萬不可忘了那『盛筵必散』的俗語。此時若不早為後慮,臨期只恐後悔無益了。」鳳姐忙問:「有何喜事?」秦氏道:「天機不可洩漏。只是我與嬸子好了一場,臨別贈你兩句話,須要記著。」因念道:三春去後諸芳盡,各自須尋各自門。鳳姐還欲問時,只聽二門上傳事雲板連叩四下,正是喪音,將鳳姐驚醒。人回:「東府蓉大奶奶沒了!」鳳姐聞聽,嚇了一身冷汗……(13回,頁330-332)

可卿託夢於鳳姐兒,交代了一錢糧生計,二家塾教育,提醒務必開源節流,教育子孫,方可繁榮昌盛,同時雖未明說但也預告了元妃省親的「喜事」。最後予以讖語:「三春去後諸芳盡,各自須尋各自門。」此是全書中第一次書寫託夢。且可卿所交代之事,幾乎符合並切中託夢的原因,這些遺言包含提醒生者警惕未來,交託任務使命,預告後事發生,以及給予讖語警告等事項,脂批云:「『樹倒猢猻散』之語全猶在耳,曲(屈)指三十五年矣。」「此亦皆蒼天暗中扶助。」[115]屈指遙遠的三十五年記憶裡,那曾經發生的「樹倒猢猻散」憾事。學者考據「樹倒猢猻散」乃作者曹雪芹的祖父曹寅的口頭禪,施琜(施閏章孫)常參與西堂的詩酒聚會,且屢聞曹寅提到

---

[115] 《紅樓夢新注》,頁 331。脂批:「但天生人非無所為,遇機會、成事業,留名後世者,亦必有奇傳奇遇,方能成不世之功,此亦皆蒼天暗中扶助,雖有波瀾,而無甚害,反覺其錚錚有聲。」

「樹倒猢猻散」的憂慮，而「樹倒猢猻散」的曹家於雍正六年歸旗北京後，落腳處只剩下皇帝特別賜與曹寅寡妻李氏勉強度日的崇文門外蒜市口地方房十七間半。[116]又，將託夢一事視為一種天助，可見託夢，以及記憶中的遺憾是需要蒼天／異界協助，或是藉由文學包裝予以個人的滿足、記憶的補償。《閱微草堂筆記》無賴呂四的妻子曾託夢予他：

>妻夢呂來曰：「我業重，當永墮泥犁。緣生前事母尚盡孝，冥官檢籍得受蛇身，今往生矣。汝後夫不久至。善視新姑嫜，陰律不孝罪至重，毋自蹈冥司湯鑊也。」[117]

便言自己罪孽深重，當永墮地獄，唯獨生前還有對母親盡孝，冥官檢閱檔案得轉受蛇身，懇勸善待父母，在陰間法律中不孝罪至重，會入冥司湯鍋中。此則亦是予以囑託與警告，奉勸呂四務必不可再犯罪，該以孝為重，可見勸戒型的託夢是常見的。

梅新林認為，可卿此種託夢是主體之夢與序結之夢之外的比襯之夢，是前兩種夢幻的補充、延伸和變形，他認為以可卿

---

[116] 黃一農：《曹雪芹的家族印記》（新竹：清華大學出版社，2022 年 5 月），頁 540-541、547。施瑮在雍正元年或二年所作的〈病中雜賦〉中，有「楝子花開滿院香，幽魂夜夜楝亭旁。廿年樹倒西堂閉，不待西州淚萬行」句，註曰：「曹楝亭公時拈佛語對坐客云『樹倒猢猻散』，今憶斯言，車輪腹轉，以瑮受公知最深也。楝亭、西堂皆署中齋名。」

[117] 〔清〕紀昀：《閱微草堂筆記》卷 1（臺北：廣文書局，1991 年 7 月），頁 2a-2b。

託鳳姐之夢可以是為寶玉初遊太虛幻境受警幻訓誡「改悟前情，留意於孔孟之間，委身於經濟之道」的補充、襯托和延伸。[118]可卿之託夢乃是警幻對寶玉所言之補充、延伸。然而，警幻所訓誡乃是對寶玉一男子之事，與可卿託夢鳳姐兒，由女子託夢給女子不大相似，且如脂批所言「語語見道，字字傷心」，更符合作者念及當日所有女子，不讓鬚眉之慨嘆。

　　作夢的人，在作夢的當下雖有所驚覺，但夢醒後可能便將其內容遺忘，使得交託的事情無法達成，鳳姐兒即是一例，鳳姐兒夢醒後便是協助安排可卿後事、協理寧國府等，顯然已將可卿託夢拋之腦後。及至第九十二回，鳳姐才言：

> 鳳姐兒接著道：「東西自然是好的，但是那裡有這些閒錢？咱們又不比外任督撫要辦貢。我已經想了好些年了，像偺們這種人家，必得置些不動搖的根基纔好，或是祭地，或是義庄，再置些墳屋。往後子孫遇見不得意的事，還是點兒底子，不到一敗塗地……」
> （92 回，頁 2189）

置地以防未來，正是可卿託夢鳳姐兒所囑之事，及至八十回後鳳姐兒才有所回應。然當下賈母與眾人都說「這話說的倒

---

[118] 梅新林：《紅樓夢哲學精神》（上海：華東師範大學出版社，2007 年 10 月），頁 122-129。認為主體之夢指由主體「石」、「木」所經歷的夢幻，如寶玉神遊太虛幻境（5 回）、神俗姻緣之爭（36 回）、甄賈寶玉相逢（56 回）、二遊太虛幻境（116 回）、黛玉之夢（82 回）。序結之夢指 1.序夢：甄士隱夢幻識通靈、2.結夢：賈雨村歸結紅樓夢，一始一終、一甄一賈，首尾遙相呼應。餘者為比襯之夢。

也是」,但從後來賈府被抄以後的應對來看,是否真有置地防範未然,則未必然了。

可卿魂託鳳姐兒,其二者關係在於嬸子與姪媳婦。且素日裡和鳳姐兒關係並不疏離:

> 鳳姐梳洗了,先回王夫人畢,方來辭賈母。寶玉聽了,也要逛去。鳳姐只得答應,立等著換了衣服,姐兒兩個坐了車,一時進入寧府。早有賈珍之妻尤氏與賈蓉之妻秦氏婆媳兩個,引了多少姬妾、丫嬛、媳婦等接出儀門。那尤氏一見了鳳姐,必先笑嘲一陣,一手攜了寶玉入上房來歸坐。(7回,頁217-218)

素日裡鳳姐兒經常到東府與秦氏聊天。正如可卿交代的後事中所提到的,其認可鳳姐兒是「脂粉隊中的英雄」,同時,榮府把持經濟者亦為鳳姐兒,因此若要使賈府重新興旺的任務,非由鳳姐兒為首擔任不可。這個重新興旺賈府的任務,在喪禮上可以看出端倪,鳳姐兒協理寧國府時,有條不紊,整治有道,更可見其治家能力與威望。加上,可卿與鳳姐兒兩個年齡相仿,關係甚是親密,在可卿病時,鳳姐兒時常往來慰問探望,二者的關係並不因嬸姪關係而有所疏離,所以託夢給鳳姐兒,這在情節上是較為合理的安排。

在八十回後,可卿則直接在大觀園現形於鳳姐兒:

> 鳳姐心中疑惑,心裡想著必是那一房裡的丫頭,便問:「是誰?」問了兩聲,並沒有人出來,已經嚇得

神魂飄蕩，恍恍忽忽的似乎背後有人說道：「嬸娘連我也不認得了？」鳳姐忙回頭一看，只見這人形容俊俏，衣履風流，十分眼熟，只是想不起是那房那屋裡的媳婦來。只聽那人又說道：「嬸娘只管享榮華受富貴的心盛，把我那年說的立萬年永遠之基，都付於東洋大海了。」鳳姐聽說，低頭尋思，總想不起。那人冷笑道：「嬸娘那時怎樣疼我了，如今就忘在九霄雲外了。」鳳姐聽了，此時方想起來是賈蓉的先妻秦氏，便說道：「噯呀！你是死了的人哪，怎麼跑到這裡來了呢？」啐了一口，方轉回身，腳下不防一塊石頭絆了一跤，猶如夢醒一般，渾身汗如雨下。（101回，頁2340）

此段是續十三回可卿死前託夢之文，然而說話的口吻不似十三回那般軟中帶硬。鳳姐兒「低頭尋思，總想不起」是可卿，直到可卿提醒方領悟過來，然而這時忘記可卿，與第九十二回鳳姐兒才提起置辦墳地等防患未然之事，有所矛盾，此事是可卿死前託夢殷殷交待之事，如若鳳姐兒不掛在心上，豈會在九十二回提起此事，因此遺忘可卿的情節實屬不順，又或許僅是受到驚嚇而無法將此事聯想到可卿身上，也未可知。鳳姐兒再見可卿不若夢境，而是以幻境呈現，在失賴的大觀園裡，遣開了兩個丫頭，「恍恍忽忽」間入了幻境，再而「猶如夢醒一般」醒來，同樣如夢醒一般的用典，〈楊林〉故事則是先記述楊林在枕內歷經數十年，突然如同從夢中覺醒般，離開枕內

的世界，[119]以「夢醒」交待幻境／夢境的覺醒，是魏晉南北朝志怪與唐人小說中常見的歷練人生經歷的入夢與出夢模式。原來便以病了的鳳姐兒，在「夢醒」後，面對賈璉不好的態度，她卻能忍氣吞聲，談吐間變得笨拙，甚至自悔失言。原來素日最厭惡神鬼事物的她，從此後心中總是疑疑惑惑，並且對其有了幾分的信意。

（二）尤三姐之不忍

從六十三回至六十九回是知名的「尤七回」，[120]指二尤登場並相繼死亡的此七個回目。在此七回目中從開始由尤老安人為「放心」而帶尤氏姊妹到寧府，隱約若現的尤氏姊妹，到賈二舍偷娶尤二姐，再到尤三姐調樂賈珍聚麀、尤三姐苦等柳二郎、鴛鴦劍自刎及剃度、鳳姐兒使計謀害尤二姐等情節皆在此七回中呈現。其中亦包含了託夢的情節。

尤三姐託夢予原有婚姻表信的柳湘蓮在先：

> 忽聽環珮叮噹，尤三姐從外而入，一手捧著鴛鴦劍，一手捧著一卷冊子，向柳湘蓮泣道：「妾痴情待君五年矣，不期君果冷心冷面，妾以死報此痴情。妾今奉警幻之命，前往太虛幻境修注案中所有一干情鬼。妾不忍一別，故來一會，從此再不能相見矣。」說著便

---

[119] 康韻梅：〈從「粗陳梗概」到「敘述宛轉」——試以兩組文本為例展現志怪與傳奇的敘事性差異〉，《臺大文史哲學報》61期，2004年，頁179-222。

[120] 萬愛珍：《通讀紅樓》（臺北：里仁書局，2013年12月），頁135。

走。（66回，頁1609）

尤三姐以雌劍自刎後，便成為第一位登入太虛幻境之女子，文字間見她手拿卷冊與鴛鴦劍雌劍，交代其所在之處是在太虛幻境，往後的任務是歸於警幻案下修注一干情鬼，並說出最主要的託夢原因，是對柳湘蓮「不忍一別，故來一會」，是對於死者補償心理的所託之夢。鴛鴦劍此物是以雄劍、雌劍共構而成，在魏晉南北朝志怪中，鏡、劍、符術、印章等物，都依象徵律產生了超自然的法力，能夠役治超自然物。[121]可見尤三姐以鴛鴦劍自刎，後託夢又持鴛鴦劍而至，所欲告誡之事物不單單是「不忍」，從志怪視角的劍看柳湘蓮，柳湘蓮在恍惚見到尤三姐以後，便由跏腿道士渡化，以雄劍割去情絲（思），隨之而去，劍的超自然法力在其中起了很大的作用。

託夢，也為了結尤三姐的心意而託，託夢尤二姐在柳湘蓮之後：

夜來合上眼，只見他小妹子手捧鴛鴦寶劍前來，說：「姐姐，你一生為人心癡意軟，終吃了這虧。休信那妒婦花言巧語，外作賢良，內藏奸狡，他發狠定要弄你一死方罷。若妹子在世，斷不肯令你進來，即進來時，亦不容他這樣。此亦係理數應然，你我生前淫奔不才，使人家喪倫敗行，故有此報。你還依我將此劍

---

[121] 李豐楙：〈六朝精怪傳說與道教法術思想〉，收於《中國古典小說研究專集3》（臺北：聯經，1981年6月），頁36。

斬了那妒婦，一同歸至警幻案下，聽其發落。不然，你則白白的喪命，且無人憐惜。」尤二姐泣道：「妹妹，我一生品行既虧，今日之報既係當然，何必又生殺戮之冤。隨我去忍耐。若天見憐，使我好了，豈不兩全？」小妹笑道：「姐姐，你終是個痴人。自古『天網恢恢，疏而不漏』，天道好還。你雖悔過自新，然已將人父子兄弟致於麀聚之亂，天怎容你安生？」尤二姐泣道：「既不得安生，亦是理之當然，奴亦無怨。」小妹聽了，長嘆而去。尤二姐驚醒，卻是一夢。（69回，頁 1670-1671）

尤三姐託夢於尤二姐，是為其遭作踐而不捨、不忍，悔及早死，否則不讓二姐進榮府，並想替尤二姐斬了鳳姐兒。不同於交代後事與預告事情，《閱微草堂筆記》中亦曾有父親託夢請求女兒嫁予他人，否則不暢其志的故事。[122] 尤三姐全然出自不忍與抒發其情志，同時維持其生前之性格，莫道脂批總評：「看三姐夢中相敘一段，真有孝子悌弟、義士忠臣之概，我不禁淚流一斗，濕地三尺。」[123]。從尤三姐的託夢中，透漏了幾個訊息，一是亡者具有酬報意識，且能將特定人物治死，在魏晉南北朝志怪小說中，多數採告官處理，極少部分女

---

[122] 〔清〕紀昀：《閱微草堂筆記》卷 1，頁 10a。女初不願，夜夢其父曰：「汝不往，吾終不暢吾志也。」。

[123] 《紅樓夢新注》，頁 1677。

性忍辱負重並手刃報仇對象，[124]從言談中，可以得知尤三姐有能力親自手刃鳳姐兒，是相當少見的例子，是延續「劍」之超自然法力的功能，也是作者規畫屬於剛烈的尤三姐特有的性情安排，匠心獨具之處。二是尤三姐死後的去向，係歸於警幻案下，聽其發落等訊息，可見太虛幻境乃是一個死後方可到達的地方，且唯有特定對象才能前往。而寶玉是唯一能夠以生者身分進到太虛幻境的人，尤其寶玉生理性別為男性，在皆是金釵閨閣女子的仙境裡，身分顯得更為特殊，是為梅新林所說之主體之夢，而尤三姐透露自己在太虛幻境中的託夢，乃是之於寶玉神遊太虛的比較、相襯的夢境補充。

尤三姐與柳湘蓮是未婚夫妻關係，其性格剛烈，在聽聞柳湘蓮想要取回定禮鴛鴦劍後，以雌劍抹頸自盡。她首先託夢給柳湘蓮，在柳湘蓮恍惚朦朧之際，以「不忍」別離等語，促成柳湘蓮的看破，進而出家。也讓讀者知曉其手拿冊卷，已歸警幻案下，是十二金釵某冊之一的薄命女子，也是書中最早登入太虛幻境的女子。

與二姐為姐妹關係。託夢給尤二姐時，則是以保護者的身分在夢中現形，並告知二姐企圖斬死鳳姐兒，以保護二姐不受欺凌。並勸說尤二姐及時回頭，一同歸入警幻仙子案下。從企圖斬死鳳姐兒等語中，可見入了太虛幻境的尤三姐具有懲戒惡人的能力。其勸歸於警幻案下，同時表示了尤二姐亦在十二金釵某冊卷中，只消尤二姐及時回頭罷了。

---

[124] 許彙敏：《六朝志怪小說「報」觀念研究》，花蓮：東華大學，2019年中國語文學系博士論文，頁112。

尤三姐的託夢皆是出自「不忍」，不忍就此別過冷面冷心的柳湘蓮，不忍親姐受人糟蹋。脂批對尤三姐的總評：「尤三姐失身時，濃粧豔抹，凌辱群凶；擇夫後，念佛吃齋，敬奉老母。能辨寶玉，能識湘蓮，活是紅拂、文君一流人物。」[125]，因此其「不忍」之心態，可謂是與寶玉同流。寶玉的「情不情」使其對凡事皆有不忍之心，如十九回中的「一軸美人」寂寞，便欲去望慰她一回。雖尤三姐不忍的對象是未婚夫與姐妹，但文中在在強調尤三姐之不忍離去，脂批除了有抱憾而亡之慨，還有能辨寶玉，能識湘蓮，或者有如紅拂、文君一流人物的氣概。

（三）晴雯翻身

不同於前兩者託夢的囑託與不忍，晴雯的託夢是為告別寶玉，且僅有一句話輕輕帶過，在寶玉心中留下重重憂傷。寶玉偷偷去見晴雯以後，當晚：

> 寶玉又翻轉了一個更次，至五更方睡去時，只見晴雯從外頭走來，仍是往日形景，進來笑向寶玉道：「你們好生過罷，我從此就別過了。」說畢，翻身便走。（77回，頁1872）

晴雯死後託給寶玉的遺言，僅對寶玉說了一句「你們好生過罷，我從此就別過了」，不同於前兩者和往常的託夢內容，

---

[125] 《紅樓夢新注》，頁1609-1610。

在於諄諄教誨與交代事務而內容相較冗長，晴雯的告別，如同其爽利的個性，不拖泥帶水。《閱微草堂筆記》中有一則託夢同晴雯爽利的記載：

> 南皮令居公鋐，……解組之日，夢蓬首垢面人長揖曰：「君已罷官，吾從此別矣。」霍然驚醒，覺心境頓開。貧無歸計，復理舊業，則精明果決，又判斷如流矣。所見者其夙冤耶？抑亦昌黎所送之窮鬼耶。[126]

不同於前者的託夢，此託夢內容回覆果決，與晴雯翻身便走異曲同工。亦或許晴雯想交代的事情，早已告知寶玉，即在寶玉探望晴雯時，所訴「枉擔虛名」一事，並將自己的指甲擷下、交換紅綾襖等舉止，已是道盡種種無奈，也成全了自己「將來在棺材裡獨自躺著，也就像還在怡紅院一樣了（77回，頁 1869）」的遺願。因此最終僅有一句話語，就此別過寶玉。寶玉夢醒後，不似鳳姐兒嚇得遺忘的託夢內容，而是確切接收到晴雯的遺言，知曉晴雯死了一事，並將晴雯死訊告訴襲人。

寶玉與晴雯關係乃主子與丫鬟。晴雯乃怡紅院中的大丫鬟之一，作為黛玉的影身人物，[127] 與寶玉相知相惜。晴雯來到賈府時不過十歲，「這晴雯當日係賴大家用銀子買的，那時晴雯纔得十歲，尚未留頭。因常跟賴嬤嬤進來，賈母見她生得伶

---

[126] 〔清〕紀昀：《閱微草堂筆記》卷 7，頁 4b-5a。
[127] 王昆侖：《紅樓夢人物論》（臺北：里仁書局，2008 年 10 月），頁 2。

俐標緻，十分喜愛。故此賴嬤嬤就孝敬了賈母使喚，後來所以到了寶玉房裡。」[128]又，襲人在受王夫人看中以後，刻意與寶玉愈發疏離，以示清白，因此外床往常是由晴雯睡在寶玉的外床的，「因晴雯睡臥警性，且舉動輕便，故夜晚一應茶水起坐呼喚之任，皆悉委他一人，所以寶玉外床只是他睡。」[129]和寶玉相當親近，因此夜裡吃茶總喚晴雯。脂批總評這樣道：「看寶玉給晴雯斟茶，又真是獃公子。前文敘襲人奔喪時，寶玉夜來吃茶先呼襲人，此又夜來吃茶先呼晴雯。」[130]可見吃茶通常喚的都是大丫鬟伺候著。晴雯被攆以後，寶玉悄悄去探望晴雯，替晴雯倒茶、汕茶杯，一點也沒有主子的範兒，實是寶玉對女兒們做小伏低的個性使然，也符合寶玉其情不情的性格安排。而短說遺言、翻身就走，毫不眷戀的動作，則相當符合晴雯她爽利、「爆炭」的個性，在「夢吐真言」的俗諺中，是說人在夢中其心無偽，這種思想是有其道理的，[131]也似是晴雯託夢的模樣。

三、全書之託夢觀

夢與宗教的關係複雜，據劉文英的說法，兩漢時期，神學氾濫，神道主義者為了論證鬼神的存在，利用傳統的夢魂觀

---

[128] 《紅樓夢新注》，頁1866。
[129] 《紅樓夢新注》，頁1871。
[130] 《紅樓夢新注》，頁1875。
[131] 劉文英、曹田玉：《夢與中國文化》（北京：人民出版社，2003年），頁206。

念，認為作夢是靈魂離身而外遊，而王充否定了這樣的看法。[132]在明清時期，多有以儒釋道三教合流為教義的宗教盛行。然並非合一，而是以儒家為主幹，佛道為輔翼，共同維護宗法制度，三教共存、互相補充的格局。[133]《紅樓夢》是儒釋道三教和合的巨作，[134]文學與宗教雖是兩種不同的文化形式，志怪敘述中的鬼故事將其合為一體，用以表現了一種恆常的願望：從異常回復常、從反秩序回歸於秩序，這就是傳統精神中的圓道、中道。[135]託夢手法雖然只是小說情節，但文本中的託夢情節提供了一些分析角度。以「夢」為名，並不為了論證鬼神的存在而利用夢魂觀念，而是透過託夢手法，表達了某種意義。並在第十三回以託夢預告方式的後設手法，告知省親之後紅樓大夢的結局。

鳳姐受可卿的託夢，是為了告誡族人，莫再揮霍，置產留有餘路的重要。可卿掌管痴情司，想必對十二金釵簿冊與十二支唱曲內容清楚：

〔聰明累〕機關算盡太聰明，反算了卿卿性命。生前心已碎，死後性空靈。家富人寧，終有個家亡人散各

---

[132] 劉文英、曹田玉：《夢與中國文化》，頁 210。王充以「精神依倚形體」的大前提反對傳統夢魂觀念、反對占夢迷信，為說明夢是人體的一種特殊的精神活動。

[133] 牟鍾鑒：《中國宗教與文化》（臺北：唐山出版社，1995 年 4 月），頁 17-18。

[134] 賴芳伶：〈《紅樓夢》大觀園的隱喻與實現〉，頁 273。警幻（儒）、一僧（釋）、一道（道）。

[135] 劉苑如：〈形見與冥報：六朝志怪中鬼怪敘述的諷喻——一個「導異為常」模式的考察〉，頁 36-37。

奔騰。枉費了，意懸懸半世心；好一似、蕩悠悠三更夢。忽喇喇似大廈傾，昏慘慘似燈將盡。呀！一場歡喜忽悲辛。嘆人世，終難定！（5回，頁149）

鳳姐的判詞，對照可卿的勸戒「嬸子好痴也！否極泰來，榮辱自古週而復始，豈人力能可保常的。但如今能於榮時籌畫下將來衰時的世業，亦可謂常保永全了。」可說是一種預知性的回應，正因為可卿已非凡人，知曉鳳姐未來，故而託夢予鳳姐，欲令鳳姐這脂粉隊中的英雄，把握這烈火烹油的鼎盛時刻，以防患未然。而幸好鳳姐待人並非全然地惡毒，其善待劉姥姥，使巧姐有了「〔留餘慶〕留餘慶，留餘慶，忽遇恩人；幸娘親，幸娘親，積得陰功。勸人生，濟困扶窮，休似俺那愛銀錢忘骨肉的狠舅奸兄！正是乘除加減，上有蒼穹。」[136]的判詞。從可卿的夢境中未特地提及「善待他人」的勸戒，可見已然成神的可卿知曉鳳姐為人，並且知道巧姐未來將遭狠舅奸兄強賣，由恩人劉姥姥出手相助的結果。

尤三姐的託夢皆是出自「妾不忍一別，故來一會」，「不忍」，不忍就此別過冷面冷心的柳湘蓮，不忍親姐受人糟蹋。《紅樓夢》中對於「不忍」也有一套說法，一百一十八回〈驚謎語妻妾諫痴人〉：

寶釵道：「你既說『赤子之心』，古聖賢原以忠孝為赤子之心，並不是遁世離群、無關無係為赤子之心。

---

[136] 《紅樓夢新注》，頁150。

堯、舜、禹、湯、周、孔時刻以救民濟世為心，所謂赤子之心，原不過是『不忍』二字。若你方纔所說的，忍於拋棄天倫，還成什麼道理？」寶玉點頭笑道：「堯舜不強巢、許，武、周不強夷、齊。」寶釵不等他說完，便道：「你這個話，益發不是了。古來若都是巢、許、夷、齊，為什麼如今人又把堯、舜、周、孔稱為聖賢呢？況且你自比夷、齊，更不成話，伯夷、叔齊原是生在商末世，有許多難處之事，所以纔有托而逃。當此聖世，咱們世受國恩，祖、父錦衣玉食，況你自有生以來，自去世的老太太，以及老爺、太太視如珍寶。你方纔所說，自己想一想，是與不是？」寶玉聽了，也不答言，只有仰頭微笑。（118回，頁 2633）

關於「不忍」，夏志清認為：

如果「不忍」不是對於人性的檢驗，那什麼才是呢？如果一個人拒絕接受他內心最本能的驅使，人性怎麼能在他身上繼續存在呢？寶釵不能夠理解這個問題，寶玉也不能在人類推理能力的一般水平上回答這個問題。只有將人類生活置於渴望和痛苦的宇宙論的體系

中，人們才能明白拯救自我的需要。[137]

　　寶玉和寶釵的爭論，明顯出自同情心與自我拯救兩者之間的不可調和性，小說寫到這個階段，由愛與同情聚匯而成的大觀園，已經變成痛苦的荒原。[138]對於先是聚麀，再遭退婚，而後自刎的尤三姐而言，她的痛苦階段早在六十三回起，何嘗不是率先嚐到痛苦的滋味，她的「不忍」既是出自於對尤二姐的同情心，也是對於對柳湘蓮的自我拯救，因此尤三姐才會在夢境中引導柳湘蓮出家，懇勸尤二姐趁早脫身離開。尤三姐的自刎，成為全書中率先登入太虛幻境的未嫁而亡的女神，其次為晴雯。《紅樓夢》可當作是未嫁而亡的女兒安放記憶的所在，尤三姐、晴雯等又有著帶有堅持理想之情而不惜生命的氣魄。[139]

　　晴雯的託夢，寫作手法較前二者輕省許多，僅僅是「『你們好生過罷，我從此就別過了。』說畢，翻身便走。」對照其判詞：「霽月難逢，彩雲易散。心比天高，身為下賤。風流靈巧招人怨。壽夭多因毀謗生，多情公子空牽念。」[140]其猶如清朗難逢的霽月，不願低三下四地奉迎主子，難得的風流靈巧卻是招人怨。此夢境正如晴雯判詞所說，「風流靈巧」，也不肯多交代些甚麼，就此別過多情公子。

---

[137] 〔美〕夏志清著（C.T. Hsia），胡益民、石曉林、單坤琴譯：《中國古典小說史論》（南昌：江西人民出版社，2001年9月），頁302。

[138] 賴芳伶：〈《紅樓夢》大觀園的隱喻與實現〉，頁272。

[139] 尤麗雯：〈小姑女神的放逐與招魂——從杜麗娘到林黛玉談家國想像的傳承與演變〉，頁244。

[140] 《紅樓夢新注》，頁139。

關於《紅樓夢》的託夢觀，在一百零九回則可另外看出一些端倪：

> 寶玉在外間聽得，細細的想道：「果然也奇。我知道林妹妹死了，那一日不想幾遍，怎麼從沒夢過。想是她到天上去了，瞧我這凡夫俗子不能交通神明，所以夢都沒有一個兒。我就在外間睡著，或者我從園裡回來，她知道我的實心，肯與我夢裡一見。我必要問她實在那裡去了。我也時常祭奠。若是果然不理我這濁物，竟無一夢，我便不想她了。」（109回，頁2473）

寶玉認為黛玉若知其心意，日有所思、夜應所夢，因此特地睡在外間，只待黛玉入夢。然而特地睡在外間，只求黛玉入夢，卻從未夢得黛玉，正是「悠悠生死別經年，魂魄不曾來入夢」，使寶玉暫且死了黛玉入夢的心思。從引文中可以發現幾點，一是書中人物認為思念能夠引得亡者入夢，是晝有想、夜有夢的表徵。第二濁物不可與神明相會，非凡夫俗子之流可以交通神明。第三若亡者知曉生者的心意便會到夢裡相會，可想亡者能夠知曉生者的心意。從寶玉自言自語輕道「悠悠生死別經年，魂魄不曾來入夢」的結果來看，黛玉並未入夢，關於夢／託夢，並非心有所願便能成真。寶玉特意帶著「遇仙」的心思，想夢見黛玉，但始終未能如願，最後下了「仙凡路隔了」的結論。可見生／死兩途雖可靠夢境連接，卻又不可任意夢之的道理。

夢是人的潛意識，是有意義的心理現象，再荒誕不經的內容，也不脫現實世界，在現實都有所依據可循。佛洛伊德相信，一些延續進入睡眠中白天所留下來的清醒念頭，與造成夢的潛意識的願望之間有所關係。[141]而每一個夢都可以找到人過往經歷中的原始痕跡，並大量引用夢的例證來證明夢的意義在於願望的滿足，他認為，在夢中達成願望可以維持精神的平衡，保護睡眠不受干擾。夢有可能是白天由於外界環境而未獲滿足，一個得到承認但未獲滿足的欲求就被留到了夜晚，或是來自心靈受壓抑的部分，到了夜間才變得活躍起來。[142]因此，夢乃是記憶的一環，託夢乃是追憶的過程。夢的顯意是隱晦的，包含著大量凝縮的作用，顯得文淺意深、內容精煉，[143]作者曹雪芹透過可卿的魂託、尤三姐的不忍、晴雯的告別等三段託夢，或許同時也意追索家族曾經的烈火烹油、鮮花著錦之盛，哀悼曾經繁華的過往。

小結

《紅樓夢》中有許多含冤償債未嫁而亡的女性，部分忍辱吞聲的女性在死後，登錄警幻仙子案下，入太虛幻境成為仙子。本節針對《紅樓夢》中未嫁而亡的女性與女將軍進行探

---

[141] 〔奧〕西格蒙德‧佛洛伊德（Sigmund Freud）著，孫名之譯：《夢的解析》（臺北縣：左岸文化出版，2010年6月），頁84。

[142] 〔奧〕西格蒙德‧佛洛伊德著，孫名之譯：《夢的解析》，頁501。

[143] 〔奧〕西格蒙德‧佛洛伊德著，孫名之譯：《夢的解析》，頁322。

討，首先是絳珠草還淚解罪償債，報恩還債的主題，在歷來志怪中常見，黛玉報恩還淚，絳珠仙草受神瑛侍者澆灌，因此為贖罪還債，下凡成了林黛玉，窮盡一生眼淚還予神瑛侍者賈寶玉。黛玉還淚，又可說是還願的一種，在佛教教典的本生故事中，經常可見「願」本身，是可以生命進行交換、交易的現象，因此當黛玉得知寶玉將娶寶釵時，其只求「惟求速死，以完此債」。絳珠草還淚又與《聊齋誌異》中的〈葛巾〉、〈黃英〉、〈香玉〉、〈荷花三娘子〉等花妖有許多相似之處，從花妖故事中，可知受到恩德的「花」其靈性極盛，皆作成妖，以身相許還以夙業，然而其情志則仍保留在肉體與世俗倫理中。絳珠草的報恩相似又不同於《聊齋誌異》，乃是以眼淚癡情酬報知己，黛玉不要求寶玉踏上追求仕途，不說寶玉不愛的「混帳話」，而是在隔絕塵世的大觀園中，以淚相償，黛玉之淚，是三生石畔的甘露的轉換，二者轉生為人以後，成了感情堅毅、酬答知己的木石前盟。鴛鴦是老太太的心腹大丫頭，其以未嫁身分為老太太殉主而亡，符合小姑女神的形象，其間由警幻仙子的妹妹兼美／可卿以汗巾子上吊的方式來引導她前往死亡的道路，而上吊而亡的例子正好與脂批中的「秦可卿淫喪天香樓」相似，是作者未能在可卿死亡時寫下的描述，在鴛鴦死前給予的回應。而其間，鴛鴦與可卿之間有關於「情」的論證，亦是精采。鴛鴦情性剛烈堅決、不同流俗的性情，在賈母逝世以後，以心腹之名自盡殉主，並且亦登太虛幻境，代替可卿掌管「癡情司」，成為真正的女神。鴛鴦殉主又可以中國古代殉節婦人相比，殉節婦人的貞節牌坊與太虛幻境的牌坊，又何嘗不是一種與往事的對照，穿過牌坊，轉入宮殿，映入眼簾

的是對往事情懷的追念，作者曹雪芹對過往的追想。晴雯則是寶玉以情體貼女婢，其枉擔虛名，晴雯以情捍衛寶玉的生活情形，同樣是未嫁而亡的女性，晴雯的身分亦符合小姑女神的條件。尤三姐死後，手捧鴛鴦劍和寶冊，此冊或許是十二金釵之某冊，並言自己已奉警幻之命，在太虛幻境，準備修注案中一干情鬼，是十二金釵中最早登入太虛幻境之薄命女子；未來，當寶玉重遊太虛幻境時，尤三姐是唯一認得寶玉的女神，且奉妃子之命要一劍斬斷寶玉的塵緣。姽嫿將軍林四娘，則可與臺灣民間信仰中的王爺信仰之「代天巡狩」呼應，而此回目，同時也為寶玉「情」的解結環節。

　　第二節針對嬌杏夜嫁、寶玉娶寶釵、元春省親、尤二姐為賈璉等，在夜中行事的行為，進行探討。嬌杏在雨村高中後，趁夜用一轎送入雨村府中；寶玉娶寶釵則是在鳳姐兒的詭計中完成；元妃省親，看似熱鬧輝煌，實際上卻是在夜中完成的省親過程，而過程中元妃吐盡悲苦，在天明前又得匆匆回鑾；尤二姐則是受賈璉「金屋藏嬌」，後遭鳳姐兒報復，打掉成形男胎，病已成勢，故而吞生金自盡，天明後，由下人發現其死。是由朦朧矇矓黑夜至天明的轉換過程，係有轉變、醒悟的暗示，嬌杏的轉醒是作者云「偶因一著錯，便為人上人」，告慰世人偶然機緣的可能；寶玉的轉醒則是在娶了寶釵後，得知黛玉之死，並強化寶玉參悟的過程；元春省親的夜歸與天明前的回鑾，則勸說了賈府「月滿則虧，水滿則溢」的告誡，是為賈府未來的興衰轉變的呼告；尤二姐吞金自盡在黑夜中進行，其先夢見了尤三姐，得到了妹妹的勸告後，回顧嫁給賈璉後的種種，心灰意冷，於是選擇吞金自盡，是其意志轉醒的過程。

第三節針對可卿、尤三姐與晴雯的託夢情節，分別是可卿魂託鳳姐兒是為寧榮二府設想而給予建議、警語以及讖語等言語，尤三姐的託夢則是含冤對柳湘蓮與尤二姐表達其之不忍，晴雯的託夢則是為了告別，以及託夢者與被託夢者的關係，三者進行簡要的分析。可卿的託夢表層意義，除了為賈府給予設想、警語、讖語等言語，實際上包括了作者記憶中那曾經「樹倒猢猻散」的慘痛記憶，因此可卿的託夢可謂作者沉痛的追憶，以及追悔。對於尤三姐的義氣，作者亦予以高度的評價，是為「孝子悌弟、義士忠臣之概」。晴雯翻身而過的告別，則貼合其人物形象，利爽而毫不拖泥帶水。《紅樓夢》並未否定託夢的存在以及意義，也並未對託夢抱持批判的意思，三者託夢內容的表現手法，延續了魏晉南北朝志怪中的託夢傳統，在其中依照人物性格，賦予以不同的託夢細節、寫作手法。

明人元九〈警世陰陽夢醒言〉說道：

> 天地一夢境也，古今一戲局也，生人一幻泡也。榮枯得喪，生死吉凶，一影現也。慘為淒風愁雨，舒為景星慶雲。泰則小往大來，亢則陰疑陽戰。便恒河沙界，歷千古億劫。其間昏昏濁濁，如癡如醉，總為造化小兒所播弄。[144]

夢境於人是夢幻泡影，生死吉凶現形，慘、舒、泰、亢各

---

[144] 朱一玄編：《明清小說資料選編》上冊（濟南：齊魯書社，1989年），頁231。

種處境皆是一場空。空虛玄幻的夢,在其虛幻的形式下總是那樣包含著一定的真實內容,以顯示自己特殊的價值。[145]從《紅樓夢》的託夢觀來看,作夢是被動的,並非欲想作夢亡者便會託夢,這也是寶玉最終無法與黛玉有夢境的連結的緣故,「魂與魄交而成夢,究不能明其所以然」,[146]其亦有其道理與原理。這些託夢的橋段,使故事情節更加豐富,為讀者留下無限想像。而透過脂評也不難從幾則夢境中,發現作者有意在其中添加其記憶的成分,這些非但是小說的情節,更是作者對於過往繁華的追憶,透過託夢的方法表達而出。夢境使讀者感觸,亦往往伏線千里,引作者傷懷。

---

[145] 劉文英、曹田玉:《夢與中國文化》,頁 337。
[146] 〔清〕紀昀:《閱微草堂筆記》卷 15,頁 17b。

第五章　別有幽情
——恩報、陰司與太虛遊歷

　　延續前文幽情及其為情而亡的主題，本章將針對情節較屬陰間或幻境的志怪情節進行分析。曹雪芹在書中寫過「異兆」，但《紅樓夢》非志怪小說，故特意書寫異兆的情節不多，在七十五回目中，卻有「悲音」傳出：

> 大家正添衣飲茶，換盞更酌之際，忽聽那邊墻下有人長嘆之聲。大家明明聽見，都悚然疑畏起來。賈珍忙厲聲叱咤，問：「誰在那裡？」連問幾聲，沒有人答應。尤氏道：「必是墻外邊家裡人也未可知。」賈珍道：「胡說！這墻四面皆無下人的房子，況且那邊又緊靠著祠堂，焉得有人！」一語未了，只聽得一陣風聲，竟過墻去了。恍惚聞得祠堂內槅扇開闔之聲。只覺得風氣森森，比先更覺涼颯起來；月色慘淡，也不似先明朗。（75回，頁1812）

　　當時是中秋月夜，文本中罕見地不寫榮府而寫寧府，在四面無下人的房子，突然聽見墻下有長嘆之聲，突然一陣風聲，過牆而去，只有祠堂內扇開闔之聲。此聲或許可當作榮寧二公，不樂見寧榮二府日漸敗壞而發異兆悲音。此段是《紅樓

夢》中少有的志怪書寫，可見作者曹雪芹並非不能志怪之事，也抱持著鬼神觀念。

　　陰司，人死後靈魂所進入的地方。《西遊記》第三十七回：「你陰司裡既沒本事告他，卻來我陽世間作甚？」[1]《儒林外史》第二十八回：「他將來死的時候，這十幾萬銀子，一個錢也帶不去，到陰司裡是個窮鬼。」[2] 也稱為「陰間」。[3] 人死後下地府的地府陰間觀，也是因果報應論盛行的原因之一，自漢代以來，佛教對中國影響深遠，佛教亦善於以民間故事宣傳教義。

　　善有善報，惡有惡報，惡報者若無現世報，則死後下陰曹地府，由陰司審判，或所謂的來世報，按佛教的說法人的「靈魂」是不滅的，人死後「靈魂」要投胎轉世。[4] 善惡酬答，報恩或報應的地獄觀故事在志怪小說中經常出現，在《冥祥記‧李清》中，提七世受福，敘述李清死而復活，地獄遊遇到前生師父，謂：「汝是我前七生時弟子，已經七世受福……僧達云：『汝當革新為善，歸命佛、法，歸命比丘僧。受此三歸，可得不橫死。受持勤者，亦不經苦難』……自念悔還。」[5] 又

---

[1]〔明〕吳承恩：《西遊記》收入《中國基本古籍庫》（北京：愛如生數字化技術研究中心，2006 年）據明書林楊閩齋刊本，頁 281。

[2]〔清〕吳敬梓：《儒林外史》收入《中國基本古籍庫》（北京：愛如生數字化技術研究中心，2006 年）據清嘉慶八年新鐫臥閑草堂本，頁 180。

[3] 國教院：《教育部重編國語辭典》檢索時間：2022 年 5 月 25 日　https://dict.revised.moe.edu.tw/dictView.jsp?ID=156543

[4] 蕭遠平：〈民族民間童話中的「善惡報應」觀念簡論〉，《貴州民族研究》2001 年第 2 期，頁 86。

[5] 王國良：《冥祥記研究》（臺北：文史哲出版社，1999 年），頁 115-118。

《冥祥記・趙泰》：

……此恒遣六部使者在人間，疏記善惡，具有條狀，不可得虛。泰答：「父兄仕官皆二千石。我少在家，修學而已，無所事也，亦不犯惡。」乃遣泰為水官監作吏。將二千餘人。運沙神岸，晝夜勤苦。後轉泰水官都督，知諸獄事。給泰兵馬，令案行地獄，所至諸獄。楚毒各殊。或針貫其舌，流血竟體。或被頭露髮。躶形徒跣。相牽而行。有持大仗，從後催促。鐵牀銅柱。燒之洞然。驅迫此人，抱臥其上。赴即燋爛。尋復還生。或炎鑪巨鑊，焚煮罪人，身首碎墜。隨沸翻轉。有鬼持叉，倚于其側。有三四百人，立于一面，次當入鑊，相抱悲泣。或劍樹高廣。不知限極，根莖枝葉。皆劍為之。人眾相訾。自登自攀，若有欣競，而身體割截，尺寸離斷。泰見祖父母及二弟，在此獄中涕泣。泰出獄門，見有二人，齎文書來。說獄吏。言有三人，其家為於塔寺中懸幡燒香，救解其罪，可出福舍。俄見三人，自獄而出，已有自然衣服，完整在身。[6]

〈趙泰〉一文詳細描寫了地獄內的景況，有以針貫舌、鐵床銅柱抱臥其上、炎鑪巨鑊焚煮、劍山攀登等，並後由家人為其懸幡燒香酬答，救解其罪的故事，警惕著為惡者，入地獄後

---

[6] 魯迅：《古小說鉤沉・冥祥記》，頁 453-455。

的報應懲罰。《紅樓夢》中亦有報恩報應的觀念，如絳珠草還淚、劉姥姥報恩、襲人對主忠賢、鳳姐兒弄權鐵檻寺、倪二小鰍生浪等。除報恩報應外，《紅樓夢》中亦可見彌留陰間、遊歷幻境的情節。這些情節，反映了作者曹雪芹靈巧運用故事情節的手法及其鬼神觀。

第一節　顧恩思義

顧恩思義乃是大觀園中的正匾，由元妃娘娘親題。觀看大觀園正殿「顧恩思義」是為匾額，「天地啟宏慈，赤子蒼頭同感戴；古今垂曠典，九州萬國被恩榮。」[7]為楹聯，書在正殿，表層意思有顧思恩義之意，是元妃令賈家顧及恩義，深層意似乎有恩義若失，則潛伏因果報應之隱喻。

第五回十二支唱曲中，有「留餘慶，留餘慶，忽遇恩人」或「有恩的，死裡逃生」，皆預告了恩義之重要。從施報恩義的原則來看，雖標榜著「夫施德者貴不德，受恩者尚必報」、「廉者不求、貪者不與」[8]的施恩不待報精神，但並不表示施善惡不報。[9]又，志怪中有「王輔嗣注《易》，笑鄭玄云：『老奴甚無意於時。』夜久，忽聞外閤有著屐聲，須臾即入，自云是鄭玄，責之曰：『君年少，何以穿鑿文句，而妄譏老子？』極有怒色，言竟便退。而輔嗣心生畏惡，經少時，乃暴

---

[7] 《紅樓夢新注》，頁459。

[8] 魯迅：《古小說鉤沉・裴子語林》，頁35。

[9] 許彙敏：《六朝志怪小說「報」觀念研究》，頁87。

疾而卒。」[10]王輔嗣（226-249）妄譏鄭玄（127-200），而後暴疾而卒，是其心生畏惡而遭受之報應，可見當時對報應的相信。清陳鼎《留溪外傳》中有〈義牛傳〉[11]有義氣的牛隻，為希年與老虎搏鬥，使希年保住性命，後希年遭斃杖，牛隻替吳家父子報仇。又，清張潮（1650-1707）輯之《虞初新志》中，王猷定（1598-1662）有〈義虎記〉[12]，係一隻有情義的老虎，解救一樵者，並與樵者共享食物度日，樵者離去前還和老虎約定會煮一頭豬報恩，老虎亦點頭，與樵者哭泣分離。這兩則故事同時反映了在清代人對於動物能夠對人類義勇相助的期待，以及對人性仇報能夠得以伸張的盼望。又，袁枚（1716-1797）《子不語‧冷秋江》[13]中，有一程姓者遇鬼，將其「鋪於泥中，自分必死」，忽然有一冷姓秋江者至此，以唱「大江東」解救了他，翌日程姓者欲謝冷姓者，卻杳無其人，問左右鄰舍，才知有一祠堂供一木主，順治初年秀才，其號秋江。[14]顯見清人對精怪物魅的恐懼，程姓者欲酬答冷姓者的人性溫暖，對木主牌位的祀神威望。《夜譚隨錄‧紅衣婦人》有一群披甲人值宿期間沽酒夜飲，皆半酣，其中一人起來到庫旁永巷解手，月光下隱隱見一紅衣婦人蹲身牆邊，如小遺狀，披甲人醉後心動，「潛就摟之，婦人回其首，別無眉目口

---

[10] 魯迅：《古小說鈎沉‧小說》，頁 114。
[11] 陸林主編：《清代筆記小說類編》，頁 26。
[12] 陸林主編：《清代筆記小說類編》，頁 22。
[13] 〔清〕袁枚：《子不語‧冷秋江》收入《袁枚全集》（江蘇：江蘇古籍出版社，1993 年），頁 121。
[14] 陸林主編：《清代筆記小說類編》，頁 61-62。

鼻，但見白面模糊，如豆腐然。甲驚僕地上。同人遲其來，往視之，氣已絕矣，舁至鋪中救之，逾時始蘇，自述所遭如此。」《夜譚隨錄》每則故實最後皆有如太史公曰的評價，〈紅衣婦人〉最後「蘭岩曰：三杯入腹，便爾膽大如天，不顧理法。一駭氣絕，不知酒醒否？」[15]身為值班披甲人竟不顧理法，對民間女子起了歹念，報應隨來，幸而係一女鬼，否則後果不堪設想，這或許也反映了當時的社會情況，並透過談異小說給予民間犯罪報應隨在的信念與支持，同時也顯示了清代對鬼神抱持著相信的看法。大觀園是太虛幻境的人間投影，[16]在寶玉二遊太虛幻境時，轉過牌坊，「便是一座宮門。門上橫書四個大字道：『福善禍淫』。又有一副對子，大書云：過去未來，莫謂智賢能打破；前因後果，須知親近不相逢。」[17]來自過去未來、前因後果，對照人間大觀園的「顧恩思義」，善有善報、惡有惡報，報應的發生與傾頹的家族，更凸顯了作者有意透過牌坊、牌匾、楹聯，所營造出的記憶空間，不可返復的過往。

一、酬答報恩

在佛教傳入中國以前，「報」觀念淵源已久，《爾雅‧釋訓》：「哀哀、悽悽，懷報德也。」釋「釋曰：懷思也，悲苦

---

[15] 〔清〕和邦額：《夜譚隨錄》，收入《中國基本古籍庫》（北京：愛如生數字化技術研究中心，2006年）據民國刻筆記小說二十種本，頁71。

[16] 余英時：《紅樓夢的兩個世界》（臺北：聯經出版，1978年1月），頁44。

[17] 《紅樓夢新注》，頁2590。

征役，思報父母之德也。」[18]述說著無法回報父母恩德之痛。「報」字有回應、酬答的意思。如：「報復」、「報恩」、「報怨」。《詩經・衛風・木瓜》：「投我以木桃，報之以瓊瑤。」[19]《左傳・成公三年》：「無怨無德，不知所報。」[20]或有由某種前因而得之結果，如：「善報」、「惡報」。劉向《說苑・卷五・貴德》：「夫有陰德者必有陽報，有隱行者必有昭報。」[21]《石點頭・卷一○・王孺人離合團魚夢》：「趙瞎子做盡人，那得無此現世報。」[22]。

「報恩」一詞始於劉向（前 79-8）《說苑・復恩》：「夫亂禍之源，由不報恩生矣。」、「唯賢者為能報恩，不肖者不能。」[23]王充（27-97）《論衡・祭意》：「推人事鬼神，緣生事死，人有賞功供養之道，故有報恩祀祖之義。」。[24]一直到五代也有報恩的說法，《舊唐書》：「夫以犬馬微賤之畜，猶知戀主；龜蛇蠢動之類，皆能報恩。豈曰人臣，曾無

---

[18] 《重刊宋本十三經注疏附校勘記・爾雅・釋訓》據《清嘉慶二十年南昌府學刊本》，頁 58-1

[19] 《斷句十三經經文・毛詩・國風・衛・木瓜》，頁 17。

[20] 《重刊宋本十三經注疏附校勘記・春秋左傳注疏》卷 26，頁 437-1。

[21] 〔漢〕劉向，《說苑》，收入《中國基本古籍庫》（北京：愛如生數字化技術研究中心，2006 年）據四庫叢刊景明鈔本，頁 27。

[22] 國教院：《教育部異體字字典》檢索時間：2022 年 5 月 16 日 https://dict.variants.moe.edu.tw/variants/rbt/word_attribute.rbt?quote_code=QTAwNzkx

[23] 〔漢〕劉向，《說苑》，收入《中國基本古籍庫》（北京：愛如生數字化技術研究中心，2006 年）據四庫叢刊景明鈔本，頁 33。

[24] 〔漢〕王充：《論衡》（上海：上海古籍出版社，2010 年 3 月），頁 512。

感激？」[25]，其涵義始於對君臣之報與祭祖報恩，報恩一詞的奠定與觀念由此逐漸發展，意義也更加廣泛。[26]

「報」有「因果」關係，其因果觀念在漢代佛教傳入中國後，使得「報恩」觀念相對變得複雜而難以分證，所謂因果報應，「佛教的基本理論之一。佛教謂生死輪迴的一切現象，都是有因果關係。一切有意志的行為，不論善惡或中性，都必導致未來世的樂、苦或中性的生活經驗和生命形態。換言之，一切眾生的生活經驗和生命形態都是過去意志行為的結果。這種因果關係，在未解脫之前，永不休止。」[27]。在此屏除佛理辯證的因果關係，將因果釋為「原因和結果。指事情演化的前後關連。」[28]正因為有「因」方有「果」，事情演化的前後關聯最終指向的結果，即報恩或報應。《子不語・骷髏報仇》：

> 常熟孫君壽，性獰惡，好慢神虐鬼。與人游山，脹如廁，戲取荒冢骷髏，蹲踞之，令吞其糞，曰：「汝食佳乎？」骷髏張口曰：「佳。」君壽大駭，急走。骷髏隨之滾地，如車輪然。君壽至橋，骷髏不得上。君壽登高望之，骷髏仍滾歸原處。君壽至家，面如死

---

[25] 〔後晉〕劉昫撰；楊家駱主編：《舊唐書》（臺北：鼎文書局，1981年），據清懼盈齋刻本，頁250

[26] 許彙敏：《六朝志怪小說「報」觀念研究》，頁39。

[27] 國教院：《教育部重編辭典》檢索時間：2022年5月17日 https://dict.revised.moe.edu.tw/dictView.jsp?ID=156161&q=1&word=%E5%9B%A0%E6%9E%9C

[28] 國教院：《教育部重編辭典》檢索時間：2022年5月16日 https://dict.revised.moe.edu.tw/dictView.jsp?ID=156160&q=1&word=%E5%9B%A0%E6%9E%9C

灰，遂病。日遺矢，輒手取吞之，自呼曰：「汝食佳乎？」食畢更遺，遺畢更食，三日而死。[29]

孫君壽為人可惡，玩弄骷髏，以致骷髏報仇，對骷髏而言是為報仇，對孫君壽來說則是報應的發生。

至於報恩，又分為守喪盡孝、情堅守貞、物質回報與解救性命等方式，[30]絳珠草還淚一段，則是屬於情堅守貞的還願報恩類型，所實踐的是「點滴之恩，湧泉以報」的報恩行為。於下列舉黛玉還淚，襲人情堅忠賢，劉姥姥物質回報、解救巧姐等例。

（一）劉嫗報恩

劉姥姥幾進榮國府。第一次，是劉姥姥家業蕭條時，王狗兒利名心最重，聽到劉姥姥曾和其女去過金陵王家，便央了劉姥姥進城走一趟。誰料一到門口，便遭三等豪奴戲弄，是一有年紀人誠厚的老年人，讓她們到後街上的後門找周瑞家的。後來劉姥姥好容易才見著鳳姐兒，得到鳳姐兒給她的二十兩銀和一吊錢，正如回末所言之：「得意濃時易接濟，受恩深處勝親朋。」[31]甲戌回末批：「一進榮府一回，曲折頓挫，筆如遊龍，且將豪華舉止令觀者已得大概，想作者應是心花欲開之候。」[32]，賈府的豪華，舉止之優雅，透過觀者劉姥姥帶領讀

---

[29] 〔清〕袁枚：《子不語‧骷髏報仇》，頁 8。
[30] 許彙敏：《六朝志怪小說「報」觀念研究》，頁 71。
[31] 《紅樓夢新注》，頁 199。
[32] 《紅樓夢新注》，頁 199。

者，已得大概。而「得意濃時易接濟，受恩深處勝親朋。」寫的正是報恩報德，鳳姐兒尚在得意時易接濟貧困，受恩者放在內心深處，報恩時遠勝於親朋，也預告著王仁等舅叔這些親朋不可靠。

劉姥姥二進榮國府係在大觀園的螃蟹宴之後。劉姥姥帶了棗子、倭瓜並些野菜來到榮國府，這是劉姥姥對賈府的物質回報。賈母聽到劉姥姥來到榮國府後引來接見，相談甚歡，並要求將鄉村中所見所聞的事情說與賈母，說故事取樂於眾人，也是物質匱乏的劉姥姥，用以回報賈府的方法之一。劉姥姥因而說了一個雪夜抽柴的故事：

「只聽外頭柴草響。我想著必定是有人偷柴草來了。我爬著窗眼兒一瞧，却不是我們村庄上的人。」賈母道：「必定是過路的客人們冷了，見現成的柴，抽些烤火去也是有的。」劉姥姥笑道：「也並不是客人，所以說來奇怪。老壽星當個什麼人？原來是一個十七八歲極標緻的小姑娘，梳著溜油光的頭，穿著大紅襖兒、白綾裙子……」（39回，頁966）

一時散了，背地裡寶玉足的拉了劉姥姥，細問那女孩兒是誰。劉姥姥只得編了告訴他道：「那原是我們庄北沿地埂子上有一個小祠堂裡供的，不是神佛，當先有個什麼老爺……」說著又想名姓。寶玉道：「不拘什麼名姓，你不必想了，只說原故就是了。」劉姥姥道：「這老爺沒有兒子，只有一位小姐，名叫茗玉。小姐知書識字，老爺、太太愛如珍寶。可惜這茗玉小

姐生到十七歲，一病死了。」寶玉聽了，跌足嘆惜，又問：「後來怎麼樣？」劉姥姥道：「因為老爺、太太思念不盡，便蓋了這祠堂，塑了這茗玉小姐的像，派了人燒香撥火。如今日久年深的，人也沒了，廟也爛了，那個像就成了精。」寶玉忙道：「不是成精，規矩這樣人是雖死不死的。」（39回，頁968）

茗烟笑道：「爺聽的不明白，叫我好找。那地名坐落不似爺說的一樣，所以找了一日，找到東北上田埂子上纔有一個破廟。」寶玉聽說，喜的眉開眼笑，忙說道：「劉姥姥有年紀的人，一時錯記了也是有的。你且說你見的。」茗烟道：「那廟門卻倒是朝南開，也是稀破的。我找得正沒好氣，一見這個，我說『可好了』，連忙進去。一看泥胎，唬得我跑出來了，活似真的一般。」寶玉喜的笑道：「她能變化人了，自然有些生氣。」茗烟拍手道：「那裡有什麼女孩兒，竟是一位青臉紅髮的瘟神爺。」（39回，頁969-970）

第三十九回〈村姥姥是信口開河　情哥哥偏尋根究底〉裡，劉姥姥向寶玉說起家鄉裡姑娘神茗玉的故事，此姑娘神，名字與湯顯祖的別號「玉茗堂主人」明顯相關。[33]。寶玉信以

---

[33] 尤麗雯：〈小姑女神的放逐與招魂——從杜麗娘到林黛玉談家國想像的傳承與演變〉，頁206，腳注13：「茗玉與湯顯祖的關係，康來新曾發表〈姑娘廟——茗玉 V.S 玉茗——劉姥姥如何搞怪湯顯祖〉，雖有目無文，但是從題目仍可以見出對茗玉與湯顯祖關聯的關注。參康來新，〈姑娘廟——茗玉 V.S 玉茗——劉姥姥如何搞怪湯顯祖〉（桃園：中華民國比較文學學會、國立中央大學英美語文學系聯合主辦，『第二十四屆全國比較文學會議』，2000年5月20-21日）。」

為真,讓茗烟按著劉姥姥信口開河的位置,尋找茗玉姑娘的廟。蔡元培《石頭記索隱》中認為茗玉姑娘是五通神,為江南盛行的淫祠,當地有少年婦女感寒熱,即謂為五通將娶為婦的傳說,湯潛菴曾經打毀五通神祠,正是曹雪芹所隱射之事。[34] 寶玉憐惜茗玉姑娘的遭遇,希望花錢重新塑像,雇人為茗玉姑娘撥香火之舉,實是作者曹雪芹始終對女子的不幸遭遇同情憐憫的精神。茗烟尋茗玉這段話,作者有一情節提示:「那廟門卻倒是朝南開的」。茗玉在故事裡是未嫁而亡的姑娘,雖然被父親建了個小祠堂供奉,但仍舊是陰神。向南為陽,姑娘廟不能對南方開啟,作者曹雪芹在這裡用了「卻倒是」,顯然作者也是明白姑娘廟的座向問題,才讓茗烟提出來告訴讀者。[35]在《子不語》中,有一煞神亦是紅髮:

> 淮安李姓者與妻某氏琴瑟調甚。李三十餘病亡,已殮矣。妻不忍釘棺,朝夕哭,啟而視之。故事:民間人死七日,則有迎煞之舉,雖至戚,皆迴避。妻獨不肯,置子女於別室,己坐亡者帳中待之。至二鼓,陰風颯然,燈火盡綠。見一鬼紅髮圓眼,長丈餘,手持鐵叉,以繩牽其夫從窗外入。見棺前設酒饌,便放叉解繩,坐而大啖。每咽物,腹中噴噴有聲。其夫摩撫舊時几案,愴然長歎,走至床前揭帳。妻哭抱之,冷

---

[34] 尤麗雯:〈小姑女神的放逐與招魂——從杜麗娘到林黛玉談家國想像的傳承與演變〉,頁230。

[35] 尤麗雯:〈小姑女神的放逐與招魂——從杜麗娘到林黛玉談家國想像的傳承與演變〉,頁231。

然如一團冷雲，遂裹以被。紅髮神競前牽奪。妻大呼，子女盡至，紅髮神跟蹌走。妻與子女以所裹魂放置棺中，屍漸奄然有氣，遂抱至臥床上，灌以米汁，天明而蘇。其所遺鐵叉，俗所焚紙叉也。復為夫婦二十餘年。妻六旬矣，偶禱於城隍廟，恍惚中見二弓丁舁一枷犯至。睨之所枷者，即紅髮神也。罵婦曰：「吾以貪饞故，為爾所弄，枷二十年矣！今乃相遇，肯放汝耶！」婦至家而卒。[36]

紅髮煞神，圓眼，手持鐵叉，因為貪食，而被枷在城隍廟裡二十年，雖未描述其臉色，但其紅髮可謂為當時瘟神／煞神的象徵，與焙茗找到的青臉紅髮的瘟神爺異曲同工。而後劉姥姥逛大觀園，最後為大姐兒命名，這裡劉姥姥緩解了巧姐兒的疾病危機，並回應安撫了王熙鳳為人母的慈心，透過《玉匣記》送祟事件的撮合，王熙鳳與劉姥姥圍繞著巧姐兒的成長，組成了同盟。[37]劉姥姥離去前：

劉姥姥忙趕了平兒到那邊屋裡，只見堆著半炕東西。平兒一一的拿與他瞧著，又說道：「這是昨日你要的青紗一匹，奶奶另外送你一個實地子月白紗作裡子。這是兩個繭綢，作襖兒、裙子都好。這包袱裡是兩疋綢子，年下做件衣裳穿。這是一盒子各樣的內造點

---

[36] 〔清〕袁枚：《子不語》，頁 10。

[37] 黃郁庭：《日用與物用：論《紅樓夢》中的《玉匣記》》，頁 100。

> 心,也有你吃過的,也有沒吃過的,拿去擺碟子請客,比你們買的強些。這兩條口袋是你昨日裝瓜菓子來的,如今這一個裡頭裝了兩斗御田秔米,熬粥是難得的;這一條裡頭是園子裡果子和各樣乾菓子。這一包是八兩銀子。這都是我們奶奶給的。這兩包每包裡頭五十兩,共是一百兩,是太太給的,叫你拿去或者作個小本買賣,或者置幾畝地,以後再別求親靠友的。」（42回,頁1029-1030）

鳳姐等人在劉姥姥離去前,給了許多財物,並勸告「作個小本買賣,或者置幾畝地,以後再別求親靠友的」,對劉姥姥施恩不圖報,劉姥姥點滴在心。劉姥姥三進榮國府,是在第一百一十三回。當時賈家已被查抄,賈母已逝,鳳姐兒將死,巧姐在旁和劉姥姥說話:

> 「那年在園裡見的時候,我還小;前年你來,我還合你要隔年的蟈蟈兒,你也沒有給我,必是忘了。」劉姥姥道:「好姑娘,我是老糊塗了。若說蟈蟈兒,我們屯裡多得很,只是不到我們那裡去,若去了,要一車也容易。」鳳姐道:「不然你帶了他去罷。」（113回,頁2547）

鳳姐兒無心一句「不然,你帶了她去罷。」猶如讖語般。到了劉姥姥第四次入榮國府,巧姐兒險遭王仁等人陷賣,劉姥姥便想出了個方法,將巧姐帶到其屯上去:

劉姥姥道：「只怕你們不走，你們要走，就到我屯裡去。我就把姑娘藏起來，即刻叫我女婿弄了人，叫姑娘親筆寫個字兒，趕到姑老爺那裡，少不得他就來了。可不好麼？」（119回，頁2649）

那知巧姐隨了劉姥姥帶著平兒出了城，到了庄上，劉姥姥也不敢輕褻巧姐，便打掃上房，讓給巧姐、平兒住下。（119回，頁2658）

劉姥姥便如此解救了巧姐，免去遭賣的命運，是劉姥姥對鳳姐兒報恩的回應。而賈政後來知曉了來龍去脈，得知劉姥姥為庄上周姓人家作媒，賈政道：「提起村居養靜，甚合我意。只是我受恩深重，尚未酬報耳。」可知賈政亦知受恩酬報的報恩觀念。劉姥姥的報恩和鳳姐兒的施恩，也正符合第五回寶玉神遊太虛幻境時所聽之十二曲文之一：「〔留餘慶〕留餘慶，留餘慶，忽遇恩人；幸娘親，幸娘親，積得陰功。勸人生，濟困扶窮，休似俺那愛銀錢忘骨肉的狠舅奸兄！正是乘除加減，上有蒼穹。」[38]留德善福澤，忽遇恩人，幸好巧姐的娘親積得陰功。作者曹雪芹在此奉勸人生，濟困扶窮，休似那愛銀錢、忘骨肉的狠舅奸兄，事物再如何變化消長，都有上天在看顧。

安定人周敬，種瓜時亢旱，鬼為□水澆瓜，瓜大滋繁。問姓名，不答。還白父：「常有惠於人否？」父曰：「西郭樊營，先作郡吏，償官數百斛米，我時以

---

[38] 《紅樓夢新注》，頁150。

百斛助之，其人已死。」^39

《幽明錄》中有記一安定人周敬，鬼為他澆瓜，瓜大滋繁，才知道父常惠於人，故而連鬼也來報恩。敘事簡單，情節之因果關係則是透過倒敘、鋪敘、插敘等方式，陳述補充人物何以得到恩澤。^40《列異傳》中有記：

> 遼東丁伯昭，自說其家有客，字次節，既死，感見待恩，常為本家致奇異物。試臘月中從索瓜，得美瓜數枚來在前，不見形也。^41

遼東有一丁伯昭，自說家中有字為次節的鬼，感見待恩，為了報恩，常贈一些致奇異物給他。於是他便在臘月中索要瓜果，得到數枚美瓜，卻不見其形影。以上可見施恩者，即便在自己不知何以得報的情況下，受恩者都將知恩圖報。劉姥姥解救巧姐兒，將其帶往鄉村，悉心照料起居，使巧姐兒免遭惡舅賣身，便是知恩圖報的報恩類型。

（二）襲人忠賢

襲人的報恩，承自她對主人的忠賢，使她對賈府忠心耿耿；她對寶玉忠實這一點，不容抹煞。^42襲人自小入賈家，先

---

[39] 魯迅：《古小說鈎沉・幽明錄》，頁269。
[40] 許彙敏：《六朝志怪小說「報」觀念研究》，頁68。
[41] 魯迅：《古小說鈎沉・列異傳》，頁145-146。
[42] 王昆侖：《紅樓夢人物論》，頁4。

是在賈母處服侍，後撥給了寶玉用。〈賈寶玉初試雲雨情〉「襲人素知賈母已將自己與了寶玉的，今便如此，亦不為越禮，遂和寶玉偷試一番，幸得無人撞見。自此寶玉視襲人更比別個不同，襲人待寶玉更為盡心。」[43]寶玉便是和襲人偷試雲雨，從此兩人各待彼此不同。襲人有了個「準姨太太」的身分，對賈家盡心，尤其對寶玉更是。襲人在第五回的判詞：

> 寶玉看了，又見後面畫著一簇鮮花，一床破席，也有幾句言詞，寫道是：枉自溫柔和順，空云似桂如蘭。堪羨優伶有福，誰知公子無緣。（5回，頁139）

溫柔和順的性格，博得賈府上下一致歡心，「堪羨優伶有福，誰知公子無緣」則暗示她最後雖喜歡寶玉，但是隨著賈府的衰落，她違背己願嫁給了蔣玉菡。甲戌夾批：「罵死寶玉，卻是自悔。」[44]或許這亦是作者曹雪芹的自悔之言，也未可知。襲人事求其妥，人求其和，服侍賈母時，心中只有賈母，服侍寶玉時心中又只有個寶玉，對寶玉一心一意，憑藉著一片赤誠之心，博得了府裡太太小姐的歡心。如薛姨媽：「薛姨媽道：『早就該如此。模樣兒自然不用說的，她的那一種行事大方，說話見人和氣裡頭帶著剛硬要強，這個實在難得。』」[45]薛寶釵：「寶釵聽了，心中暗忖道：『倒別看錯了這個丫頭，

---

[43] 《紅樓夢新注》，頁182。
[44] 《紅樓夢新注》，頁139。
[45] 《紅樓夢新注》，頁883。

聽說話,倒有些識見。」」[46]寶釵並留神窺察,給了襲人其言語志量,深可敬愛的評價。就連一向給人苛薄印象的黛玉,對襲人也是十分禮讓,笑稱她為嫂子,並說:「你死了,別人不知怎麼樣,我先就哭死了。」[47]可見襲人之心地良善,聰明賢慧,受歡迎的程度不言可喻。

在第三十四回,她對王夫人有一段進言,奠定了她在王夫人心中的地位:

> 襲人道:「我也沒什麼別的說。我只想著討太太一個示下,怎麼變個法兒,已後竟還教二爺搬出園子來住就好了。」王夫人聽了,吃一大驚,忙拉了襲人的手問道:「寶玉難道和誰作怪了不成?」襲人連忙回道:「太太別多心,並沒有這話。這不過是我的小見識:如今二爺也大了,裡頭姑娘們多,況且林姑娘、寶姑娘又是兩姨姑表姊妹,雖說是姊妹們,到底是男女之分,日夜一處起坐不方便,由不得叫人懸心,便是外人看著也不像……」(34回,頁847-848)

這是寶玉因淫辱母婢等罪狀而遭賈政一陣毒打之後,驚恐不已的襲人,向王夫人提出了自己的建議,有學者認為,襲人此次「檢舉」,造成了後來的晴雯以及芳官等之被攆出去。[48]

---

[46] 《紅樓夢新注》,頁553。

[47] 《紅樓夢新注》,頁796。

[48] 王昆侖:《紅樓夢人物論》,頁9。

而王夫人經常喚她「我的兒」,還每月從自己月錢中拿出二兩銀子一吊錢給襲人,待遇等同趙姨娘周姨娘,[49]由此可見襲人的忠心耿耿,換來了主子的絕對信任。王夫人在此對襲人施恩,換得了襲人對賈府上下忠賢的回報。襲人並時時刻刻叮囑著寶玉要埋頭經濟學問,免得遭賈政的責罰。然而到了最終,寧府遭查抄,襲人原本以為自己可以順理成章地成為寶玉的愛妾,造化弄人,最後嫁給蔣玉菡,過程中幾乎過著「求不得苦」的生活,這個過程又分為三個階段,第一階段是在賈府:

> 襲人悲傷不已,又不敢違命的,心裡想起寶玉那年到他家去,回來說的死也不回去的話,「如今太太硬作主張。若說我守著,又叫人說我不害臊;若是去了,實不是我的心願」,便哭得咽哽難鳴,又被薛姨媽、寶釵等苦勸,回過念頭想道:「我若是死在這裡,倒把太太的好心弄壞了。我該死在家裡纔是。」(120回,頁2678)

襲人在知曉不能成為寶玉愛妾後,悲傷不已,心裡想起那年寶玉到她家裡頭,死命挽留襲人的那席話。如今是王夫人做主,守著怕被說是不害臊,去了卻又不是她所願,哭得咽哽難鳴,又被薛姨媽和寶釵苦勸。原有想死在賈府的念頭,想起王夫人的好心,急忙止了這個念頭,不願死在賈府,是襲人酬答賈府的方式之一。

---

[49] 《紅樓夢新注》,頁883。

於是，襲人含悲叩辭了眾人，那姊妹分手時自然更有一番不忍說。襲人懷著必死的心腸上車回去，見了哥哥、嫂子，也是哭泣，但只說不出來。那花自芳悉把蔣家的聘禮送給他看，又把自己所辦粧奩一一指給他瞧，說那是太太賞的，那是置辦的。襲人此時更難開口，住了兩天，細想起來：「哥哥辦事不錯。若是死在哥哥家裡，豈不又害了哥哥呢。」千思萬想，左右為難，真是一縷柔腸，幾乎牽斷，只得忍住。（120回，2674）

襲人終究含悲叩辭了眾人，她哥哥將蔣家的聘禮給她看，又把自己所辦妝奩一一指給她瞧，此時一向柔順的襲人更難開口，在家裡住了兩日，又想，假如死在花家，豈不辜負了哥哥的好意，又害了哥哥？千頭萬緒，只得忍住。

那日已是迎娶吉期。襲人本不是那一種潑辣人，委委屈屈的上轎而去，心裡另想到那裡再作打算。豈知過了門，見那蔣家辦事極其認真，全都按著正配的規矩。一進了門，丫頭、僕婦都稱奶奶。襲人此時欲要死在這裡，又恐害了人家，辜負了一番好意。那夜原是哭著不肯俯就的，那姑爺却極柔情曲意的承順。到了第二天開箱，這姑爺看見一條猩紅汗巾，方知是寶玉的丫頭。原來當初只知是賈母的侍兒，益想不到是襲人。此時蔣玉菡念著寶玉待他的舊情，倒覺滿心惶愧，更加周旋，又故意將寶玉所換那條松花綠的汗巾

拿出來。襲人看了，方知這姓蔣的原來就是蔣玉菡，始信姻緣前定。襲人纔將心事說出。蔣玉菡也深為嘆息敬服，不敢勉強，並越發溫柔體貼，弄得個襲人真無死所了。（120回，頁2674-2675）

第三個階段，來到蔣家。襲人委曲上轎，誰知蔣家辦事全按著正配的規矩，就連丫頭、僕婦都稱奶奶。襲人此時心想，倘若欲死在這裡，又害了蔣家，辜負了一片好意。到了第二天開箱，才看到那條猩紅色的汗巾子，蔣玉菡方知她是寶玉的丫頭。兩人最終以猩紅汗巾與松花綠汗巾相認，實是過往寶玉就已執行之表記交換，在最後得到實現。

襲人對賈府的忠賢柔順，不願死在賈府的心態，實是一種酬答賈府的報恩觀念，最終落腳在蔣家，弄得個襲人真無死所了。有學者認為襲人是為自身利益而付出的功利行為，[50]然而，她最終對賈府並無棄之不理，而是如同過往「賢襲人」的封號般，對主人盡可能地酬報、盡忠賢，並聽從賈府太太的話，嫁出賈家。即便襲人最後嫁給蔣玉菡，看起來幸福美滿，但她內心的失落與遺憾，實是一種悲劇，這也是作者曹雪芹用心刻畫的，不以惡人之惡為悲劇歸因，乃是基於對傳統文化與宗族制度下，女性在其中的恐懼與挫折，正如二十八回寶玉和馮紫英等人擺了個筵席，眾人行酒令，其中雲兒道「女兒悲，

---

[50] 郭玉雯：《紅樓夢人物研究》（臺北：大安出版，1994年3月），頁334。

將來終身指靠誰?」女人的終身大事,其實是命運的問題。[51]作者曹雪芹將女人的命運攤寫在《紅樓夢》中,引讀者惻然。

二、賈府報應

報應,種善因得善果,種惡因得惡果,後專指做壞事的人必定會遭受惡運。鐘鳴鼎食之家,翰墨詩書之族,在冷子興演說榮國府中,被冷子興評為「百足之蟲,死而不僵」,日用排場不能減省的情況下,打理榮國府經濟的鳳姐兒只得想方設法地生錢出來,其方法之一便是對外收取高利貸或假借賈璉名義對外收取賄賂銀兩,其間為將來的查抄寧國府埋下伏筆,雖凸顯了鳳姐兒的才幹,但也為賈府日積月累迎向衰敗的過程描述得更加鮮明。而醉金剛倪二輕財仗義,但在倪二需要賈芸幫助的時候,賈芸卻愛莫能助,賈府累聚的惡事經由倪二的報復一口氣爆發,迎來報應的下場。

(一)弄權鐵檻

賈府在各廟中皆有月例銀子,水月庵便是其中之一,由姑子淨虛老尼負責收取例銀。既收取了豪門的例銀,在賈府裡走動便是常見的了。淨虛兩個徒弟,智能與智善,其中智能兒亦時隨其到賈府中,與惜春最是要好。[52]然而,周瑞家的遇智能卻未見淨虛,竟以「禿歪剌」這譏罵女子不正當的說法稱呼淨

---

[51]〔美〕余國藩著,李奭學譯:《重讀石頭記:《紅樓夢》裡的情慾與虛構》,頁346。
[52]《紅樓夢新注》第七回。亦伏筆惜春出家。

虛老尼。尼姑何以遭喚禿歪剌，此時作者有意透過周瑞家的口吻，透漏淨虛此人表裡不一的訊息。而此伏線，到了十五回〈王鳳姐弄權鐵檻寺〉時，露出了端倪。第十五回，秦可卿的喪禮及至尾聲，鳳姐兒和寶玉、秦鐘留宿鐵檻寺，老尼道知曉鳳姐等人來臨，便尋了機會找上了鳳姐，使鳳姐兒藉機弄權鐵檻寺：

> 老尼道：「阿彌陀佛！只因當日我先在長安縣內善才菴內出家的時節，那時有個施主姓張，是大財主。他有個女兒小名金哥，那年都往我廟裡來進香，不想遇見了長安府太爺的小舅子李衙內。那李衙內一心看上，要娶金哥，打發人來求親，不想金哥已受了原任長安守備的公子的聘定。張家若退親，又怕守備不依，因此說已有了人家。誰知李公子執意不依，定要娶他女兒，張家正無計策，兩處為難。不想守備家聽了此信，也不管青紅皂白，便來作踐辱罵，說一個女兒許幾家，偏不許退定禮，就要打官司告狀起來。那張家急了，只得著人上京來尋門路，賭氣偏要退定禮。我想如今長安節度雲老爺與府上最契，可以求太太與老爺說聲，打發一封書去，求雲老爺和那守備說一聲，不怕那守備不依。若是肯行，張家連傾家孝順也都情願。」（15回，頁385-386）

那鳳姐兒已是得了雲光的回信，俱已妥協。老尼達知張家，果然那守備忍氣吞聲的收了前聘之物。誰知那張家父母如此愛勢貪財，却養了一個知義多情的女

兒，聞得父母退了前夫，他便一條麻繩悄悄的自縊了。那守備之子聞得金哥自縊，他也是個極多情的，遂也投河而死，不負妻義。張、李兩家沒趣，真是人財兩空。這裡鳳姐却坐享了三千兩，王夫人等連一點消息也不知道。自此，鳳姐膽識愈壯，已後有了這樣的事，便恣意的作為起來，也不消多記。（16回，頁398）

　　《紅樓夢》中，讀者首見鳳姐包攬訴訟之事，便是張金哥一案。十五回寧府送殯，族中諸人皆在鐵檻寺下榻，獨鳳姐與寶玉等往水月庵住去。水月庵淨虛老尼，於長安縣內的善才庵出家，識得了張姓大財主，其女金哥已受原任長安守備公子的聘定，而長安府太爺小舅子李衙內，在廟裡看上了金哥，一心要娶。守備家知曉此事，告起狀來。張姓財主無計可施，方進京尋門路。淨虛便求鳳姐家與長安節度寫封書，完事了張家「傾家孝順」也都願意（15回）。淨虛那年出家的善才庵，音諧散財，事主為張大「財」主，及其女「金」哥，俱在財字上發生，[53]而鳳姐願插手此事，亦為張大財主那「傾家」之財。鳳姐忙命旺兒找了主文的相公，假托賈璉所囑，修書長安節度使雲光。這雲光見賈府之情，豈有不允之理，即刻給了回書（15回）。

　　衙內於廟中看上女子，逼迫嫁娶的情節，在《水滸傳》中亦見。《水滸傳》裡，高衙內於岳廟調戲林沖之妻，林沖當下

---

[53] 陳慶浩：《新編石頭記脂硯齋評語輯校（增訂本）》，頁230。

「扳將過來,見是本官高衙內,先自手軟了」,只是「一雙眼,睜著瞅那高衙內」,而那高衙內「見林沖不動手」,更愈發無所顧忌地吐出些無禮之詞。即便林沖怒火再盛,眼見恃勢妄為的高衙內,亦只能妥協認分,屈沉小人之下。後高衙內設計豹子頭誤入白虎堂,致林沖流配滄洲。林沖當下立紙休書,令其妻改嫁,「免得高衙內陷害」。[54]《紅樓夢》中的李衙內猶如高衙內,金哥則如林沖妻子,且巧為張氏。然而面對李衙內的霸道無理,未嫁的金哥不如林沖妻子有夫君襄助,只能任由父親張大財主發落。誰知那張家父母是愛勢貪財的,透過鳳姐託人修書雲光,果退了守備的聘物。但知義多情的金哥的結局,卻同遭休的張氏,在孤獨無助中為情自縊,[55]而金哥原聘的守備之子,「也是個極多情的」,聞得金哥自縊,遂也投河而死,不負妻義。《紅樓夢》中金哥遭改許予李衙內,及《水滸傳》中張氏遭威逼婚事,皆以自縊作結,兩則受衙內逼迫而自縊之情節,若出一轍,係作者精心援引,誠如張新之所言:「《紅樓夢》……攝神在《水滸傳》」[56],所言不錯。甲戌 16 回前批:「幼兒小女之死,得情之正氣,又為痴貪輩一針疚。鳳姐惡跡多端莫大於此件者——受贓婚以致人命。」[57]財富預

---

54 〔明〕施耐庵・羅貫中,李泉・張永鑫校注:《水滸全傳校注》(臺北:里仁書局,1994 年 10 月)第七、八回,頁 132-149。

55 〔明〕施耐庵・羅貫中:《水滸全傳校注》二十回,頁 335 林沖思念妻子,叫心腹小嘍囉下山尋訪,還寨時道:「尋到張教頭家,聞說娘子被高太尉逼親事,自縊身死,已故半載。」

56 一粟編:《紅樓夢卷》,頁 154。

57 《紅樓夢新注》,頁 397。

示著潦倒,積聚是散失的先聲。[58]作者以「不消多記」輕輕放下此事,未料鳳姐兒惡跡多端,最大件的莫過此受贓婚以致人命,為未來的查抄埋下伏筆,「草蛇灰線」後便因此事,在查抄時大告鳳姐兒謀財害命。

鳳姐兒後託旺兒夫婦大放高利貸,是因「雖說不及先年那樣興盛,較之平常仕宦之家,到底氣象不同。如今生齒日繁,事務日盛,主僕上下,安富尊榮者儘多,運籌謀畫者無一;其日用排場費用,又不能將就省儉,如今外面的架子雖未甚倒,內囊卻也盡上來了。」[59]又與其夫央求鴛鴦當賈母一箱珠寶要千兩銀子告急,另有「奪錦」之夢兆,實是賈府在飲食、吃酒賭博、打通人脈等層面上,每日花費不貲,銀兩未節制使用所致。但是,鳳姐兒對劉姥姥及板兒兩個鄉下來的老嫗及小孩,是相當友善的,在劉姥姥初進榮國府時大方給予二十兩銀子救濟。而反若過於苛刻的報應亦是有的,在《笑林》中有記老人見乞丐乞討,不得已而取十錢,每往外走便扣去一枚,最後只剩下一半的錢,還告訴乞丐,他已傾家蕩產地給了乞丐,千萬別把給錢的事情說出去,[60]顯示老人並不想幫助他人的心態,苛刻吝嗇,這也是賈府大多數人的心思。不久後老人死去,田宅沒官,可見苛嗇者之報應隨在。

---

58 〔美〕宇文所安(Stephen Owen)著,鄭學勤譯:《追憶:中國古典文學中的往事再現》,頁118。

59 《紅樓夢新注》,頁45。

60 魯迅:《古小說鈎沉·笑林》,頁69。漢世有人,年老無子,家富,性儉嗇。惡衣蔬食,侵晨而起,侵夜而息。營理產業,聚斂無厭,而不敢自用。或人從之求丐,不得已而入內取十錢。自堂而出,隨步輒減。比至于外,才餘半在,閉目以授乞者。尋復囑云:「我傾家贍君,慎勿他說,復相效而來!」老人俄死,田宅沒官,貨財充於內帑矣。

鳳姐兒在外弄權，並大放高利貸，其個性潑辣亦是臭名遠播，有時鳳姐兒對於自己不喜愛之人更是討厭至極，賈瑞在病急投醫時，曾需要獨參湯，「鳳姐聽了，也不遣人去尋，只得將些渣末泡鬚湊了幾錢，命人送去，只說：『太太送來的，再也沒了。』」[61]使得賈瑞病情加重。在元宵開夜宴上「賈母也曾差人去請眾族中男女，奈他們或有年邁懶於熱鬧的；或有家內沒有人不便來的；或有疾病淹留，欲來竟不能來的；或有一等妒富愧貧不來的；甚至於有一等憎畏鳳姐之為人而賭氣不來的……」[62]作者直接點出，賈府中的女人對鳳姐兒的看法，可見鳳姐兒平時在族人之間為人遭人憎畏。

在錦衣軍查抄寧國府以後，賈府的興衰大致走向了最為低谷的時候：

> 賈璉始則懼罪，後蒙釋放已是大幸，及想起歷年積聚的東西並鳳姐的體己，不下七八萬金，一朝而盡，怎得不痛。且他父親現禁在錦衣府，鳳姐病在垂危，一時悲痛。（106回，頁2426）
> 那時天已點燈時候，賈政進去請賈母的安，見賈母略略好些。回到自己房中，埋怨賈璉夫婦不知好歹，如今鬧出放賬取利的事情，大家不好。方見鳳姐所為，心裡很不受用。鳳姐現在病重，知他所有什物盡被抄搶一光，心內鬱結，一時未便埋怨，暫且隱忍不言。

---

[61] 《紅樓夢新注》，頁320。
[62] 《紅樓夢新注》，頁1301。

（106回，頁2429）

賈璉夫婦，在當家的期間，歷年累積了近七八萬金，遭全數查抄，其中大多是鳳姐放賬取利而來。鳳姐理家，素日不能拋頭露臉，在外放賬取利全仰仗著旺兒夫婦，

「……旺兒嫂子越發連個承算也沒了。」說著，又走至鳳姐身邊，悄悄說道：「奶奶的那利錢銀子，遲不送來，早不送來，這會子二爺在家，他且送這個來了。」（16回，頁404）

顯然鳳姐兒大放高利貸，是瞞著賈璉所做。在一百零六回〈王熙鳳致禍抱羞慚〉回目中，賈璉便云：「現在這幾年，庫內的銀子出多入少，雖沒貼補在內，已在各處做了好些空頭，求老爺問太太就知道了。這些放出去的賬，連侄兒也不知道那裡的銀子，要問周瑞、旺兒纔知道。」[63]顯示賈璉對鳳姐兒的行為一無所知。最終錦衣府查抄，抄走了夫妻倆的體己：「及想起歷年積聚的東西並鳳姐的體己，不下七八萬金，一朝而盡，怎得不痛……」鳳姐兒本就病重，此番事件之下，她心內更是鬱結，埋下了死亡的伏筆。正因鳳姐弄權鐵檻寺、大放高利貸，加諸前文提到的借胡君榮之手打下尤二姐的胎，又想將張華治死等情節，方引得後續的報應影響，即查抄寧府的原因之一。

---

[63] 《紅樓夢新注》，頁2426。

報應觀講求善有善報，惡有惡報，鳳姐兒其善劉姥姥知曉，劉姥姥並因此解救了巧姐，免遭惡叔陷害。即便鳳姐兒惡行多端，然而作者曹雪芹描繪的鳳姐兒是多面向的，她的善惡行為在書中大顯，最後真真印證了〈飛鳥各投林〉曲文所言之「為官的，家業凋零；富貴的，金銀散盡；有恩的，死裡逃生；無情的，分明報應；欠命的，命已還；欠淚的，淚已盡。冤冤相報實非輕，分離聚合皆前定。欲知命短問前生，老來富貴也真僥幸。看破的，遁入空門；痴迷的，枉送了性命。好一似食盡鳥投林，落了片白茫茫大地真乾淨！」[64]又，「大觀園用省親事出題，是大關健（鍵）處，方見大手筆行文之立意。」[65]。另外，作者曹雪芹同時在第十六回，穿插寫賈璉鳳姐兒與賴嬤嬤閒聊，誇耀當年接駕時的盛況以及未來省親一事的處理，暗示閱讀者借省親事回想康熙南巡曹家接駕的家族記憶，脂批：「極力一寫，非誇也，可想而知。」[66]實錄了家族繁盛之頂，此後便是其漸進末世之況。大觀園的建立，是風華開始，也預告殞落的開始，[67]也是作者追憶往事的一大手筆。

（二）小鰍生浪

　　第二十四回，賈芸為了討好鳳姐兒，先去舅舅卜世仁家借冰片、麝香，反倒碰了一鼻子灰，正當走投無路的時候，醉金

---

[64] 《紅樓夢新注》，頁 150-151。

[65] 《紅樓夢新注》，頁 397。

[66] 《紅樓夢新注》，頁 410。

[67] 劉惠華：《木石為盟：花／園、情／書、紅樓夢》，桃園：中央大學 103 學年中國文學系博士論文，頁 1。

剛倪二登場。倪二集高利貸、潑皮、酒鬼三重身分於一體，是賈芸的鄰居，在他酒後顯示出強橫無賴，又通世故的特徵。醉金剛倪二在第二十四回〈醉金剛輕財尚義俠〉中，曾伸手援助被舅舅欺侮的賈芸，對他借予十五兩三錢有零的銀子，也並不索討利錢，更不須文契立約。讓賈芸利用該財，買了冰片、麝香買收鳳姐兒，謀得了在大觀園種樹的機會。對賈芸而言是施恩的行為，賈芸當引以為報。

作者曹雪芹有意透過倪二，給予賈家報應的懲罰。大觀園裡的人稱賈芸是「後廊住的五嫂子的兒子芸兒，芸哥兒」，但倪二仍稱呼他為賈二爺，從中可以看出賈芸在倪二心中的地位。賈芸是賈府的一房遠支，即便「賈不假，白玉為堂金作馬」的賈家正在走下坡，但百足之蟲死而不僵，賈家仍具有很大的勢力，芸哥兒雖是沒落公子，卻仍能攀附賈府上的權勢人物，他買冰片麝香走鳳姐的門路，又認寶玉為乾爹，賈芸的交際手腕明顯高竿。賈芸雖窮但仍有賈家當作靠山，而倪二是個市井潑皮，社會地位較低，所以在其眼裡賈芸是可交際的對象，正因為他和高利貸者和市井潑皮的社會地位密不可分，故而他「輕財尚義俠」的行為，更顯得令人刮目相看。

但是在一百零四回倪二因酒醉衝撞了雨村的轎子，而遭下獄，其家人尋賈芸說情，孰料賈芸四處奔走之下，竟無計可施，最後倪二被打幾個板子後出獄，在賈芸不知情的情況下，與賈芸乃至整個賈家結仇：

> 倪二道：「捱了打便怕他不成，只怕拿不著由頭！我在監裡的時候，倒認得了好幾個有義氣的朋友，聽見

他們說起來，不獨是城內姓賈的多，外省姓賈的也不少。前兒監裡收下了好幾個賈家的家人。我倒說這裡的賈家小一輩子並奴才們雖不好，他們老一輩的還好，怎麼犯了事？我打聽打聽，說是和這裡賈家是一家，都住在外省，審明白了解進來問罪的，我纔放心。若說賈二這小子他忘恩負義，我便和幾個朋友說他家怎樣倚勢欺人，怎樣盤剝小民，怎樣強娶有男婦女，叫他們吵嚷出來，有了風聲到了都老爺耳朵裡，這一鬧起來，叫你們纔認得倪二金剛呢！」（104回，頁2396-2397）

倪二在監獄內認得了幾個有義氣的朋友，反倒覺得賈芸忘恩負義，倪二衝撞雨村，意外得知賈家倚勢欺人，盤剝小民，強娶有男婦女等事情。他本想吵鬧一下，讓風聲到都大人耳裡，給賈家一個報復。然而事情果真鬧騰起來，更傳到了主上那兒，主上對賈政問了賈化、賈範等人之事，惹得聖顏不悅。眾人直道：「真是真，假是假，怕什麼。」這裡有假話、假範之諧音。後來：

賈政道：「我因在家的日子少，舍侄的事情不大查考，我心裡也不甚放心。諸位今日提起，都是至相好，或者聽見東宅的侄兒家有什麼不奉規矩的事麼？」眾人道：「沒聽見別的，只有幾位侍郎心裡不大和睦，內監裡頭也有些。想來不怕什麼，只要囑咐那邊令侄諸事留神就是了。」眾人說畢，舉手而散。

（104 回，頁 2400）

可知賈政素日並不理睬賈府家務，而東府在官場上與同僚不睦，他也無心排解。最後，倪二鬧事果然釀成〈錦衣軍查抄寧國府〉的後果。是作者藉由倪二家人的求情、賈芸的無計可施，顯出酬答恩情的重要。後牽牽繞繞、彎彎拐拐地，累積東府過去在朝上作惡多端，引來同僚不睦，繞回到主線錦衣軍查抄東府之事，引爆錦衣軍查抄寧國府的大事件。而雨村倚靠賈家在朝堂上的升遷起落，皆藏在各回目裡頭，他的升遷起落，也象徵著雨村的背後依靠，賈家的起落升衰，而終將迎向敗落的預告，賈府的報應也隨之而來，可見酬答報恩的重要性。

第二節　陰間幻境

遊歷陰間或幻境往往有其用意。如柳湘蓮為情斬情絲，是將其帶領到得道之處，令其開悟、秦鐘拖延住鬼判，好把握和寶玉說話的時間、甄賈寶玉相見面，則是為了驗證甄賈／真假的大主題、寶玉神遊太虛，則是為了讓寶玉領略何為「情」及「意淫」。而在進入陰間或幻境前，往往會進入一個恍惚、似夢非夢的境界。作者曹雪芹有意透過幾個人物，遊走陰間與幻境，其間的模式先有「只管出神」、「魂魄離身」、「不覺就忽忽的睡去，不覺……」、「便恍恍的睡去」，而後有遊歷幽冥、太虛或經歷鬼事等情節發生。這種導常為異的敘述原則，將人物帶領到異世界、見歷詭譎事情，在在是作者曹雪芹吸收

了魏晉南北朝志怪傳統的特徵，在《冥祥記》中有一陳秀遠者：

> 宋陳秀遠者，潁川人也。嘗為湘州西曹，客居臨湘縣。少信奉三寶，年過耳順，篤業不衰。宋元徽二年七月中，於昏夕間，閑臥未寢，歎念萬品死生，流轉無定，自惟已身，將從何來？一心祈念，冀通感夢。時夕結陰，室無燈燭。有頃，見枕邊如螢火者，怳然明照，流飛而去。俄而一室盡明，爰至空中，有如朝晝。秀遠遽起坐，合掌喘息。頃，見中寧四五丈上，有一橋閣焉，欄檻朱彩，立於空中。秀遠了不覺升動之時，而已自見平坐橋側。見橋上士女，往還填衢，衣服妝束，不異世人。末有一嫗，年可三十許，上著青襖，下服白布裳，行至秀遠左邊而立；有頃，復有一婦人，通體衣白布，為偏環髻手持華香，當前而立。語秀遠曰：「汝欲睹前身，即我是也。以此華供養佛故，故得轉身作汝。」迴指白嫗曰：「此即復是我先身也。」言畢而去，去後橋亦漸隱。秀遠忽然不覺還下之時，光亦尋滅也。[68]

「時夕結陰，室無燈燭。」即陳秀遠歷經幻境前的環境描述，在室內無燈，昏昧不明的情況下，而後「有頃，見枕邊如螢火者，怳然明照」，此篇使用有頃、頃、俄而等時間語句，

---

[68] 魯迅：《古小說鉤沉》，頁 524-525。

以表示短時間內秀遠身邊的奇幻變化。後陳秀遠升動，見到神佛及其先身。最後光滅了，秀遠的遊歷也到此結束。同樣在《冥祥記》中又有彭子喬的故事：

> 宋彭子喬者，益陽縣人也，任本郡主簿，事太守沈文龍。建元元年，以罪被繫。子喬，少年嘗經出家，末雖還俗，猶常誦習《觀世音經》。時文龍盛怒，防械稍急，必欲殺之。子喬憂懼，無復餘計，唯至誠誦經，至百餘遍。疲而晝寢；時同繫者有十許人，亦俱睡臥。有湘西縣吏杜道榮，亦繫在獄，乍寐乍寤，不甚得熟。忽有雙白鶴集子喬屏風上。有頃，一鶴下至子喬邊，時復覺如美麗人形而已。……[69]

「乍寐乍寤，不甚得熟」，在半夢半影之間，忽然有一雙白鶴在子喬的屏風上，過不久有一隻在子喬旁邊變成美麗的人形。「乍寐乍寤，不甚得熟」，正是入夢前的朦朧狀態，也是故事作者將尋常導入違常狀態的特徵。「乍寐乍寤」的朦朧狀態，往往是故事主角進入「異世界」的模式體驗「異經歷」的前兆。正因為在「乍寐乍寤」之間，意識模糊不清，分不清真實或虛幻，故事才得以延續，「異世界」的經歷方才啟動。柳湘蓮見幻影、秦鐘拖鬼判、雙寶玉會面都是在意識模糊不清或是彌留時所見，也便是在分不清楚真實虛幻時，進入「異世界」的模式體驗「異經歷」的情節。

---

[69] 魯迅：《古小說鈎沉》，頁 529-530。

一、幻境幽冥

傳統志怪遊仙或遊幽冥者，往往進入一個似夢非夢的恍惚境界，方得入夢或入仙冥幽境，如第二回雨村遇智通寺「龍鍾老僧煮粥」[70]。寤夢，在睡夢之間，進入似夢非夢的狀態，往往進入「異常」的狀態之中，如一、為後悔莫及所見最後一面，二、死亡以後，交代後事，三、甄賈會面，遙遙相對。此些項目所有的共通點在於，由人物恍惚入夢或恍惚之際，與其他人物有所會面、交談，無論是破廟、鬼判旁、鏡子中，所接近的場域幾乎可說是虛幻的幽冥世界，方可達到「異常」的狀態。

（一）柳湘蓮斬情絲

賈璉原要報官，但因尤三姐乃是自盡，故也就放了柳湘蓮，此時柳湘蓮反不動身，泣道：「我並不知是這等剛烈賢妻，可敬，可敬！」反扶屍大哭。等買了棺木，眼見入殮，又俯棺大哭一場，方告辭而去。冷二郎柳湘蓮正因其不捨尤三姐之死時，「出門無所之，昏昏默默」：

> 自悔不及。正走之間，只見薛蟠的小廝尋他家去，那湘蓮只管出神。那小廝帶他到新房之中，十分齊整。忽聽環珮叮璫，尤三姐從外而入，一手捧著鴛鴦劍，一手捧著一卷冊子，向柳湘蓮泣道：「妾癡情待君五年矣！不期君果冷心冷面，妾以死報此癡情。妾今奉

---

[70] 胡萬川：〈由智通寺一段裡的用典看紅樓夢〉。

警幻之命,前往太虛幻境,修注案中所有一干情鬼。妾不忍一別,故來一會,從此再不能相見矣!」說著便走。湘蓮不捨,忙欲上來拉住問時,那尤三姐便說:「來自情天,去由情地。前生誤被情惑,今既恥情而覺,與君兩無干涉。」說畢,一陣香風,無蹤無影去了。
湘蓮警覺,似夢非夢,睜眼看時,哪裡有薛家小童?也非新室,竟是一座破廟,傍邊坐著一個跛腿道士捕虱。(66回,頁 1609)

此處或可以兒童為貌的原型人物,稱為聖童（Divine Child）。聖童原型,象徵著未來的希望、幼小的生靈、生命的潛力以及自我的新生。[71]正當柳湘蓮「出門無所之,昏昏默默」,那所謂的「薛蟠的小廝」置於其中是一引導的作用,藉由小童引導柳湘蓮進入潛意識之中。這些潛意識是一恍惚朦朧的狀態,如同第二回雨村遇智通寺「龍鍾老僧煮粥」、唐傳奇中〈枕中記〉、〈南柯太守傳〉、〈櫻桃青衣〉等以人生如夢為同一主題,將「煮粥」與「蒸黍」作為隱射,視為洩漏天機的安排,讓讀者循此線索,窺探整個段落的奧秘。「湘蓮警覺,似夢非夢」時,聖童原型的薛家小童早已消失,左右環境也非原來所見之模樣,所引導要發現的,正是捕虱的跛腿道士。所要引導的正是將柳湘蓮引入道,於是:

---

[71] 〔美〕羅伯特・霍普克著,蔣韜譯:《導讀榮格》,(臺北:立緒文化,1997年1月),頁 110。

湘蓮便起身稽首相問：「此係何方？仙師仙名法號？」道士笑道：「連我也不知道此係何方，我係何人，不過暫來歇足而已。」柳湘蓮聽了，不覺冷然如寒冰侵骨，掣出那股雄劍，將萬根煩惱絲一揮而盡，便隨那道士，不知往哪裡去了。（66 回，頁 1609）

柳湘蓮從「非常」狀態甦醒，由於似夢非夢的過程過於奇幻，以致柳湘蓮處在不可置信的心情中，見到一跏腿道士，便問其來歷。然而，跏腿道士的回答猶如偈語，引得柳湘蓮冷然如寒冰侵骨，尤其在歷經尤三姐自刎後的心理衝擊後，此道偈語使得柳湘蓮就此悟道。雌劍在尤三姐手中，雄劍在柳湘蓮處，柳湘蓮便以雄劍斬斷萬根煩惱絲，隨跏腿道士入道遁走。關於柳湘蓮的出家，全書並未對是為好友的寶玉的心情多加詮釋。然而作者以為，柳湘蓮的出家，多少影響了好友賈寶玉參禪悟道的契機，也為寶玉將來的出家做了一個預告。

（二）秦鯨卿拖鬼判

秦鐘之病一日似重一日，秦鐘夭逝之前，寶玉尋得見其最後一面的機會，寶玉叫道：「鯨兄！寶玉來了。」連叫兩三聲，秦鐘不睬。此段是《紅樓夢》中，人與鬼判談判的內容，只見：

那秦鐘早已魂魄離身，只剩得一口悠悠餘氣在胸，正見許多鬼判持牌提索來捉他。那秦鐘魂魄哪裡肯就去，又記念著家中無人掌管家務，又記掛著父親還有

留積下的三四千兩銀子,又記掛著智能尚無下落,因此百般求告鬼判。無奈這些鬼判都不肯徇私,反叱咤秦鐘道:「虧你還是讀過書的人,豈不知俗語說的:『閻王叫你三更死,誰敢留人到五更。』我們陰間上下都是鐵面無私的,不比你們陽間瞻情顧意,有許多的關礙處。」(16回,頁 415-416)

作者以魂魄離身,只剩得一口「悠悠餘氣」在胸,並與鬼判討價還價,寫道秦鐘剩下最後一口氣交代後事的景象。秦鐘心中掛念著家務無人打理,還有父親留下的那筆帶不走的財富,又牽掛著情人智能兒的下落,使其如何也不肯歸去。而鬼判遵守著冥界的規定,不肯徇私,並言陽間瞻情顧意,有許多關礙處,透露陰間無情,與陽界不同。在《閱微草堂筆記》中,同樣記有和冥吏談判協商的情節:

膳夫楊義,粗知文字。隨姚安公在滇時,忽夢二鬼持朱票來拘,標名曰「楊义」。義爭曰:「我名楊義,不名楊义,爾定誤拘!」二鬼皆曰:「义字上尚有一點,是省筆義字。」義又爭曰:「從未見義字如此寫!當仍是义字,誤滴一墨點。」二鬼不能強而去。同寢者聞其囈語,殊甚了了。俄姚安公終養歸,義隨至平彞,又夢二鬼持票來,乃明明楷書楊義字。義仍不服,曰:「我已北歸,當屬直隸城隍,爾雲南城隍,何得拘我?」喧訟良久。同寢者呼之乃醒,自云二鬼甚憤,似必不相捨。次日行至滇南勝境坊下,果

馬蹶墮地卒。[72]

楊義以名字字形作為籌碼，與持朱票的二鬼一番爭論，博得了二鬼的離去，後來二鬼又來拘楊義，楊義強詞奪理，引得二鬼甚憤，雖最終楊義仍卒，但總拖延到生命的時長。可見清人對於「閻王叫你三更死，誰敢留人到五更」的鬼神觀念，是可以打破的，且鬼判冥吏是可談判的。

那秦鐘的魂魄忽聽見「寶玉來了」四字，便忙又央求道：「列位神差，略發慈悲，讓我回去，和這一個好朋友說一句話就來的。」眾鬼道：「又是什麼好朋友？」秦鐘道：「不瞞列位，就是榮國公的孫子，小名寶玉的。」都判官聽了，先就唬慌起來，忙喝罵鬼使道：「我說你們放了他去走走罷，你們斷不依我的話，如今只等他請出個運旺時盛的人來才罷。」眾鬼見都判如此，也都忙了手腳，一面又抱怨道：「你老人家先是那等雷霆電雹，原來見不得『寶玉』二字。依我們愚見，他是陽，我們是陰，怕他們也無益於我們。」都判道：「放屁！俗語說得好，『天下官管天下事』，陰陽並無二理。別管他陰也罷，陽也罷，還是把他放回，沒有錯了的。」（第十六回，頁 416-417）

---

[72] 〔清〕紀昀：《閱微草堂筆記》卷 5，頁 9a。

鬼判終究還是徇私，秦鐘也把握了與冥吏商談的機會，讓秦鐘對寶玉好好交代後事，其後事一是憋曲在心底的家裡那三四千兩，二是智能兒的下落，然而這些都為向寶玉吐露，最終交代給寶玉的卻是「並無別話，已前你我見識自為高過世人，我今日纔知自悮了。已後還該立志功名，以榮耀顯達為是。」[73]寶玉視為「混帳話」的立顯功名等語，但寶玉知此是鯨卿遺言，故而頻頻答應，此處脂批「誰不悔遲」[74]，可見作者曹雪芹周圍的親朋對這些「混帳話」的悔遲，或許也可作為作者曹雪芹的懺悔。此段是寶玉最後見著秦鐘的段落，是令陰間鬼判「瞻情顧意」，拖住鬼判，使秦鐘彌留在陰間與現世之間，讓寶玉能見著秦鐘最後一面，秦鐘說出對前程的追求、對往事的後悔。

（三）雙寶玉相會面

甄賈寶玉相會，此是由甄家派來的四個嬤嬤引起，同時也是夢與鏡子的意象縮合得最妙的地方。[75]甄家派來的四個嬤嬤在賈母和寶玉面前說著其江南甄家的甄寶玉一事，讓寶玉心裡有了個甄寶玉的形象，引得寶玉假寐之時，與江南甄寶玉會面，甄賈／真假二人遙遙相對。

> 回至房中榻上默默盤算，不覺就忽忽的睡去，不覺竟

---

[73] 《紅樓夢新注》，頁417。

[74] 《紅樓夢新注》，頁417。

[75] 〔美〕余國藩著，李奭學譯：《重讀石頭記：《紅樓夢》裡的情欲與虛構》，頁212。

到了一座花園之內。……寶玉納悶……寶玉聽說，心下也便吃驚。只見榻上少年說道：「我聽見老太太說長安都中也有個寶玉……」（56回，頁1374-1375）

作者用兩個「不覺」使賈寶玉入夢，營造出入夢前朦朧曖昧的氛圍，使長安寶玉與江南寶玉於夢中會面。余國藩認為，這一景是青春期難免要追求的自我，顛三倒四雙關在兩個寶玉之名，而「甄」寶玉隨著夢境朦朧而去，看起來竟像「假」寶玉。[76]在其中，在第三章曾經提過，作者又刻意以「鏡子」為引，映照真假兩個不同的人物景象。甄賈寶玉的會面，始於夢境之中。而離了夢境，賈寶玉依然見到了一個由鏡子反射照映出來的假寶玉，鏡子在此起了過渡甄／賈寶玉相遇的作用。鏡鑑是《紅樓夢》的另一書題之一《風月寶鑑》，在第十二回中曾出現過，跛足道人說，風月寶鑑出自太虛幻境空靈殿，此兩件事說明賈瑞故事和第五回的警世之音前後相連，倒轉寶鏡，美人變骷髏，賈瑞故事的寓意，不只在肉體之美瞬息即逝，同時也警告縱慾玩忽，果報不遠。[77]余國藩認為就寶玉在《紅樓夢》全書的成長而言，鏡鑑往往是心與識的樞紐象徵。眾人認為是「真」寶玉的「賈」寶玉，還有待尋找真正的自我，認清自己究竟為何而人，[78]鏡子就是重要的表現物件。到了一百一

---

[76] 〔美〕余國藩著，李奭學譯：《重讀石頭記：《紅樓夢》裡的情欲與虛構》，頁213。

[77] 〔美〕余國藩著，李奭學譯：《重讀石頭記：《紅樓夢》裡的情欲與虛構》，頁210。

[78] 〔美〕余國藩著，李奭學譯：《重讀石頭記：《紅樓夢》裡的情欲與虛構》，頁213。

十五回：

且說寶玉自那日見了甄寶玉之父，知道甄寶玉來京，朝夕盼望。今兒見面，原想得一知己，豈知談了半天，竟有些冰炭不投。悶悶的回到自己房中，也不言，也不笑，只管發怔。寶釵便問：「那甄寶玉果然像你麼？」寶玉道：「相貌倒還是一樣的。只是言談間看起來，並不知道什麼，不過也是個祿蠹。」寶釵道：「你又編派人家了。怎麼就見得也是個祿蠹呢？」寶玉道：「他說了半天，並沒個明心見性之談，不過說些什麼文章經濟，又說什麼為忠為孝，這樣人可不是個祿蠹麼？只可惜他也生了這樣一個相貌。我想來，有了他，我竟要連我這個相貌都不要了。」寶釵見他又發獃話，便說道：「你真真說出句話來叫人發笑，這相貌怎麼能不要呢？況且人家這話是正理，做了一個男人，原該要立身揚名的，誰像你一味的柔情私意。不說自己沒有剛烈，倒說人家是祿蠹。」寶玉本聽了甄寶玉的話甚不耐煩，又被寶釵搶白了一場，心中更加不樂……（115 回，頁 2579）

到了兩人真正會見，賈寶玉原是滿心期待，卻發現雖然彼此外貌酷似，內心所思卻已是冰炭不合。[79]「甄／賈」寶玉的

---

[79] 〔美〕余國藩著，李奭學譯：《重讀石頭記：《紅樓夢》裡的情欲與虛構》，頁 213。

相見，澈底激盪了全書之「真／假」對照性，余氏引用文本中，對甄／賈寶玉在八十回後再相見已是「冰炭不合」的評價，冰／炭，二個極冷與極熱的極端比喻，象徵著甄／賈寶玉兩人對前程有了不同追尋，賈寶玉仍然是當初那個柔情私意的寶玉，而甄寶玉在大病一場後，失去兒女真情而大談文章經濟，往立身揚名的「祿蠹」方向邁進，無非是賈寶玉心頭早已存在的陰影聚焦，這種陰影從小說一開始警幻叮囑他從此要「留意於孔孟之間，委身於經濟之道」便在他的心頭積澱，終於導致了他思想的分裂，從而使他的側影甄寶玉與他分道揚鑣。[80] 兩人冰炭不投的個性，也大大符合了《紅樓夢》甄賈／真假的充滿幻景、虛實、水中映月、自我認清的旨趣，也符合了即浦氏提出之互補二元性（complementary bipolarity）與多項周旋性（multiple periodicity）的概念框架。[81] 甄／賈寶玉總有性格分別的時候，以實人演繹了夢境與鏡像虛構的事實，真假兩方終有辯證的一日。

二、神遊太虛

寶玉神遊太虛幻境之前，透過秦氏房中眾多引發感官之器物，引發後續「神遊太虛」的故事情節，以及與可卿雲雨的性啟蒙體驗。那日東邊寧府中花園內梅花盛開，賈珍之妻尤氏乃治酒，請賈母、邢夫人、王夫人等賞花，是日，賈蓉之妻二人來面請。賈母等早飯後過來，就在東府會芳園遊玩，先茶後

---

[80] 孫遜：〈曹雪芹審度人生的三個視點〉，頁43。
[81] 〔美〕浦安迪著，夏薇譯：《《紅樓夢》的原型與寓意》，頁10。

酒,不過皆是寧、榮二府女眷家宴小集,作者言「並無別樣新文趣事可記」,此時卻突然寫道,一時寶玉倦怠,欲睡中覺,賈母命人好生哄著,歇息一回再來:

> 說著大家來至秦氏房中。剛至房門,便有一股細細的甜香襲人來到。寶玉便覺得眼餳骨軟,連說:「好香!」入房向壁上看時,有唐伯虎畫的《海棠春睡圖》,兩邊有宋學士秦太虛寫的一副對聯,其聯云:嫩寒鎖夢因春冷,芳氣籠人是酒香。案上設著武則天當日鏡室中設的寶鏡,一邊擺著飛燕立著舞過的金盤,盤內盛著安祿山擲過傷了太真乳的木瓜。上面設著壽昌公主於含章殿下臥的榻,懸的是同昌公主製的連珠帳。寶玉含笑連說:「這裡好!」秦氏笑道:「我這屋子,大約神仙也可以住得了。」說著親自展開了西子浣過的紗衾,移了紅娘抱過的鴛枕。於是,眾奶母伏侍寶玉臥好,款款散了……(5回,頁134-135)

寶玉剛進秦氏房內便聞得「一股細細的甜香」,乃嗅覺的感官,引得寶玉眼餳骨軟,連說好香。「向壁上看時,有唐伯虎畫的《海棠春睡圖》」和秦太虛的對聯,皆是極其香艷的視覺感官。「懸的是同昌公主製的連珠帳」,連珠叮噹聲響乃是聽覺的感官。

那寶玉剛合上眼,便惚惚的睡去,猶似秦氏在前,遂

悠悠蕩蕩，隨了秦氏至一所在。但見朱欄白石，綠樹清溪，真是人跡稀逢，飛塵不到。（5 回，頁 135）

多重的感官享受，讓一個青春少年置於其中，方能引發神遊太虛、夢幻仙境經驗的體驗。警幻仙子將借助「金陵十二釵」的判詞，借助「曲演紅樓夢」，將人物的未來命運暗示出來，給他以一番「萬境歸空」的啟迪。[82]寶玉入夢以後，先是跟著秦氏走，後見得一個仙姑，便上前詢問：

寶玉見是一個仙姑，喜得忙上來作揖，笑問道：「神仙姐姐不知從那裡來，如今要往那裡去？也我不知這裡是何處，望乞攜帶攜帶。」那仙姑笑道：「吾居離恨天之上，灌愁海之中，乃放春山遣香洞太虛幻境警幻仙姑是也：司人間之風情月債，掌塵世之女怨男痴。因近來風流冤孽，纏綿於此處，是以前來訪察機會，佈散相思。今忽與爾相逢，亦非偶然。此離吾境不遠，別無他物，僅有自採仙茗一盞，親釀美酒一甕，素練魔舞歌姬數人，新填《紅樓夢》仙曲十二支，試隨吾一遊否？」（5 回，136-137）

警幻仙姑來自離恨天、灌愁海之中，放春山遣香洞的太虛幻境。司掌人間風情月債，女怨男痴，與寶玉在此相遇並非偶

---

[82] 孫遜：〈曹雪芹審度人生的三個視點〉，收入《紅樓夢探究》（臺北：大安出版社，1991 年 11 月），頁 45。

然，而是必然，是受榮寧二公所託帶寶玉遊歷幻境，以利未來立身功名。警幻並邀請寶玉飲仙茗、美酒，且其素日練魔舞歌姬數人，又有《紅樓夢》仙曲十二支，寶玉豈有不隨的：

> 轉過牌坊，便是一座宮門，上面橫書四個大字，道是「孽海情天」。又有一副對聯，大書云：
> 厚地高天，堪嘆古今情不盡；痴男怨女，可憐風月債難償。（5回，頁137）

寶玉看了，心下自思，不知何為「古今之情」，又何為「風月之債」？情天情海，痴情人寶玉，不能理解古今情、風月債，這些都要等到寶玉歷幻完結以後，方可悟出的道理。史景遷（1936－2021）在其《利瑪竇的記憶宮殿》中寫道，利瑪竇在闡述記憶體系時說道其方法，是建立一個具有規模的場所：

> 其一源於現實，也就是說參照自己曾經居住過或者親眼目睹過並能在腦海中回憶出來的場所；其二，是憑想像臆測完全虛構的產物，具有任意形狀或規模；其三則是半真實半想像的場所……。[83]

「轉過牌坊，便是一座宮門」，牌坊、宮殿何嘗不是作者

---

[83] 〔英〕史景遷（Jonathan D. Spence）著，陳恒、梅義征譯：《利瑪竇的記憶宮殿》（臺北：麥田出版，2007年10月），頁14。

曹雪芹曾親眼目睹,在腦海中回憶並建構出來的場所,亦或憑想像臆測而虛構的產物,作者傾向牌坊、宮殿等想像,實則是半真實半想像的場所,也是作者曹雪芹的安放記憶空間的所建物。為了強調「薄命司」,虛陪了「痴情司」、「結怨司」、「朝啼司」、「夜哭司」、「春感司」、「秋悲司」六司。「薄命司」,自古紅顏多薄命,命薄、命運不佳的女子,全涵蓋在這「薄命司」內:

兩邊對聯寫的是:
春恨秋悲皆自惹,花容月貌為誰妍?
寶玉看了,便知感嘆。進入門來,只見有十數個大廚,皆用封條封著。看那封條上,皆是各省的地名。寶玉一心只採自己的家鄉封條看,遂無心看別省的了。只見那邊廚上封條上大書七字云:「金陵十二釵正冊」。寶玉問道:「何為『金陵十二釵正冊』?」警幻道:「即貴省中十二冠首女子之冊,故為『正冊』。」寶玉道:「常聽人說,金陵極大,怎麼只十二個女子?如今單我家裡,上上下下,就有幾百女孩子呢。」警幻冷笑道:「省省女子固多,不過擇其緊要者錄之。下邊二廚則又次之。餘者庸常之輩,則無冊可錄矣。」寶玉聽說,再看下首二廚上,果然寫一個著「金陵十二釵副冊」,又一個寫著「金陵十二釵又副冊」。(5回,頁138-139)

薄命司內的薄命女子,「春恨秋悲皆自惹,花容月貌為誰

妍？」概括告示了女命所以為薄的根由，根由在於情（春恨秋悲），在於色（花容月貌），在於身不由己的個性使然（皆自惹）；更可注意的是一聲歎息間的大哉問：「為誰妍？」。[84] 就連寶玉看了，亦便知感嘆。數十個大櫥，寶玉只揀了金陵的冊子看，「擇其緊要者錄之」歷來后妃傳、列女傳、賢媛篇又何嘗不是？

> 壁上也見懸著一副對聯，其書云：幽微靈秀地，無可奈何天。（5回，145）

在這幽微極其秀美的所在，無可奈何的時光。甲戌夾批：「女兒之心，女兒之境。」[85]、「兩句盡矣。撰通部大書不難，最難是此等處，可知皆從無可奈何而有。」[86]眾仙姑姓名，一名痴夢，一名鍾情，一名引愁，一名度恨，痴、情、愁、恨，可謂對「幽微靈秀地，無可奈何天」的註解。聆聽「《紅樓夢》仙曲」，這些情節預示了後大觀園的興滅、紅樓女子的聚散，以及四大家族的盛衰，誠如脂批所說這是一回：「提綱文字」。在這「提綱文字」中，作者特別拈出「意淫」一詞以說明寶玉的情性：

> 如爾則天分中生成一段痴情，吾輩推之為「意淫」。

---

[84] 康來新：〈記憶、虛構、書寫：重讀薄命司〉，頁1。
[85] 《紅樓夢新注》，頁145。
[86] 《紅樓夢新注》，頁145。

「意淫」二字，惟心會而不可口傳，可神通而不可語達。汝今獨得此二字，在閨閣中，固可為良友，然於世道中，未免迂闊怪詭，百口嘲謗，萬目睚眥。（5回，頁152）

寶玉的「意淫」由警幻仙姑來告知讀者是有特殊意義的。在第五回以前寶玉日常言行的乖張瘋傻，由冷子興和雨村的閒聊，以及王夫人對林黛玉的告誡中傳達出來，並且由所謂的後人〈西江月〉詞的批評，以及寶玉初見黛玉時摔玉的事例得到印證。但是這些不過是現實世道標準障蔽下所見到的寶玉外表形貌，警幻仙姑可以超越世道，透視形貌，直指寶玉的本性。[87]寶玉在此與有似乎寶釵鮮豔嫵媚，則又如黛玉風流裊娜，乳名兼美，兼得釵黛之美，字可卿者，與之雲雨。至次日，二人攜手出去遊玩時，

但見荊榛遍地，狼虎同群。迎面一道黑溪阻路，並無橋梁可通。正在猶豫之間，忽見警幻後面追來，告道：「快休前進，作速回頭要緊！」寶玉忙止步問道：「此係何處？」警幻道：「此即迷津也。深有萬丈，遙亘千里，中無舟楫可通，只有一個木筏，乃木居士掌舵，灰侍者撐篙，不受金銀之謝，但遇有緣者渡之。爾今偶遊至此，設如墮落其中，則深負我從前

---

[87] 陳萬益：〈說賈寶玉的「意淫」和「情不情」脂評探微之一〉，頁209-210。

諄諄警戒之語矣。」話猶未了，只聽迷津內水響如雷，竟有許多夜叉海鬼將寶玉拖將下去……（5 回，頁 153）

迷津，乃是佛教專用術語，指迷妄的世界，唐敬播《大唐西域記·序》「廓群疑於性海，起妙覺於迷津。」[88]。此是寶玉神遊太虛的最後，接著寶玉夢醒了，流了一攤遺精。有人說，此是作者對所處社會景況的形象寫照，虎狼當道，黑溪阻路，自然是世路難行了，但世路難行錢作馬。有錢能使鬼推磨，只要有錢，甚麼關節都可以打通，然而那深有萬丈，遙亘千里的迷津之中的唯一一個木筏卻不受金銀之謝，是黑洞世界裡透出點兒亮色。[89]其認為此迷津，是指「情愛」的「迷津」，警幻所告之「快休前進，作速回頭要緊！」不過是說寶玉誤入「皮膚淫濫」的歧途，以抵「迷津」之岸，如不「作速回頭」，繼續「前進」下去，「墮入其中」，那就有違於警幻之「妄動風月之情」的告誡了。至於那些「虎狼」、「夜叉」等等，無非是寓指在兩性情愛中的諸多「淫魔色鬼」，均非「有緣者」，「掌舵」的「木居士」是斷然不會予以「渡之」，盡管這些人不乏「金銀之謝」。須知愛情不等於性愛，它的條件是「有緣」，「金銀」如果可以稱為「條件」那只可

---

[88] 大藏經刊行會編：《大正新脩大藏經》（臺北：新文豐，1983 年），頁 867-3。

[89] 劉恒：〈關於「木筏」與「木居士」〉，《紅樓夢學刊》1994 年第二輯，頁 344。

適用於性愛,而與愛情無緣了。[90]「並無橋梁可通」甲戌側硃筆夾批:「若有橋梁可通,則世路人情猶不算艱難。」[91]可以推想「迷津」一節的是是非非,帶來了世路艱難、人情冷淡,造成荊榛遍地、虎狼同群的世道。除了顯示社會世道外,那迷津也猶如情海,在寶玉十三歲時,一僧一道又親自到他面前,對他吟著「沉酣一夢終須醒,冤孽償清好散場」的詩句,對他進行一種理智的點撥,其目的是為了讓他動情的時候,能受到未來「萬境歸空」的提醒,從而不致使他在情海中沉淪太深。[92]而人生就如同迷津,設如墮落其中,就將迷失無蹤。[93]

寶玉神遊太虛幻境,不過是一覺的時間,卻是作者對全書進行總梳理及人物評價的回目。十二金釵分為正冊、副冊及又副冊等,分別暗示了各人物的結局,先以畫冊與判詞預告,進行視覺性的預告,再分別以十二支曲文進行聽覺性的對書中主要人物逐一進行結局的預告唱曲。寶玉神遊太虛幻境的目的,是寧榮二公囑託警幻仙姑:

「『吾家自國朝定鼎以來,功名奕世,富貴流傳,雖歷百年。奈運終數盡,不可挽回者。故遺之子孫雖多,竟無可以繼業。其中惟嫡孫寶玉一人,稟性乖張,生情怪譎,雖聰明靈慧,略可望成,無奈吾家運

---

[90] 劉恒:〈關於「木筏」與「木居士」〉,頁 344-346。
[91] 《紅樓夢新注》,頁 153。
[92] 孫遜:〈曹雪芹審度人生的三個視點〉,頁 45。
[93] 孫遜:〈關於《紅樓夢》的「色」「情」「空」觀念〉,頁 75。

> 數合終，恐無人規引入正。幸仙姑偶來，望先以情欲聲色等事警其痴頑，或能使他跳出迷人圈子，然後入於正路，亦吾兄弟之幸矣。』如此囑吾，故發慈心，引彼至此。先以彼家上中下三等女子的終身冊籍，令彼熟玩，尚未覺悟；故引彼再到此處，令其再歷那飲饌聲色之幻，或冀將來一悟，亦未可知也。」（5 回，頁 144）

寧國公和榮國公知道賈家運數合終，沒有人能挽大廈將傾，正如脂批所言「作者之意原只寫末世。此已是賈府之末世了。」[94]故懇請警幻仙子帶寶玉遊太虛幻境，先以情欲聲色等事警其痴頑，或能使他跳出迷人圈子，入於正路。這裡的正路，指的是參加科舉考試，謀得官職，復興賈家。於是警幻帶寶玉看了上中下三等女子的命運冊籍，再令其歷那飲饌聲色之幻，為得到「心會而不可口傳，可神通而不可語達」的意淫警醒，區別於只有片刻趣興的皮膚淫濫，跳出迷人圈子以後，並希冀寶玉將來一悟。這亦是作者「未寫通部入世迷人，却先寫一出世醒人」[95]對世人的警惕。

寶玉在太虛幻境歷經飲酒嗅香、十二正副冊的觀賞、十二支唱曲的聆聽以及與可卿的繾綣，一場夢境的時間，時間消逝卻只是眾人在廊下看貓兒狗兒打架的短暫時間。正因為是夢境，便可拉長時間的線度，使時間無限延長。猶如《述異記》

---

[94] 《紅樓夢新注》，頁 44。
[95] 《紅樓夢新注》，頁 43 甲戌眉批。

王質爛柯：

> 信安郡石室山，晉時王質伐木至，見童子數人棋而歌，質因聽之。童子以一物與質，如棗核，質含之而不覺飢。俄頃，童子謂曰：「何不去？」質起視，斧柯盡爛，既歸，無復時人。[96]

王質誤入了仙境，聽見歌曲並吃了異界的棗核而不覺飢餓，不過俄頃的時間，卻已是百年之後的事情，與他同時之人皆不復有。又，唐人小說〈葉法善〉中，葉法善七歲時曾溺於江，三年後回到家，便告訴父母是受到青童指引，喝下雲漿，並由青童引朝太上老君，逗留了一會，卻已三年過去。[97]經由江水誤入他界，透過聖童引導，服食他界食物，重返人間已時過境遷，是魏晉南北朝及唐人小說中常見的「遊歷仙境」母題。[98]又，日本也有相似的故事，浦島太郎營救了龍宮中的海龜而受邀到龍宮遊玩，幾天後浦島太郎欲歸，臨行前帶走了一個玉手箱，公主囑咐不能打開玉手箱；上岸後的浦島太郎發現人事已非，才知在龍宮幾日已世上百年，他忘記了與公主的約定，打開玉手箱後也瞬間變成百歲老人。寶玉見寶冊、飲饌食、聽樂音與可卿繾綣，猶如多日的時長，但卻只是眾人在廊

---

[96] 李劍國集釋：《唐前志怪小說輯釋》，頁553。

[97] 〔宋〕李昉編：〈葉法善〉，《太平廣記》卷26（北京：中華書局，1961年9月），頁170。

[98] 李豐楙：〈六朝道教洞天說與遊歷仙境小說〉，收於《誤入與謫降：六朝隋唐道教文學論集》（臺北：臺灣學生書局，1996年5月），頁93-142。

下看貓兒狗兒打架的短暫時間，正因為是夢境、幻境、異空間，便可拉長時間的線度，使時間無限延長。

第三節　重遊幻境

八十回後的《紅樓夢》重要的三大內容，黛玉死、寶釵嫁、寶玉出家，這些情節都在失玉後發生。失玉後的寶玉失去過往的靈動，成了一個不能言語的傻子，方始鳳姐兒的掉包妙計成功。九十七回讓黛玉死在寶釵嫁寶玉的新婚之夜，黛玉和寶釵一死一嫁、一悲一喜，兩相對比，渲染了強烈的悲劇氛圍。[99]到了一百一十五回，黛玉死、寶釵嫁、查抄寧國府、賈母和鳳姐兒亡故等重大情節已經發生，最後須讓寶玉出家，所以寶玉病倒、和尚送玉，接著重遊太虛幻境。

第九十四回，寶玉因失玉而病。第一百一十五回，寶玉病情加重，賈府尋玉、和尚送玉，寶玉醒來，因麝月說「真是寶貝！才看見了一會兒，就好了。虧的當初沒有砸破。（115回，頁2584）」寶玉又昏迷。跟著和尚重遊太虛，最後和尚狠命將寶玉一推，寶玉才從夢中醒來。寶玉在一百一十六回中重遊了太虛幻境，雖說是故地重遊，但起初他是一點印象也沒有，且與初遊太虛幻境不同，裡面的仙姑多是寶玉熟識的女兒死後成仙，而司掌太虛幻境內各職能的。而各牌坊、宮門上的題字或楹聯與第五回的太虛幻境之遊截然不同，所賦予的寓意

---

[99] 方兆平：《賈寶玉兩遊太虛幻境的比較》，濟南：山東大學中國古代文學碩士學位論文，2008年，頁8。

也不盡相同。

　　寶玉始終沒有放棄以情來把握人生的基本態度，他最後是受一僧一道的點化而皈依了佛門，但在此之前六根未淨，內心裡仍懷著愛，懷著愛被摧殘的痛苦，於是「情觀」與「空觀」的對照，遂成了對理想執著追求，與對現實清醒認識的相輔相成兩個方面，寶玉身在其中，總免不了承受巨大的精神痛苦。[100]因此，相較於初遊太虛幻境，重遊太虛給人一種森然恐怖的感覺，這是與寶玉現實生活的聯繫。寶玉領略過元春、迎春、黛玉、鳳姐兒、可卿、晴雯、鴛鴦已死，探春遠嫁，湘雲守寡，妙玉遭劫，迎春決意遁入空門，物是人非、凋零冷落的頹敗氣象，因而這些令他感到可怕的現實，加諸巨大的精神痛苦反映到了他的夢境之中。

一、真如福地

　　在寶玉聽聞麝月說「真是寶貝！才看見了一會兒，就好了。虧的當初沒有砸破。」後，再度陷入昏迷。寶玉恍恍惚惚趕到前廳，見那送玉的和尚坐著，便施了禮。哪知和尚站起身來，拉著寶玉就走：

　　　　那和尚拉著寶玉過了那牌樓，只見牌上寫著「真如福地」四大字，兩邊一副對聯，乃是：
　　　　假去真來真勝假，無原有是有非無。（116 回，頁

---

[100] 孫遜：〈曹雪芹審度人生的三個視點〉，頁 47。

2590）

明清時期，多有以儒釋道三教合流為教義的宗教盛行。然而非合一，而是以儒家為主幹，佛道為輔翼，共同維護宗法制度，三教共存、互相補充的格局。[101]《紅樓夢》由深遠流長的女媧補天神話開篇，旋即見一僧一道遠遠而來，以宗教人物為頑石入世的提領，有著佛道融合的暗示，[102]及宗教互補的時代反映。真如福地的名稱源於佛道二教。真如，梵文 tathatā 的意譯，佛教名稱原譯為「本無」，表示萬物本質和最高真理，[103]謂永恆存在的實體、實性，亦即宇宙萬有的本體。[104]道教則有所謂洞天福地，包括十大洞天、三十六小洞天、七十二福地等，[105]構成道教地上仙境的主體部分，福地一詞指神仙居住的地方。真如福地從字面上看，真實永恆幸福之地，並以「真如」對上「太虛」，「福地」對「幻境」。寶玉重遊太虛幻境，但所到之地卻又非太虛幻境，而是「真如福地」。對聯也非原來的「假作真時真亦假，無為還處有還無」，而是「假去真來真勝假，無原有是有非無」，假的去了真的到來，真的勝過假的；「無」本來是實有的，「有」並不

---

[101] 牟鍾鑒：《中國宗教與文化》，頁 17-18。

[102] 梅新林：〈《紅樓夢》宗教精神新探〉，《學術研究》1996 年第 1 期，頁 77。梅新林指出，「這一僧一道的組合，作為一種符號，暗示了佛道二教的融合。」

[103] 方立天：《中國佛教哲學要義》（北京：中國人民大學出版社，2005 年），頁 762。

[104] 《紅樓夢新注》，頁 2112。

[105] 〔唐〕杜光庭：《洞天福地嶽瀆名山記》卷 1，《重刊道藏輯要》本，頁 1。

等於「無」。[106]

> 轉過牌坊，便是一座宮門。門上橫書四個大字道：「福善禍淫」。又有一副對子，大書云：過去未來，莫謂智賢能打破；前因後果，須知親近不相逢。寶玉看了，心下想道：「原來如此。我倒要問問因果來去的事了。」（116回，頁2590）

原來的「孽海情天」成了「福善禍淫」。「福善禍淫」出自《尚書‧湯誥》「天道福善禍淫。」[107]意謂行善者得福，作惡者受禍。[108]「厚地高天，堪嘆古今情不盡；痴男怨女，可憐風月債難償。」成了「過去未來，莫謂智賢能打破；前因後果，須知親近不相逢。」大意謂前生後世，即便大聖賢也難參透；須知因果報應，即使親近的人也不相逢。[109]真如福地的牌匾與對聯，不同於第五回太虛幻境中真假、虛實、痴情的辯證，與前者截然不同，而是添了因果報應的成分。

> 這麼一想，只見鴛鴦站在那裏，招手兒叫他……趕著要和鴛鴦說話，豈知一轉眼便不見了，心裏不免疑惑起來。走到鴛鴦站的地方兒，乃是一溜配殿，各處都

---

[106] 《紅樓夢新注》，頁2603。
[107] 《斷句十三經經文‧尚書‧商書‧湯誥》，頁10。
[108] 《紅樓夢新注》，頁2603。
[109] 《紅樓夢新注》，頁2603。

有匾額。寶玉無心去看,只向鴛鴦立的所在奔去。見那一間配殿的門半掩半開,寶玉也不敢造次進去,心裡正要問那和尚一聲,回過頭來,和尚早已不見了。寶玉恍惚,見那殿宇巍峨,絕非大觀園景象,便立住腳,抬頭看那匾額上寫道:「引覺情痴」。兩邊寫的對聯道:

喜笑悲哀都是假,貪求思慕總因痴。(116回,頁2590-2591)

鴛鴦自盡後,由可卿引領至太虛幻境,替其掌管痴情司,「引覺情痴」應即鴛鴦死後掌管之「痴情司」。此鴛鴦已非原來人間中的鴛鴦,乃是形貌相同,太虛幻境中的痴情司掌。

想要進去找鴛鴦,問他是什麼所在。細細想來甚是熟識,便仗著膽子推門進去。滿屋一瞧,並不見鴛鴦,裡頭只是黑漆漆的。心下害怕,正要退出,見有十數個大櫥,櫥門半掩。寶玉忽然想起:「我少時做夢曾到過這個地方。如今能夠親身到此,也是大幸。」恍惚間,把找鴛鴦的念頭忘了。便壯著膽把上首的大櫥開了櫥門一瞧,見有好幾本冊子。心裡更覺喜歡,想道:「大凡人做夢說是假的,豈知有這夢便有這事。我常說還要做這個夢再不能的,不料今兒被我找著了。但不知那冊子是那個見過的不是?」伸手在上頭取了一本,冊上寫著「金陵十二釵正冊」……(116回,頁2591)

寶玉循著找「鴛鴦」的路,找到了第五回太虛幻境中出現的「薄命司」。裡頭的大櫥依舊,尋找著、重新閱讀「金陵十二釵正冊」及「金陵十三釵又副冊」,並自覺裡面全是壽夭窮通的薄命女子。後來,寶玉見到絳珠草,之後有位仙女為他說明了絳珠仙草下凡歷劫還淚的原委,而後:

> 正走時,只見一人手提寶劍迎面攔住,說:「哪裡走!」唬得寶玉驚慌無措。仗著膽抬頭一看,却不是別人,就是尤三姐⋯⋯豈知身後說話的並非別人,却是晴雯。(116回,頁2594)
>
> 只見一女子頭戴花冠,身穿繡服,端坐在內。寶玉略一抬頭,見是黛玉的形容,便不禁的說道:「妹妹在這裏!叫我好想。」(116回,頁2595)
>
> 正在為難,見鳳姐站在一所房簷下招手。(116回,頁2596)
>
> 走到鳳姐站的地方細看起來,並不是鳳姐,原來却是賈蓉的前妻秦氏。(116,頁2596)
>
> 正要尋路出來,遠遠望見一群女子說笑前來。寶玉看時,又像有迎春等一干人走來⋯⋯(116回,頁2596)

真如福地猶如陰司般,繼鴛鴦之後,寶玉再見故人,尤三姐、晴雯、黛玉、鳳姐兒、可卿、迎春等人,然而除了尤三姐認得寶玉,並奉妃子之命「必定要一劍斬斷你的塵緣」外,其餘者對寶玉一概不識,使寶玉哭喊道「我今兒得了什麼不是,

眾人都不理我」。又有幾個黃巾力士執鞭趕來，寶玉眼看著那一群女子都變作鬼怪形象，也來追撲，情急下，和尚出現，持著一面鏡子一照，說道「我奉元妃娘娘旨意，特來救你。」登時鬼怪全無，仍是一片荒郊。接著和尚將寶玉狠命一推，寶玉一跤跌倒，便甦醒了過來。

黛玉是寶玉所欲者，但後者既沒娶她，也沒在她去世後就把前情盡拋。寶玉實則在黛玉死後，掙扎在兩難的夾縫之中，因此注定要再訪太虛幻境。這次他回首前塵，故人浮現，歷歷如真。而處在生命的急流迷津，他若要了悟前緣，也非得再踐斯土不可。既然如此，重臨幻境，其中自然有小說結構所要強調的地方，更有主題上的摘要重現。蓋寶玉曾經自云「我少時做夢曾到過這個地方。」他接二連三地重逢過往姊妹的魂魄。這些夢景公用大，正可襯出那送玉的怪僧要他細細記著的話：「世上的情緣都是那些魔障。」都有礙精神進境。[110]

寶玉重遊太虛幻境給人一種恍惚迷離、悽慘且森然恐怖的感覺。有人認為應從寶玉當時的精神心理狀態來分析。當時賈府已凋零冷落，繁華已過，一片頹敗的氣象，眾女子走的走，死的死，使寶玉真切感受到生命和生活的無常，使他處於一種緊張恐怖的心理狀態。[111]「真如福地」所要給寶玉的感受即因果報應、福善禍淫，因此當夢境外的寶玉歷經種種因果報應的循環，心裡大受打擊時，他得以再見故人，這是他內心的渴

---

[110] 〔美〕余國藩著，李奭學譯：《重讀石頭記：《紅樓夢》裡的情欲與虛構》，頁218。

[111] 方兆平：《賈寶玉兩游太虛幻境的比較》，頁9。

望。夢既是欲望的產物，也代欲望行事。[112]然而，最終這些故人皆化作鬼怪追趕他，使他明白現實與夢境之間的差距，和尚一鏡照亮了一切，並將他推回到現實世界，結束重遊太虛幻境的旅程，重新回到現實世界。

二、福善禍淫

重遊太虛幻境中，「太虛幻境」的牌匾換作「真如福地」，「孽海情天」變成了「福善禍淫」，這樣的易換是有其意義的。在一百二十回中，透過士隱的口，表達了八十回後的大主題，即「福善禍淫」：

> 士隱道：「福善禍淫，古今定理。現今榮、寧兩府，善者修緣，惡者悔禍，將來蘭桂齊芳，家道復初，也是自然的道理。」（120回，頁2677）

天道勸善懲惡，凡人為善得福，為惡得禍，重遊太虛幻境的意義，意在揭示「福善禍淫」的主題，家道復初的道理。據學者研究，曹頫直到雍正帝駕崩，才因弘曆登基恩赦而得到免賠並解枷的待遇，入乾隆朝後，曹家的風華已不再，更未出現其他學者所主張的家道中興的景象，[113]家道復初或許是作者曹雪芹的盼想。福善禍淫，《紅樓夢》全書之「禍起」亦在第

---

[112] 〔美〕余國藩著，李奭學譯：《重讀石頭記：《紅樓夢》裡的情欲與虛構》，頁208。
[113] 黃一農：《曹雪芹的家族印記》，頁488。

一回有所揭示。

夏志清認為，《紅樓夢》雖是一部言情小說，它的最終關懷，是憐憫與同情遠勝於情欲。[114]全書禍起，乃首回霍啟丟失英蓮開啟。以霍啟而起之禍，英蓮為中心的拐賣案及人命官司以及雨村的取捨決定，好似雨村感嘆馮淵與英蓮：「**這也是他們的孽障遭遇，亦非偶然**」[115]。種種因禍而生的情節回目安排，與現實人生互為呼應。痛苦而又失望的人生，命運與時間上的種種偶合，並非神意造成這種局勢，乃是人們無法反抗的偶然，如同某種力量冥冥中操縱了人的命運，這些偶然最後也湊成了人生最後的必然。被霍啟弄丟的英蓮是全書「禍」的縮影，以宗教性面向言，女性係因「三劫不修」，背負前世宿債，缺乏福業所造成，因而生性必然受苦犧牲。[116]

《紅樓夢》中女人所扮演的都是附屬的角色，寶玉的問題廣涉中國社會中性別的議題，而黛玉和寶釵之所以能夠在小說中定型，主要拜她們烘托上述問題所賜。她們和寶玉間的多角習題十分複雜，但黛玉引發的是女性的價值，而寶釵所重卻男性中心多了。[117]全書中，除了寶玉這樣極個別尊重女性的男子，絕大部分男性和年長的女性都是屬於萎頓的、空虛的、腐

---

[114] 〔美〕夏志清（C.T. Hsia）著，何欣譯：〈紅樓夢裏的愛與憐憫〉，收錄於《紅樓夢藝術論》（臺北：里仁書局，1984 年），頁 303。

[115] 《紅樓夢新注》，頁 115。

[116] 歐麗娟：《大觀紅樓（母神卷）》（臺北：國立臺灣大學出版中心，2015 年），頁 26-27。

[117] 〔美〕余國藩著，李奭學譯：《重讀石頭記：《紅樓夢》裡的情欲與虛構》，頁 314。

朽的生命。[118]寶玉深知霍啟併薛蟠和賈雨村等鬚眉濁物，深知賈府宅院中男人們的所作所為，充滿了粗野的欲望，情感汙濁，[119]皆是皮膚淫濫之徒。寶玉不願女子受苦犧牲，以較為宏觀的眼光來看，可說是世間男子對待女子的過失、凌辱，在《紅樓夢》中藉由愛護女兒的寶玉來安慰、彌補。倘若說《紅樓夢》是作者的懺情之作，那麼大觀園阻隔了齷齪濁物，筆下的寶玉便代替了身為鬚眉濁物的罪惡背負，對待女兒溫柔體貼，甚至尊之貴之，實有為天下男性贖罪之意味。[120]寶玉是以情來認識世界、區別善惡，也是以情來處理周圍事件的，他入情至深，更體現出一種情感的廣度、一種愛的氾溢，故能顯示出一種心細如髮的智慧，他對人關懷備至，體貼入微，連辦事一向細緻的平兒也要讚他「色色想得周到」，他從情出發，處理事情的最終目的是避免傷害人。[121]這樣的「意淫」體貼，讓處於俗世紛亂中的清白女兒得到些許的喘息，得到真正為人的尊重，寶玉這樣自我的超越的能力，[122]全書的懺悔意識是通過作者及小說主人翁寶玉來承擔，寶玉的形象，就是作者的心理投射，[123]或可謂為作者曹雪芹「念及當日所有之女子」，透過「意淫」與「情不情」以及對世情萬物的體貼、憐

---

[118] 孫遜：〈論《紅樓夢》的三重主題〉，收入《紅樓夢探究》，頁 6。
[119] 〔美〕夏志清：《中國古典小說史論》，頁 278。
[120] 郭玉雯：《紅樓夢人物研究》，頁 29。
[121] 孫遜：〈曹雪芹審度人生的三個視點〉，頁 39-40。
[122] 〔美〕夏志清：《中國古典小說史論》，頁 279。
[123] 林素玟：〈《紅樓夢》的病／罪書寫與療癒〉，《華梵人文學報》第 16 期，2011 年 7 月，頁 57。

憫、同情，使女兒的存在「被書寫」、「被感覺到」，並「被存在」。

　　寶玉在前八十回的經驗，很多人可能要一輩子才能體會得出。第五回初試雲雨情，三十三回在嚴父震怒下吃了家規的苦頭，不過他也從前一回就開始領略靈犀互通及心有所託的喜悅，第五十三回寶玉看遍家慶的喜氣奢華，不意到了第七十七回與第七十八回，他卻在生離死別裡心如刀割。生命中的酸甜苦辣，寶玉無一不嚐，但要挺過這些，就需要他想開一切。然而，矛盾的是，寶玉具有人類天賦的責任與義務感，也具有遁世離情逍遙世外的傾向。[124]自《紅樓夢》觀之，「業力推演」確實「肇乎情」，[125]全書的愛欲或是同情，實都是情根意結，是禍難的始源。頑石墮入塵世受盡貪嗔愛癡，生老病死諸苦，終究要解罪償債。於是禍由首回起，接二連三，牽五掛四，環環相扣，錯節盤根，再由《紅樓夢》一書的過程，歷經一番夢幻以後，「因空見色，由色生情，傳情入色，自色悟空」，歷幻完劫，重返太初。有關寶玉的情節脈絡，基本上乃一環狀遞迴，不但可以表出棄石「幻化」的過程，也可以說明他「物化」的經驗。頑石既為神瑛侍者、玉珮護符，各個身分可謂交相變現。然而，其始末實則又指出一環程之旅，蓋劫終之日棄石仍須復還「原形」，更何況墮凡之前他已經知道這個

---

[124]〔美〕余國藩著，李奭學譯：《重讀石頭記：《紅樓夢》裡的情欲與虛構》，頁193。

[125]〔美〕余國藩著，李奭學譯：《重讀石頭記：《紅樓夢》裡的情欲與虛構》，頁197。

業報輪迴。[126]小說楔子中關於通靈寶玉與木石前盟的描寫，有其結構上的經營匠心和考慮，它由此引出《紅樓夢》的人間悲劇，最後又必定再回到這個神話世界來，從而形成首尾呼應，大開大合，圓如轉環的宏偉結構。[127]由石→玉→石或石→人→石的過程，就像蛇不斷重生與首尾銜接，是典型的神話循環生命觀，在這無限循環的圓上，任何一點既是開始，也是結束。[128]霍啟／禍起是一啟禍的具象人物，既啟，亦並非完全回到原點即可遏止，任何一個過程都是必須，[129]而「福善禍淫」即是最終的結果。

寶玉眼見眾女兒的離散、賈府「起高樓，宴賓客，樓塌了」的種種歷程，水流花謝兩無情的人生演示，最終歷幻完劫，懸崖撒手，交割紅塵，遁入空門。終了，重返太虛幻境，來到「真如福地」，眼見「福善禍淫」。「福善禍淫」與第一回「禍起」相應、接合，「善者修緣，惡者悔禍」、「蘭桂齊芳，家道復初」，互為補襯，[130]自然形成一部巨大的迴圈，

---

[126] 〔美〕余國藩著，李奭學譯：《重讀石頭記：《紅樓夢》裡的情欲與虛構》，頁236。

[127] 孫遜：〈關於《紅樓夢》的「色」「情」「空」觀念〉，頁61。

[128] 郭玉雯：《紅樓夢淵源論——從神話到明清思想》（臺北：臺大出版中心，2006年），頁19。〔德〕艾瑞旭·諾伊曼（Erich Neumann）著，呂健忠譯：《丘比德與賽姬：女性心靈的發展》（新北：左岸文化，2004年7月），頁21，諾伊曼述及開天闢地的創世神話，以銜尾環蛇（Uroborus）為象徵，世界與心靈仍為一體，字體與意識尚未分化，圓圈適足以表明其一圓滿狀態。神話學上的「圓」也是子宮，為生命的孕育提供舒適的庇護所。

[129] 郭玉雯：《紅樓夢淵源論——從神話到明清思想》，頁19。

[130] 〔美〕浦安迪（Andrew H. Plaks）：《中國敘事學》（北京：北京大學出版社，1996），頁51。浦氏依中國小說、戲曲等長篇文學歸納出二元互

包容善惡福禍，完成《紅樓夢》「美中不足，好事多磨」的兼美旨趣。百二十回，全書「善者修緣，惡者悔禍」，寶玉的向道之路完成，卻仍是完而未完，[131]放眼世間情根禍起的歷幻不能終結，永在不休，如同「地獄不空，誓不成佛」的無量悲願，終究難成美事實現。到頭一夢，萬境歸空，成就一場永恆不滅的紅樓大夢。

小結

　　大觀園的正殿匾額「顧恩思義」，是元妃令家人需顧及恩義，以免遭報應的提醒。顧及恩義的結果，包含報恩與報應二者。《紅樓夢》作者對人物的描述是多面向的，例如鳳姐兒日常為人雖惹人憎惡，但她仍有良善的一面，而這一良善的面向也使得將來得到報恩的回應。鳳姐兒對劉姥姥極好，劉姥姥初進榮國府時，便給了劉姥姥二十兩銀，二進榮國府時更帶到賈母面前討好，後榮國府上下皆予劉姥姥極優渥的物質回饋，鳳姐兒更讓一個老村嫗為自己的女兒命名，可見鳳姐兒對劉姥姥是極度的信任。而劉姥姥在三進榮國府時，是在東府遭查抄的事件之後，該時老太太已死，鳳姐兒大病，巧姐兒那「忘骨肉的狠舅奸兄」竟想將她發嫁給外藩王，幸好劉姥姥急中生智，將巧姐兒帶回村落，方躲過狠舅賣甥的慘事。這是鳳姐兒當年

補（或譯二元補觀）說，認為互補的兩面是相等相成，而非對立面。頁54 道《紅樓夢》一例尤其可為典範。

[131] 郭玉雯：《紅樓夢淵源論——從神話到明清思想》，頁 19。

對劉姥姥積善，獲得了劉姥姥的報恩。又，襲人自小賣進賈府，對賈府忠心耿耿，其忠賢舉府上下皆知，當賈府敗落以後，襲人不得已得離開賈府，其忠賢令她想起賈府對她的恩義，而不能拒絕也不願在賈府內自盡，以免壞了王夫人待她之恩義。襲人對賈府的忠賢柔順，不願死在賈府的心態，實是一種酬答賈府的報恩觀念，雖然有學者認為襲人是為自身利益而付出的功利行為，然而，她最終對賈府並無棄之不理，而是如同過往「賢襲人」的封號般，對主人盡忠賢。既有報恩便有報應，賈府雖有積善，但對外也不免積惡。賈府在第二回冷子興演說榮國府時，已是「百足之蟲，死而不僵」，但日用的排場用度，仍維持著過往那般豪奢，身為榮國府的管賬者鳳姐兒，不得不地想法子生錢，其一法子即假冒賈璉名義，介入訴訟官司，並從中獲取高額的賄賂金，其二是透過旺兒夫妻對外放賬取利而來，種種事蹟皆為未來的查抄埋下因果。小鰍生浪，是指醉金剛倪二因酒醉衝撞了雨村的轎子，而被下獄，其間倪二妻女曾尋倪二施恩過的賈芸，無奈賈芸雖身為賈府旁支的貴公子，對此事卻愛莫能助。倪二在獄中識得了不少人，其間聽聞了賈府盤剝小民、強娶有男婦女等作惡多端的見聞，加諸其以為賈芸對自己不聞不問，而起了報復的心態。小鰍生大浪，倪二對外的喧騰胡鬧，果然將賈家人的惡事傳開，甚至傳到聖上耳邊，彎彎繞繞地引爆了查抄寧國府的大事件，是賈芸對倪二失恩義，而引來的報應事件例。

　　陰間、幻境，在書中，多有人物入幻境或踏入幽冥領域的情節，是重讀《紅樓夢》中的陰性書寫例子。柳湘蓮在尤三姐自刎以後，出門無所之，昏昏默默，只管出神，進入似夢非夢

的狀態，此時見尤三姐從外而入，一手捧著鴛鴦劍，一手捧著一卷冊子，因「不忍一別」而來送別的場面，而此似夢非夢的「非常」狀態，往往是人物進入幽冥或幻境之中常見的手法。待柳湘蓮醒來後，自己身處在一座破廟裡，那裡只有個捕虱的跏腿道士。柳湘蓮與道士對談，道士只管說出玄妙的偈語，引得柳湘蓮寒冰侵骨，拿起身上的雄劍，將煩惱絲一揮而盡，湘蓮的悟道，書中雖未再多做說明，但對於好友寶玉而言，必定有相當程度的影響。秦鐘死前，早已魂魄離身，只剩得一口悠悠餘氣在胸，並見許多鬼判持牌提索來捉他，但秦鐘心裡對人世上尚有留戀，不肯離去，便與判官有了交談，此時離身的魂魄，姑且可視為處在陰間的狀態，當秦鐘聽聞「寶玉來了」，便將寶玉作為談資，與鬼判商討起來，而鬼判畏懼時運正旺的寶玉，便打破了「閻王叫你三更死，誰敢留人到五更」的原則，讓秦鐘回魂。秦鐘彌留回魂對寶玉說的話，並非其所掛念的財產、愛人智能兒，而是要寶玉立志功名，以榮耀顯達為是的寶玉不愛聽的「混帳話」，這或許可視為作者曹雪芹透過鬧學堂、得趣饅頭庵的秦鐘來追悔過往的情節。

　　賈寶玉與甄寶玉在親身相見之前，已透過夢中的幻境見面，書中寫道寶玉「不覺就忽忽的睡去，不覺竟到了一座花園之內」，使用了兩個「不覺」營造進入夢境幻境的「非常」狀態。此時的主人翁賈寶玉，還有待尋找真正的自我，認清自己究竟為何而人，鏡子作為營造幻境就是重要的表現物件。然而二人到了真正見面之時，賈寶玉仍然是當初那個柔情私意的寶玉，甄寶玉卻在大病一場後則往立身揚名的「祿蠹」方向邁進，兩人已是冰炭不投，冰／炭、甄賈／真假、虛實兩個二元

的極端相互補襯，形成浦安迪所提出的二元補襯、多項周旋的概念。神遊太虛幻境，是魏晉南北朝及唐人小說中常見的「遊歷仙境」母題，寶玉在此遇見了來自離恨天、灌愁海之中的警幻仙姑，並由警幻帶其遊歷太虛幻境，首先在薄命司中，閱讀了十二金釵冊，而後《紅樓夢》仙曲十二支，預示了全書女兒的命運，但寶玉並未警覺，警幻從而將自己的妹妹兼美與行寶玉雲雨之事，意在警惕寶玉不可留戀於皮膚淫濫的情愛之中。寶玉神遊太虛幻境，不過是一覺的時間，卻是作者對全書進行總梳理及人物評價的回目，是全書大關鍵之處，「未寫通部入世迷人，却先寫一出世醒人」對世人的警惕，並希冀寶玉將來一悟。

寶玉重遊太虛幻境，此時心境已非初遊太虛幻境那般無知，原來的太虛幻境成了真如福地，是儒道合一的象徵。寶玉在其中先後遇見了鴛鴦、尤三姐、晴雯、黛玉、鳳姐兒、可卿、迎春等故人，然而除了尤三姐知曉寶玉外，其餘者一概不識。寶玉並找到了當年的「薄命司」，裡頭的大櫥依舊，重新閱讀「金陵十二釵正冊」及「金陵又副冊」，並自覺裡面全是壽夭窮通的薄命女子，強行將內容背下。之後有幾個黃巾力士執鞭趕來，寶玉眼看著那一群女子都變作鬼怪形象，也來追撲，在情急下，和尚持著一面鏡子一照，說道「我奉元妃娘娘旨意，特來救你。」登時鬼怪消失，仍是一片荒郊，接著和尚將寶玉狠命一推，寶玉一跤跌倒，便甦醒了過來，結束了重遊太虛幻境的旅程。重遊太虛幻境給人一種恍惚迷離、悽慘且森然恐怖的感覺，這個「真如福地」所要給寶玉的感受即因果報應、福善禍淫，因此當夢境外的寶玉歷經，種種因果報應的循

環，心裡大受打擊時，再見故人，是他內心的渴望。夢是欲望的產物，也代欲望行事。然而，最終這些故人卻皆化作鬼怪追趕他，使他明白現實與夢境之間的差距，最後和尚以寶鏡照亮一切，寶玉明晰種種不過是鏡花水月，寶玉仍舊得面臨女兒盡失，這不得不面對的事實。重遊太虛幻境中，「太虛幻境」的牌匾換作「真如福地」，「孽海情天」變成了「福善禍淫」，八十回後的大主題，由士隱道出：「福善禍淫，古今定理。現今榮、寧兩府，善者修緣，惡者悔禍，將來蘭桂齊芳，家道復初，也是自然的道理。」在《紅樓夢》首回中，有一霍啟／禍起的人物，意在揭示禍在首回便起的寓意。被拐子拐走的英蓮，如同眾女兒的縮影，好似雨村感嘆馮淵與英蓮：「這也是他們的孽障遭遇，亦非偶然」，種種皆是必然，寶玉不願女子受苦犧牲，以較為宏觀的眼光來看，可說是世間男子對待女子的過失、凌辱，在《紅樓夢》中藉由愛護女兒的寶玉來安慰、彌補，作者曹雪芹筆下的寶玉便代替了身為鬚眉濁物的罪惡背負，對待女兒溫柔體貼，甚至尊之貴之，實有為天下男性贖罪的意味，或可謂為作者曹雪芹「念及當日所有之女子」，透過「意淫」與「情不情」以及對世情萬物的體貼、憐憫、同情，使女兒的存在「被書寫」、「被感覺到」，並「被存在」，猶如西蘇陰性書寫的旨趣。

第六章　結論

　　廿世紀的西蘇和十八世紀的曹雪芹，西蘇的陰性書寫之於《紅樓夢》作者曹雪芹的理念，其理想雖非完全契合，但是透過作者背景、小說作品，亦能發掘其之間可聯繫之處，而重讀之於曹雪芹與《紅樓夢》的陰性書寫，其中包含了西蘇陰性書寫中原有的為女性發聲的內容，《紅樓夢》的陰性書寫經過重讀，更囊括了古典文學中的志怪脈絡，與志怪有所對應。透過微物與幽情，微小物件與幽冥之情，在重讀《紅樓夢》中的陰性書寫的過程，可以發現《紅樓夢》吸收並轉化了古典文學中的志怪系統，同時闡發了當時不被發聲的女性地位。作者曹雪芹一反當時父權宗法制度的社會常態，所寫的並無大賢大忠理朝廷、治風俗的善政，也不寫男性作家一成不變的才子佳人小說，專為閨閣女子立傳，「我半世親覩親聞的這幾個女子，雖不敢說強似前代書中所有之人，但事跡原委，亦可以消愁破悶……（1回，頁5）」，可能曹雪芹無意顛覆男性專權社會，但其體察女性、書寫對女性的關懷，同時也有對人或非人的同情等，並賦予書中女性書寫自己的能力，寫出女性自我的文本創作內容使女性「被書寫」、「被存在」於文學作品之中，等待挖掘。

　　探討微物之作用時，援引弗雷澤《金枝》中之巫術信仰，而古典文學志怪小說中也有類似的情節，可見巫術信仰不分

東、西方,且從古至今依然使用著。如黛玉獲得土物,物質上的風土物產的表層意義,乃是具有喚醒地方記憶的文化產物,也許各地風土物產對各地各人,皆有相當程度的回憶,故而「土物」是該土地的延伸,具有豐富的記憶意涵與文化意義。寶玉收晴雯的指甲與紅綾襖,指甲和紅綾襖則猶如晴雯的身體的延續,寶玉保留其物則如同晴雯在側,對晴雯的情感亦時刻在心。寶玉給黛玉的絹帕,除了用以拭淚和寶玉的關愛外,蘊含著透過《西廂》所引發出的二人情思,有著寶玉對黛玉之間互相不可言表的心意,因而黛玉死前所焚之物首先為兩條絹帕,象徵著二人情意的毀壞及黛玉將死的結局,身為小說人物的退場;寶玉與琪官的汗巾子,展現了作者草蛇灰線的小說技法,以及汗巾子作為貼身衣料,是為琪官此人的複製,具有巫術信仰的成分,因此最後取得汗巾者,與琪官有著隱微的感情聯繫,於是襲人便與琪官結為夫妻;尤三姐和柳湘蓮的鴛鴦劍,具有「信」與「定」的象徵意義,於是劍到其手,便為二人的感情信定,尤三姐以鴛鴦劍自刎並入太虛幻境,使得鴛鴦劍之鴛鴦拆散,表示「信」與「定」的破壞、板兒和巧姐兒的佛手,應為作者曹雪芹草蛇灰線技法的施展,即板兒與巧姐兒無意間交換了信物佛手,有了感情的伏筆,然八十回後並未見二人的聯繫、司棋與潘又安的繡春囊,是司棋與潘又安的信物交換,同樣有著「信」和「定」的意義,然而二人將其遺失於大觀園內,又為傻大姐撿著,使大觀園有了猶如伊甸園內進入了蛇的象徵,彼此知道對方互為男女,遂懂男女之情事等違大觀園女兒清淨地的意涵;以上信物交換,以及賈敬服食丹藥,以求在物質世界中長生不老、馬道婆遙遙以小人施術作法,使

寶玉鳳姐兒二人癲狂都包含著巫術信仰的神秘力量，經由神秘的巫術力量，物與人之間產生了緊密的連結，並且牽引著人際的互動關係。在圖像的凝視一節中，風月寶鑑繼承了志怪、傳奇中照妖鏡的意象，但曹雪芹並未侷限於此，乃關注了鏡子意象的多義性特徵，巧妙運用鏡子的意象帶領讀者閱讀《紅樓夢》，正如脂硯齋所言「觀者記之，不要看這書正面（12回，頁321）」。大穿衣鏡，看見賈政與清客迷失在大觀園中，顯示著賈政與清客流連在真／假、鏡花水月這空幻不實在的環境中。而後透過賈芸和劉姥姥從大穿衣鏡反射的眼光，隱約展示寶玉作為大觀園中唯一男性的私人空間如何奢豪造作，其中所收藏的西洋透視畫，則顯示了賈府使用洋物的日常性，與寶玉愛護女子的「情不情」個性。鏡鑑以及西洋透視畫，同時也顯示了作者曹雪芹在小說情節中，透過「凝視」展示了賈府中各物品在書中，呈現寶玉以及賈家人在賈府的權力論述。物與幽情之間，也有著細微的關聯，尤其經由香物所燃燒之煙霧裊裊升空，翳入天聽，使人間與天界有了溝通，《紅樓夢》書中多有燃燒香物與上天、先祖交流的情節，而寶玉日常亦焚，「瞧瞧我那案上，只設一爐，不論日期，時常焚香（58回，頁1423）」告慰其「情不情」之對象。而黛玉焚稿，除了顯示其乖舛、將死的命運，也顯示了明清時期遺民的出處選擇，與當時才女有才卻不被發聲、自我消聲的傳統。幽香生情，是作者讓小說中的重要人物，如太虛幻境警幻仙子、寶釵、黛玉等透顯出幽香，並經由其幽香展示寶玉與女性人物之間的情感之發生。

延續情之發生，幽情，《紅樓夢》中闡發的幽情，可視作

幽微之情、幽冥之情。作者曹雪芹寫出未嫁而亡的女性的悲歌，小姑女神與女將軍的存在，相對於陽性神的陰性女神，實是來自歷時長久的神女信仰，雖隱約提示了女性在男性宗法社會中稍有提升，但仍以非活著的女子，乃是以已死去的女子為要。而鴛鴦殉主又可與中國古代殉節婦人相比，同時殉節婦人的貞節牌坊與太虛幻境的牌坊，何嘗不是一種和往事的對照，「轉過牌坊，便是一座宮門（5 回，頁 137）」，映入眼簾的是作者曹雪芹對往事情懷的追念。《紅樓夢》中，死去的女子透過託夢，展示了幽冥之情，秦可卿魂託鳳姐、尤三姐的不忍與晴雯的告別等情節，除了在書中起到讖語、開示的作用外，在在揭示了女性在傳統宗法制度下死亡的悲哀，三者託夢內容的表現手法，延續了志怪中的託夢傳統，又在其中依照人物性格，賦予以不同的託夢細節，在志怪傳統上，加以發揚成一套屬於《紅樓夢》的託夢系譜。寶玉特意帶著「遇仙」的心思，想夢見黛玉，但始終未能如願，最後下了「仙凡路隔了」的結論，可見生／死兩途雖可靠夢境連接，但又不可任意夢之的道理。而「樹倒猢猻散」乃作者曹雪芹的祖父曹寅的口頭禪，透過託夢情節中的脂批「『樹倒猢猻散』之語全猶在耳，曲（屈）指三十五年矣。（13 回，頁 330）」也可見作者曹雪芹在其間寫下對往事的追悔與懷想。最後，為情而亡的尤氏姐妹，尤三姐死後手持著雌劍與冊子，成為全書中首登太虛幻境的人物，並為警幻手下的女神；尤二姐男胎遭鳳姐兒使計打下，因而生無可戀，吞生金自盡，亦顯出了當時女性對不可掌控的命運的無可奈何。

　　亡故或精神恍惚的男女們入了陰司或經過幻境，顯現了死

與活之間的對應關係和前世今生的因果關聯,其中的因果關係,在報恩與報應中特別凸出,在志怪傳統中同時亦有「報」觀念的存在,且悠久流傳。《紅樓夢》中的報恩者包括劉姥姥為報鳳姐兒恩義解救巧姐兒,以及襲人為報賈府恩情而忠賢不二;報應者如鳳姐兒弄權鐵檻寺後所衍生的後續情節、醉金剛倪二小鰍生大浪等引發查抄寧國府的大事件,皆顯示了元妃在大觀園正殿所題牌匾「顧恩思義」,要賈家族人顧及恩義的匾題。在陰間幻境一節中,柳湘蓮斬斷情絲之前,透過聖童的帶領,在朦朧間跨越了幻境來到破廟,遇見跛腿道士,因一偈語而斬斷情絲、秦鐘魂魄已入陰間又求情並拖住鬼判,只為與寶玉留下遺言,以及賈寶玉與甄寶玉進入了透過鏡子產生的夢之幻境,而賈寶玉仍然是當初那個柔情私意的寶玉,但甄寶玉在大病一場後,失去兒女真情而大談文章經濟,往立身揚名的「祿蠹」方向邁進,闡發了陰司、幻境與現實之間差別的陰性書寫。最後是寶玉神遊太虛幻境,其神遊太虛幻境揭示了各女子的命運冊,並敷演了《紅樓夢》十二支曲文,是作者曹雪芹以後設手法揭開小說的謎底。寶玉兩度遊太虛幻境的目的不同,初遊太虛幻境的目的,乃是因榮寧二公託警幻令寶玉跳出迷人圈子,而引入太虛幻境,歷經聲色美夢,觀賞釵冊、十二曲文。最終,寶玉重遊太虛幻境,然而故人已不識寶玉,在森然恐怖的夢境中,透過寶玉的眼又可見太虛幻境的匾額與楹聯皆換了新的主題,例如太虛幻境換做了顯示佛道融合的真如福地,孽海情天換作福善禍淫,倘或八十回後的大主題是甄士隱所言之「福善禍淫」,則使小說形成一個惡者悔禍、家道復出、蘭桂齊芳的環狀模式,此環狀模式,正如浦安迪指出的二

元互補性與多項周旋性。同時，在《紅樓夢》中藉由愛護女兒的寶玉來安慰，作者曹雪芹筆下的寶玉代替身為鬚眉濁物的罪惡背負，對待女兒溫柔體貼，有為天下男性贖罪的意味，或可謂為作者曹雪芹「念及當日所有之女子」，透過「意淫」與「情不情」以及對世情萬物的體貼、憐憫、同情，使女兒的存在「被書寫」、「被感覺到」，並「被存在」，猶如西蘇陰性書寫的旨趣。

綜論本書針對透過重讀《紅樓夢》的陰性書寫，本書提出幾點不同於以往的研究進路與觀察。

一，自清末民初以來，考據、索隱、文學批評……《紅樓夢》研究成果汗牛充棟。本書專從文章內容來談，採取重讀方式，轉化西方理論「陰性書寫」，套用於《紅樓夢》中，並據此提出重讀後的陰性書寫；並與古典小說之志怪呼應，反映出歷時的志怪傳統與共時的人際互動和時代價值觀，以及作者曹雪芹如同西蘇提出的陰性書寫之旨趣，即透過女性的「被書寫」，顯示對該時女性的關懷和憐憫。志怪傳統所反映出的詭魅氣氛，與作者曹雪芹對女性關懷的陰性書寫，籠罩《紅樓夢》全書，藉由書中的微物與幽情，分析其之陰性書寫成分，望提供新的研究取向。

二是重讀《紅樓夢》中的微物。曹雪芹在《紅樓夢》中善以物取譬，物件本身具有其代表意義，如晴雯的指甲、黛玉焚燒的絹帕意味著她們各自的死亡、賈敬的煉丹服食象徵著他假敬神，一味求仙訪道以求長生不死的愚昧行徑、寶玉房內的鏡鑑有著鏡花水月的寓意等。物件所隱含的寓意與人物之間，往往也有很大程度的連結，如指甲、絹帕、丹藥等物件與信物交

換、丹藥服食等物件使用的行為，經由物件所有者、使用者，和物件接觸的過程，除了人物與物件之間直接、間接觸碰的接觸關聯外，其中更蘊含著傳統巫術信仰的原則及規律，本書將其原則與規律，與西方社會學家弗雷澤在《金枝》一書中之巫術信仰理論互映。弗雷澤所提出之接觸律與相似律，乃傳統民族的巫覡儀式，借助神靈鬼怪的神秘力量，使物件與人（包含所有者、使用者、接觸者等）產生互動和連結，這些巫術信仰的聯繫並非偶然，乃是普世共有的。在科學較不發達的時代，對未知的世間萬物所發展出的合理、可為解釋原始萬物起源的信仰進展。這些巫術原理置於《紅樓夢》中，又可見作者曹雪芹利用草蛇灰線的文學技法，讓人物與物件之間擁有看似若有似無的關聯，關鍵情節再顯出二者之聯繫；曹氏對物件的使用有其隱喻，物件與人物之間緊密連結，透過接觸律與相似律的巫術信仰的套用，物件與人物之間的關聯得到解釋。這些在物件與人物相互交涉、影響的書寫方式，在傳統志怪文學中亦可見，和《紅樓夢》之間亦能觀察出歷時的發展進程。

　　物件也顯出地位象徵。寶玉的大穿衣鏡與西洋透視畫，透露了寶玉身在詩禮簪纓之族、花柳繁華之地的上層社會、富貴人家，經由伶俐、乖絕的賈芸唯諾、畏縮的眼，使讀者見到寶玉輝煌金碧且獨具一格的房間擺飾。賈芸在賈府被稱作「**後廊住的五嫂子的兒子芸兒，芸哥兒**」，倪二稱呼他賈二爺，從中可以看出賈芸在賈府中並不受到重視，但在倪二等市井小民對於賈府旁支的心中地位則有所不同，透過賈芸的身分地位描述，同時與賈珍、賈蓉等賈府嫡系的對比，可見賈府內、外，對賈府旁支與嫡系血親的敬畏程度有很大的落差，這敬畏之

意，其中包含了買賣、行賄、放貸等金錢的流動，與「護官符」所寫之一榮皆榮、一損皆損的四大家族歷代傳承的聲望累積。透過賈府旁支的賈芸以「眼」看見了賈府嫡系子孫寶玉房內的擺設，經由低層社會人物對上層社會物件的「凝視」，作者曹雪芹對寶玉房內的物件使用，大穿衣鏡及賈珍府內小房間的西洋透視畫的描寫，展現了賈府中的權力論述，上層階級的地位表述。同時也揭露了曹雪芹的書寫背景，即他可能是見識過或使用過這些物件，身處的家境背景亦與寶玉相似，是屬上層社會的富貴人家，在一定程度的背景基礎中，方能寫出如此生動的物件敘述。

焚燒香物與焚稿，焚香在歷時的文化意義在於對神鬼的敬重，以及之於文人雅事；焚稿共時的意義，在於明末清初文人的身分表述。宗教領域的香品使用歷史悠久，這在東、西方皆然，《聖經》中更言「**香就是眾聖徒的祈禱。**」，可見信徒（人）透過使用香物（物）與宗教（無形）間的關聯。在東方，香物亦具有強烈的宗教意涵，寺廟香爐所飄散出來的香煙，能夠驅退邪惡、妖鬼，並將表達自己恭敬的心意，經由香煙與神明溝通。佛、道教是唐代重要的兩大宗教，此兩大宗教皆對香料的作用採取正面肯定的看法，皆有使用香物祭祀的儀式，在《紅樓夢》中，寶玉案上長時間焚燒的那一爐，即時時刻刻祭祀亡靈的例子。巫者、祭司進行儀式傳統時，會深深吸入焚燒的濃煙，使靈魂脫離身體，漫遊在神聖時空，會見神明，這亦受到傳統巫術信仰影響，透過香煙，裊裊上升的狀態，地上的人與天上的神得以相互溝通，在無形間得到聯繫。《紅樓夢》中，焚香是常見的行為，第五十三回榮國府元宵開

夜宴中，賈母「几上設爐瓶三事，焚著御賜百合宮香」，爐瓶三事乃焚香必須之物件，「御賜百合宮香」則可能為元妃賞賜之皇家之物件，顯出賈府可焚皇家御賜宮香的地位，賈母几上擺放爐瓶三事，亦可見在爐瓶三事乃作者曹雪芹生活、時代中常見的香事行為，後來的繪畫者，在繪製《紅樓夢》人物的繪畫中亦不忘加入爐瓶三事，並精心繪製其形制。焚香，在明末清初文人董說的論述中，具有暴力的傾向，並與明朝滅亡相連結，因此在其《非煙香法》中找尋代替焚香的方法，以花鬲蒸的方式取得香氣。從焚香的焚燒行為，可另外發展出另一焚燬現象，即焚稿，焚稿象徵著明清文人價值歸屬與身分選擇，文人將生命意識鎔鑄在詩文之中，使詩文成為實現生命價值的對象與載體，因此焚棄文稿更意味著價值追求的轉折與身分選擇的偏向。焚燒所散發的氣味，亦令人玩味，曹雪芹用字遣詞仔細且精確，作者以為「幽香」二字非僅是套語，而是專屬的氣味描寫，梳理書中幽香一詞的使用，一指太虛幻境所焚群芳髓，二指寶釵冷香丸散發之香氣，三指黛玉的骨肉之氣與瀟湘館之氣味，在前文的舉例中，可見作者曹雪芹有意經由物件散發之香氣，表達寶玉與其幽情之關聯。以上物件，透過重讀與傳統文化、巫術信仰連結，《紅樓夢》屬陰冷、詭譎的陰性書寫其幽情亦隨之展現，建立出一套屬於陰性書寫的物之文化系譜。

　　三是藉由重讀《紅樓夢》的陰性書寫，其中的幽微之情或可重讀為幽冥之情，與民間信仰息息相關，並為古典小說志怪及用典傳統的接受者，包括孤女、將軍信仰，託夢志怪，女子死後登太虛等關乎死亡的情節，其蘊含之幽情，包含著幽冥的

成分，情節並與傳統志怪相互連結，互為呼應。未嫁而亡的女性，是為孤女鬼神，黛玉早逝，鴛鴦殉節，晴雯含冤夭逝，尤三姐自刎無不是大時代中自縊與病夭女性的縮影，顯示未嫁而亡的女性孤零早逝的悲涼。眾男子對林四娘的將軍情結（complex），或許可視為民間信仰中的將軍信仰的縮影，透過轉化為女將軍，更顯出古往今來男性對美麗能幹的女性的傳奇想像。

在傳統志怪中，託夢是極為常見的情節，且託夢必與死人相關，延續到《紅樓夢》更加以闡發，在情節中屢次以託夢表達其幽情，如可卿魂託鳳姐，教誨著開源節流、置辦田莊墳地的重要性。尤三姐是首登太虛幻境之夭女，她不忍一別，故託夢相會，顯見孤女之亡故，以情為旨者，大可託夢一別。晴雯告別則翻身就走，與其颯爽個性相符，可見作者曹雪芹針對不同的人物，與其所對應的夢境的描寫有其考量。可卿的託夢預告了賈府的興衰起落，這或許也是作者曹雪芹同時追索家族曾經的烈火烹油、鮮花著錦之盛，哀悼曾經繁華的過往。

尤家姐妹在《紅樓夢》中以劍自刎、吞生金自盡慘死，尤三姐成為全書第一位死後登太虛的女子，尤二姐隨後亦死登太虛。太虛幻境名為幻境，雖有仙姑、仙草在其中，猶如仙境，然而收容死去的眾女子，亦不免有著幽冥之地的聯想。余英時曾言「大觀園是太虛幻境的人間投影」，大觀園內有人間眾美好之事物，然而同時在大觀園一隅又有繡春囊這猶如蛇入伊甸園的存在，可見美好與醜惡是一體兩面，甚言之是共存的。在第五回寶玉神遊太虛幻境中，寶玉與可卿繾綣以後，行至荊榛遍地、狼虎同群、大河阻路、黑水淌洋又無橋梁可通的所在，

此形容猶如地獄般景況，太虛幻境有美酒饌食、魔舞歌姬，然而在太虛幻境的一角則有此宛如幽冥地獄的形容，一方面體見太虛幻境也是幽冥之地的多樣性，另一方面作者曹雪芹對於事物極端面的描寫並非絕對，乃是二元互補、共存的，這亦是陰性書寫所兼容的意義。

四是透過重讀，指出寶玉兩度遊歷太虛幻境的差異。首先在第五回，寶玉初遊太虛幻境，其意義在於引寶玉進入太虛幻境，藉由十二金釵寶冊、歌舞美酒、魔舞歌姬等聲色誘惑，意圖引導寶玉跳出迷人圈子，[1]勸戒寶玉謹勤有用的工夫，置身於經濟之道，警幻仙姑在此方面有如儒家的勸戒者，代替寧榮二公勸戒聰明靈慧、略可望成的寶玉。在文學手法上，第五回也預告了十二金釵的結局與賈府的興衰起伏，全書脈絡在此有所鋪陳。

一百一十六回，寶玉二遊太虛，原來的太虛幻境的牌樓，則是置換為真如福地，真如福地是佛道二者語言的結合，「真如」佛教名稱原譯為「本無」，表示萬物本質和最高真理，「福地」是道教「洞天福地」中之「福地」，指神仙居住的地方。真如福地從字面上看，真實永恆幸福之地，並以「真如」對上「太虛」，「福地」對「幻境」。寶玉重遊太虛幻境，但所到之地卻是真如福地。對聯也非「假作真時真亦假，無為還處有還無」，而是「假去真來真勝假，無原有是有非無」，假的去了真的到來，真的勝過假的；「無」本來是實有的，

---

[1] 圓香：《紅樓夢與禪》（新北：佛光文化，1998年12月），頁19指出全書旨趣，不在於談情說愛，而是在破執除痴，使人由迷轉悟。

「有」並不等於「無」，真假、有無的二元論述在其中嶄露無遺。

儒者警幻仙姑、佛教用語真如、道教用語福地，可見全書儒釋道三者合流的表現。並由寶玉之眼看見真如福地牌樓，橫書四個大字、甄士隱之口指出八十回後的大主題福善禍淫，「善者修緣，惡者悔禍」、「蘭桂齊芳，家道復初」自然不變的道理，與太虛幻境／真如福地各牌匾互為對照，是為寶玉二遊太虛幻境，指出全書大主題的轉換，其轉換表示著小說整體脈絡的首尾呼應，形成一環狀的理絡。

五，藉由重讀，透過回末「福善禍淫」和首回「霍啟／禍起」接合。《紅樓夢》故事的開端，從首回甄士隱的下人霍啟（禍起）弄丟英蓮開始，英蓮遭到拐賣，而後薛蟠與馮淵的人命官司，英蓮更名香菱來到賈府，受盡男性凌辱的香菱，在大觀園中得到寶玉的愛護，實有寶玉以男性之姿為天下鬚眉濁物贖罪的意涵。百二十回的「福善禍淫」與首回的「禍起」相互接合，使全書第一回至百二十回形成一個環狀的敘事脈絡，與漢學家浦安迪所提出之《紅樓夢》中非二元對立的關係，乃是互補二元性（complementary bipolarity）與多項周旋性（multiple periodicity）的概念框架吻合，在此理論中，單個術語的二元性與周旋性排列，術語間永不停息的交替，對立面之間的互蘊性，軸向或循環的持續交錯，在浦氏強調的模式裡，一切周期都是自我完善的、一切二元體系都是被假設平衡的。

除了浦氏提出之模式外，「福善禍淫」與首回「禍起」的接合，使全書如同銜尾環蛇（Uroborus）首尾相互相接，結束

即開始隱喻封閉卻生生不息的輪轉世界。神話是古典文學的重要養分，《紅樓夢》亦深受神話影響，「福善禍淫」與首回「禍起」、二元互補和多項周旋，最終指向到大母神[2]——《紅樓夢》開篇的女媧補天創世神話，全書在文學脈絡上形成歷時的傳承意義，全書整體亦構成循環相扣的結構。

　　作者以為寶玉為全書所有由男性衍生出之「禍」贖罪。寶玉情不情與意淫的性格，使他對女子尊之貴之，此或可將寶玉化為作者曹雪芹的化身，曹雪芹體察世間女性所受男性欺凌之遭遇，親錄半世親覩親聞幾個女子，意為閨閣女子作傳，大有脫離陽性邏輯中心之感，雖不至於顛覆男性社會，但大可說《紅樓夢》是一部企圖消除性別差異，體現雙性特徵，乃至向女兒靠攏的作品也不為過。然而寶玉終究是不敵宗法制度下的傳統社會，收尾「飛鳥各投林，落了片白茫茫大地真乾淨」，寶玉落髮出家，全書終了。

　　本書不足之處，首先在於研究範圍上，志怪小說卷帙浩繁，采收之輯條或有罣漏，缺乏志怪宏觀整體的視野，係應改進之處。即小說雖虛構，但是在一定的事實基礎上奠基而成，本書雖在首章提出尋找作者曹雪芹藏於《紅樓夢》中的記憶技術，但並未將《紅樓夢》視為作者曹雪芹的傳記體，而是冀望透過重讀《紅樓夢》的陰性書寫，找出作者埋藏其中的記憶線索，惟文中提及並探討作者曹雪芹的記憶書寫份量有限，也是作者文章不足處之一。又，《紅樓夢》內容豐富，作者能力有

---

[2] 〔德〕艾瑞旭・諾伊曼（Erich Neumann）著，呂健忠譯：《丘比德與賽姬：女性心靈的發展》，頁21。

限,只能進行初步的表面分析,對於觀念的探討仍需加強義理與哲學脈絡。

參考文獻

紅樓夢文本

〔清〕曹雪芹、高鶚著,徐少知注,《紅樓夢新注》(臺北:里仁,2018 年 9 月初版一刷)。

〔清〕曹雪芹、高鶚著,〔清〕護花主人、大某山民、太平閒人評:《紅樓夢》(三家評本)(上海:上海古籍出版社,1992 年)。

〔法〕陳慶浩:《新編石頭記脂硯齋評語輯校(增訂本)》(臺北:聯經文化事業出版有限公司,1976 年 10 月)。

專書

〔周〕《斷句十三經經文》(臺北:臺灣開明,1991 年)。

〔周〕莊周著,〔清〕郭慶藩編,王孝魚整理:《莊子集釋》(臺北:群玉堂出版,1991 年 10 月)。

〔西漢〕劉向,《說苑》,收入《中國基本古籍庫》(北京:愛如生數字化技術研究中心,2006 年)據四庫叢刊景明鈔本。

〔東漢〕許慎著,〔宋〕徐鉉校定:《說文解字》(附檢字)據清陳昌治刻本(北京:中華書局,2004 年 11 月)。

〔東漢〕司馬遷撰；〔劉宋〕裴駰集解；〔唐〕司馬貞索隱；〔唐〕張守節正義《史記》（臺北市：鼎文書局，1981年金陵書局底本。）。

〔東漢〕劉歆撰，〔晉〕葛洪錄：《西京雜記》《四部叢刊初編》本。

〔東漢〕郭憲撰：《漢武洞冥記》《明顧氏文房小說本》，收入《中國基本古籍庫》（北京：愛如生數字化技術研究中心）據明顧氏文房小說本。

〔東晉〕干寶：《搜神記》（臺北：古今文化出版社，1963年百子全書，光緒紀元崇文書局本）。

〔東晉〕陶潛：《搜神後記》（臺北：古今文化出版社，1963年百子全書，光緒紀元崇文書局本）。

〔東晉〕張華：《博物志》（臺北：古今文化出版社，1963年百子全書，光緒紀元崇文書局本）。

〔東晉〕李石：《續博物志》（臺北：古今文化出版社，1963年百子全書，光緒紀元崇文書局本）。

〔晉〕葛洪：《抱朴子內外篇》，收入《中國基本古籍庫》（北京：愛如生數字化技術研究中心）據四部叢刊景明本。

〔南朝宋〕劉敬叔：《異苑》（《四庫全書總目提要》，十卷江蘇巡撫採進本）。

〔南朝宋〕劉義慶撰，〔梁〕劉孝標注，楊勇校箋：《世說新語校箋》（北京：中華書局，2007年5月）。

〔南朝宋〕范曄撰，〔唐〕李賢等注，〔晉〕司馬彪補志，楊家駱主編：《後漢書》（臺北：鼎文書局，1981年

據宋紹興本。

〔南朝梁〕任昉：《述異記》（臺北：古今文化出版社，1963年百子全書，光緒紀元崇文書局本）。

〔南朝梁〕吳均：《續齊諧記》欽定四庫全書。

〔南朝梁〕劉勰著，王更生注譯：《文心雕龍讀本》（臺北：文史哲出版，1986年11月）。

〔南朝梁〕鍾嶸著，曹旭集注：《詩品集注（增訂本）》（上海：上海古籍出版社，2011年10月）。

〔南朝梁〕蕭統：《文選》，收入《中國基本古籍庫》（北京：愛如生數字化技術研究中心，2006年）據胡刻本。

〔五代〕杜光庭：《錄異記》（臺北：藝文印書館，1966年）。

〔唐〕段成式：《酉陽雜俎》（北京：中華書局，1985年）。

〔唐〕杜光庭：《洞天福地嶽瀆名山記》《重刊道藏輯要》本。

〔唐〕李延壽撰；楊家駱主編：《北史》（臺北：鼎文書局，1980年）據元大德本。

〔唐〕韓愈：《昌黎先生文集》，收入《中國基本古籍庫》（北京：愛如生數字化技術研究中心，2006年）據宋蜀本。

〔唐〕溫庭筠：《溫庭筠詩集》，收入《中國基本古籍庫》（北京：愛如生數字化技術研究中心，2006年）據四部叢刊景清述古堂刻本。

〔宋〕歐陽修，宋祁撰；楊家駱主編：《新唐書》（臺北：鼎文書局，1981年）據北宋嘉祐十四行本。

〔宋〕李昉等編：《太平廣記》（北京：中華書局，2011年）。

〔宋〕李昉等撰：《太平御覽》（臺北：臺灣商務，1967年1月）據上海涵芬樓影印

〔宋〕洪邁，何卓點校：《夷堅志》（北京：中華書局，1981年10月）。

〔宋〕陳敬：《陳氏香譜》，收入《中國基本古籍庫》（北京：愛如生數字化技術研究中心，2006年）據清文淵閣四庫全書本。

〔宋〕金允中：《上清靈寶大法》《正統道藏》本。

〔宋〕李昉等編：談愷本《太平廣記》（北京：國家圖書館出版社，2009年6月）。

〔宋〕張君房：《雲笈七籤》，收入《中國基本古籍庫》（北京：愛如生數字化技術研究中心，2006年）據四部叢刊景明正統道藏本。

〔明〕凌濛初：《拍案驚奇》《六府文藏》明崇禎尚友堂刻本。

〔明〕馮夢龍：《醒世恆言》《六府文藏》明葉敬池刻本。

〔明〕馮夢龍：《三遂平妖傳》（臺北：桂冠出版，1983年）。

〔明〕胡應麟：《少室山房筆叢》（上海：上海書店，2015年9月）。

〔明〕李時珍：《本草綱目》《景印文淵閣四庫全書》（臺

北：臺灣商務印書館，1983年）。
〔明〕王漸逵撰：《讀易記》《明刻本》。
〔明〕焦竑撰：《易筌》《明萬曆四十年刻本》。
〔明〕凌濛初：《拍案驚奇》，收入《中國基本古籍庫》（北京：愛如生數字化技術研究中心，2006年）據明崇禎尚友堂刻本。
〔明〕臧懋循：《元曲選》，收入《中國基本古籍庫》（北京：愛如生數字化技術研究中心，2006年）據明萬曆刻本。
〔明〕吳承恩：《西遊記》，收入《中國基本古籍庫》（北京：愛如生數字化技術研究中心，2006年）據明書林楊閩齋刊本。
〔清〕西周生：《醒世姻緣》，（臺北：聯經，1986年）。
〔清〕蒲松齡：《聊齋誌異》會校會注會評本（臺北：里仁書局，1978年）。
〔清〕紀昀：《繪圖閱微草堂筆記》（臺北縣：廣文書局，1991年7月）。
〔清〕朱亦棟：《羣書札記》《六府文藏》清光緒四年武林竹簡齋刻本。
〔清〕朱彬撰：《禮記訓纂》《六府文藏》清咸豐刻本。
〔清〕李玉：《一捧雪傳奇》《六府文藏》。
〔清〕董說：《非煙香法》（臺北：新文豐，1989年）。
〔清〕徐松輯：《宋會要輯稿》（中央研究院歷史語言研究所、四川大學古籍整理研究所、哈佛大學東亞文明系，2008年）。

〔清〕王端淑輯：《名媛詩稿初編》，清康熙六年 1667 年清音堂刻本，「哈佛大學燕京圖書館明清婦女著作資料庫」。

〔清〕谷應泰撰：《博物要覽》《續修四庫全書》。

〔清〕武念祖修〔清〕陳昌齊纂：《廣東通志》《續修四庫全書》據清道光二年刻本。

〔清〕仇兆鰲：《杜詩詳注》，《欽定四庫全書》本。

〔清〕袁枚：《袁枚全集》（江蘇：江蘇古籍出版社，1993年）。

〔清〕唐彪輯著：《家塾教學法》《光緒二十一年浙江書局刻本》。

〔清〕福格撰，汪北平點校：《聽雨叢談》（北京：中華書局，1984年8月）。

〔清〕阮元審定，盧宣旬校：《周禮注疏》據清嘉慶二十年（1815）南昌府學刊本。

〔清〕阮元審定，盧宣旬校：《重刊宋本十三經注疏附校勘記》（臺北：藝文印書館，1965年）據《清嘉慶二十年南昌府學刊本》。

〔清〕李伯元：《文明小史》（北京：學苑音像出版社，2004年3月）。

〔清〕改琦繪：《紅樓夢圖詠》中央研究院歷史語言研究所藏本，清末扁玉版。

〔清〕王墀：《增刻紅樓夢圖詠》（上海：上海書店出版社，2006年3月）。

〔清〕墨浪子：《西湖佳話·靈隱詩跡》（臺北：國立臺灣師

範大學出版中心，2013年）。

〔清〕王琦：《李太白詩集注》，收入《中國基本古籍庫》（北京：愛如生數字化技術研究中心，2006年）據清文淵閣四庫全書本。

〔清〕吳敬梓：《儒林外史》收入《中國基本古籍庫》（北京：愛如生數字化技術研究中心，2006年）據清嘉慶八年新鐫臥閑草堂本。

〔清〕和邦額：《夜譚隨錄》，收入《中國基本古籍庫》（北京：愛如生數字化技術研究中心，2006年）據民國刻筆記小說二十種本。

〔清〕陳喬樅：《今文尚書經說考》，《續修四庫全書》據清刻左海續集本。

不著撰人：《養生方》，收入《續修四庫全書》藏外道書。

一粟編：《紅樓夢卷》（臺北：新文豐出版，1989年10月）。

大藏經刊行會編：《大正新脩大藏經》（臺北：新文豐，1983年）。

方立天：《中國佛教哲學要義》（北京：中國人民大學出版社，2005年）。

方立天：《中國佛教與傳統文化》（臺北：桂冠圖書，1994年4月）。

王先霈、王又平主編：《西方現代文學批評》（上海：上海文藝出版，1999年2月）。

王昆侖（太愚、松青）：《紅樓夢人物論》（臺北：里仁書局，2008年10月）。

王昆侖：《紅樓夢人物論》（臺北：里仁書局，2008 年 10月）。

王國良：《冥祥記研究》（臺北：文史哲出版社，1999年）。

王國良：《神異經研究》（臺北：文史哲出版，1985 年）。

王國良：《續齊諧記研究》（臺北：文史哲出版，1987年）。

田曉菲：《留白：秋水堂文化隨筆》（桂林：廣西師範大學出版社，2019 年 6 月）。

朱淡文：《紅樓夢論源》（江蘇：江蘇古籍出版社，1992年）。

牟鍾鑒：《中國宗教與文化》（臺北：唐山出版社，1995 年 4月）。

何敬堯：《妖怪臺灣：三百年島嶼奇幻誌・妖鬼神遊卷》（臺北：聯經出版公司 2017 年 1 月）。

余英時：《紅樓夢的兩個世界》（臺北：聯經出版，1978 年 1月）。

吳盈靜：《清代臺灣紅學初探》（臺北：大安出版社，2004年）。

李劍國：《唐前志怪小說輯釋》（臺北：文史哲出版社，1987年 7 月）。

李豐楙：《仙境與游歷——神仙世界的想像》（北京：中華書局，2010 年 10 月）。

李豐楙：《誤入與謫降：六朝隋唐道教文學論集》（臺北：臺灣學生書局，1996 年 5 月）。

周汝昌：《紅樓夢與中華文化》（臺北：東大出版：三民總經銷，1989年8月）。

周振甫：《文心雕龍注釋》（臺北：里仁書局，2001年9月）。

胡　適：《紅樓夢考證》（臺北：遠東圖書，1960年3月）。

康正果：《女權主義與文學》（北京：中國社會科學出版社，1994年2月）。

康正果：《重審風月鑑：性與中國古典小說》（臺北：釀出版，2016年2月）。

康來新：《石頭渡海——紅樓夢散論》（臺北：漢光文化事業有限公司，1984年）。

張京媛主編：《當代女性主義文學批評》（北京：北京大學出版社，1992年1月）。

張梅雅：《佛教香品與香器全書》（臺北：商周出版，2010年5月）。

張愛玲：《紅樓夢魘》（臺北：皇冠文化，2010年8月）。

梅新林：《紅樓夢的哲學精神》（上海：華東師範大學出版社，2007年10月）。

郭玉雯：《紅樓夢人物研究》（臺北：大安出版，1994年3月）。

郭玉雯：《紅樓夢淵源論——從神話到明清思想》（臺北：臺大出版中心，2006年10月）。

郭玉雯：《紅樓夢學——從脂硯齋到張愛玲》（臺北：里仁書局，2004年8月）。

陳維昭：《紅學通史》（上海：上海人民出版社，2005年）。

揚之水：《香識》（香港：香港中和印刷，2014年1月）。

馮其庸、李希凡主編：《紅樓夢大辭典》（北京：文化藝術出版社，1991年）。

黃一農：《二重奏：紅樓夢與清史的對話》（新竹：清華大學出版社，2014年11月）。

黃一農：《曹雪芹的家族印記》（新竹：清華大學出版社，2022年5月）。

黃應貴主編：《物與物質生活》（臺北：中研院民族所，2004年5月）。

楊玉成、劉苑如主編：《古今一相接——中國文學的記憶與競技》（臺北：中研院文哲所，2019年9月）。

萬愛珍：《通讀紅樓》（臺北：里仁書局，2013年12月）。

葉嘉瑩：《性別與文化：女性詞作美感特質之演進》（北京：商務印書館，2019年6月）。

詹　丹：《紅樓夢的物質與非物質》（重慶：重慶出版，2006年6月）。

廖咸浩：《〈紅樓夢〉的補天之恨：國族寓言與遺民情懷》（臺北：聯經出版社，2017年）。

廖炳惠編著：《關鍵詞200：文學與批評研究的通用辭彙編》（臺北：麥田出版，2003年9月）。

趙鳳喈：《中國婦女在法律上的地位》（臺北：食貨出版社，1977年7月）。

圓　香：《紅樓夢與禪》（新北：佛光文化，1998年12

月）。

劉　藝：《鏡與中國傳統文化》（成都：巴蜀書社，2004 年 6 月）。

劉廣定：《化外談紅》（臺北：大安出版社，2006 年）。

歐麗娟：《紅樓夢人物立體論》（臺北：里仁書局，2006 年 3 月）。

魯　迅：《魯迅小說史論文集及其他》（臺北：里仁書局，1992 年 9 月）。

魯　迅：《魯迅全集》冊 2（臺北：唐山出版社，1989 年 9 月）。

蔡相煇：《台灣的王爺與媽祖》（臺北：臺原出版社，1989 年）。

盧興基、高鳴鸞：《紅樓夢的語言藝術》（北京：新華書店，1985 年 8 月）。

羅苑翎：《物體系的豔／異敘事——《燈草和尚傳》新論》（臺北：大安出版社，2010 年 12 月）。

譚達先：《中國神話研究》（臺北：木鐸出版社，1983 年 3 月）。

關永中：《神話與時間》（臺北：臺灣書店，1997 年 3 月）。

Tim Dant 著，龔永慧譯：《物質文化》（臺北：書林出版，2009 年 9 月）。

〔美〕康豹（Paul R. Katz）：《台灣的王爺信仰》（臺北：商鼎文化出版，1997 年 6 月）。

〔美〕余國藩（Anthony C. Yu）著，李奭學譯：《重讀石頭

記:《紅樓夢》裡的情欲與虛構》(臺北:麥田,2004年)。

〔美〕夏志清著(C.T. Hsia),何欣、莊信正、林耀福譯:《中國古典小說》(臺北:聯合文學,2016年10月)。

〔美〕夏志清著(C.T. Hsia),胡益民譯:《中國古典小說史論》(南昌:江西人民出版社,2001年9月)。

〔美〕高彥頤(Dorothy Ko),李志生譯:《閨塾師——明末清初江南的女性才女文化》(南京:江蘇人民出版社,2005年1月),頁125。

〔美〕黛安・艾克曼著(Diane Ackerman),莊安祺譯:《感官之旅》(臺北:時報文化,2018年4月)。

〔美〕浦安迪(Andrew H. Plaks)著,夏薇譯:《紅樓夢》的原型與寓意》(北京:三聯書店,2018年10月)。

〔美〕浦安迪(Andrew H. Plaks):《中國敘事學》(北京:北京大學出版社,1996年)。

〔美〕浦安迪(Andrew H. Plaks)編釋:《紅樓夢批語偏全》(臺北:南天書局,1997年10月)。

〔美〕Frank Lentricchia & Thomas McLaughlin編,張京媛等譯:《文學批評術語》(香港:牛津大學出版社,1994年)。

〔美〕宇文所安(Stephen Owen)著,鄭學勤譯:《追憶:中國古典文學中的往事再現》(臺北:聯經,2006年)

〔美〕帕特里沙・渥厄(Patricia Waugh)著,錢競、劉雁濱譯:《後設小說——自我意識小說的理論與實踐》(板

橋：駱駝出版社，1995年12月）。

〔美〕巫鴻著：《物、畫、影：穿衣鏡全球小史》（上海：上海人民出版社，2021年5月）。

〔美〕羅思瑪莉‧佟恩（Rosemarie Tong）著，刁筱華譯：《女性主義思潮》（臺北：時報文化，1996年）。

〔英〕弗雷澤（J. G. Frazer）著；汪培基譯：《金枝：巫術與宗教之研究》（臺北：桂冠書局，1991年2月）。

〔英〕史景遷（Jonathan D. Spence）著，溫洽溢譯：《曹寅與康熙》（臺北：時報文化，2012年5月）。

〔英〕史景遷（Jonathan D. Spence）著，陳恒、梅義征譯：《利瑪竇的記憶宮殿》（臺北：麥田出版，2007年10月）。

〔德〕阿斯特莉特‧埃爾主編，余傳玲等譯：《文化記憶理論讀本》（北京：北京大學出版社，2012年1月）。

〔德〕艾瑞旭‧諾伊曼（Erich Neumann）著，呂健忠譯：《丘比德與賽姬：女性心靈的發展》（新北：左岸文化，2004年7月）。

〔法〕尚‧布希亞（Jean Baudrillard）著，林志明譯：《物體系》（臺北：麥田出版，2018年9月）。

〔法〕茱莉亞‧克莉絲特娃（Julia Kristeva）著，納瓦蘿（M.-C. Navarro）訪談，吳錫德譯：《思考之危境：克莉斯蒂娃談錄》（臺北：麥田出版，2005年）。

〔法〕茱莉亞‧克莉絲特娃（Julia Kristeva）著，張穎、王小姣譯：《詩性語言的革命》（成都：四川大學出版社，2016年11月）。

〔法〕茱莉亞・克莉絲特娃（Julia Kristeva）著，彭仁郁譯：《恐怖的力量》（新北：桂冠圖書，2003年5月）。

〔法〕傅科（Michel Foucault）著；劉北成，楊遠嬰譯：《規訓與懲罰：監獄的誕生》（臺北：桂冠，1992年12月）。

〔法〕米歇爾・傅柯（Michel Foucault）著；彭仁郁、王紹中譯：《臨床的誕生》（臺北：時報文化，2019年8月）。

〔加〕曼素恩（Susan Mann）著，楊雅婷譯：《蘭閨寶錄：晚明至盛清時的中國婦女》（臺北縣：左岸文化，2005年11月）。

〔加〕康斯坦絲・克拉森（Constance Classen）著，王佳鵬、田林楠譯：《最深切的感覺：觸覺文化史》（上海：上海人民出版社，2022年9月）。

〔奧〕西格蒙德・佛洛伊德（Sigmund Freud）著，孫名之譯：《夢的解析》（臺北縣：左岸文化出版，2010年6月）。

專書論文

方　豪：〈從紅樓夢所記西洋物品考故事的背景〉，《方豪六十自定稿》（臺北：臺灣學生，1969年），頁413-496。

余英時：〈曹雪芹的反傳統思想〉，收於《曹雪芹與紅樓夢》（臺北：里仁書局，1985年1月），頁14-33。

宋　淇：〈新紅學的發展方向〉，收於《曹雪芹與紅樓夢》（臺北：里仁書局，1985）。

宋　淇：〈論大觀園〉，收於《曹雪芹與紅樓夢》（臺北：里仁書局，1985）。

李豐楙：〈巡狩：一種禮儀實踐的宣示儀式〉，收於《台灣民間宗教信仰與文學學術研討會論文集》（花蓮：花蓮教育大學民間文學所、花蓮勝安宮管委會，2008年7月），頁5-36。

李豐楙：〈王船、船畫、九皇船──代巡三型的儀式性跨境〉，《空間與文化場域：空間之意象、實踐與社會的生產》（臺北：國家圖書館，2009年10月），頁245-298。

周策縱：〈《紅樓夢》與《西遊補》〉，收於《曹雪芹與紅樓夢》（臺北：里仁書局，1985年1月），頁92-99。

胡萬川：〈由智通寺一段裡的用典看紅樓夢〉，收於《曹雪芹與紅樓夢》（臺北：里仁書局，1985年1月），頁443-451。

孫　遜：〈曹雪芹審度人生的三個視點〉，收入《紅樓夢探究》（臺北：大安出版社，1991年11月），頁31-56。

孫　遜：〈論《紅樓夢》的三重主題〉，收入《紅樓夢探究》，頁1-30。

孫　遜：〈關於《紅樓夢》的「色」「情」「空」觀念〉，收入《紅樓夢探究》（臺北：大安出版社，1991年11月），頁57-76。

陳萬益：〈說賈寶玉的「意淫」與「情不情」——脂評探微之一〉，收於《曹雪芹與紅樓夢》（臺北：里仁書局，1985），頁 205-248。

楊玉成：〈夢囈、嘔吐與醫療——晚明董說文學與心理傳記〉，收於李豐楙、廖肇亨主編《沉淪、懺悔與救度——中國文化的懺悔書寫論集》（臺北：中央研究院中國文哲研究所，2013 年），頁 557-678。

〔美〕夏志清著，何欣譯：〈紅樓夢裏的愛與憐憫〉，收錄於《紅樓夢藝術論》（臺北：里仁書局，1984 年），頁 303-313。

期刊論文

于　洋：〈以《紅樓夢》為例看明清家庭教育中的父子篡弒衝突〉，《文學教育》，2016 年 5 月，頁 58-59。

尤麗雯：〈小姑女神的放逐與招魂——從杜麗娘到林黛玉談家國想像的傳承與演變〉，《清華中文學報》第十二期，2014 年 12 月，頁 201-263。

王學玲：〈從鼎革際遇重探清初遭戍東北文士的出處認同〉，《淡江中文學報》（18），2008 年，頁 185-223。

王學玲：〈歷史敘述與自我詮辯——「貳臣」張縉彥鼎革出處的辨析與意涵〉，《東亞觀念史集刊》第 12 期，2017 年 6 月，頁 87-124。

王馥慶，〈「三言」中定情信物價值論〉，《榆林學院學報》第 17 卷第 5 期，2007 年 9 月，頁 76-82。

朱歧祥：〈花東婦好傳〉，《東海中文學報》19 期，2007 年 7 月，頁 1-11。

朱崇儀：〈性別與書寫的關連——談陰性書寫〉，《文史學報》30 卷，2000 年，頁 33-51。

朱嘉雯：〈歷史意識與地景書寫——《紅樓夢》與《牡丹亭》、《桃花扇》交叉論述研究〉，《華人文化研究》第 9 卷 2 期，2021 年 12 月，頁 177-197。

朱嘉雯：〈糖蒸酥酪‧玫瑰清露——《紅樓夢》的感官意象與西方古今文學比較〉，《中正大學中文學術年刊》第 10 卷，2007 年，頁 103-119。

李幸錦：〈論夏宇詩中的「陰性書寫」〉，《問學集》第八期，1998 年 9 月，頁 1-19。

李豐楙：〈六朝精怪傳說與道教法術思想〉，收於《中國古典小說研究專集 3》（臺北：聯經，1981 年 6 月），頁 1-36。

杜正勝：〈古代物怪之研究——一種心態史和文化史的探索（上）〉，《大陸雜誌》104:1，2002 年 1 月，頁 1-14。

周靜佳：〈情與悟——《紅樓夢》「水」意象探討〉，《漢學研究集刊》（1），2005 年，頁 89-109。

林素玟：〈《紅樓夢》的病／罪書寫與療癒〉，《華梵人文學報》第 16 期，2011 年 7 月，頁 31-77。

胡　玲：〈《明史‧列女傳》的貞節觀〉，《文學界（理論版）》，2012 年 03 期，頁 207-208。

商偉撰，駱耀軍譯：〈假作真時真亦假：《紅樓夢》與清代宮

廷的視覺文化〉，《文學研究》第 4 卷 1 期，2018年，頁 108-153。

張一民：〈談《紅樓夢》中定情信物的設計〉，《淮陰師範學院學報（哲學社會科學）》30 卷 5 期，2008 年，頁 660-674。

張世宏：〈「鴛鴦之死」發微〉，《紅樓夢學刊》第 3 輯，2016 年，頁 44-60。

許暉林：〈物、感官與故國：論明遺民董說《非煙香法》〉，《考古人類學刊》第 88 期，2018 年 6 月，頁 83-108。

郭孔生：〈《紅樓夢》手帕意象的解讀〉，《語文建設》29期，2014 年，頁 31。

陳福智：〈論《金瓶梅》的巾帕敘事〉，《東華漢學》第 28 期，2018 年 12 月，頁 101-144。

陳麗如：〈論古典小說「鏡像書寫」的兩度裂變——《古鏡記》與《紅樓夢》〉，《興大人文學報》四十九期，2012 年 9 月，頁 77-108。

游佳霖：〈歐陽修筆下的白兔——〈白兔詩〉及其唱和詩〉，《有鳳初鳴年刊》11 期，2015 年 11 月，頁 509-525。

黃一農：〈《紅樓夢》中「借省親事寫南巡」新考〉，《中國文化研究》4 期，2013 年，頁 20-29。

黃一農：〈《紅樓夢》中的戥子與計量單位「星」〉，《自然科學史研究》2017 年 2 月 2 期（新竹：清華大學歷史研究所，2017 年），頁 231-243。

黃逸民：〈法國女性主義的貢獻與盲點〉，《中外文學》第 21 卷第 9 期，1993 年 2 月，頁 4-21。

葉嘉瑩：〈論詞學中之困惑與《花間》詞之女性敘寫及其影響（上）〉，《中外文學》20（8），1992年，頁4-31。

葉嘉瑩：〈論詞學中之困惑與《花間》詞之女性敘寫及其影響（下）〉，《中外文學》20（9），1992年，頁4-30。

董雪迎：〈陝北地區漢畫像石中的博山爐圖像初探〉，《文物世界》2014年第3期，頁15-18。

劉　恒：〈關於「木筏」與「木居士」〉，《紅樓夢學刊》1994年第二輯，頁344-346。

劉　藝、許孟青：〈神奇寶鏡的背後——「風月寶鑑」的宗教思想文化蘊含〉，《道教研究》，頁40-45。

劉苑如：〈形見與冥報：六朝志怪中鬼怪敘述的諷喻——一個「導異為常」模式的考察〉，《中國文哲集刊》第二十九期，2006年9月，頁1-45。

劉惠萍：〈太陽與神鳥：「日中三足烏」神話探析〉，《民間文學年刊》2期增刊，2009年2月，頁309-332。

劉惠萍：〈月中有兔神話探源〉，《民間文學年刊》2期，2008年7月，頁55-76。

劉曉艷：〈麻姑文化與道教文學其觀《麻姑集》〉，《道教研究》，2014年4月，頁22-25。

劉曉艷：〈道教麻姑信仰與中華壽文化〉，《武漢理工大學學報（社會科學版）》第26卷第3期，2013年6月，頁396-400。

歐麗娟：〈晴雯新論：《紅樓夢》人物形象與意涵的重省〉，《淡江中文學報》第35期，2016年12月，頁133-172。

盧世達：〈汪端《元明逸史》的寫作焦慮及其焚燬之相關意義〉，《漢學研究》第 38 卷第 1 期，2020 年 3 月，頁 201-232。

蕭嫣嫣：〈我書故我在——論西蘇的陰性書寫〉，《中外文學》24 卷 11 期，1996 年 4 月 1 日，頁 56-68。

蕭遠平：〈民族民間童話中的「善惡報應」觀念簡論〉，《貴州民族研究》2001 年第 2 期，頁 84-88。

賴芳伶：〈《紅樓夢》大觀園的隱喻與實現〉，《東華漢學》第 19 期 2014 年，頁 243-280。

賴芳伶：〈海外學人專訪——陳慶浩博士的紅學研究〉，《東華漢學》第 8 期，2008 年，頁 255-277。

薛　冰：〈論明清小說的焚稿現象〉，《文史論苑・青年時代》，2018 年 8 月，頁 22-24。

謝明勳：〈六朝志怪「冥婚」故事研究——以《搜神記》為中心考察〉，收入《東華漢學》第 5 期，2007 年 6 月，頁 39-62。

蘇友瑞、余佩芳：〈走出劫難的世界——《紅樓夢》的逍遙觀〉，《國立屏東大學學報——人文社會類》第 4 期，2019 年 8 月，頁 89-112。

〔美〕商偉：〈逼真的幻象：西洋鏡、透視法與大觀園的夢幻魅影（上）〉，《曹雪芹研究》第 1 期，2016 年，頁 95-117。

〔美〕商偉：〈逼真的幻象：西洋鏡、透視法與大觀園的夢幻魅影（中）〉，《曹雪芹研究》第 2 期，2016 年，頁 103-123。

〔美〕商偉：〈逼真的幻象：西洋鏡、透視法與大觀園的夢幻魅影（下）〉，《曹雪芹研究》第 3 期，2016 年，頁 38-63。

〔法〕Hélène Cixous 著，李家沂譯：〈從潛意識這一幕到歷史的那一景〉，《中外文學》24 期，1996 年，頁 75-89。

〔韓〕金芝鮮：〈論《紅樓夢》中的鏡子意象及其象徵意涵〉，《紅樓夢學刊》第 6 輯，2008 年，頁 293-310。

學位論文

方兆平：《賈寶玉兩游太虛幻境的比較》，濟南：山東大學，中國古代文學碩士學位論文，2008 年。

江佩珍：《儒家文化與《紅樓夢》性別意識》，花蓮，東華大學中國語學系博士論文，2014 年。

江慧玲：《《聊齋誌異》與《紅樓夢》女性觀研究》，新竹：玄奘大學中國語文學系碩士在職專班論文，2011 年。

吳麗卿：《《紅樓夢》的女性認同》，臺中：東海大學中國文學系碩士論文，2005 年。

宋孟貞：《紅樓夢》與《鏡花緣》的才女意義析論，南投：暨南國際大學中國語文學碩士論文，1999 年。

李　寬：《陰性書寫與摹擬敘事的反邏輯中心關係：銜接與身體隱喻及轉喻》，臺南：成功大學外國語文學系碩士學位論文，2019 年。

汪順平：《女遊記——論《紅樓夢》的閨閣、海上、詩社》，

桃園：中央大學中國文學系碩士論文，2013年。

林佩洵：《清筆記小說的鬼書寫》，臺中：中興大學中國文學系碩士論文，2009年。

邱詩華：《《夷堅志》所呈現的士人神祕經驗》，新竹：清華大學中國文學系碩士論文，2013年。

張瓊分：《乾嘉士人鬼神觀試探——以紀昀、袁枚為中心》，新竹：清華大學歷史學系碩士論文，2000年。

許玫芳：《《紅樓夢》夢、幻、夢幻情緣之主題學發微：兼從精神醫學、心理學、超心理學、夢學及美學面面觀》臺北：國立師範大學國文研究所博士論文，1997。

許彙敏：《六朝志怪小說「報」觀念研究》，花蓮：東華大學年中國語文學系博士論文，2019。

許瑞麗：《《夷堅志》中之女鬼及其意志研究》，臺中：中興大學中國文學系碩士論文，2015年。

陳世昀：《魏晉南北朝志怪中的命運敘述》，臺北：政治大學中國文學系博士論文，2019年。

陳淑敏：《《太平廣記》中神異故事之時間觀》，臺北：臺灣大學中國文學系碩士論文，1990年。

陳麗宇：《清中葉志怪類筆記小說研究》，高雄：高雄師範大學中國語文學系博士論文，1999年。

黃東陽：《唐五代志怪傳奇之記異題材研究》，臺北：東吳大學中國文學系博士論文，2005年。

黃郁庭：《日用與物用：論《紅樓夢》中的《玉匣記》》，桃園：中央大學中國文學系碩士論文，2015年。

黃逸民：《論陰性：西蘇、依莉伽蕊、克莉絲蒂娃與巴赫汀的

連結》，臺北：國立臺灣大學外國語文學系研究所博士論文，2000年。

黃詣庭：《《紅樓夢》中的禁忌敘事結構研究》，臺中：東海大學中國文學系碩士論文，2015年。

楊平平：《父權社會下的女兒國——《紅樓夢》女性研究》，彰化：彰化師範大學國文學系碩士論文，2006年。

廖秀倩：《《博物志》博物書寫研究》，臺北：政治大學中國文學系碩士論文，2014年。

劉冠伶：《煉石、水域、迷宮：《紅樓夢》的逆成結構之神話詮釋》，嘉義：中正大學中國文學系碩士論文，2008年。

劉惠華：《木石為盟：花／園、情／書、紅樓夢》，桃園：中央大學中國文學系博士論文，2015年。

潘玉薇：《人物‧情‧花園：從「才子佳人」到《紅樓夢》》，臺北：臺灣大學中國文學碩士論文，2004年。

鄭靜芸：《紅樓夢人物死亡研究》，彰化：彰化師範大學國文學系碩士論文，2006年。

穆皓洲：《明清文人焚稿現象初探》，江蘇：蘇州大學碩士學位論文，2015年5月。

賴怡君：《魏晉志怪之感應故事研究》，臺中：中興大學中國文學系碩士論文，2019年。

謝佳穎：《夢、甜、香：《紅樓夢》的香事書寫》，桃園：中央大學中國文學系碩士論文，2020年。

蘇美如：《魏晉南北朝志怪小說非常女故事之研究》，臺中：

中興大學中國文學系碩士論文，2012年。

蘇嘉駿：《名與目：《紅樓夢》的視覺書寫》，桃園：國立中央大學中國文學系碩士論文，2021年。

網路資料

羅鳳珠：《紅樓夢網路教學研究資料中心》檢索時間：2022年5月21日　http://cls.lib.ntu.edu.tw/HLM/home.htm

國教院：《教育部重編國語辭典》檢索時間：2022年5月21日　http://dict.revised.moe.edu.tw/cbdic/

國教院：《教育部異體字字典》檢索時間：2022年5月21日 https://dict.variants.moe.edu.tw/variants/rbt/query_by_standard_tiles.rbt?command=clear

雕龍中日古籍全文檢索資料庫檢索時間：2022年5月21日 http://hunteq.com.ezproxy.lib.ncu.edu.tw/ancientc/ancientkm?@@0.8532328085250891#kmtop

中央研究院漢籍電子文獻：http://hanji.sinica.edu.tw/

中國基本古籍庫：

https://ncu.primo.exlibrisgroup.com/discovery/dbfulldisplay?docid=alma991010884379406773&context=L&vid=886UST_NCU:886UST_NCU&lang=zh-tw&adaptor=Local%20Search%20Engine&tab=jsearch_slot&query=any,contains,%E4%B8%AD%E5%9C%8B%E5%8F%A4%E7%B1%8D&offset=0&databases=any,%E4%B8%AD%E5%9C%8B%E5%8F%A4%E7%B1%8D

退菴：《臺灣日日新報》日刊版次6，1914年5月8日，檢索時間：2022年1月19日

https://cd3a.lib.ncu.edu.tw/LiboPub.dll?Search1?searchString=request~LRC_NEWS_IMAGE@start~0@number~1@user~pcfgcifjnfdclneddifndbfhihfibdffmccecdodgihgkhfncjfmgmhhapenmlohpfddkkhcaekfecpb@doi~688092@client_type~web_client@server_port~12015@timeStamp~1642584592241@

朱嘉雯：〈【隨花集・紅樓夢】華麗大冒險——劉姥姥怎樣逛大觀園？〉檢索時間：2022年5月11日

https://www.merit-times.com/newspage.aspx?unid=403315

> 國家圖書館出版品預行編目(CIP)資料
>
> 微物與幽情：重讀<<紅樓夢>>的陰性書寫/郭惠珍著. --初版. -- 臺北市：元華文創股份有限公司, 2025.04
> 面；　公分
>
> ISBN 978-957-711-438-9 (平裝)
>
> 1.CST: 紅學　2.CST: 研究考訂
>
> 857.49　　　　　　　　　　　　　　114004083

微物與幽情——重讀《紅樓夢》的陰性書寫

郭惠珍　著

發 行 人：賴洋助
出 版 者：元華文創股份有限公司
聯絡地址：100 臺北市中正區重慶南路二段 51 號 5 樓
公司地址：新竹縣竹北市台元一街 8 號 5 樓之 7
電　　話：(02) 2351-1607　　傳　　真：(02) 2351-1549
網　　址：https://www.eculture.com.tw
E - m a i l：service@eculture.com.tw
主　　編：李欣芳
責任編輯：立欣
行銷業務：林宜葶

排　　版：菩薩蠻電腦科技有限公司
出版年月：2025 年 04 月 初版
定　　價：新臺幣 580 元

ISBN：978-957-711-438-9 (平裝)

總經銷：聯合發行股份有限公司
地　　址：231 新北市新店區寶橋路 235 巷 6 弄 6 號 4F
電　　話：(02)2917-8022　　　　傳　真：(02)2915-6275

版權聲明：

　　本書版權為元華文創股份有限公司(以下簡稱元華文創)出版、發行。相關著作權利(含紙本及電子版)，非經元華文創同意或授權，不得將本書部份、全部內容複印或轉製、或數位型態之轉載複製，及任何未經元華文創同意之利用模式，違反者將依法究責。

　　本著作內容引用他人之圖片、照片、多媒體檔或文字等，係由作者提供，元華文創已提醒告知，應依著作權法之規定向權利人取得授權。如有侵害情事，與元華文創無涉。

■本書如有缺頁或裝訂錯誤，請寄回退換；其餘售出者，恕不退貨■